完全秘匿 警察庁長官狙撃事件

竹内 明

講談社＋α文庫
プラスアルファ

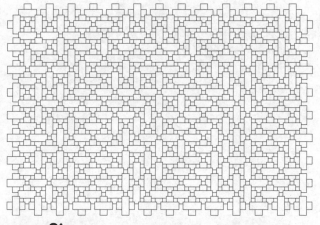

序章

郊外の住宅地にひっそりと佇《たたず》む古い居酒屋は、引き戸の隙間から木枯らしが吹き込んで冷え冷えとしていた。男は店に入るなり、店主に笑顔で悪態をつきながら、勝手に店の奥まであがり込んで、電気ストーブを引っ張り出してきた。

「突っ立ってねえで、こっち来て座れよ」

初老の男はこう言うと、鼠色のコートを着たまま、畳にどっかり腰を降ろした。付いてきたジーパン姿の若い男も、ダウンジャケットを着たまま靴を脱いだ。

二人は向かい合ってビールと少々のつまみを口にしたが、ほとんど言葉をかわすことはなかった。グラスの中身はいつしか日本酒に変わっていた。客のいない居酒屋がようやく温まってきた頃、年配のコートの男が呟いた。

「おかしいんだよな」

「…………」若いほうの男は少し顔をあげた。

「いくら考えても、妙なんだよ、すべてが」

公安一筋で生きてきた職人捜査官はグラスを持ったまま、眼鏡の奥の眼を光らせた。

若いほうの男は、濃紺のジーパンの足を折り曲げて、グラスを廻していた。

「この一五年間の捜査に、謀略でもあったような口ぶりですね」

透き通った液体の動きを見つめながら言った。

この男は記者だ。プロの技術なのか、水を向けてきた取材対象には無関心を装うのがこの男の常だった。ダウンジャケットにジーパンというくだけた格好は、自らの職業を周囲に明らかにしないための偽装だ。公安部所属の捜査官という高い秘匿性を求められる取材対象への「配慮」だった。

「……そうだ。この一五年間の捜査を検証すると、ものすごい力が作用しているとしか思えない。俺たちが正しい方向に向かおうとすると、空から巨人の太い腕がヌッと伸びてきて、首根っこを捕まえられて、逆方向に歩かされるという感じなんだよ」

「巨人ですか……。大袈裟ですね。生意気に聞こえるかもしれませんが、俺は南千特捜《ナンセントクソウ》（南千住署特別捜査本部）の『集団的思考』が道を誤らせたと分析しています。公安部が主導した見込み捜査が失敗の原因ですよ」

記者の挑発に、特捜本部で警察官人生の多くを消費してきた男は舌打ちした。

「何をブン屋が知ったようなことを……、ちょっと俺の部屋に来ないか」

こう言って立ち上がった。少し酔いが回ったのか、それとも怒っているのか、頬が紅潮していた。

記者は黙って、従った。


捜査官が抱えてきたのは段ボール箱だった。赤い分厚いファイルが一冊、そして小型のカセットプレイヤーが入っていた。

一九九五年三月三〇日に発生した「警察庁長官狙撃事件」の捜査資料だ。捜査官は古びたコタツの上に、ファイルを丁寧に置いた。

数百枚の紙が綴《とじ》られている。自宅でも仕事が忘れられなかったのであろう。二穴で固定されたA4の紙の一枚一枚に手の脂が染み込んでいるのが分かった。

記者はごくりと唾を飲み込んだ。

謎に包まれた事件だった。全国警察のトップである警察庁長官・国松孝次《たかじ》が出勤途中に何者かに狙撃され、瀕死の重傷を負った。遺留品は朝鮮人民軍記章（朝鮮民主主義人民共和国軍バッジ）と、大韓民国通貨の一〇ウォン貨、そして三つの弾頭だった。

二〇一〇年三月三〇日午前零時に公訴時効を迎えるこの事件の捜査は、警察のメンツがかかっているにもかかわらず、迷走し続けていた。しかし警視庁公安部という保秘が徹底された組織ゆえ、捜査の全容が明らかにされることはなかった。

「俺たちの捜査をオウムに引っ張り込んだテープを聴いたことがあるかね？」

捜査官は段ボール箱から埃《ほこり》をかぶったカセットプレイヤーを引っ張り出して、コタツの上に置いた。

「いえ、ありません」

「じゃあ、まず聴いてみてくれよ」

捜査官がプレイボタンを押すと、低く、澄んだ声が聞こえてきた。オウム真理教教祖の麻原彰晃こと、松本智津夫の声だった。麻原が複数の人物に語りかけている。

麻原：「手を上げてごらん。名前は？　ミラレバ正悟師と、名前は？　そうか荒木君もやるか？」

信者：「はい」

麻原：「たとえばだよ。これは指示じゃないぞ、言っておくけど。警視庁に突っ込んできてやってこいと言ったら、どうするか？　荒木君」

信者：「すいません。もう一度お願いします」
麻原：「たとえば警視庁にいって……」
信者：「警視庁……」
麻原：「うん、警視総監の首根っこ捕まえて振り回してこいと言ったらどうするか？」
信者：「想像を絶しますけど、是非ともトライしたいと思います」
麻原：「荒木君、想像を絶するんだよ。想像を絶しなければ、……いまやれと言ったんじゃないからな。君がそのステージに到達したときには、きっと囁《ささや》くよ君に、囁くよ、やってこいって」
ここまで再生すると、捜査官はストップボタンを押した。
「……どうだ？　これは上九一色村（現・山梨県富士河口湖町）での食事会で行われた麻原の説法を録音したものだ。日付は一九九五年一月一三日、つまり長官狙撃の二ヵ月前だ。これでも君は長官狙撃にオウム真理教が関係ないと言い切れるかね」
記者は言葉をのんだ。確かにオウムは警察をテロの標的にしていたのだ。
「でもな……」捜査官は眼鏡を乱暴にはずすと、赤いファイルを開いた。いくつかページを捲《めく》ると、金属の塊《かたまり》と思しき奇妙な物体の写真が並んでいた。

「何ですか、これ……？」

「遺留弾頭の顕微鏡写真だ。ここに秘密を解く鍵がある」

「遺留弾頭……。国松長官の体から出てきたものですか……？」

国松に命中したのは、アメリカの「フェデラル・カートリッジ社」が製造した「ナイクラッド弾」とされている。その中でも「ホローポイント」と呼ばれるこの弾頭は先端がすり鉢状に深く窪《くぼ》んでおり、標的の体内に侵入すると、先端がつぶれキノコ状に広がる。「マッシュルーミング」と呼ばれる現象だ。この鋭利に尖ったキノコの笠が標的の筋肉組織や臓器を破壊するのだ。

「そうだ……。しかし、この弾頭が妙なんだ。実は、フェデラル社が製造した真正品とは違うことが分かったんだ」

「ど、どういうことですか？」

「誰か、別の第三者が作ったものだ。それも、国家的な作業で……」

捜査官がここまで言ったとき、記者が遮《さえぎ》った。

「待ってくださいよ。いま、南千特捜は小島俊政（仮名）を狙撃実行犯として、最後の勝負に出ようとしているんでしょう？　弾頭の模造なんて話は聞いたことがありませんよ」

小島俊政とは、事件発生翌年に警視庁公安部の取り調べに「自分が長官を銃撃した」と自供したオウム信者で、警視庁の元巡査長である。

警視庁は、この小島の手袋やカバンなどから、射撃時に発生する物質の元素や、オウム信者のミトコンドリアDNAを最先端の科学鑑定で検出し、時効直前の最後の強制捜査に乗り出そうとしていた。だがそれは、一五年間の迷走した捜査の、辻褄《つじつま》合わせに過ぎないと、記者は考えていた。

「あんたの想像通り、そんな筋書きはニセモノだ。そもそも国松長官の狙撃は小島のような素人にできる芸当じゃない。高層マンションに囲まれた公共の場で、しかも雨の降っている中だ。動いている相手に二〇・九二メートル離れた場所から四発中三発、体のど真ん中に命中させるなんて、そこらの警官にできることじゃない。しかも弾丸は火薬量を最適化するために調整した痕跡もある。精密射撃の訓練を受けたスナイパーの仕業だ」

捜査官は白髪交じりの短髪をかきむしるようにしながら言った。「火薬量の調整」など、記者には初耳だった。

「じゃあ誰なんです。国家的プロジェクトで弾丸を偽造し、プロのスナイパーを送り込む連中がどこにいるんですか！」

記者はやや興奮したように身を乗り出した。

睨《にら》み合う二人の間に、長い沈黙が流れた。

「……北朝鮮だ」捜査官は歯を食いしばるような、苦し気な表情で言った。

「犯人は北しかいない。銃先進国アメリカの最先端の弾丸を模造するなんて思考回路と技術を持つのは、北朝鮮くらいしか考えられないんだ。現場の捜査員の間ではこの一五年間浮かんでは消え、結局誰も捜査することは許されなかった……」

「現場に落ちていた朝鮮人民軍のバッジは何かのメッセージ。オウムが攪乱のために置いたのではなくて……」

記者は独り言のようにつぶやいた。

「俺もオウムがなんらかの形でかかわっていることを否定することはできない。しかし弾丸の模造はオウムにはできないし、そんな証拠も出てこなかった。現場に北朝鮮の軍のバッジが落ちていたのに、北朝鮮ルートを一五年間も捜査しなかったなんて、おかしいと思わないか？　繰り返しになるが、空から巨人の手が伸びてきて、見えない力が俺たちを動かしているんだよ。俺たちは一五年間、誰かに操られて、真実から遠ざけられてきたんだ」

記者は目の前に積み上げられた捜査資料に夢中になっていて気付かなかったが、捜査官の手にはいつの間にか、日本酒がなみなみと注がれたコップが握られていた。酒の飛沫が遺留弾頭の写真にかかっても気にする様子はなかった。

「まあ、こんなこと言っても、現場のノンキャリの声が上層部に届くわけもない。まもなく時効だ。お宮入りになれば、こんな資料も全部焼却処分だ。狙撃手は日本警察の無能さをせせら笑っているんだろうよ」

捜査官はコップをテーブルに叩きつけるように置くと、畳の上に大の字にひっくり返った。空に向かって叫び声を張り上げるのを辛うじて堪《こら》えているかのようであった。

記者は日本酒を呷《あお》って、火照《ほて》る体を冷ました。しばらくすると捜査官の寝息が聞こえてきた。一瞬、目の前のファイルに邪《よこしま》な気持ちを抱いたが、思いとどまった。

捜査官の自宅を出て、夜空に目を凝らした。月明かりに照らされた雲が巨人の掌のように見えた。

阪神・淡路大震災、地下鉄サリン事件という国家の存続すら揺るがす混乱の直後、下町の高級マンション群で発生したこの事件は、謀略めいた不気味な存在感を放つ。八インチの鉛色の銃身を真っ直ぐ警察庁長官の背中に向け、四発の銃弾を放った黒コートのスナイパーは、照門と照星の彼方に何かを見据えていたはずである。自転車で悠然と現場を立ち去ったとき、警察に、いや日本という国家に確実なメッセージが伝わったことを確信していただろう。

この事件の捜査に携わった者たちは、警察組織の十字架を背負わされることになった。憤懣や焦燥、絶望を溜め込んだまま、ある者は組織を去り、ある者はこの世を去った。

歴戦の捜査官たちを操り、事件を迷宮入りさせようとした『見えない力』とはいったい何だったのだろうか。

警察庁長官の体内で大きく形を変えた三つの弾頭、スナイパーの足元にそっと置かれていた朝鮮人民軍バッジ、そして韓国の一〇ウォン硬貨こそが、我々に解明の糸口を提供しようとしているに違いない。

完全秘匿　警察庁長官狙撃事件◉目次

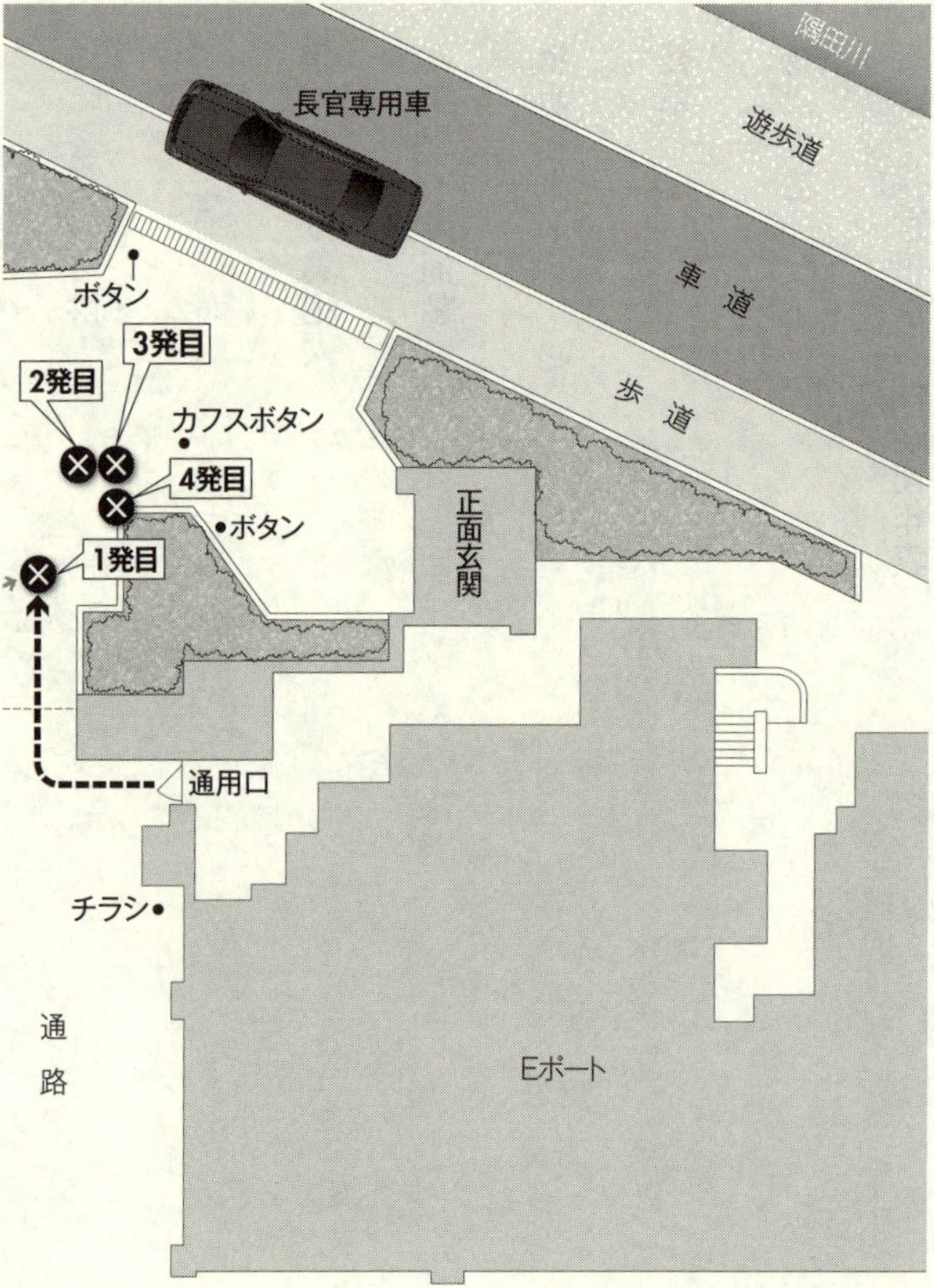
隅田川
長官専用車
遊歩道
車道
歩道
ボタン
3発目
2発目
カフスボタン
4発目
ボタン
1発目
正面玄関
通用口
チラシ
通路
Eポート

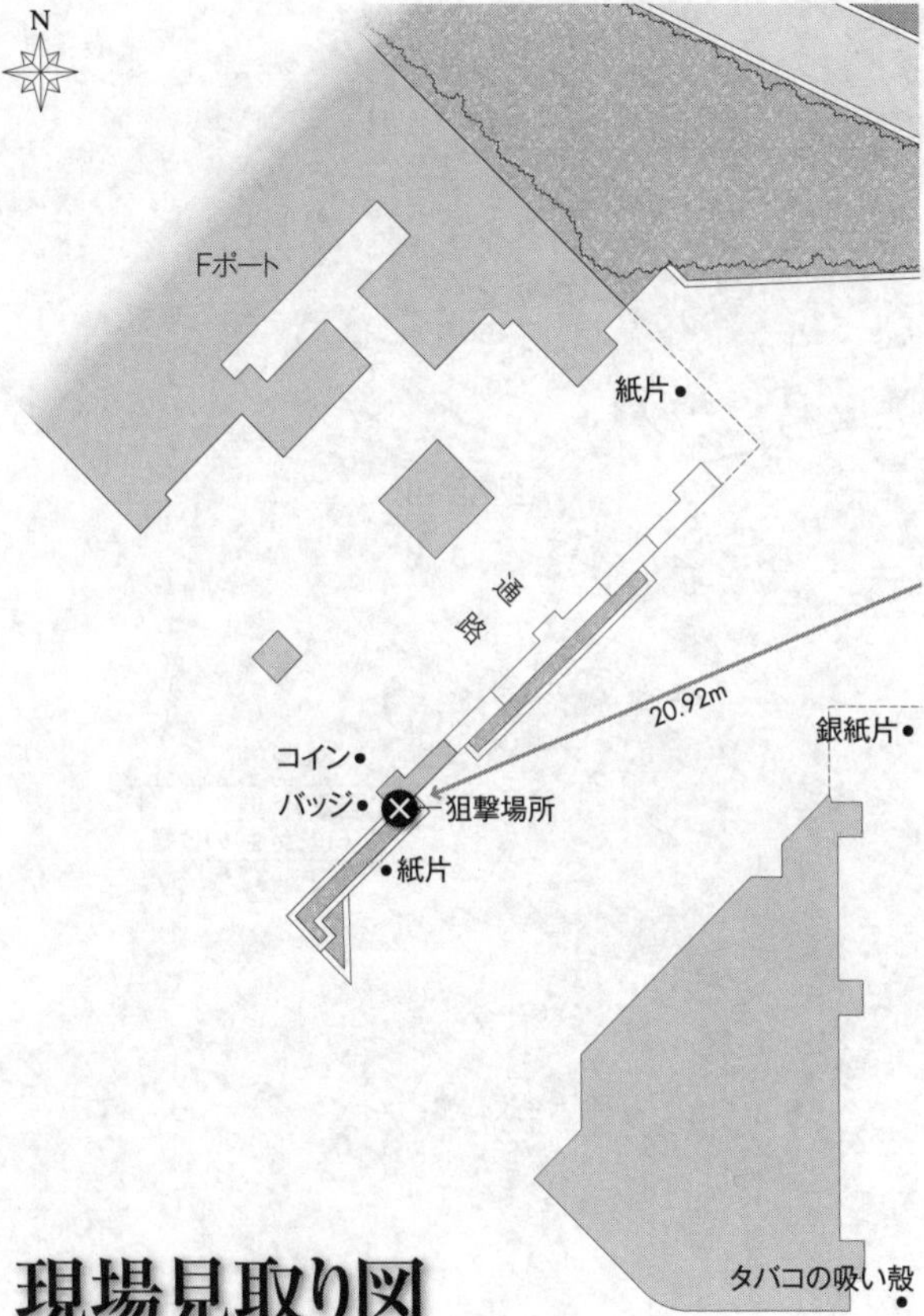

現場見取り図

（事件発生当時）

狙撃犯が自転車に
乗った場所
長官の1発目
被弾地点
Fポート
Eポート
20.92m
狙撃場所
約90m
約80m
Bポート
目撃者
（51歳女性）の位置
Cポート
Aポート
狙撃犯逃走経路

アクロシティ内逃走経路

現在の「事件現場」の様子。長官専用車が止まっていたあたりから撮影したもの。左に見えるのがEポートの正面玄関

初動捜査

四発の銃声

荒川区南千住は隅田川沿いに広がる東京の下町だ。工場や商店がひしめく町並みを抜けると、下町の風情をぶち壊しにする高層マンション群が眼前に立ちはだかる。「アクロシティ」という名の通り、ひとつの街を形成する四万一〇〇〇平方メートルの敷地内には、プライムハウスという名の管理棟を取り囲むような形で、Aポートから Fポートの中低層の建物、さらに三二階建てのGポート（タワーズ）という合計七つの住居棟が立ち並ぶ。総戸数は六六四戸。これに運動施設であるスポーツスクエア、商業施設マーケットスクエアを含む豪華なコンプレックスは、周囲をまるで堀のような流水路で囲まれている。このため下町を睥睨《へいげい》する城のような雰囲気を醸し出している。

テレビモニター付きインターホンに、二四時間の有人管理による「安心・安全な暮らし」というのも宣伝文句の一つである。「アクロシティ」の「アクロ（ACRO）」とは、古代ギリシャの政治・宗教の中心であるアクロポリスにちなんだもので、『都市の頂上・頂点』を意味するラテン語なのだという。ここは全国の警察組織を束ね、頂点に立つ男に相応《ふさわ》しい住居だったのかもしれない。

一九九五年三月三〇日午前八時二二分、警察庁長官官房総務課秘書室課長補佐・田《た》盛《もり》正幸警視はアクロシティの北側に面した区道に長官専用車両を停車させた。

幅六メートルのこの車道はアクロシティと隅田川に挟まれている。鼻先を西側に向け、左側のタイヤを歩道に乗り上げて停車された長官車両の右手には遊歩道、その向こう側には隅田川が広がっていた。

田盛は一〇メートル前方に南千住警察署警備課の警戒車両が停められているのを確認した。二人の警備課員は普段どおり存在を主張することなく、車内で息を潜めている。やがて私服の警察官が車を降り、助手席に座る田盛のもとに一枚の紙をもってきた。

「アクロシティへのポスティングのビラです」

オウム真理教の宣伝ビラだった。

田盛はビラを受け取ると、傘をさして、Eポート一階の正面玄関にゆっくりと歩いて向かった。気温は摂氏八度、小雨が肩を濡らす。

警察庁長官・国松孝次はこのアクロシティのEポート六階に、家族とともに住んでいる。前日帰宅したのは午後一〇時を回っていた。シンガポール警察の幹部の公式訪問を受けて、午後九時半まで港区赤坂の高級フランス料理店「クレールド赤坂」で会食していたのだ。

「きっと疲れているだろう。ぎりぎりまで休んでもらおう」

多忙を極める警察トップに対する配慮が頭にあった。田盛は腕時計の針を確認しながら、周囲を見回した。

一週間前の朝、田盛がここに来たとき、近くに黒いコートを着た男が立っていた。南千住署の警戒要員に職務質問させようとしたが、男は姿を消してしまった。

正面玄関まで歩くと田盛は、郵便受けと奥にあるゴミ捨て場に不審物がないか確認した。まだインターホンを押すには早すぎる。田盛は再び長官専用車両に戻った。

田盛は腕時計の針がまもなく午前八時三〇分を指すことを確認すると、再び車を降りて、Eポート玄関のインターホンで、国松の部屋の番号を押した。

ここまでは週五日、定時に繰り返される光景だった。しかしこの日、田盛秘書官はいつもと違う行動をとった。

「田盛です。お迎えにあがりました」

国松の妻にこう告げたあと、正面玄関からエレベーターホール脇の通用口に向かった。のちの聴取に対して田盛は「不審人物および不審物検索のため」と説明している。一週間前に見た「黒いコートの男」の存在が、頭にあったのかもしれない。

この通用口はエレベーターから降りた国松を待ち伏せるには格好な場所であるため、田盛の「検索が目的」という説明に合理性はある。

しかし、田盛の特異行動は重大な結果を招くことになってしまった。

国松は、一階でエレベーターを降りたとき、左手の通用口に立っている田盛の姿を確認した。普段は「警察トップが通用口からこそこそ出かけるわけにはいかない」と必ず正面玄関から出ることにしていた。だが、この日は、田盛が通用口に立っていたため、正面玄関に向かうことを思いとどまり、そのまま通用口から外に出てしまったのだ。

狙撃手はFポートの南東角にいた。早足で通用口から出てきたターゲットは、狙撃手にとって想定より近かったであろう。距離は二〇・九二メートル。雨で視界を遮られることはなかった。狙撃手は右足を植え込みに乗せ、壁に左肩を押し当てて、通用口から現れた国松に照準を合わせた。

のちの事情聴取に、国松は、なぜ通用口から出てしまったのか自分でも理由が分からない、と供述している。

「結果的には狙撃手に何メートルか近くなって、さあ撃ってくださいという場所を歩いてしまった。人間というのは、ときには不可解な行動をとるものであるという一言で、これ以上は説明できない」

田盛秘書官は通用口で国松を迎え、早足で歩く国松の左後方から傘をさしかけた。その傘の柄に左手を伸ばした国松は、背後に潜む狙撃手の殺気にまったく気付かなかった。

時計の針が午前八時三〇分をまわり、三一分を指したそのとき、アクロシティBポート三階に住む五一歳の主婦は「ドーン」という大音響を聞いている。ベランダから下を見ると、黒い服の男が銃を構えていた。狙撃手までの距離は八〇メートル、彼女は恐怖に震えながら犯行の瞬間を目撃していた。

「一発目のドーンという音が聞こえたので、ベランダから外を見たら、Fポートの南東付近で、筒の長い拳銃のようなものをEポートの方向に構えた男の姿が見えた。ドーン、ドーンという銃声が間隔をあけて聞こえた」

狙撃手は二〇・九二メートル先にいる国松の体幹部に照準を据えると、まるで力むことなく右手人差し指でトリガーを引いた。このとき、国松は通用口から五歩進み、六歩目を踏み出そうとしていた。

冷徹なる狙撃手の放ったホローポイント弾は国松の左後方に付き添う田盛の右腕付近を掠《かす》めると、国松の背中の正中線のわずか二・五センチ左から体内に侵入し、先端部分を広げながら腎臓を貫通、組織を破壊しながら鳩尾《みぞおち》に射出口を作った。そして運動エネルギーを落としながら長官車両が待機する隅田川の方角に消えた。

田盛には国松が「拳銃だ」とつぶやくのが聞こえたが、銃弾が背中に命中したことにはまったく気付いていなかった。

国松は前のめりに倒れそうになりながら二歩進んだ。刺すような激痛を感じ、背後から銃撃されていることを認識したが、振り返る余裕などまったくなかった。

狙撃手は照星越しによろめく国松を追っていた。リボルバー（回転弾倉式拳銃）の銃口から放たれた二発目の銃弾は、国松の左大腿部後部から右大腿部側面を貫通した。

「長官！　大丈夫ですか！」

国松は背中から地面に叩き付けられていた。我に返った田盛秘書官は、体をひねってうつ伏せになった国松に、左後方から覆いかぶさるようにして声をかけた。腹部から大量に出血していることを確認すると、国松を再び仰向けにした。そしてズボンのベルトとスーツの襟首を掴んで引きずって物陰に退避させようとした。

この時、国松は両膝を立てて仰向けになり、足を狙撃手に向けて寝ている状態だった。大音響とともに三発目の銃弾が放たれた。弾頭が陰嚢《いんのう》外側後面から体内に侵入した瞬間、国松の体は衝撃によって跳ね上がった。弾頭は腹腔内に一過性空隙を形成しながら、器官を切り裂いた。

田盛は狙撃手に体をさらしながら、植え込みの陰を目指して渾身の力をこめて、国松を引きずった。国松自身は激痛を感じながらも、地面を蹴った。

コンクリート製の植え込みの高さは六〇センチ、血まみれで横臥《おうが》した状態の国松の体を隠すには十分だった。四発目の「バーン」という銃声が響く。「バチッ」と音を立てて、植え込みのタイルの角が白煙を上げた。

長官車両の運転手は、「パン、パン」という耳を劈《つんざ》くような爆発音を二回聞いた。彼はこのときオートマチックのギアをPレンジからDレンジに入れて、パーキングブレーキを解除し、万が一の事態に備えて急発進の準備は万端であった。国松と田盛が、地面に伏せるのが見えた。

その瞬間、運転手はFポートの南東の角に奇妙な物体を目撃した。「一五センチくらいの長さの棒」が覗いていたのだ。まさかこれが国松に向けられた銃身だとは運転手は想像さえしなかった。

再び「パン」という乾いた音が聞こえ、田盛が国松に覆いかぶさった。運転手はここではじめて「銃声だ」と気付き、慌ててギアをDレンジからPレンジに戻した。

アクロシティ周辺にいた三人の南千住署の警戒要員の反応は鈍かった。当時の捜査資料を紐解《ひもと》くと、彼らの動線と発砲音のタイミングが記載されている。

南千住警察署の大城巡査と佐藤巡査は、長官専用車両の前方、ちょうどFポート脇にあたる区道に警戒車両を停車させていた。長官が出勤する定時刻である八時三〇分を過ぎていたにもかかわらず、佐藤は運転席に、大城は助手席に座ったままだった。

実はこれは国松本人の意向だった。南千住警察が「Eポートの玄関前に二四時間常駐のポリスボックスを置きたい」と打診したとき、国松は「人通りの少ない場所だし、目立つからやめてほしい」と断っていた。警備要員が周辺に配置されることを極端に嫌がり、「制服でなくて私服で警戒してくれ」「付近を流動する形で警備はできないか」などと南千住署長に強く要望していた。

警察トップに君臨する国松孝次は、まさに雲上人である。現場の巡査としては、長官周辺から姿を消すことこそ、忠実なる職務執行だったのだ。

車内にいた大城巡査は左後方からの「ドーン」という発砲音を聞いて凍りついた。

「何だ？　いまの音は？」

車の衝突音のようにも聞こえた。ようやく助手席のドアを開けようとしたそのとき、「ドーン、ドーン」と立て続けに轟音が響いた。さらに車外に飛び出して、四メートルほどダッシュしたときに、四発目の銃声を聞いた。

運転席に座っていた佐藤巡査は「バーン」という音を二回連続で聞き、無線機を手に握り締めて車外に飛び出した。佐藤が握ったのが拳銃ではなく、無線機だったことからも、南千住警察の警戒レベルの低さが窺える。佐藤は長官車両に向けて走りながら、残りの二発の音を聞いたという。

警備係長の石川警部補は、狙撃手からEポートを挟んだ反対側、アクロシティの北東角の路上に立っていた。E、Fポートの方向から「バーン」という音が聞こえた瞬間、石川は車道を長官車両に向けて猛ダッシュした。走りながら二発目、三発目、四発目の発砲音を聞いた。

田盛秘書官は懸命に国松を引きずり、Eポートの正面玄関前まで到達していた。狙撃手はターゲットに致命傷を確実に与えたという自信があったのか、止めを刺しにくる様子はなかった。

「何があったんですか！」

二人の警察官が走ってきたとき、田盛は国松長官の脇で膝を地面に突いたままの状態で手を上げ、運転手に向かって叫んだ。

「鞄、鞄だ。持ってきてくれ！　撃たれた！」

鞄の中に110番ボタンがついた特殊な携帯電話が入っていた。このとき既に田盛に抱きかかえられた国松の白いワイシャツが真っ赤に染まり、雨で濡れた地面に血だまりが広がっていた。

「電話の赤いボタンを押してくれ」

田盛は蒼白となった運転手に指示した。

しかし緊急用110番ボタンはいくら押しても反応しなかった。運転手は長官車両まで走り、車載電話で119番を押したが、何度かけてもどういうわけか「圏外」の表示だった。続いて運転手が震える指で「短縮1」を押すと、長官秘書室につながり、女性秘書が電話に出た。

「長官が撃たれました！」運転手は叫んだ。

アクロシティの管理人は、敷地中央部にある管理棟「プライムハウス」方向に向かって、黒いコートを着て自転車に乗った男が猛スピードで走ってくるのを目撃している。男の顔は見えなかったが、Eポートと対角線上にあるDポートとスポーツスクエアの間を抜け、西の方向に向かって走り去ったという（18ページ参照）。

特別捜査本部が収集分析した目撃情報によると、年齢三〇歳から四〇歳。身長は一七〇センチ以上一八〇センチくらい。やや痩せ型の中肉で、周囲に縁のある黒っぽい帽子をかぶり、濃紺または黒の膝まであるコートと黒っぽいズボンを着用、顔にはやや大きめの白いマスクをつけていた。

管理人は走って自転車の男を追跡しようとしたが、警察官が追ってくる様子はなかったという。警戒担当の三人の南千住署員は狙撃犯に応射するどころか、追跡、目撃すらしていなかったのである。

大量流血

「荒川区南千住六の三七の一一アクロシティEポート60×号室、国松方。銃による怪我人、警察官扱い中」

荒川消防署南千住出張所に入電があったのは午前八時三四分、銃撃から約三分後のことだった。五八歳のベテラン消防士司令補を隊長に、消防士長、消防副士長、消防士の合わせて四人が救急車に飛び乗り、一分後に出動した。

現着時刻は午前八時三八分、アクロシティEポート付近には警察車両が数台停車しており、Eポート前にスーツ姿の男性が頭を東に向けて倒れているのが見えた。

司令補らが駆け寄ると、秘書官と制服の警察官二〜三人、女性一人が、腹部から血を流して倒れている男を呆然と見つめていた。

「私は長官の秘書です。長官が撃たれたのでお願いします」

田盛に言われて司令補は、はじめて血まみれの男が警察庁長官の国松孝次であることを知った。国松はスーツの前ボタンを開け、ワイシャツの前ボタンも開いた状態で、肌着の腹の部分が真っ赤に染まっていた。隊員が肌着を捲《まく》り上げると、傷口にハンカチが当ててあり、その下には直径一センチ以上の銃創があった。ハンカチによる圧迫止血で血液の流出は止まっていた。

国松がきわめて危険な状態にあるのは一目瞭然だった。顔色は青ざめ、意識は朦朧《もうろう》としている。唇も白くチアノーゼの症状が出ている。呼吸が浅く、苦しそうだったため、救急隊員は顎を上げて気道を確保した。

「国松さん。国松さん！　聞こえますか？」

隊員が大きな声で呼びかけたが、まったく応答はない。手を握ると国松はようやく頷《うなず》き、瞬《まばた》きをした。最後の気力を振り絞って、辛うじて意識を保っているようだった。手首で脈を測ろうとしたが、拍動が伝わってこない。血圧の上が九〇以下に落ちていることを示していた。最も心臓に近い位置にある頸動脈でようやく感じ取れるレベルだった。

現着から七分後、国松はストレッチャーに乗せられて救急車に収容された。瞳孔は左右三ミリ程度で、対光反応は鈍くなっている。しかし心電図にだけは異常はなく、懸命に生きようとしているかのようだった。

「担架にも血液が付いてる。背中を確認しろ」

隊員が国松の肌着を切開して確認すると、背中の銃創から大量に流血していた。この傷口は直径一センチ以下の小さいものだった。ホローポイント弾は体内に入ると、マッシュルーミングによって直径が倍近くに広がる。このため背中の射入口よりも、上腹部の射出口のほうが大きくなるのだ。しかし救急隊員が使用された弾丸の特性など知る由もなかった。

ベテラン司令補の指示で、最高量に近い八リットルの酸素吸入、背中と上腹部の止血、毛布をかけて車内温度を二五度に設定する保温措置が施された。流れるようなスピードで応急処置がなされていった。

午前八時四六分、南千住救急隊は重篤と判断された国松長官、そして付き添いの妻と田盛秘書官を乗せて日本医科大学付属病院に向けて出発した。銃撃からわずか一四分後のことだった。

不気味なサイレン音

ちょうどその頃、警視庁公安部参事官の伊藤茂男（昭和五一年警察庁入庁）は、車の後部座席に巨体を沈め、車窓から風俗店の巨大な看板をぼんやりと眺めていた。

「都心のど真ん中にこんな看板立てやがって……」

伊藤は六本木の繁華街を見ながら、毒づいた。

伊藤を乗せたシルバーの日産セドリックは、首都高速渋谷線の渋滞を抜け、六本木交差点付近を時速八〇キロで走行していた。目黒区柿の木坂の官舎を午前八時一五分に出てから、一九分が経過していた。

「参事官！　お電話です！」

ハンドルを握る運転担当の巡査部長に呼ばれて我に返った。

車載電話の受話器を取ると、庶務担当の管理官の声が聞こえた。

「おはようございます。緊急連絡です。国松長官宅に右翼が乱入しているという通報がありました」

「右翼？　もう解決済みなの？」

全国約二六万人の警察官、警察職員を率いる警察庁長官の自宅には、所轄の警備課が複数の人員を配置しているはずだ。義侠心から単独行動をとる右翼団体構成員が暴れたとしても、短時間で制圧が可能なはずだ。伊藤はまずこう思った。

「まだ詳細は不明です。管轄は南千住です。一課長と三課長が現場に向かいます」

「分かった。私は五分以内に本部に到着する」

電話の内容を察した巡査部長は、アクセルを踏み込み、参事官車を一気に加速させた。

このとき伊藤は何故か、この二週間味わってきた戦慄が全身を駆け巡るのを感じた。

三月一五日朝には、警視庁と警察庁の膝元にある地下鉄丸ノ内線・霞ケ関駅に、噴霧装置が内蔵されたトランクが三つ置かれているのが見つかり、伊藤は出勤途中に車を飛び出して、発見現場に向かう階段を駆け下りた。

その五日後の三月二〇日に地下鉄サリン事件が発生したときには、伊藤が乗った参事官車は緊急車両に道をふさがれ、桜田通りで身動きが取れない状態になってしまった。電車で通勤していれば、事件に巻き込まれていただろう。

警視庁は二二日朝、上九一色村など一都二県の教団施設に対して、目黒公証役場事務長拉致事件の逮捕監禁容疑で初の一斉捜索を行った。ついに警察はオウム真理教との戦闘に突入したのだ。

伊藤は、国家転覆を図ろうとするカルト集団の影が、ひたひたと警察権力に忍び寄っているような気がしてならなかったのだ。

参事官車は間もなく警視庁本部に到着した。皇居側から地下駐車場に滑り込むとき、緊急走行のための赤色灯を取り付けた捜査車両が次々と猛スピードで飛び出していった。車窓越しに革マルを担当する公安二課の管理官の姿が見えた。公安部だけでなく、刑事部捜査一課特殊犯捜査係や捜査四課の車両などが先を争うように桜田通りに吸い込まれていく。不気味なサイレン音が桜田門を包んでいた。

極左担当参事官

警視庁本部庁舎一四階、最高の眺望を誇る区画には公安部幹部が陣取っている。皇居を望むエリアには、公安部長（キャリア）、公安部ナンバー3にあたる部付（ノンキャリア）、筆頭課長である公安総務課長（キャリア）が執務室を構える。ナンバー

2である参事官（キャリア）は公安一課長（ノンキャリア）とともに、桜田通りを見下ろす窓側に個室を持つ。

この当時、警視庁公安部には、七つの課と一つの捜査隊が存在した。筆頭課の「公安総務課」は共産党の情報収集活動、「公安一課」は中核派や革労協といった極左暴力集団、「公安二課」は革マル派と労働団体、「公安三課」は右翼団体、「公安四課」は公安部対象組織や活動家のデータの管理・照会、「外事一課」はロシア・東欧の防課（カウンターインテリジェンス）、「外事二課」は北朝鮮・アジアの防課となっている。「公安機動捜査隊」は爆発物テロなどの現場の初動捜査を担当する。

極左各セクトを担当する公安一課長室の隣に、公安部ナンバー2であるキャリア参事官が部屋を持つのは、「極左担当参事官」という本来の目的ゆえである。

この役職が設置されるきっかけとなったのは一九八六年、東京サミットの歓迎式典が行われていた迎賓館に向けて、迫撃弾が五発発射されたゲリラ事件だ。迫撃弾は中核派が飛ばしたもので、迎賓館の上を飛び越え、けが人はなかったが、警視庁は警備上の責任を問われることになった。

警察庁長官は極左過激派の重点対策を通達するとともに、警視庁公安部公安一課の態勢を一気に六〇〇人に増員した。公安一課長だけでは大所帯となった課内を統制できないということになり、極左担当参事官のポストが新設されたのである。

伊藤が一四階に到着したとき、公安部は混乱を極めていた。先程電話をかけてきた管理官が参事官室に飛び込んできて、にわかには信じがたい情報を告げた。

「長官が狙撃されました。長官は千駄木の日医大病院に搬送されましたが、血圧が低下して重篤です」

「右翼が暴れている」と思い込んでいた伊藤は腹の底から呻《うめ》いた。警察庁長官の国松孝次は一九六一年（昭和三六年）警察庁入庁の公安畑のエースだ。地下鉄サリン事件以降は「特A」と呼ばれる重点警護対象になっているはずだった。

伊藤は国松と入庁が一五年も離れていたため、親しく会話するような間柄ではなかった。しかし伊藤が警備局警備企画課理事官だった頃、秘書官の田盛が警備局外事二課課長補佐で、連絡を取り合いながら仕事を進める関係だった。

「あいつが付き添っていても駄目だったか……」

田盛はもともと広島県警採用の警察官で、「推薦組」として警察庁に入庁し、日本赤軍の追跡を担当した国際テロ対策の専門家だ。冷静沈着にして緻密、度胸もある。有事における長官秘書官には申し分ない人材だった。

管理官の報告は続いた。

「現場では北朝鮮のものと見られるバッジと韓国のウォン硬貨が発見されたそうです」

伊藤は「これは攪乱だ」と直感した。この日は日本と北朝鮮＝朝鮮民主主義人民共和国との国交正常化交渉の再開を目指す与党三党の訪朝団が平壌から帰国する予定だった。日朝の関係改善に反対する勢力の犯行と見せかけ、捜査を攪乱するために、北朝鮮バッジとウォン硬貨を現場に置いていったと伊藤は推理したのである。

「つまらぬ憶測を招く可能性がある。公安部からは警察庁の事務方には報告するな。備局長《びきょくちょう》（警備局長）には私が報告しておく」

伊藤は管理官に指示した。

警部である係長以下にこの情報を報告しても、情報が拡散するデメリットしかない。警察庁では警備局長と公安一課長が知っていれば事足りる情報である。

「桜井（勝）部長が現場に出るとのことです。参事官も現場に行かれたほうがいいと思います」

伊藤は上着を取って、再び地下駐車場に向かった。

腹部に重大な損傷を負った国松は午前八時五七分、文京区千駄木にある日本医科大学付属病院・高度救命救急センターの処置室に運ばれた。銃撃からわずか二六分後のことだった。

午前八時三一分頃に銃撃されたあと、119番覚知が八時三四分、南千住救急隊の現場出発が八時四六分、そして病院着が八時五七分なので、異例の速さといえる。

国松長官は救命救急センターにストレッチャーで運び込まれたとき、医師から「国松さん！　大丈夫ですか。これから麻酔をかけます」と大きな声で問いかけられ、「はい」と呻くような声をふり絞って頷いた。処置室で医師と看護師が国松を仰向けに寝かした状態で着衣を切断し、レントゲン撮影した。

止血のための手術は午前九時二〇分から開始され、センターの辺見弘部長が執刀、三名の助手が補佐した。全身の傷口を念入りにチェックすると、左背部と左上腹部に一ヵ所ずつ、陰嚢外側後面、左臀部、右臀部、右大腿部、左大腿部後面の合計七ヵ所に銃創が発見された。この時点では、どれが射入口で、どれが射出口か判別は困難だった。

先端が潰れて広がることによって、臓器や血管をずたずたに切り刻むホローポイント弾の威力は凄まじかった。先端が凹型にへこんでいるホローポイント弾は、標的に命中した瞬間、「マッシュルーミング」と呼ばれる現象を起こす。その名の通り、先端の孔を中心にキノコ形に反り返る形で広がり、裂傷面積を拡大する。貫通力は落ちるが、人体への破壊力、殺傷能力がきわめて高い弾丸である。

辺見は正中切開によって開腹したとき、思わず唸り声を上げた。腹腔内に約三〇〇ccの出血があって、まさに血の海となっていたのである。主な出血が腹部大動脈からであったため、圧迫止血するとともに縫合した。胃の表裏の貫通銃創については、壊死《えし》組織を切除したうえで縫合した。

さらに損傷のあった小腸を二五センチ切除、横行結腸への一時的な人工肛門の設置、腹膜の縫合など、「神の手」とも評される素早さで処置が行われていった。

さらに閉腹後の検査で左の腎臓が造影されないことが判明、再手術を行って左腎臓を露出すると、貫通銃創が見つかり、ただちに摘出することになった。膵臓にも一部銃創による脂肪壊死が見られたが、正常に機能すると判断して、そのまま閉腹した。

一発目の左背部から入ったホローポイント弾は、腎臓を貫通、大動脈を切り裂きながら、膵臓も貫通し、さらに胃の後ろ側から前面に突き抜けていた。

二発目は左大腿部から射入し、内股から射出したあと、再び右大腿部付け根の肛門

国松長官が狙撃された現場付近を調べる捜査員たち。1995年３月30日午前９時30分、荒川区南千住。（写真提供：共同通信社）

付近から射入、破片を残して貫通した。この弾頭は国松の背広の中から見つかった。

三発目の陰嚢外側から体内に入った弾丸によるダメージは大きく、大腸の左半結腸付近を通過する際に筋肉を切り裂き、右上腹部の皮膚の下で留弾していた。盲管銃創から肺に向かって三八センチも腹腔内に侵入していたのだ。この三発目はまさに生存することを容赦しないとどめの一発であった。

国松は体内の全血液量の二倍に相当する一万ccの輸血を受けることとなった。手術中、国松の血圧は上が六〇、下は計測不能になり、失血性ショックによる危篤状態に陥った。心臓の心室頻拍も起き、医師たちは心臓に電気ショックを与えるカーディオバージョンを六回も行った。

一方、アクロシティの現場では、殺人など凶悪事件を担当する刑事部捜査一課、暴力団捜査の捜査四課、鑑識課、機動捜査隊、公安部公安一課、三課、さらには公安機動捜査隊が入り乱れていた。

伊藤参事官は雨が降り注ぐ高層住居棟の谷間で、鑑識や公機捜の証拠収集活動を呆然と見つめていた。このとき現場にいる警察官、報道陣、野次馬全員の頭の中は、オウム真理教という狂信者集団の存在でいっぱいになっていたに違いない。運転担当が傘をさしかけていたが、伊藤の背広の肩は濡れていた。

現場は寺尾正大《まさひろ》捜査一課長が取り仕切っていた。新潟大学卒業後、一九六六年に警視庁に入庁、ロス疑惑やトリカブト殺人事件など数多くの重大事件を捜査した伝説の刑事である。捜査一課長に就任したばかりの寺尾は、地下鉄サリン事件などオウム真理教との闘いを陣頭指揮していた。

アクロシティから直線距離で五〇〇メートル南に離れた場所にある南千住警察署には、警視庁刑事部・公安部の幹部だけでなく、記者やカメラマンが押し寄せていた。待ち構える記者たちに第一回目のレクチャーを行ったのは、現場から戻ってきた寺尾だった。

全域緊急配備発令

「こちらはですね、南千住のですね、南千住六丁目三七のアクロシティという、あのー、マンションのとこなんですがね。何かすごいですね、散弾銃か何かのですね、音がだいぶしているんですよ、この近辺で。いま止んだんですけどね。五〜六発ね、続けざまに散弾銃を発砲しているような音がですね……いまですね、一人倒れているというのが分かっているんですけれども、あのー、こちら刑事さんが見えられていますんで」

目撃者から最初の110番通報があったのは、事件発生の二分後、午前八時三三分〇〇秒のことだった。切迫した声で発砲事件の発生を伝えるものだった。

南千住警察署から通信指令本部への至急報はこの四〇秒後、午前八時三三分四〇秒だった。

「南千住から警視庁。えー至急です。えー、警察庁長官、当署管内警察庁長官、拳銃で撃たれるとの第一報、当署マル遊勤務員からの第一報詳細確認できず。(中略)詳細は不明。マル被の人着《にんちゃく》等、逃走方向は不明」

「マル被」とは被疑者（容疑者）、「人着」とは人相や着衣などの特徴を指す隠語である。その後、警視庁管内の警察署にはセレコール（信号音）が何度も鳴り響いた。通信指令本部から一斉連絡される発令は目まぐるしく更新されていった。
「警視庁から六方面の警戒員宛、只今110番で南千住六の三七、散弾銃発射事件、110番の通報内容では散弾銃の発射音五発した模様」（六方面一斉指令の発令）
「警視庁から各局、管下一斉指令とする。110番で南千住署管内、南千住六の三七番、警察庁長官、ここにおいて散弾銃または拳銃の発砲。負傷者が出ているという内容で現在110番が入っています」（午前八時三五分四〇秒・管下一斉指令の発令）
さらに通信指令本部が一〇キロ圏内の緊急配備をかけたのは、発生から五分後の午前八時三六分だった。
「南千住六の三七中心の一〇キロ圏配備を発令する。長官の負傷部位程度、腹部を撃たれ中傷程度！」
ここではじめて通信指令本部は「国松孝次警察庁長官が負傷した」と警視庁全警察官に伝えた。さらにその三分後には「全域緊急配備」が敷かれた。
「長官を狙った狙撃事案について只今の時間、島部を除く全体配備を発令する。マル被は自転車、白色マスク、スポーツセンター方向へ逃走の模様です」

中央区築地にある築地警察署の食堂で、朝の捜査会議に向けて待機していた公安総務課所属の大鶴玄警部補（仮名）は、スピーカーから流れる発令内容を聞いて、思わず椅子から立ち上がった。

「地下鉄サリン事件特別捜査本部」の捜査員たちは、「南千住で警官が撃たれたらしい。いや長官だ！　国松長官が銃撃されたぞ」と口々に叫んだ。

テレビの速報テロップをいち早く流したのはＴＢＳで、午前八時四八分。日本テレビが五三分にテロップを出すまでのわずか五分の間にテレビ全社が次々と速報を流した。大鶴は「オウムに違いない。これは警察とオウムの戦争だ！」と直感した。

彼の任務は地下鉄サリン事件の被害者からの聴取を進めながら、サリンが散布された列車の始発駅および停車駅周辺にある防犯カメラの映像を収集することだった。駅周辺のコンビニや個人宅を片端から訪ね歩いて映像を回収し、分析班に渡していた。

一〇日前の三月二〇日に発生した「地下鉄サリン事件」を捜査する築地特捜は二百数十人の捜査員が三つの班に分かれていた。

公安部と生活安全部を中心に編成された被害者聴取班は、病院に運ばれた被害者から目撃情報などを収集。刑事部捜査一課を中心とする証拠品分析班は、車両内に残された証拠品から犯人割り出しを進めていた。捜査一課の刑事七人で構成された特命班は「麻原を日本から出すな」という密命を帯びて、成田、羽田、名古屋、福岡など全国の国際空港に散っていた。特命班の刑事たちは坂本堤弁護士事件の捜査情報の蓄積がある神奈川県警に応援を要請、磯子署捜査本部に在籍した刑事たちがオウム真理教幹部の顔写真リストを持って合流し、三人一組で張り込みを行った。

「捜一の連中は、空港近くの警察署の道場に寝泊まりしているらしい」

同僚からこう聞かされていた大鶴は、

「捜査一課は手いっぱいで、皆疲れ切っている。長官狙撃の捜査は公安に降りかかってくるぞ」

と身を引き締めた。

しかし近い将来、長官狙撃の被疑者として捜査対象となる警察官が、同じ築地特捜に在籍しているなど知る由もなかった。

モトダチ

「大変なことになってしまいましたね。公安部も捜査に入るんでしょう?」

警視庁公安部参事官室で、陸上自衛隊の制服を着用した国見昌宏陸将補が「こんなときに申し訳ない」と伊藤参事官に頭を下げた。

「私も先ほど現場に行って参りましたが、とんぼ返りです。我々公安部は本件にはタッチしないことになりました。刑事部の捜査一課が担当です」

東部方面総監部幕僚長に着任したばかりの国見は、旧知の伊藤に挨拶にやってきていた。陸自調査部長も経験した国見は、のちに防衛庁（現・防衛省）の初代情報本部長、内閣衛星情報センター長を務めることになる自衛隊きってのインテリジェンスのプロだ。伊藤と国見は一九八六年頃に、在中華人民共和国日本大使館の一等書記官、防衛駐在官として机を並べた間柄だった。

二〇分ほど雑談して、国見は帰っていった。伊藤のこの余裕は長くは続かなかった。参事官室の卓上の電話が鳴った。電話の主は桜井勝公安部長（昭和四三年警察庁入庁）だった。

「公安部がモトダチ（元立《もとだち》・捜査の中核となる部署）になることになった。南千にもう一度戻ってくれ」

「いったいなぜ……？」

捜査開始後、数時間が経過して捜査主体が変更になるのは異例の事態だ。

「総監の決定事項だ。頼んだぞ」

桜井の電話は一方的に切れた。

公安部がモトダチになるのは、井上幸彦警視総監（昭和三七年入庁）の判断だった。確かに警視庁刑事部は地下鉄サリン事件の捜査にほとんどの捜査員を投入しており、長官狙撃事件にまで人員を割くことは困難であるのは間違いなかった。

一方、警視庁の隣にある警察庁では、杉田和博警備局長（昭和四一年入庁）が関口祐弘次長（昭和三八年入庁）にこう主張していた。

「刑事局で一本化すべきです。長官狙撃は全体の中でオウムがかかわった事件と考えるのが普通です。警察庁は刑事局で受けて、その下に警備局の私か審議官が入っても構いませんから」

警備公安警察のトップである杉田は、刑事と公安の確執の歴史を知り尽くしていた。警視庁刑事部を筆頭とする刑事警察がオウム真理教の主要幹部を逮捕していくと、公安部の取調官が入り込む余地はなくなる。長官狙撃事件よりも地下鉄サリン事件の捜査が優先され、刑事と公安の間で「身柄（被疑者）」の取り合いになることを懸念したのである。

このため杉田は、警視庁刑事部長を特捜本部長にして、公安部参事官を下に組み入れる形がベストであると考えた。このほうが情報共有も身柄のやり取りもうまくいくはずだ。

だが、刑事警察の中枢は揺らいでいた。垣見隆刑事局長（昭和四〇年入庁）は自身の身辺にも危険が及ぶのではないかと怯《おび》えてしまい、刑事警察を指揮する心理状態にはなかった。

国松が死線を彷徨《さまよ》っている頃、井上警視総監は現職の警察キャリアの中で最年長者となり、発言力が強まっていた。

「刑事部と公安部の捜査は警視総監が一元化する。オウムとは全庁挙げて闘うのだ」

こうした井上総監の主張に、一期下の関口次長が口を差し挟む余地はなかった。

反体制の過激分子を潜行して監視し、テロを未然防止するのが使命であるはずの警備公安警察のメンツは、地下鉄サリン事件発生で完全に崩壊していた。オウム真理教に関する情報の蓄積は皆無であることを曝《さら》け出したうえ、捜査の司令塔としての役割を刑事警察に奪われ、警察組織の中で急速に存在意義を失いつつあった。さらに警察トップを狙ったテロを許すという空前の大失態を犯した。

日本のインテリジェンスを担う警備公安警察は、諸外国のインテリジェンス機関の嘲笑の対象となることだけは避けなければならない。もはや警視庁公安部が解決に乗り出さぬという選択肢はなかったのだ。

しかしこれは警察にとって、さらなる悲劇への序章だった。

このとき公安部幹部で南千住署に残っていたのは、「部付」の吉岡今朝男、ただ一人だった。寺尾が現場を仕切りはじめた途端、公安部長以下は素早く撤収したが、吉岡は刑事部部付を兼務していたため、署に残って寺尾捜査一課長と公安部の応援態勢などを協議していたのである。

本部からの電話を受けた寺尾が電話を切って、驚いたように吉岡に向き直った。

「吉岡さん、捜査は公安部がやることになったらしいですよ」

一回目の記者会見の時間はすでに設定されていた。

「これだけの事件だから会見を先に延ばすわけにはいかない。悪いけど、寺尾さんがやってくれないか。いまから公安の連中を呼び戻しても間に合わない」

吉岡に頼まれた寺尾捜査一課長は記者会見を行った。詰め掛けた記者を前に寺尾は事案の概要を説明した後、警視庁の大方針を明らかにした。

「要人テロ事件と断定しました。今後の捜査は公安部が担当します」

この瞬間、公安部担当記者たちは頭を抱えた。

「また秘密主義だ。取材が難航することになるぞ」

その頃、吉岡は公安総務課の管理担当理事官と、公安部の捜査態勢について電話で協議していた。

「国松さんが撃たれたんだ。最大限の態勢を組もう。ただし『築地特捜（地下鉄サリン事件の特捜本部）のマイナス一』という規模にしてくれ。これは身内の事件だからあっちを上回るわけにはいかない」

吉岡は桜井公安部長に電話をかけ、こう言った。

「夕方の捜査会議までに現場をもう一度じっくりと見ておいてください」

続いて吉岡は特別捜査本部の名称である「戒名」を考えた。警視庁管内全署宛に事件発生と捜査要綱の示達《じたつ》を行うためには、この戒名が必要なのだ。この作業が遅れると、初動捜査の失敗につながる。

南千住署の警備課員が吉岡に尋ねた。

「戒名には三・三〇という日付を頭につけますか？」

通常、公安部のゲリラ事件では日付を戒名の冒頭に書くことが多い。

「二度とない事件なんだから日付なんていらねえよ。長官が撃たれるなんて二回目はねえだろ！」

吉岡は戒名に「狙撃」か「銃撃」のどちらの言葉を使うか一瞬思案した。だがこのとき、吉岡は「犯人はオウムしかない」という、ある種の「見込み」に支配されていた。潜伏して狙い撃つ陰湿なイメージがオウム的だと考えて、言葉を選択してしまったのである。それは将来後悔を招くことになる戒名であった。

「警察庁長官狙撃事件特別捜査本部」

のちにこのネーミングがオウムへの「見込み捜査」の原点だったと言われることになるとは、吉岡はこのとき、夢にも思わなかった。

一六〇人規模の特別捜査本部が南千住警察署に設置され、本部長には桜井公安部長、副本部長に長谷川昌昭南千住署長、岩田義三公安一課長、寺尾正大捜査一課長が名前を連ねるという形で落ち着いた。

吉岡はここでもう一つ悔いを残す行動を取ってしまう。午後、第一回目の捜査会議が行われる時、桜井公安部長の参謀役を伊藤参事官に譲ったのである。

「吉岡さんも会議に入ってくださいよ」

会議が開かれる講堂の入り口で伊藤から声をかけられた吉岡は首を横に振った。

「いや、俺は加わらない。こういう事件捜査では船頭が多いと駄目だ。組織はアタマがすっきりしたほうがいいんだ」

吉岡はこう言って廊下側から扉を閉じた。極左事件捜査の場数を踏んだベテランならではの判断だった。

桜井公安部長、伊藤参事官という二人のキャリアに加え、指揮能力に定評がある岩田公安一課長が実働部隊の仕切り役だ。そこに部付である自分が入れば、現場は混乱することになる。そもそも公安一課が主体となる捜査は組織体系上、極左担当参事官である伊藤の担当だ——。吉岡はそう解釈した。

岩田をはじめとする現場の公安捜査員たちの多くは吉岡の加入を切望した。しかし、その彼が無用な斟酌《しんしゃく》によって座を外してしまったのである。

誰もが望まなかった「公安部主導」の捜査態勢はこうして確立した。公安部がモトダチとなったが、実働部隊には刑事部捜査一課と四課の刑事たちが応援に入ることになった。しかし刑事部と公安部には深刻な対立の歴史がある。いや全国の刑事警察と公安警察の反目といっても良いだろう。

発生した犯罪の現場で証拠を収集し、犯人に迫ってゆく刑事に対し、反体制勢力の存在を突き止め、深く潜行して監視し、犯罪に着手する瞬間を摘発する公安。思考回路もまったく違う警察内の二大勢力が協調することもなければ、互いに補完し合うこともないのだ。

「警察庁長官狙撃事件特別捜査本部」は捜査員たちから「南千特捜《ナンセントクソウ》」と呼ばれ、ここに放り込まれた捜査員たちは一五年にわたって、無力感や疑心暗鬼と闘うことになる。

謎の尾行者

三月三一日正午頃になると国松の容態は安定した。血圧は上が一二〇、下が七〇から八〇に回復し、脈拍も一一〇から一二〇、尿も一時間に一〇〇cc程度排出されるようになった。

「現在は安定していますが、大量輸血によって合併症の危険があり、今後二週間は何とも言えない状態です。一回目の山は乗り越えたのですが、これから二回目、三回目の山が訪れます。しかし、このように大動脈を損傷して助かった人は一〇人に一人程度しかいません」

医師はこう説明した。

国松は入庁九年目の一九六九年、文京区の本富士警察署長時代に署長室に火炎瓶を投げ付けられたことがある。署長室の椅子や天井が焼け落ちたが、国松は隣室の指揮本部にいたため怪我はなかった。この事件は赤軍派メンバーで、よど号ハイジャック事件の田中義三によって実行されたものだった。

つまり国松は二度にわたって九死に一生を得たことになる。医師から説明を受けた長官秘書官の田盛は額に浮かぶ脂汗をぬぐった。

前述した通り田盛は「推薦組」と呼ばれる準キャリア待遇の警察官である。警察は文字通りの階級社会だ。東京大学法学部卒業生を中心とする国家Ⅰ種試験合格組は「キャリア」と呼ばれる。警察のトップに上り詰めた国松はまさにこのキャリアである。続いて国家Ⅱ種試験合格者の「準キャリア」、都道府県警で地方採用された警察官、いわゆる「ノンキャリア」がいる。

この「警察カースト制度」の底辺に位置するノンキャリアが、準キャリアとほぼ同じ待遇になる道が開けている。「推薦組」と呼ばれる警察庁への中途採用組になることだ。警視への昇任に要する期間は、キャリアが入庁からわずか三年五ヵ月と超スピード出世が約束されている。準キャリアは入庁から一三年六ヵ月、推薦組も地方採用から一五年八ヵ月と準キャリアに匹敵するスピードで警視に昇任することができる。将来は道府県警のトップである本部長への道も開けている。それに比べてノンキャリアの場合、六〇歳の定年までに警視に昇任できる警察官はごくわずかだ。

推薦組に選ばれるのは年間六～七人と狭き門だが、都道府県警察の捜査部門のプロフェッショナルからは敬遠される傾向が強く、総・警務部門のエリートや在外公館経験者から選抜されることになる。

田盛は獨協大学を卒業後、一九七三年に広島県警巡査を拝命した。ノンキャリアの警察官としては出世は早く、一〇年目には警部に昇任、在ベルギー日本大使館の二等書記官としてブリュッセルに赴任した。「推薦組」として警察庁入りしたのは帰国から三年後だった。

狙撃事件のあと、繰り返しの事情聴取や報告で疲弊しきっていた田盛は事件翌日の三一日、奇妙な出来事に遭遇している。

日本医科大学付属病院で国松の容態を確認した田盛が、中野区中野の公務員宿舎に帰宅するため、地下鉄千代田線千駄木駅の一番線ホームに立ったのは午後九時四五分のことだった。

最後尾の車両に乗ろうとホームを歩きはじめたものの、やはり前方のほうが便利だと思い直してホーム上でくるりとUターンした瞬間、一〇メートル後ろを同じ方向に歩いてきた長身の男がすばやく一八〇度方向転換して背中を向けたのである。明らかに不自然な動きだった。

「尾行されている」と直感した田盛は、背中を見せて歩いていく男を早足で追いながら、特徴を脳裏に焼き付けた。

身長一七五センチから一八〇センチはあるだろう。ベージュの作業服の上下、体脂肪が少なく筋肉質の体だ。靴は白いスニーカーで、右手に黒い鞄を持っている。革のビジネスバッグに見えるが、よく見ると安っぽいビニール製だ。

田盛が男の背後、三メートルほどに迫ったそのとき、男はちらりと後ろを振り返って立ち止まると、線路のほうに向き直って、電車を待つ姿勢をとった。頬がこけ、鼻筋が通っている。目つきは鋭く、ぞっとするような冷たい眼光を放っていた。

田盛はそのまま男に向けて歩を進め、その距離一メートル五〇センチのところで立ち止まって、作業服の男の顔をじっくりと観察した。よく見ると頬にはニキビの痕が残っているが、年齢は三五歳から四〇歳くらいに見える。

ホームで電車を待つ乗客数に比して異常なる接近である。だが男は俯いたまま、田盛と視線を交錯させようとはしない。

田盛は警備局外事二課課長補佐として日本赤軍や赤軍派よど号グループの足跡を追った国際テロ捜査のスペシャリストだ。公安捜査員による秘匿追尾の方法は叩き込まれている。鍛え抜かれた追尾者なら、対象が「点検（尾行チェック）」のためにUターンした場合、そのまま方向を変えずに歩き続けるのが鉄則だ。慌てて自分も方向転換するのは素人の尾行だ。

「こいつは訓練されていない。何のために付けてくるんだ」

田盛は男を強制尾行することにした。

そのとき、代々木上原行きの千代田線の列車が入ってきた。男は田盛に目もくれず、電車に乗り込んだ。発車間際まで粘って、飛び乗るようなことはなかった。電車内はさほど混雑していなかった。男が空いている席に座ったので、田盛は対象を観察できる一〇メートルほど離れた位置に座って、頭のてっぺんから足のつま先まで熟視し、その姿を目に焼き付けた。男は目をつぶり、田盛の方向に顔を向けることすらしない。しかし明らかに全身に突き刺さる視線を感じ取っている。

電車が大手町駅に到着し、発車メロディが鳴りはじめた瞬間、男は跳ね上がるように立ち上がった。そして乗り込んできた乗客を掻き分けるようにして、ホームに飛び出した。田盛もほぼ同時にホームに飛び出したが、男はすでに下りエスカレーターを早足で降りていた。その背中はあっというまに人波に消えた。

ここまでなら単なる不審者情報に過ぎない。しかし後日談がある。二年以上が経過したある日、田盛はオウム真理教幹部だったある男の裁判を傍聴に行った。女性信者との長期間の逃亡の末、沖縄県石垣島で逮捕された林泰男の公判だ。手配写真を見たときからずっと気になっていた男だった。

静まり返った法廷に、手錠・腰縄で拘束され刑務官に連れられて入ってきた男を見て、田盛は思わず声を上げそうになった。すらりとした長身、引き締まった筋肉質な

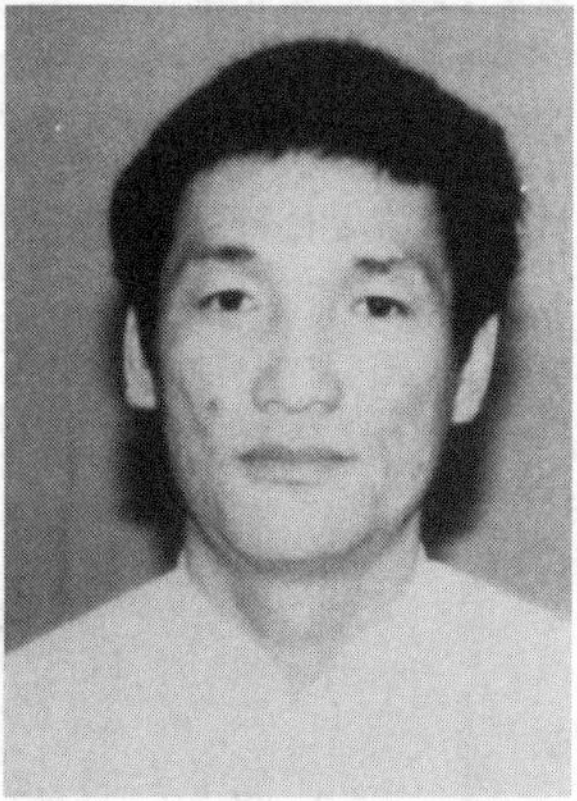

元オウム真理教幹部・林泰男。2008年、地下鉄サリン事件の実行役として死刑が確定した。（写真提供：共同通信社）

体。頬にニキビの痕が残っている。

「あのとき、俺を尾行していたのはこの男に違いない」

法廷を見渡す鋭い目は、地下鉄で目撃した作業服の尾行者と同じだったのである。

前述したが、田盛は事件の一週間前にもアクロシティで不審な男を目撃している。三月二三日午前八時半頃、田盛が国松長官宅の郵便ポストに不審物が入っていないか検索作業をしていたところ、その男はFポートの南側からEポートの方角を見ていた。まさに狙撃手が立っていた地点から、国松が出てくる方角を眺めていたのだ。

どうも気になった田盛がもう一度、Eポート通用口付近に行ってみると、男は同じ場所に立っていて、視線が合うとFポートの陰に隠れるように移動した。田盛は南千住署の警戒要員に職務質問をさせようとしたが、長官が出てきたのと同時に男も姿を消したので職務質問は行われなかった。

男は五〇歳くらいの冴えない風体で、身長一六〇センチ、痩せ型で、眼鏡をかけていて、黒いコートにズボン、黒っぽいショルダーバッグを持っていた。

また同じ時期に長官専用車の運転手も、別人と見られる男を目撃している。こちらは身長一六五センチくらいの若い男で、白いコート、真ん中から分けた髪が耳までかぶっていた。この男も田盛が不審物検索のために移動する度に、Fポートの角に身を隠すように動いていたという。

“嘱託”鑑識課員

長官が狙撃された翌日、刑事部鑑識課管理官・塚本宇兵が謎の男を連れて、アクロシティの事件現場を訪れていた。塚本は指紋鑑識一筋の刑事で、「指紋の神様」と称される職人的鑑識官である。

地下鉄サリン事件後のオウム真理教への一斉捜索は、この塚本がきっかけを作ったといってもいい。目黒公証役場事務長が拉致された事件で、塚本は寺尾捜査一課長の指令を受け、三月九日に犯行に使われた疑いのある三台のレンタカーの検証を行った。第五機動隊の駐車場を借りての極秘検証だった。

塚本は車内いたるところで指紋採取を試みたが、車内の拭き掃除が行われた後で、指紋が出てこない。しかし、うち一台のシートに黒っぽい影を見つけた。血痕だった。さらに借り主がこのレンタカーの車体の傷を確認した際の「運転前点検票」から指紋採取を行ったところ、オウム真理教信者の指紋が検出されたのである。左手の薬指半分というわずかな指紋だったが、これがオウムへの強制捜査の決め手となった。

その塚本がアクロシティに連れてきたのが、場違いな風体の男だった。四〇代後半で、「鑑識管理官」と書かれた腕章を腕に付けていた。刑事と比べると、どこか脱俗的で繊細な印象のある芸術家風の男であった。

しかも「指紋の神様」である塚本がどういうわけか、彼のことを「先生」と呼ぶ。塚本自らが、男を狙撃犯が立っていた地点、国松が倒れた地点に案内し、住民たちの目撃情報を懇切丁寧にレクチャーした。男はメモを取りながら、座って地面を見つめたり、目撃者の部屋を見上げたりしている。

「塚本さん、可能やったら鑑識の皆さんを全員、現場から出してもらえますか?」

男が関西弁で伝えると、塚本は係長に指示して現場周辺の人払いをした。

男は捜査員二人をEポート通用口から被弾地点まで何度も歩かせ、自分は狙撃地点からカメラを構え写真を撮った。鑑識課員たちは現場を取り囲み、息を飲んでその様子を見つめている。

鑑識現場を仕切る武田純一（仮名）という名の男、実は鑑識管理官の腕章は借り物で、警察官でも、警察職員でもない。職業は歯科医師、しかも関西地方の某都市で開業する、ごく普通の歯科医であった。

武田は歯科治療の傍ら、趣味の延長で拳銃を研究し、独学で「弾道学」を学んだ。銃器や弾丸の知識において日本国内では間違いなくトップクラスである。たまたま高校時代の柔道部仲間に警察庁キャリアがいて、専門知識を買われて警視庁刑事部鑑識課の「嘱託員」に選ばれた。その後、複数の県警で「鑑識研究指導者」という肩書で捜査活動に加わるようになった。

塚本が武田の能力に驚嘆したのは、一九九三年一一月のことだ。千代田区麴町の出版社「宝島社」に銃弾が撃ち込まれた事件で、鑑識課長だった寺尾正大が武田に弾道検証を依頼した。月刊誌『宝島30』の皇室批判記事への抗議と見られ、シャッターなどに五発の銃弾が撃ち込まれて、裏側にあるガラスドアも割れていた。

薬莢《やっきょう》が三〇メートル先の車道に点々と落ちており、犯行状況の再現がまったくできない状態にあったため、犯人がどういった体勢で銃弾を撃ち込んだのか解明してほしいという要請だった。

現場で弾痕の位置を確認した武田は図面の作成を開始し、現場到着からわずか五分後には、こう断言した。

「これは車の座席に座って徐行しながら撃っていますよ。射入角と間隔を見れば明らかです。間違いなく徒歩ではありません。拳銃は自動式ですね」

さらに武田が注目したのは、玄関右側の植木だった。

「塚本さん、この植木を調べてください。弾道があるはずです」

武田がツゲの植え込みを指差した。鑑識課員に調べさせると、武田が言う通り、枝の先端一ミリほどが引きちぎられたように飛んでいた。

武田はこれを弾丸が通過した痕跡とみなして、角度が合致するシャッターの射入痕と線を引き、犯人が車道上の車の後部座席に座った状態で高さ一一〇センチに銃口を据えて、発砲したことを割り出した。

さらに犯人を乗せた車の運転手が、一発目の銃弾を発射した音に驚いて車を急発進させ、三発目、四発目を体勢が崩れた状態で撃ったことも明らかにした。薬莢は犯行車両のボンネット上に落ち、左折して逃げる際にボンネット上から車道に落下したことまで推理した。つまり弾道から逃走方向まで明らかになったのである。

武田の弾道検証は、鑑識の報告を覆すものだったが、被疑者が逮捕されて、それがすべて正しかったことが証明された。この事件以来、寺尾に気に入られた武田は交通費と宿泊費、そして数千円の日当だけで、歯科医院を休診にして銃器犯罪の現場を飛び回った。「民間のガンマニアを雇うなど前代未聞の珍事だ」との批判もあったが、武田は実績を積み重ねて寺尾や塚本の信頼を獲得してきたのである。

アクロシティの現場で、塚本が武田に渡した「現場鑑識活動報告書」は、明らかに未完成のものだった。

〈警察庁長官がマンション通用口から秘書官と二人で迎えの車両に乗車するために通路に出たところを四〜六発の拳銃を発射され全治不詳の傷害を負ったものである〉

犯行状況についてはこう書かれているだけで銃撃の回数も特定できていない有様だった。

目撃情報として「銃身の長い拳銃」、「五〜六発の発射音」と記されていた。

〈被疑者は地面から約一三〇センチの高さから拳銃を発射、初弾は当たらず、銃声に気が付いて退避しようとした長官が前かがみになった瞬間、第二弾が背部から前胸部に向かって、盲管銃創、その他貫通の傷害を負わせたものと思料される。推定弾道距離は二〇・九二メートルですべて同一場所から発射している〉

この報告書は間違いだらけだった。命中していないのは「四発目」であること、背部から入った「初弾」は、「盲管銃創」ではなく「貫通銃創」であったことがのちに判明する。

「事件発生時が雨だったから硝煙反応は出にくいでしょう？」

武田は狙撃手が拳銃を発射した地点の壁を見つめながら、近くの鑑識課員に話しかけた。リボルバーから銃弾が発射されると、銃の側面から亜硝酸を含んだ火薬のガスが出る。通常なら狙撃手が拳銃を構えたFポートの壁に亜硝酸が付着するのだが、雨が降ると洗い流されてしまう。

頷く係員の前で、武田は高さ六一センチの植え込みに右足を乗せて、拳銃を構えるかっこうをした。

「ずいぶん高い場所に足を置いて撃ったのですねぇ」

目撃情報に基づいて狙撃手の体勢を再現しているのである。

続いて弾丸が当たったとみられる植え込みに移動すると、今度はしゃがみこんで、植え込み上部から一六ミリの位置にできた欠損部分を角度を変えながら真剣に見つめている。そしてカメラを構えて何枚か写真を撮った。

「ひび割れの筋の方向からすると、二ミリ左にずれていたら弾丸は抜けていますよ。弾丸は変針して、あちらのほうに飛んでいます」

武田は隅田川の方角を指差した。

「四発中三発を体の中心部に命中させている。雨の中、しかも高層マンションに囲まれた状況下で精密な射撃をしていますから、かなり訓練された狙撃手ですよ」

武田はこう言うと、手元の図面と比較しながら、遺留品発見場所をひとつひとつ確認しはじめた（16ページの図参照）。

①狙撃地点植え込み手前の「朝鮮人民軍バッジ」
②狙撃地点脇の「韓国硬貨」
③狙撃地点植え込みEポート側の「紙片」
④Eポート通路の「銀紙片」、「チラシ」、「タバコの吸殻」
⑤国松が倒れていた地点の「ボタン（二つ）」、「カフスボタン」

タバコの吸殻は全部で九本落ちていた。うち六本の銘柄はマルボロで、唾液のDNA鑑定によって血液型はA型と判明、そのほかサムタイムからはB型、パーラメントとセブンスターはAB型だった。ボタン類は、救急隊員が応急処置のために国松の衣服から引きちぎったものと見られた。

そして長官専用車が停車されていた場所に立った武田は、図面と見比べながら、

「出迎えの車までの距離は三二・七〇メートルですか？　これは精度の高い拳銃が必要です。オートマチックじゃ確実に当てるのは難しい。リボルバーも四インチでは無理ですよ。銃身の長い拳銃という目撃情報は当たりですね。おそらく八インチのリボルバーです」

と表情を変えずに言った。

射撃する際には、銃身の先端にある凸型の「照星」と手前の凹型の「照門」、この二つの照準器を標的に合わせて引き金を引くのだが、「照星」と「照門」の距離が長いほど精密に調整できる。定規で点と点を結ぶのと同じ原理で、距離が長いほど命中精度は高くなる。

さらに武田は狙撃手の心理をこう解説した。

「狙撃手は綿密な下見のうえ、国松さんが通常通り正面玄関から出てくることを想定していたはずです。狙撃地点から見ると、正面玄関から出てきた国松さんの体は右から左への横方向の移動となる。このときは、角度を変えながら引き金を引くので、命中させることは至難の業です。ですから車に乗り込むとき、背を向けたときがベストのタイミングと見ていたはずです。しかし事件当日はいつもと違う通用口から出てきてしまった。一瞬、狙撃手は動揺した。しかし冷静に対処して国松さんの横方向から命中させやすい縦方向、つまり背中を向けて離れていくところまで待って四発発射したのでしょう」

塚本をはじめとする鑑識課員たちは納得しながら武田の話に耳を傾けたが、排他的で警戒心が強い公安捜査員は冷淡であった。武田はあくまでも刑事部鑑識課の嘱託である。彼の銃器や弾丸、弾道学の知識について知らない公安捜査員の多くは、「素人に何が分かる」と、訝《いぶか》しがった。

苦労人警部

歯科医・武田純一と組むことになったのは、公安部外事二課第六係長の中西研介警部（仮名）だった。長官狙撃事件発生の直後から中西は六係の警部補三人、巡査部長三人の精鋭を引き連れて、南千特捜に乗り込んでいた。

外事二課第六係とは北朝鮮が絡む諜報事案を担当する事件班だ。北朝鮮工作員や支援者の存在を割り出したうえで、秘匿追尾によって監視し、そのネットワークを一網打尽にするのが任務である。

彼らが長官狙撃事件捜査に派遣されたのは、現場に「北朝鮮人民軍のバッジ」が残されていたからだった。当初は北朝鮮が絡んでいる可能性も視野にチームが編成されていたのは明らかだ。

公安部でも外事部門でカウンターインテリジェンスに従事する警察官は、その任務ゆえか、人を信用せず、猜疑心《さいぎしん》の塊のような人物が多い。北朝鮮、中国、ロシアなど対象国の工作員との心理戦・情報戦を繰り広げているため常に警戒を怠らず、エリート意識もひときわ高い。

その中にあって中西は異質であった。柔道の高段位保持者だが、腰が低く酒好きな体育会系の男である。いまでこそ北朝鮮工作員を追う精鋭部隊を率いているが、公安部入りするまではけっして順風満帆な警察官人生ではなかった。

高校卒業後の一九六三年に警視庁巡査となった中西は、交番勤務やパトカー乗務を振り出しに、所轄の刑事課で暴力団担当の刑事になった。その後、延々と所轄を渡り歩き、ついには新島警察署勤務を命じられる。

捜査係長ではあったが、犯罪も少なく「魚釣り係長」と呼ばれるほどの長閑《のどか》な日々を過ごしていた。しかしある日、突然、右翼を担当する公安部公安三課に人事異動するのである。入庁二〇年目にしてはじめての本部勤務だった。

長年の所轄勤務で揉まれた中西は、酒席で人間関係を構築する術を身に付けていた。今回、拳銃捜査を統括することになるとすぐに、大量の資料を持って武田の歯科医院に挨拶に行き、拳銃と弾丸に関する捜査計画を練った。

「遺留弾頭から犯人に接近したいんです。実行犯に直接は結びつかないかもしれませんが、調べられることは全部調べましょう」

中西がこう言うと、武田は、

「この手の事件ではニセモノが出頭してくる可能性もあります。ですから『秘密の暴露』に当たるようなものを探しましょうよ」

と応じた。

中西と武田は未明まで飲んだ。最後はビジネスホテルに一緒に泊まり、酒を酌み交わしながら捜査計画を議論し、ついには朝を迎えた。

「先生、私はクッションとしてしか役に立ちませんが、まあうまくやりましょうね」

「こちらこそよろしく」

二人はすっかり意気投合した。

刑事経験のある中西は外事二課第六係の捜査員に加え、捜査四課から派遣された瀬島隆一警部補、石田昭彦巡査部長ら三人のベテラン刑事をチームに受け入れた。刑事部機動捜査隊の刑事らもこの班に投入され、刑事・公安そして歯科医という異例の混成部隊が編成されたのである。

当初は北朝鮮人民軍バッジという遺留品から北朝鮮ルートを手繰り寄せることも視野に、南千特捜に派遣された中西であったが、いつしか国松長官に瀕死の重傷を負わせた「拳銃と弾丸」の解明に特化してゆくことになる。

一六人の目撃者

犯行現場から逃亡した犯人の行方を追うとき、捜査員は目撃情報をつなぎ合わせて、逃げた経路を割り出す。まず「地割《じわり》」といって、住宅地図をブロックごとに線を引いて碁盤の目状に分ける。そのうえで二人ペアの捜査員に一ブロックの枠内の責任を負わせ、「地取《じどり》」と呼ばれる聞き込みを行うのだ。刑事たちの間では古くからの伝統的な捜査手法である。科学捜査とは対極にある地味な捜査活動ではあるが、緻密に行えば実に効果的で、いわば刑事警察捜査の基本である。

事件発生直後、特捜本部は一五四人の捜査員のうち五一組、一〇二人を地取に投入した。捜査一課第二特殊犯捜査担当管理官がアクロシティのA～D棟を担当する地取一班、E～G棟を担当する地取二班を統括した。公安一課の調査第五担当管理官が隣接地域と外周を担当する地取三、四班を統括した。

アクロシティ敷地内での地取の結果、一六人の住人が狙撃犯を目撃していたことが分かった。

「一発目のドーンという音が聞こえたので、ベランダから外を見たら、Fポートの南東付近で、筒の長い拳銃のようなものをEポートの方向に構えた男の姿が見えた。ドーン、ドーンという銃声が間隔をあけて聞こえた。男はFポート南側の白壁前付近に停めてあった自転車に乗ってGポート方向に逃げたが、スポーツスクエア北東角付近で見えなくなった」(Bポート三階・五一歳主婦)

「母からベランダに呼ばれ、Gポート方向を見ると、植え込みの間に自転車に乗った男の姿が見えたが、スポーツスクエアの北東角付近で見えなくなった」(同前・二二歳女性)

「カーンという音がしたので、ベランダから外を見ると、Fポートの東側のほうから、右手にピストルのようなもの、左肩にバッグを下げた男が、駆け足でGポートの方向に向かってきた。後方を振り返りながらFポートの壁に沿ってGポート方向に止めてあった黒色の自転車のところで右手に持っていたピストルのようなものをショルダーバッグに入れ、自転車の前カゴにバッグを入れて、Dポートのスロープ方向に逃げた」(Gポート六階・四二歳主婦)

「ドーンという音がしたため、自宅のベランダから外を見たところ、EポートとFポートの間から中庭方向に痩せ型で、ひょろひょろとした感じで、黒っぽいコート、黒っぽい帽子の男が右手に拳銃のような黒っぽい小さなものを持って、後ろを振り向きながら走り、Fポート中庭側の白壁のところに停めてあった黒っぽい前カゴ付の自転車に乗ってスポーツスクエア方向に走っていった」(Bポート一三階・二三歳会社員)

犯行の瞬間を目撃していたのは、一人目の五一歳の主婦だけで、狙撃地点から八〇メートル、自転車が停められていた地点から九〇メートルの距離だった。

ここまでの証言で、狙撃犯は銃身の長い拳銃をバッグに隠し、黒っぽい前カゴ付の自転車で逃走したことが分かる。それでは狙撃犯はいったい、アクロシティの敷地をどこから脱出したのだろうか。

「自宅の居間にいたところ建築資材が落ちるような音がしたのでベランダに出たら、黒い自転車に乗った男が、Fポートの壁際をGポート方向に向かい、Gポートに突き当たると左折、スポーツスクエアの角を右折し、スロープを下りていった。服装は紺色のレインコートで、コートについていたフードをかぶっていた」(Fポート三階・五一歳弁護士)

「バーンという音が四回聞こえたので、管理棟事務所から外に出たところ、自転車に乗った男がFポート方向から噴水広場を通って、Gポートとスポーツスクエアの間に入ろうとした様子だったが、いったん停止したあと、Dポートの方向に進行し、Dポート北東角で再停止、Dポート北側のスロープを下りていった」（アクロシティ管理人・六四歳）

狙撃犯をもっとも間近で見たのは、管理棟にいた六四歳の管理人で、狙撃犯との距離は最接近時で二七メートルだった。管理人は逃走ルートに迷う狙撃犯の様子をつぶさに観察し、最後はアクロシティの敷地の「西側にあるスロープ」を下っていく後ろ姿を目撃している。

狙撃犯が自転車でどこに逃げたのかは、当然アクロシティの敷地外の緻密な「地取」が必要になってくる。しかし特捜本部はある「有力証言」に基づいた特定の方角への地取に要員を集中させてしまった。

「午前八時三五分頃、日光街道交差点で交通配置中、南千住署のほうから三〇歳から四〇歳くらい、痩せ型、目が大きくて鋭い感じ、丈が長い黒っぽいレインコート、黒っぽい帽子、黒革手袋、黒っぽい前カゴ付の自転車の男が日光街道を横断し、南千住駅方面に走行するのを目撃した。頬の辺りに無精ひげを生やしていた」（南千住警察署交通執行係巡査・二二歳女性）

「午前八時三五分頃、南千住五丁目八番区立第二瑞光小学校前で、猛スピードの自転車に乗った、三〇代から四〇代後半の痩せ型、黒っぽい服装、野球帽のようなものをかぶった男と出会った。無精ひげを生やしていたように思う」（栄養士・二三歳女性）

「午前八時五四分頃、JR南千住駅ガード下付近で四〇歳くらい、痩せ型、細面、髪を真ん中で分け、黒いコートとズボン、前カゴ付の自転車の黒っぽい人物と出会ったが、自転車と人物がなんとなく不自然であったので記憶していた」（病院職員・三一歳男性）

「午前八時三〇分頃、綾瀬署での取り調べのため、護送用の乗用車に乗せられ、南千住署を出て二二〇メートルくらい走った日光街道の手前で、左側の歩道を自転車で走っている男を追い抜いたが、雨なのに傘をさしていなかったので印象に残っている。男は三〇歳くらいで細身、黒っぽい長めの薄手のコート。何かにのめりこんで夢中になるオタクっぽい感じだった」（南千住署留置人・二九歳暴力団組員）

これらの目撃情報は南千住警察署からＪＲ南千住駅にかけてのエリアで、アクロシティから見ると南東方面に当たる。犯人が下ったというアクロシティの西側スロープとは逆方向である。しかし「黒っぽい前カゴ付自転車」「黒っぽいコートと帽子」「痩せ型」などの特徴が一致していた。

痩せて、ギョロッとした目、無精ひげという特徴から、岩田公安一課長以下、捜査指揮を担う公安部幹部たちは「オウム真理教信者に違いない」と判断した。地下鉄サリン事件から一〇日後、教団施設への一斉捜索から八日後に警察庁長官が狙撃されたのだから、こう推理するのは当然のこととも言える。

まず目撃者にオウム真理教の主要メンバーの写真を見せて確認する「面割り」が必要だった。しかし地下鉄サリン事件が発生するまで、公安警察にはオウム真理教に関するデータの蓄積はまったくと言っていいほどなかった。「運転免許台帳」の写真以外は、オウム幹部の姿を写した写真すら、ほとんど存在しなかったのだ。

そこである公安部管理官は、自ら運用していた「協力者」からオウム幹部の写真を入手する工作を開始した。協力者とは調査対象組織内にいるスパイのことだ。

今回、密命を受けた協力者はある新興宗教団体の調査部門に在籍する人物だった。この新興宗教は将来敵対する可能性があったオウム真理教の幹部が名古屋の動物園にいるところを隠し撮りして、その写真を保管していた。

南千特捜の公安捜査員は、隠し撮り写真の中から、目撃情報に近い、目がギョロッとした無精ひげの男を探し出した。捜査員が「これだ!」と指を差した彫りの深い顔立ちの精悍な男こそ、オウム真理教防衛庁長官・木場徹(仮名)だったのである。

木場は大分県出身の古い幹部の一人である。美術専門学校を卒業後、デザイン事務所に勤務、ユーミンこと松任谷由実のジャケットデザインや手塚治虫の『火の鳥』の装丁を手がけた。教団でも書籍やパンフレットのデザインを担当していたが、教団防衛庁長官になると、ロシア製の大型輸送ヘリを購入、サリンの空中散布を想定して、アメリカでヘリコプターの免許を取得した。繊細な芸術家としての人間像の裏に、麻原の指令に忠実な武闘派の側面を隠し持つ教団幹部であった。

木場が逮捕されたのは長官狙撃から七日後の四月六日だった。ほかの信者二人とともに無断で東京・赤坂の雑居ビルの駐車場に車を駐めたという建造物侵入容疑だった。微罪での逮捕ではあったが、車のドアの内張りなどから銃の部品と見られる金属パイプ七〇本などが発見された。鑑定の結果、パイプは自動小銃ＡＫ47の銃身を支える「遊底」に酷似していることが判明し、木場が自動小銃を密造しようとしていた疑いが強まった。

「自転車に乗った無精ひげの男を見た」という女性警察官は、木場の写真や、逮捕を報じるテレビを見て、「私が見たのはこの男に似ている」と言い出した。

「こっちこそホンボシ」

南千特捜は木場似の男の目撃情報に飛び付き、地取要員の大半をアクロシティから南千住駅にかけての東から南の方角へ集中投入した。のちに「第一期地取捜査」と呼ばれる五月一〇日までの捜査は、ほとんどの地取要員が南東方面の南千住一丁目と五〜七丁目に投入され、西側の荒川八丁目は一部が地取の対象となっただけだった。こうした地取計画に刑事部所属のベテラン刑事たちが反発した。

「なぜアクロシティで警察庁長官を狙撃した犯人が南千住警察署付近に逃げてくる必要があるのか。アクロシティの西側出口から逃走した犯人が南東方向の警察や人通りの多い繁華街を猛スピードで自転車を漕ぐなんて、犯罪者心理ではあり得ない」

捜査四課特殊暴力事件担当から南千特捜に派遣されていた瀬島隆一警部補は、ある子どもの目撃証言を有力視していた。女性警官らの目撃情報とはまったく別の方角、アクロシティから南西方向に一五〇メートルの、荒川八丁目の住宅に住む六歳の男の子だった。

「風邪をひいて自宅の三階で寝ていたら、自宅南側に隣接する駐車場から、『ギーッ』という自転車の急ブレーキの音がした。びっくりして窓ガラス越しに音が聞こえた方向を見ると、コートを着た男が自転車にまたがって一瞬キョロキョロし、スピードを出しながら自転車を漕いで駐車場を東から西に走り抜けていった。紺色のコート、帽子、メガネ、白マスクをかけていた。そのあとすぐに階下に下りて母親に知らせた」

この証言は「地取」で得られたものではなかった。少年は母親に連れられて南千住警察署にやって来て情報提供してくれたのだ。説明に従って作成された再現図には、男が前カゴ付の自転車でコートをなびかせて走り去ってゆく様子が描かれていた。

「息子が下に下りてきたのはテレビ番組『ポンキッキーズ』が終了して、次の番組が始まった時だった。目撃時刻は八時三〇分過ぎではないか」

母親は時刻についてこう説明した。

特徴はアクロシティの住人たちが目撃した男とよく似ている。狙撃手が逃走した方向ともぴたりと一致していた。瀬島たちは「こっちこそがホンボシだ」と確信した。

公安部幹部が南東の方面への捜査に傾いたのに対して、刑事たちはアクロシティの西側の荒川自然公園、荒川区役所から町屋駅にかけての地域を含めて「地取」を展開すべきであると主張した。

捜査会議の場で、瀬島の同僚である捜査四課広域暴力団事件担当・石田昭彦巡査部長が口火を切った。山口組を長年相手にしてきたマル暴担当刑事は腹の底から大きな声を出した。

「きちんと地取しなきゃ駄目ですよ。少年の自宅方面の目撃情報もつなげていきましょう。男は立ち止まってキョロキョロしていたというんだ。仲間と落ち合おうとしていたのかもしれない。どこかで車に自転車を載せているような姿を目撃している人が出てくる可能性がある」

公安捜査員たちは静まり返り、向き合う形に座る岩田公安一課長は腕を組んで黙っていた。そもそも幹部に向かって現場の捜査員が批判的な意見を述べるなど、公安部の文化には存在しない暴挙である。公安部では幹部が与えた任務を忠実にこなすことで評価が高まっていくのだ。

岩田の部下である二人の管理官は、

「そんな証言は後回しだ。いまは木場に集中しよう」

と取り合わなかった。

「待ってくれよ、管理官！　ここは丸の内でも銀座でもないんだよ。南千住だよ。マチャリに乗った無精ひげの男なんていう人着（人相と着衣）は珍しいものじゃない。そんな目撃情報に執着するほうがおかしいんじゃないか！」

こう食ってかかる瀬島に対し、公安一課の管理官は軽くあしらうように言った。

「分かった。検討しよう。俺たちはやらないと言っているわけじゃない。木場のいい話が出ているからそっちを優先的にやろうと言っているだけだ。当面は南千住駅方面の地取だ」

木場らしき人物の目撃情報以外、すべてを捜査から除外しようとしているように見えた。

こうした態度に腹を立てた瀬島と石田は、公安部の幹部に「地取」における、質問方法まで説き始めた。

「『不審人物を見ませんでしたか？』という質問じゃ駄目なんですよ。捜査員には『朝、家を出たときどんな人があなたの視界に入りましたか？』と質問させてください。『不審な人物』なんて聞き方は人の主観に頼ることになるんです」

刑事たちの「地取」は住民に、視界に入った人間全部の記憶を喚起させる。「何時何分にどんな特徴の人物があなたの目の前を通過したのか」、人着を書き出して、時刻表を「縦軸」で作成するのである。つまり「不審でない人物」についても徹底的に聞き出して、すべての人間が歩いていった方向を、別の目撃証言で繋いでいく。すると当該地域を通行した人物全員の時刻表という「横軸」も完成するのである。

目撃者の記憶が新鮮な捜査の初期段階で、こうした緻密な地取を行えば、捜査が長期化したときに有効である。たとえば犯行を自供する者が現れた場合に、この時刻表によって供述の信憑性を確認することもできる。

「いいですか、目撃証言を再構築して、立体的に組み立てていくんです。そうじゃないと捜査の長期化には対応できませんよ」

公安部のほとんどの捜査員が「地取」自体はじめての経験だった。しかし泥臭い刑事たちの主張に対して、「何を言っていやがる」と冷淡に応じ、歯牙にもかけなかった。刑事警察的な手法は公安警察には受け入れられなかったのだ。

結局、瀬島、石田たちにも南千住駅方面の区画が割り当てられた。「すべての可能性を潰すべきだ」というベテラン刑事たちの主張は無視され、早くも南千特捜内で「刑事対公安」の構図が芽生えていた。

捻じ曲げられた報告

事件が発生し、現場を管轄する警察署に捜査本部が設置されると、警視庁本部所属の捜査員であっても自宅からこの署に出勤することになる。捜査員たちはこの捜査本部のことを「帳場《ちょうば》」と呼ぶ。警察庁長官狙撃事件の帳場は、発生直後は臨時措置として南千住警察署の講堂に置かれたが、その後、捜査員の数が膨れ上がったことから署の裏庭のプレハブに移転した。さらに事件の長期化が予想され、膨大な書類管理が必要となると、署の屋上にプレハブが設置され、証拠品や関係者の供述調書をデータベース化するためのコンピューターも導入された。

「幕僚」と呼ばれる帳場の責任者は公安一課のナンバー2にあたる田原達夫理事官だった。温厚な人格者と評価されているが、その経歴を見れば修羅場を潜り抜けているのは一目瞭然である。

田原は「極左暴力取締本部（通称・極本）」に在籍したベテラン公安捜査員で、「連続企業爆破事件」などの捜査を担当した。

「連続企業爆破」とは一九七四年から一九七五年にかけて、過激派「東アジア反日武装戦線」が引き起こした連続爆弾テロだ。一九七四年八月三〇日、白昼の東京・丸の内で三菱重工ビルが爆破され、八人が死亡、三八五人が重軽傷を負ったのをはじめ、アジアに進出する日本企業を狙った一一件の爆破テロが市民を震え上がらせた。

東アジア反日武装戦線の組織は、「狼」「大地の牙」「さそり」の三グループで編成されており、田原は鹿島建設資材置き場で爆弾事件を引き起こした「さそり」に対する隠密捜査の中心メンバーで、リーダー格である黒川芳正の「行確（行動確認）」を担当した。一九七五年五月一九日の一斉逮捕当日は中野区鷺宮での黒川の身柄確保作戦のメンバーに選抜され、歴史的な逮捕の瞬間に立ち会った。

田原は極左事件捜査の第一人者とされ、一九九四年、公安一課の「第一担当」から「第四担当」までを統括する理事官に就任した。「第一担当」とは総合分析と庶務、「第二担当」は革労協、「第三担当」は共産同および日本赤軍の国内支援者、「第四担当」は中核派への調査及び捜査を担う。このほか公安一課内には、作業指導や非公然活動家の追跡などを担当する「調査第一担当から第七担当」までがある。田原は公安一課ナンバー2にして、極左事件捜査の指揮官となったのだ。

田原は確かに数多くの公安事件を捜査してきたが、遺留品の分析と地取によって犯人に辿り着く刑事流のやり方ではない。「協力者獲得」や「行確」、「視察」などで得た情報を分析して犯人像を絞り込み、逮捕に結びつけるのが公安警察の捜査手法である。

刑事たちの反発の矢面に立つことになった田原だったが、長官狙撃事件発生時、日本赤軍の重信房子らが帰国するという情報に忙殺され、オウム事件にすら携わっていなかったという事情があった。国松長官が狙撃された三月三〇日当日も帳場に入ったのは夜、すでに初動捜査の方向性は決まっていた。

刑事たちの反発の一方、公安一課の捜査員の間では、事件捜査経験が豊富な田原を支持する声は根強かった。田原に露骨な敵対意識を剥き出しにする刑事たちは、帳場内では不満分子扱いされた。

瀬島たちベテラン刑事が歯軋《はぎし》りせんばかりに苛立ちを募らせていた頃、自転車に乗った男を目撃した女性警察官に、木場本人を見せて確認させる「面通し」が行われた。女性警察官は、木場の顔を見てはっきりと、「違います」と答えた。

「婦警さんは何度も聴取されているらしい。きっと木場を見たと言うまで続くぞ。可哀相に……」

刑事たちは、こんな話を耳にして空恐ろしくなった。公安警察という未知の組織と捜査を進めることの困難さに打ちのめされた。

もう一人の目撃者である栄養士の女性は、捜査四課から派遣された若手巡査部長が面通しに連れて行った。彼女も木場を見て「違う人です」と答えた。南千特捜が「木場に違いない」と睨んでいた無精ひげの男の目撃証言は、ことごとく否定されたのである。

ところが、面通しを担当した捜査四課の巡査部長が深刻な表情で瀬島と石田のところに相談にやってきた。

「管理官から『木場らしき男が見えたように調書を作れ』と言われているんですよ。彼女はすれ違っただけで男の顔は見ていないんですがね……」

石田は後輩の肩を叩いて言った。

「お前がそんな調書作ったあとに、木場が逮捕されて裁判になってみろよ。お前は完全にアウトだぞ。そんな目撃証言は相手の弁護士に簡単に崩されるよ。公安の連中《ハム》は刑事裁判の怖さを分かっていないだけだ」

案の定、公安部上層部への正確な情報伝達は行われなかった。公安部長や参事官らには、「加工品」が報告としてあがっていたのだ。

「二人とも木場を見た瞬間、『この人で間違いない』と答えた」

「面通しの際、マジックミラーの向こう側で、木場は方向転換を命じられ、おどおどしている様子を見せた」

こんな捻じ曲げられた報告がなされていたのである。

さらに四月一日に木場と接見した教団弁護士・青山吉伸が「しゃべったら承知しないぞ！」と大声を上げたという情報も公安部幹部に報告された。

つまり公安部幹部の唱える「木場犯人説」を補強する材料が次々と出てきて、「綻《ほころ》び」を見事に修復し、南千特捜の初期捜査のベクトルは完全に一本化されたのである。

検察の壁

そして一九九五年五月、特別捜査本部は、女性警察官や栄養士による無精ひげの男の目撃情報を柱として、木場を長官狙撃の殺人未遂で逮捕することを計画した。ついには南千特捜の管理官と東京地方検察庁公安部検事との間で折衝が開始されたのである。警視庁公安部は再逮捕の必要性を主張した。

「木場は長官狙撃について任意で取り調べても自供は望めない。強制捜査が必要である」

しかし証拠の「核」となる目撃者四人のうち、一人は女性警察官、もう一人も警察官の娘であった。

報告を受けた東京地検次席検事の甲斐中《かいなか》辰夫にとって「警察関係者の目撃証言」にはひとつのトラウマがあった。この前年一九九四年一二月に、一審に続いて東京高裁で無罪判決を受け、上告を断念することになった「自民党本部放火事件」である。

一九八四年九月に東京・永田町の自民党本部が火炎放射装置で放火されたこの事件で逮捕されたのは、中核派の活動家だった。逮捕・起訴した最大の根拠は目撃証言である。ひとつは東宮御所警備派出所前で立ち番勤務をしていた警察官の目撃証言で、「犯行直前に活動家の男が逃走車両の助手席に乗っているのを目撃した」というものだった。二つ目の目撃は電器店の女性店員で、「男に似た人物が事件の一ヵ月前に、火炎放射器に使われた部品を大量購入した」という証言だった。

東京高裁はこれらの目撃証言が「信用できない」と判断して、無罪判決を言い渡したのだ。特に警察官に関しては、目撃現場の明るさ、目撃距離、目撃継続時間、角度、有意性、表現の詳細度まで検討材料になり、「条件はきわめて悪かった」と判断された。判決は「捜査段階の目撃証言が検察官の誘導によってゆがめられた疑いがある」と述べて、目撃証言に頼った公安捜査のあり方自体を痛烈に批判したのだ。

甲斐中には自民党本部放火事件の警官と、木場を目撃したという女性警察官がダブって見えた。

「通り過ぎる男を見て本当に木場だと判別できたのか……。木場の狙撃の技量も検討した形跡はない。特殊な弾丸の入手経路は真っ白。きちんとした地取や、ブツの入手経路から木場に達したわけでもない。これは殺人未遂事件だ。目撃情報だけじゃ逮捕なんてできるわけがない」

東京地検公安部の検事が証拠薄弱な立件を許すはずもなかった。検事らが直接四人の目撃者から事情聴取をしたうえで、甲斐中らにこんな報告書を上げた。

〈当庁で目撃者を取り調べた結果などから四名の目撃証言の信憑性に難があることが判明しました。信頼性の低い目撃情報で逮捕しても、起訴することは不可能であり、逮捕は了承しないこととします〉

東京地検は警視庁公安部の捜査に対して、門前払いを食わせたのである。以降、検察は警視庁公安部が作り上げる事件の筋書きに、疑いの目を向けるようになる。

検察側のこうした反応に対して、警視庁の桜井公安部長は、

「そんなにあくせくする必要はない。オウムにかかわる一連の事案はオウム内部の供述から出てくるんだ。長官狙撃についても出てくるに決まっている」

と楽観的な発言をしたという。

語り始めたオウム幹部たち

早川逮捕

地下鉄サリン事件からちょうど一ヵ月の四月一九日夜、公安部公安一課の古沢和彦警部（仮名）は港区赤坂にあるテレビ局のロビーの片隅に張り込んでいた。上着の内ポケットには、ある男の逮捕状を忍ばせていた。

罪名は建造物侵入。赤坂にあるマンションの地下駐車場の他人が借り上げたスペースに侵入して車を止めたという木場徹の共犯として逮捕状が発布されたのは、教団建設省大臣・早川紀代秀だった。

この日、早川は午後一一時から始まるニュース番組に生出演する予定だったが、テレビ局に姿を現さない。

「どうなってんだ。来ないじゃねえか！　ちょっと聞いてきてくれよ」

赤坂署特別捜査本部の若い捜査員が走った。早川がテレビ局に入ってきたところで逮捕状を執行する予定だった。

「まさかテレビ局側が出演場所を変更させたんじゃないだろうな……」

独り言を言いながら古沢は玄関の警備員を睨みつけた。

古沢は、南千特捜の担当理事官である田原と同じく「極本（極左暴力取締本部）」出身の公安捜査員である。情報屋が多い公安部内において、数少ない事件屋だ。第二次安保の頃、中核派や黒ヘル活動家の被疑者を常に五人以上担当し、完全黙秘に悪戦苦闘した経験を持つ。その経歴を買われてオウム事件に駆り出され、赤坂特捜の帳場を仕切る係長に抜擢された。

ぎらぎらした目つきに、オールバックの髪型、腹に響く大声。古沢は、目立たぬことを美徳とする公安捜査員としては異質な空気を醸し出していた。

この数日前、南千住警察署の若い女性警察官が赤坂警察署にやってきた。国松長官狙撃事件発生直後に犯人らしき無精ひげの男を見たというきわめて重要な目撃者で、木場の「面通し」をすることになったのだ。

通常はマジックミラーの窓越しに面通しをするのだが、今回の目撃者は警察官だ。古沢は「マジックミラーじゃなくて、生の木場の顔を見せてやれ」と指示し、女性警察官を廊下のソファに座らせた。

「あんたはここに座りなさい。逃げる犯人とすれ違ったのなら実物を直《じか》に見たほうがいい。よく確認するんだ」

留置場から取調室に向かう木場に手錠と腰縄をつけた状態で廊下を歩かせた。逮捕されたとき木場は無精ひげを生やしていなかったが、逮捕から一〇日以上身柄を勾《こう》留《りゅう》されていた木場の頬はうっすらとひげに覆われていた。ギョロリとした目といい、まさに女性警察官が目撃したという自転車の男そのものであるはずだった。

木場の顔をじっくりと見た彼女はこう言った。

「違います。似ていません」

女性警察官を連れてきた南千特捜の捜査員が慌てる様子を見て、古沢はある疑念を抱いた。

「長官狙撃はオウムじゃないのではないか……」

公安事件捜査のプロとしての直感だったが、さすがの古沢でも公言できるものではなかった。

この日、テレビ局に張り込んでいた古沢は「早川は来ない」という回答を受けて、警視庁本部に戻った。しかしその直後、テレビ画面を見て驚愕した。たったいままで自分がいたテレビ局の番組に早川が生出演していたからだ。

「どうなっているんだ。出ているじゃねえか！」

部屋に飛び込んで来た部下が言った。

「富士宮（オウム真理教富士山総本部）からの生中継です。静岡県警が現場に急行しています」

古沢は午後一一時過ぎ、逮捕状を握り締めて、捜査車両に乗り込み、富士宮に向かった。静岡県警は古沢らの到着を待つことなく、二〇日午前零時過ぎに富士山総本部に踏み込んで、早川を緊急執行によって逮捕した。

非合法活動のキーマン

目の前に座る早川は古沢と年齢こそ変わらなかったが、妙な貫禄があった。建造物侵入などという微罪の調べはすぐに終わってしまう。そこから先、どう切り込んでいいか古沢は迷っていた。

公安部では通常、警部が取り調べ主任を務めることはない。警部補が取り調べを担当し、係長である警部は取りまとめ役となるのが通例である。しかし赤坂特捜には取り調べ経験の豊富な警部補がいなかった。機動隊出身者の警部補に木場の調べを任せたら、まるでうまくいかなかったという苦い前例があった。

行確や協力者獲得作業が捜査の中心となる公安部では、取り調べどころか逮捕状取得手続きすら知らない者が多い。極左活動家の取り調べを潜り抜けてきた古沢が、教団の事実上のナンバー2で「裏の顔」とも言われる早川と向き合うのは必然であった。

早川も教団内で登用されたほかの幹部と同じく、理系エリートと呼ぶに相応しい経歴の男だった。大阪の進学校から神戸大学農学部に入学、卒業後は大阪府立大学大学院農学研究科に進み、緑地計画工学を研究した。一九七五年に大阪の大手建設会社に就職、宅地造成やゴルフ場開発などを手がけた。一九八〇年に退社し、設計コンサルタント会社などに勤め、教団で出家したのは一九八七年頃だったという。

「極本」出身の公安捜査員は、取り調べの前に、被疑者に関する綿密な「基調（基礎調査）」を行うよう叩き込まれている。学歴職歴だけでは取り調べの材料にはならない。古沢は大阪に出張し、事前に早川の両親や妻、建設会社時代の同僚らからじっくりと話を聞いていた。

早川が心霊の世界に強い興味を持っていたこと、自室に小型ピラミッドを据え付け、その下に林檎を置いて「ピラミッドパワーで腐らない」と感動していたこと、さらには「オウム神仙の会」に電話し、麻原と話して「痺れた」と感動していたことなど、入信にいたるまでの経緯を調べつくした。さらに彼の家族関係や趣味、人脈、トラブル、悩みや健康状態、子どもの頃のエピソードまで徹底的に情報収集をして取り調べに臨んだ。

しかし極左活動家の調べとは勝手が違う。取調官の頭にインプットされるべき対象組織の歴史や思考回路などの情報が圧倒的に不足していた。早川と向かい合っても言葉が出てこなかった。

古沢は考え抜いた挙句、以前息子と見に行った上野の国立科学博物館の展示を思い出した。「人はどこから来たの？」というテーマで人類の起源をさかのぼる展示だった。パンフレットに「二五〇万年間の男女の結合によって、いまここに人がいる」という趣旨のことが書かれていたと記憶していた。

古沢は開口一番、早川にこう言った。

「いまここで俺とお前が向かい合っているのは偶然じゃない。二五〇万年の歴史の中で男女が結合することによって人類がここに存在する。不思議かもしれないが、これは前世からの定めだと俺は思うんだ」

教団の非合法活動を取り仕切ったと言われる男は、神妙な顔をして頷いた。

しかし取り調べは困難を極めた。雑談には応じるが、自らがかかわった犯罪についてはのらりくらりとかわす。

「オウムから脱会しようと思います」

ある日、早川はこう言って上申書を書いてきた。教団からの差し入れを拒否するようにもなった。しかし自ら犯した罪はいっさい認めようとはしなかった。古沢は完全に翻弄された。

「お前は人殺しだ！　心が痛まぬのか！　脱会するなんて嘘をつくんじゃない」

午前一〇時の取り調べ開始から午後一一時まで、怒鳴りつづけた日もあった。

早川は五月一一日に建造物侵入罪で起訴されると、今度は駐車違反の身代わり出頭をさせたとして犯人隠避教唆《きょうさ》容疑で再逮捕された。

五月二二日、早川は「私の現在の心境」と題する四枚の上申書を提出している。

〈古沢警部（原文中実名）より、真人間になれと諭され、私にとってはただ一つのよりどころであったオウム真理教を脱会しました。脱会後は気持ちに整理がつき、いままで言えなかったことを話すことができました。建造物侵入の件、犯人隠避の件はもちろん、サリン事件や長官そげき事件、坂本事件等について知っていることはすべて話しました。しかしなぜか知りませんが、私の名前が出、私が関与しているようなことが言われており、私は非常に残念です〉

この上申書を早川が提出したのは、犯人隠避教唆罪で起訴される前日で、古沢による取り調べの最終日だった。古沢は結局、「落とす」ことができなかった。夕方、帰り支度をしながら早川にこう告げた。

「俺は今日で終わりだ。これで帰るからな。明日からは捜査一課に引き継ぐからな」

席を立った古沢の背中に、すすり泣く声が聞こえた。取り調べ終了について、特に情感を込めて伝えたつもりはなかった。事務的に言ったつもりだったが、早川は確かに泣いていた。

「この野郎、やはり嘘をつき通して、良心の呵責《かしゃく》に耐えられなくなったんだな」

こう思った古沢は取り調べ担当の検事に早川の身柄を引き継ぐ際に、

「最後に早川が泣いたように見えました」

とだけ伝えた。

その検事から携帯電話に連絡があったのは数時間後のことだった。

「古沢さん。早川が坂本弁護士事件への関与を認めはじめています」

このとき古沢は取り調べ班の部下たちと居酒屋で慰労会を開いていた。

「このまま落ちそうです。古沢さんが調べても構いませんよ。あなたの意向を確認したいのですが……」

記者会見の席上での麻原彰晃（右）と早川紀代秀（写真提供：共同通信社）

古沢は若い検事の心遣いに感謝したが、丁重に断った。

「いや、今後は捜査一課の小山警部が調べることになっているから、彼にやってもらえばいい。すべて申し送ってありますから」

古沢はすでに刑事部捜査一課の小山金七警部に「取調べ状況報告書」などすべてを引き継いでいた。翌二三日に、捜査一課を代表する名刑事は、地下鉄サリン事件の殺人および殺人未遂容疑で早川を再逮捕（起訴は殺人予備罪）し、「教団裏の顔」の深層心理に迫ることになる。しかし国松長官狙撃事件についてだけは、予想外の苦戦を強いられた。

アリバイの真偽

一九九五年四月二七日に建造物侵入罪で起訴された後、オウム真理教防衛庁長官の木場徹は頑強に国松長官狙撃事件発生当日のアリバイを主張し続けていた。

六月下旬に公安一課警部補が作成した司法警察員面前調書にはこう書かれている。

〈狙撃事件前日の二九日は一日中、第六サティアンで警察の強制捜査の立ち会いをしていました。三〇日は捜索には立ち会いませんでしたが、それまでの疲れが出て、第六サティアンの部屋で寝ていました〉

これが長官狙撃事件発生当日に関する木場の一貫した供述だった。「第六サティアンで寝ていた」というアリバイを崩すために、教団幹部の一斉聴取が行われた。

木場の運転手である男性信者は取り調べに対して、

「三月二八日、午後七時の段階で木場さんの姿は見えませんでした。木場さんが二九日の第六サティアンの捜索に立ち会っていたのは事実です。二九日の午前八時に確かに木場さんの姿を第六サティアンで見ています。しかし昼ごろになって、木場さんはジーパンを穿《は》いて捜索現場にいました。彼がジーパンを穿くのは外出するときです。午後八時半、私が気付いたときには木場さんの姿はサティアンから消えていました。翌三〇日の午前中も木場さんはいませんでした」

と供述した。

秘書的な役割の運転手が、木場のアリバイを否定したことで、南千特捜は色めきたった。その供述によると、三〇日午前中、上九一色村から消えていた木場は、午後六時には第六サティアン三階で寝ていたという。運転手の男性信者自身が木場に対して、警察による捜索が終了したことを報告している。その後、木場は捜索内容を報告するため、午後八時、車で上九一色村を出発、港区南青山の教団東京総本部に向かい、午後一一時半に到着したという。

さらに教団大物幹部による木場の関与を匂わせる供述が、桜井公安部長に報告されている。発言の主は公安一課の古沢警部が取り調べた早川紀代秀だった。

「長官狙撃には井上（嘉浩）と木場が関与しているのではないでしょうか。三月二九日午後一一時に、六本木のアマンドで木場と会って別れた。木場の運転手は三月三〇日午前中、木場と会っていない。午後、彼が木場と会ったときには、新聞を読んでいたらしい。『木場さんは私に内緒で外出していた』と運転手が言っていました。木場は黒っぽい帽子にジーパンだったらしいですよ」

さらに早川はこう付け加えた。

「オウムがやったとすれば仕返し、復讐でしょう。井上はいろいろ動いている。すぐに足がつく。三月三〇日（長官狙撃事件当日）に足がつかないなら、ほかのヤツしかないだろう」

その後、早川の供述は具体的になってゆく。六月二〇日、二六日、二八日の三日間にわたって行われた、捜査一課の小山金七警部による取り調べではこう語った。

「三〇日午前五時頃、私は木場を乗せて、男性信者が運転する車で上九一色村を出発しました。午前七時頃、麹町二丁目付近で木場を降ろしました。その後、私は午前七時三〇分頃、赤坂のカームビルで運転手と別れました。午前八時に六本木のホテルアイビスにチェックインしようとしたが、断られました」

早川の運転手を務めた男性信者も「午前七時に木場を麹町二丁目で下ろした」と早川とまったく同じ供述をした。つまり「三月三〇日は第六サティアンで寝ていた」という木場のアリバイは、早川らの供述によって覆されただけでなく、午前七時には都内にいたことになる。

「オウムが絡む事案は必ずオウム内部の供述から出てくる」と断言した桜井公安部長の分析は的中したかのように見えた。

八王子アジトを秘撮せよ

都心から西に四〇キロ、多摩地区の八王子は江戸時代、甲州街道の宿場町として栄えた街で、現在は大学が多い学園都市、都心へ通勤する会社員のベッドタウンに変貌している。市を東西に横切る中央高速道はオウム真理教幹部にとって上九一色村と東京総本部を結ぶ最短の移動経路で、八王子市はその中継地点であった。

それは山のようにある情報提供のうちの一つだった。

「オウムと思われる者が八王子で不動産の契約をした」

情報源は不動産屋で、八王子市内のアパートの賃貸借契約を結びに来た人物の風体がオウム信者に似ているというだけの情報にすぎなかった。しかし岩田公安一課長は部下に「視察」を指示した。

「協力者獲得工作」と並んで公安警察のお家芸とも言えるのが「視察」だ。対象のアジト周辺に「拠点」を築いて、何ヵ月、長ければ数年間にわたって人の出入りを確認し、人物を特定し、秘匿撮影や秘匿録音によって証拠を積み重ねていく苛酷な作業である。

今回の八王子のアパートの視察には、革労協を担当する公安一課第二担当が投入された。

二担の捜査員は、アパート一階の廊下の人の動きを確認できる部屋を借り上げ、出入りする男女の視察を開始した。望遠レンズ付きの一眼レフカメラで顔を撮影し、動画もビデオカメラで記録された。高指向性ガンマイクによる会話の傍受も行われた。さらには電話や電気、ガスの契約日や使用状況なども詳細に調査された。

車で移動する彼らを秘匿追尾すると、八王子市内のほかの二つのアパートにも出入りしていることが判明した。捜査員は「八王子市川口町」「八王子市諏訪町」「八王子市中野上町」の三つのアパートすべてに二四時間の視察拠点を設置し、出入りする男女全員の顔を秘撮（秘匿撮影）した。

四月下旬になるとアパートの人の出入りは激しくなり、いずれの視察ポイントでも一台の車が確認されるようになった。赤いダイハツ・シャレードである。所有者を確認するとオウム真理教の在家信者の知人であることが判明した。

「八王子はオウム裏部隊のアジトだ。完全秘匿で視察しよう。サッチョウ（警察庁）には当面伏せて行うことにする」

岩田はこう指示した。

だが、視察は困難を極めた。ある日、八王子駅前の弁当屋から１１０番通報があった。「店の前で毎日、怪しい男たちが紙袋を受け渡している。オウムじゃないか」という不審者情報だった。

男たちが乗っている車のナンバーを調べると、「わ」ナンバーのレンタカーだった。車を借りていたのは公安一課第二担当の警部補だった。八王子アジトの視察担当の捜査員たちが秘撮写真の受け渡しを弁当屋の前で行っていたのだ。

現場に叱責が飛んだ。

「毎回、使用する車両を替え、写真の受け渡し場所も変更しろ。ヅかれたら（気付かれたら）終わりだ！」

以降、オウム信者に逆尾行されることも視野に入れ、写真の受け渡しには「フラッシュ」や「デッドドロップ」が使われた。フラッシュとは封筒をすれ違いざまに渡す手法、デッドドロップとはあらかじめ決められた場所に封筒を置いておき、運搬要員が拾い上げる受け渡し方法である。

日本中がオウムに過敏に反応し、怪しい動きをする人物は「オウム」と通報される現象が起きている渦中、公衆の面前での捜査員同士の接触すら禁じたのである。

じりじりとした消耗戦が続いた。今度は視察対象である諏訪町のアパートを、背広姿の二人組が訪問してきた。男たちは視察対象である１０３号室の隣、１０４号室の呼び鈴を押し、

「高尾警察です」

と名乗った。104号室にはオウムの在家信者が住んでいた。

訪ねて来たのは諏訪町を管轄する高尾警察署の警備課員だった。高尾署は警視庁一〇〇番目の警察署として三月に開署されたばかりということもあって、オウム信者を発見するためのアパート、マンション対策に力を入れていたのだ。

私服の警察官が警察手帳を見せて、応対する男と話している。

「すぐにやめさせろ。飛ばれるぞ（逃亡されるぞ）」

視察拠点で秘撮をつづける捜査員たちは凍り付いた。

報告を受けた伊藤参事官はしばらく思案した末、高尾署の署長室に電話をかけた。

「本日、高尾の警備課の方がオウムの在家信者を発見してくださったそうです。熱心にアパ対をやってくださって感謝申し上げます。あとは公安部で引き受けます。署員の方には総監賞（警視総監賞）を出すように手配させていただきます」

高尾署長は伊藤に何も質問しなかった。人事一課管理官、刑事部理事官などを経験した署長は、伊藤の口ぶりから、当該アパートが公安部の視察対象であることを察知したのだろう。

「参事官、ありがとうございます。担当も喜ぶと思います」

この日の一件以降、アパートの周囲にはパトカーすら寄り付かなくなった。

水着写真の女

公安警察で「作業」という言葉は特殊な意味を持つ。「作業」とは非公然の特別情報調査活動である「協力者獲得」と「追及」のことを指す。

「協力者獲得」とは文字通り、金銭を対価にして調査対象組織内にスパイを養成することである。かつては獲得のための「身分偽変」も行われ、日本共産党の幹部をスパイとして獲得するために、公安総務課第五担当の四個班一五人ほどの身分偽変チームが、興信所や宝石商などに職業を偽って実際に事務所を構え、退職直前まで警察官であることを明かさぬまま協力者を運営したこともあった。

一方の「追及」とは、尾行や張り込みなどの対象者の「行確（行動確認）」や「視察」のことだ。さらに「盗聴」、「居宅への侵入」といった非合法活動もかつてはこの「追及」に含まれていた。

一九九一年当初の伊藤の肩書である「警備局公安一課理事官」というポストは、全国警察の「作業」を指導する総指揮官である。警察庁キャリアの理事官が率いるこのウラ部隊は「チヨダ」と呼ばれ、全国の都道府県警察の「作業」を本部長、公安部長、警備部長の頭越しに指揮、管理する権限を持つ。一九九一年四月に「警備企画課」が新設され、「作業指導」は「警備企画課理事官」が執り行うよう所掌変更があったが、その役割は基本的に変更はない。

警察庁には警備企画課理事官という肩書を持つ者が二人存在する。二人はそれぞれ「オモテ」「ウラ（正式名称は『指導担当』）」と呼ばれ、このうち「ウラ理事官」は就任と同時に組織分掌表から名前が消される。そして、都道府県警察の「作業」を、まさに箸の上げ下ろしまで指導するため、公安捜査員からは「校長」とも呼ばれる。

全国の公安警察の「作業」を統括する「チヨダ」は、警察庁庁舎の警備企画課にはデスクを置かない。警視庁と警察庁の間にある警察総合庁舎にひっそりと拠点を置いているのだ。

高度の秘匿性が求められるチヨダの部屋はドアを開けると、「チリンチリン」と人の侵入を知らせる鈴の音が鳴り響き、来客を拒絶する。警察庁警備局幹部以外にこの部屋のドアを開けるのは、特殊作業に従事する公安捜査員しかおらず、警察庁内部でもその場所を正確に知る者は少ない。

この組織はかつて「サクラ」と呼ばれた。名前の由来は警視庁本部がある「桜田門」だと実《まこと》しやかに説明する者が警察内部にも多いが、これは「作業」を知らぬ者の想像に過ぎない。

歴史は戦後のマッカーサーによる情報機関解体までさかのぼる。日本が独立して治安を維持していくために、内務省内に小さな情報機関が発足した。内務官僚の三枝《さえぐさ》三郎が担当したことから「三枝機関」と呼ばれ、スパイ養成学校であった陸軍中野学校、のちの警察大学校内の「桜寮」に拠点を置いたことが、「サクラ」の名の由来である。その後、特殊調査活動を行う「班」が組織され、全国の選りすぐりの警察官を集めて作業講習を行うようになる。いつしか警察大学校の学生寮である「致遠寮」と区別して、「桜寮」に拠点を置く作業指導係を「サクラの人」と呼ぶようになった。しかし一九八六年の「日本共産党幹部宅盗聴事件」で、非合法な「追及」作業を行っていた「サクラ」の存在が明るみに出てしまった。そのため「サクラ」は隠密裏に警察総合庁舎に拠点を移し、所在地の千代田区から「チヨダ」と名称変更された。さらに「チヨダ」の存在までもがメディアに報じられると、今度は「ゼロからのスタート」ということで「ＺＥＲＯ」というコードネームで呼ばれた時代もあった。しかし結局は「チヨダ」が定着することとなった。

伊藤は古巣でもあるチヨダの大部屋で、険しい顔で一枚の写真を睨みつけていた。どこかの海岸で撮影された水着姿の若い女のスナップ写真だった。伊藤と向かい合う形でソファに座るのは、チヨダ担当のウラ理事官・石川正一郎（昭和五六年警察庁入庁）だった。

「これが井上の女だそうです」

「井上」とはオウム真理教の非合法活動を指揮する諜報省大臣・井上嘉浩のことだ。井上は目黒公証役場事務長拉致事件の逮捕監禁容疑で特別手配がかかっており、麻原彰晃の国家転覆願望を実現する「行動隊長」とみなされていた。

屈託ない笑顔を浮かべて写真におさまっているこの若い女が、公安警察の最大の敵で、オウム殲滅《せんめつ》の最重要課題である井上に寄り添うように行動しているというのだ。

石川は伊藤より五期下で、年齢はまだ三〇代半ば、「公安警察の若手エース」と評される。単なるひ弱なエリートではない。東大少林寺拳法部出身、その激しい気性を包み隠そうとしない男でもあった。

チヨダを「公安一課理事官」が取り仕切っていた一九九一年四月までは、「共産党」と「極左」が対象であったが、「警備企画課」が新設されると同時に、「外事」や「右翼」の作業指導も担当することになった。

警備企画課ウラ理事官の下には四人の課長補佐が名を連ねている。彼らは都道府県警察からの出向組、もしくは推薦組の警視だ。「極左担当」「右翼担当」「外事担当」

「日本共産党担当」と対象ごとに担当が分かれており、全国で展開される「作業」を取り仕切っている。しかしこれには例外がある。警視庁・神奈川県警・大阪府警による日本共産党への「作業」はウラ理事官が直接配下の係長（警部）を使いながらコントロールするのが慣習となっているのだ。

指導の場は毎年一月、四月、七月、一〇月に行われるＳＲ（シーズンレポート・作業検討会）である。「タマ」と呼ばれる「協力者（スパイ）」を運用している各都道府県警察本部の公安捜査員は、「本庁（警察庁）」の「校長（ウラ理事官）」や「先生（課長補佐、係長）」に協力者獲得作業の進捗《しんちょく》状況や今後の計画を報告し、指導を仰がなければならないのだ。

オウム真理教捜査が開始された当時、チヨダ内部にはオウムを担当する課長補佐は存在せず、協力者獲得工作も思うように進展していなかった。しかし石川理事官は全国の警察本部に対して、オウムへの調査活動を最重要課題にするよう転換を迫り、見事に情報を吸い上げていた。

「この女は井上を信奉しています。国際基督教大学在学中に入信して、大学院で理論物理学を専攻した秀才ですが、大学院は三ヵ月で休学しているようです。妹二人と一緒に出家しています」

チヨダから参事官室に戻ると、伊藤は八王子アジトで秘匿撮影された写真を眺めた。実はこの伊藤、一〇年前の同僚との会話を、昨日のことのごとく正確に再現できるというきわめて特殊な記憶力を持つ男である。三つのアジトを頻繁に出入りしている女で、どうしてもひっかかる人物がいた。あの水着写真の女にそっくりなのだ。

「これだ！　こいつは例の女じゃないのか？　井上の側近の！」

公安一課の幹部を呼び集めると、全員で写真を食い入るように見つめた。幾人かは写真を見てもなお首をかしげた。

「これは間違いないよ。そうだとすると、井上嘉浩がアパートにいる可能性が高いぞ」

伊藤は微塵《みじん》も疑いをもっていなかった。

「アジトに出入りしている赤いシャレードを追尾しろ」

一九九五年五月一三日、赤いシャレードに対する本格的な秘匿追尾が開始された。二担の捜査員たちが、二台の車に分乗し、車両を入れ替えながら背後霊のようにシャレードのテールランプを追った。彼らは赤いシャレードに対する捜索令状と乗員に対する身体捜索令状を胸に忍ばせていた。

深夜、高尾から山梨県上野原方面に向かうシャレードの動きは特異であった。ほかの車がまったく走行していない深夜の国道を、制限速度以下のスピードで走り続けるのだ。上野原方面に向かう車はシャレードと二台の追尾車両だけだった。

「これは点検か？　接近するとヅかれる。距離を取ろう」

シャレードとの車間を広げるため、ハンドルを握る捜査員はアクセルを緩めた。異常な低速で走るシャレードから最後は脱尾（尾行中止）せざるを得ず、秘匿追尾は失敗に終わった。

最後の公安検事

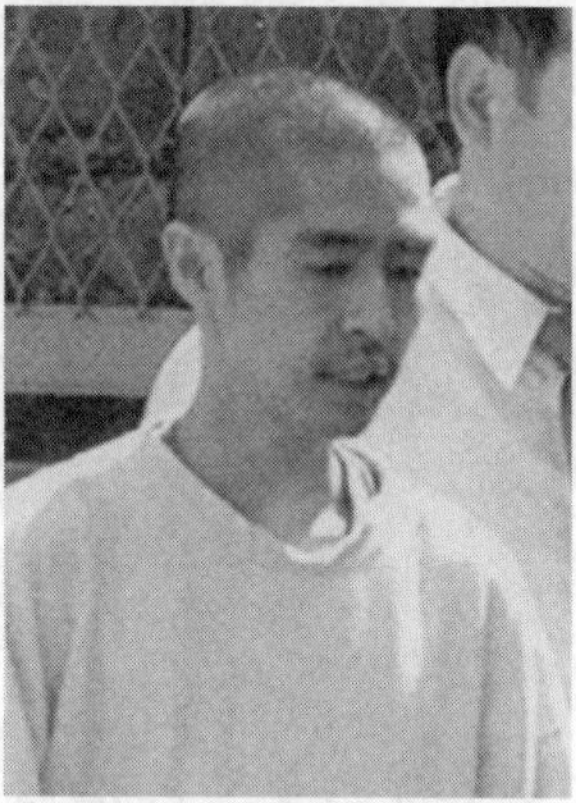

オウム真理教元幹部の井上嘉浩（写真提供：共同通信社）

検察庁舎一一階の執務室で、甲斐中辰夫次席検事は井上逮捕の先に、本丸到達に向けた構想を練っていた。特捜部至上主義の当時の検察内部の価値観からすれば傍流とも言える経歴。何があっても沈着で、ゆったりとした口調を変えることのない好々爺然としたこの検事の「凄み」に気付いている者は司法記者にも少なかった。

「捜査幹部はオウムに狙われることになるが、俺たちはびくびくして捜査しては駄目だ。いくら怯えてもああいう団体は手心を加えるようなことはない。覚悟を決めて行け！」

甲斐中は東京地検公安部、刑事部の幹部に檄を飛ばした。この言葉は警察庁に向けられていた。刑事警察のトップである垣見隆刑事局長が、庁舎内で防弾チョッキを着込んでトイレに行ったり、身辺警護をつけろと騒いで現場が迷惑しているという情報は当然検察にも入っていた。

よりによって垣見は甲斐中と同じ、千代田区一番町の官舎の最上階の部屋に転居してきた。表札も郵便ポストに名前も出さず、官舎の前には突如としてポリスボックスが設置された。垣見が出入りする際には十数人の麴町署員が鉄板入りの鞄をかざして護衛した。

「俺は夜回りに来る記者が警備してくれているから大丈夫だ。幹部がびびったら組織は駄目になるんだ」

甲斐中はまったく切迫感を感じさせないゆったりとした口調でこう言い、満面に笑みを浮かべた。深夜でも堂々と散歩し、朝は垣見の警護要員が引き上げた後、静かに一人で出勤してみせた。

ちょうどこの頃、東京地検は全国の地検から若手を中心とした応援検事をかき集め、オウム真理教幹部の大量検挙に備えていた。応援検事が最初にまず訪れるのが、甲斐中の部屋だった。

極左事件捜査で鍛え抜かれた公安検事の甲斐中は、上京した応援検事たちに公安事件の取り調べ方法について講義をした。

甲斐中はまずテレビで放映されたオウムの特集番組を検事たちに見せたうえで、オウムが出版した本を片端から読み込み、教義を頭に叩き込むよう命じた。

「いいか。公安事件でも確信犯の取り調べは独特なものだ。相手組織の思考回路、成り立ちを頭に叩き込め。連中が何を信じて犯罪に走ったのか、真剣に考えるんだ。絶対に怒鳴って落とそうとするな。自分たちが信じていたことが間違っているということを心底理解させなきゃ割れる（自供する）ことはない。俺たちがこれから闘うのは単なる犯罪者じゃないんだ」

今回の相手は特捜検事が取り調べるようなホワイトカラーではない。怒鳴り付けてプライドを打ち砕き、人間性を根源から否定するような取り調べ手法は、思想犯、それも確信犯には通用しないのである。公安捜査の職人検事から独特の取り調べ手法を厳しく叩き込まれた若手検事たちは、次々と送検されてくるオウム幹部たちから自供を引き出すようになった。

その一方で甲斐中は、複雑に絡み合った数多くのオウム関連事件をすべて有罪に持ち込むためのパズルのような作業に集中していた。

警視庁刑事部捜査一課は、地下鉄サリン事件の実行犯グループが渋谷のマンションの一室、通称「宇田川町アジト」を出撃拠点にしていたという筋書きで麻原彰晃らを逮捕しようと計画していた。

一方で、警視庁公安部公安一課は、宗教学者宅爆破事件と教団東京総本部の自作自演火炎瓶事件の実行犯グループも「宇田川町アジト」を使用していたという供述を得ていた。宗教学者宅爆破事件とは、一九九五年三月一九日夜、オウム擁護発言を繰返していた日本女子大学助教授が以前に住んでいた東京・杉並区のマンションの一階玄関付近が時限式爆弾によって爆破、破壊されたものだ。

この二つのグループが同じ時間帯に「宇田川町アジト」を使っていたことになっていたのである。狭いアジトに二グループが同時滞在して、別の犯行の準備をするなど明らかに不可能で、このまま公安部の筋書きが固まってしまうと、地下鉄サリン事件の筋書きが潰れる可能性があったのだ。

警視庁刑事部と公安部の間で調整できていないことは明らかであった。

これに気付いた甲斐中は地検公安部に対し、

「同時間帯に地下鉄サリンの実行犯グループがいることになっている。早く時間を整理しろ」

と供述調書の取り直しを指示した。

甲斐中は警視庁幹部からは「最後の公安検事」と畏怖される存在だった。警察への指導も厳しい反面、現場の公安捜査員とも強固な人脈を作り上げており、公安警察の長所も短所も知り尽くしている。

ゴールデンウィーク前の重大局面でも、甲斐中は捜査方針の軌道修正を警視庁に指示していた。警視庁が「連休前に麻原をはじめとするオウム幹部を一網打尽にしたい」と、「サリンを製造した殺人予備罪」での逮捕で了承を求めてきたことがあった。殺人予備とは「殺人の準備をした者」に適用される罪名であって、殺人の「既遂」には適用されない。

警視庁側は身柄確保を焦っていたが、地下鉄サリン事件の殺人罪で逮捕状を請求するだけの証拠を得ていなかった。

「オウムが連休中に大規模テロを起こすという情報がある。いま一網打尽にしないと犠牲者が出る。起訴段階で殺人罪に切り替えればいいのではないか」

新たなテロを予防するという考えは理にかなっていたが、甲斐中はその先を見据えていた。

「サリンで殺人予備を立てて、二〇日間（二回の勾留期間）で殺人に切り替えることができなかったら、殺人予備罪で起訴するしかない。そうなると殺人罪で逮捕・起訴が不可能となる。第一、殺人予備で逮捕すると、捜査側が何も材料を持っていないことをオウムの連中に知らせることになるぞ。正攻法で行け」

と指示した。

殺人予備で起訴し、裁判で有罪判決を受けてしまうと「一事不再理の原則」で、殺人罪の適用は不可能となる。地下鉄サリン事件は「殺人事件」ではなく、「殺人予備事件」で終わってしまうことになるのだ。

加えて、高学歴のオウム幹部は捜査側の情報量を測っている。殺人予備で逮捕されれば「警察は何も知らない」と判断し、「割る（自供を引き出す）」ことは間違いなく難しくなる。

甲斐中のこの決断は勇気を必要とするものだった。実際にゴールデンウィーク中の地下鉄丸ノ内線新宿駅で大規模テロ未遂事件が起きた。改札口近くのトイレに仕掛けられた猛毒の青酸ガスの発生装置は作動せず大事には至らなかったが、甲斐中はすでに「実際に犠牲者が出れば責任を取る」と覚悟を決めていた。

警視庁は甲斐中の捜査指揮に従った。

「宇田川町アジトをめぐる時間調整が完了すれば、殺人で麻原彰晃以下の一斉逮捕だ」

甲斐中の指示で警視庁刑事部は一斉逮捕に向けて動きはじめた。

麻原は上九一色村の第六サティアンにいるのは明らかだ。溺愛している三女の姿も確認されたし、麻原の好物であるメロンも運び込まれている。あとは公安部が井上の所在を確認するだけだった。

赤いシャレードを発見せよ!

五月一四日午後五時、日曜日にもかかわらず、警視庁本部一四階の公安部会議室は異様な緊張に包まれていた。緊急招集されたのは公安部の七つの課の捜査員たちだった。

「目黒公証役場事務長拉致で特別手配となっている教団諜報省大臣・井上嘉浩を発見し、身柄を確保しなければならない。赤いダイハツ・シャレード。ナンバーは足立……、当該車両に関しては武器等製造法違反で捜索差押許可状、及び乗車している者に対する身体捜索令状も取得している」

一〇〇人近くの捜査員に井上の写真資料が配付された。井上の所在を確認できぬまま麻原を逮捕すれば、追い詰められた井上が再び大規模テロを引き起こす恐れがあると警視庁は睨んでいた。

「場所は八王子市内を中心とする多摩地区。何とか日付の変わらぬうちに確保したい。当該車両が走行中に発見したら停止命令をかけろ。駐車されていて乗員がいない場合には包囲して視察しろ！」

「井上確保」は警視総監からの「天の声」だった。この日、午前中に行われた「御前会議」での決定事項だ。御前会議とはオウム真理教捜査をめぐる警視庁内の最高意思決定機関で、井上幸彦総監（昭和三七年警察庁入庁）以下、廣瀬権《はかる》副総監（昭和四一年入庁）、石川重明刑事部長（昭和四三年入庁）、桜井勝公安部長（昭和四三年入庁）、中田好昭警備部長（昭和四四年入庁）がメンバーとなり総監室で極秘に行われていた。昼夜、土日問わず長いときには四時間も続く。ここでの決定事項は「天の声」と呼ばれ、抗《あらが》うことのできない絶対命令だった。

御前会議から降りてきた桜井公安部長は、岩田公安一課長を部屋に呼んだ。

「麻原の逮捕は明後日五月一六日だ。今日中に井上の身柄を確保してくれ。車に井上が乗っていることを確認できたら車を停めろ。井上かどうか分からなければ秘匿で追尾しろ」

岩田はシャレードが井上の隠密行動用車両であると確信していた。

「手続きが複雑すぎます。井上が乗っているかどうか確認できるまで追尾していたら、ヅかれます。走行中に発見したら停車命令をかけましょう」

岩田は現場の捜査員への指示は単純化しないとミスが起きると主張し、桜井もこれを飲んだ。

二人のやり取りを黙って聞いていた公安部ナンバー3、部付の吉岡今朝男が会議室のテーブルに三多摩地区の大きな地図を広げた。

「昨日、失尾したこのポイントから広げていきましょう。使える捜査員は全員投入しましょうよ」

桜井らが頷くのを確認すると、吉岡は人員配置を担当する公安一課の庶務担当係長のデスクに向かった。

「三多摩の作戦は何人で展開するんだよ?」

「二〇人です」

「そんな人数じゃ駄目だ。アリバイ作りみたいな捜査をしても意味がない。やるんなら本気でやろうぜ。総動員してやれよ」

吉岡はべらんめえ調で言った。公安一課叩き上げの吉岡は、作業指導などを中心に公安捜査の裏表すべてを知り尽くしたベテランだ。穏やかな人柄もあって人望は篤い。長官狙撃事件の捜査から自ら身を引き、一抹の寂しささえ感じるようになっていた吉岡はここぞとばかりに、叩き上げの公安捜査員としての本領を発揮した。

「いますぐに一〇〇人招集する。手の空いているヤツ全員を井上確保に投入したい。車両も最低五〇台集めてくれ」

吉岡の指示に各課の幹部は迅速に動いた。一〇〇人近くの捜査員が一時間で集まった。緊急会議が終了すると捜査員は二人一組で捜査車両に乗って、警視庁本部を飛び出していった。

手の空いた捜査員全員を送り出し、吉岡は警視庁一四階のがらんとした廊下を歩いていた。すると外事二課の見慣れた捜査員四人が向こうから歩いてくる。

「お前らなにやってんだよ。早く行けよ」

吉岡は大声で言った。

「部付、どこに行けというんですか？」

「お前ら、三多摩の作戦に加わってないのか？」

「いま、戻ってきたばかりで何のことか分かりませんよ」

「そうか！　じゃあ公一（公安一課）の庶務担当に行って、割り振りもらって三多摩に飛んでくれよ。井上嘉浩の車を発見して確保するんだ。まだ人が足りないんだよ！」

「分かりました。すぐ行きます」

外事二課の捜査員四人は、公安一課で車両の割り当てを受けて、一時間遅れて多摩地区へ向かった。


午後一一時二五分、赤いシャレードは秋川市内（現・あきる野市）の五日市街道を西に向かって走行していた。激しい雨が降っていた。背後を何の変哲もない中型セダンが追尾していることに乗員は気付かなかった。

シャレードの赤い車体が平井川にかかる多西橋を渡ったところで、猛スピードで追い越した黒いセダンが前方に回りこんで行く手をふさいだ。シャレードは道路脇の駐車場に入ってそのまま身動きが取れなくなった。

三〇代の男がセダンの運転席と助手席から飛び出してきてこう言った。

「警察です。窓を開けてください」

シャレードを発見したのは、吉岡の命令で、一時間遅れで出発した外事二課の巡査部長のチームだった。偶然、目の前に対象車両が現れたため、強引に停車させたのである。

運転手は教団法皇官房に所属する三三歳の女性信者だった。助手席には二〇代半ばの茶髪の若者、後部座席にも男が二人乗っていた。手配写真の井上はひげ面だが、どの男もひげを生やしていなかった。

「あなた名前は？」

捜査員が問うと、助手席の茶髪の男は懐中電灯の明かりに眉をひそめて、

「黙秘します」

と答えた。

「免許証を出しなさい」

痩せた茶髪の若者は、色白で神経質そうだったが、ふてぶてしい態度でポケットの財布から免許証を出した。住所は「東京都中野区中央〇丁目〇番」、二六歳の男性の名義だった。

「念のために免許を照会します」

捜査員の一人が本部に照会した。免許証に記載された名前と住所を告げると、当該の人物が、免許を取得しているのは間違いない。顔写真も目の前にいる茶髪の痩せた男である。だが、いくら確認しても中野区の住所末尾の地番が違う。

「これから近くの警察署に来てください。免許の住所が一部違うようです」

若者は青白い顔で再びこう言った。

「黙秘します」

この時点で巡査部長は「こいつは井上だ」と睨んでいた。現場で鍛錬された公安捜査員は、マスクやサングラスを身に着けようが、眉を剃り落としていようが、視察対象を見落とすことはない。いかなる変装をしていても、目から鼻にかけてのライン、耳の形状などから人物を特定することが可能なのだ。

「なぜ、行かなきゃいけないんだ！」

男らは抵抗した。が、十数人に膨れ上がった捜査員に気圧《けお》されるように、シャレードに乗っていた四人は捜査車両に一人ずつ乗りこんだ。

その頃、警視庁本部一四階はひっそりと静まり返っていた。麻原のXデーを取材する記者が徘徊していたため、伊藤参事官、吉岡部付、岩田公安一課長らは自室に籠もった。現場からの報告は、管理官を経由して、岩田が電話で伝達した。

赤いシャレードに乗車していた四人の男女は福生《ふっさ》警察署に任意で同行されている。身柄を確保して、指紋照合で井上であることを確認するまで、記者に察知されるわけにはいかない。

電話連絡を受けた桜井はこう指示を飛ばした。

「福生署敷地内で車両および身体の捜索を実施。抵抗したら公務執行妨害の現行犯で逮捕しろ」

五月一五日午前一時一二分、福生警察署の駐車場内で、身体への捜索を実施しようとしたところ、捜査員の胸を突くなどしたとして、四人は公務執行妨害の現行犯で逮捕された。後部座席に乗っていた男の一人はサリン製造に深く関与していることが疑われていた教団科学技術省幹部・豊田亨だった。

シャレードのトランクからは爆弾の材料が発見された。深夜の国道を制限速度以下で走り続けていたのは、これが理由だった。

警視庁公安部から警察庁警備局の杉田局長、高石和夫公安一課長（昭和五二年警察庁入庁）の自宅に、井上逮捕の連絡が入ったのは、現行犯逮捕から四時間以上経過した午前五時半を回った頃だった。

この瞬間に至るまで一ヵ月、警視庁は警察庁に対して三ヵ所の八王子アジトの存在すら報告せず、水面下で完全秘匿のオペレーションを実施していたのである。まさに公安警察の真骨頂だった。翌一六日、警視庁刑事部捜査一課は上九一色村に踏み込み、第六サティアンの隠し部屋に潜んでいた麻原彰晃を地下鉄サリン事件の殺人容疑などで逮捕した。

一連の逮捕劇で役者は揃った。教団の非合法活動を次々と暴かれ、狂信者たちの実態は解明される。「国松長官狙撃事件も一気に解決に向かうはずだ」と警視庁公安部の誰もがそう信じていた。

麻原側近幹部のノート

警視庁本部の公安捜査員たちが井上逮捕に沸いていたこの時期、南千住署の長官狙撃事件特捜本部は情報の渦に巻き込まれていた。岩田公安一課長が集約した玉石混交の捜査情報は桜井公安部長を通じて、御前会議で報告されることとなった。

・狙撃事件が発生した三月三〇日、オウム真理教東京総本部前で自転車を下ろした車両があった。ナンバーは『品川40よ……』、所有者は杉並区高円寺南在住の〇〇だった。実はこの車両は二八日まで富士宮市在住の人物が所有していたものだった。
・三月二〇日、アクロシティEポートの玄関前に二〇歳から三〇歳くらいのアベックがいた。Fポートの吹き抜けのところに男が一人立っていて、アベックに向かって歩幅で距離を計測していた。オウムはアベックを偽装して行動していることが多いので可能性を探るべきである。
・三月二七日午前一一時五〇分、アクロシティ敷地内で木場徹に似た男が自転車に乗っていた。
・信者Tが「第六サティアン脇のビクトリー棟の天井裏からAK47を一〇丁、コルトガバメント七〜八丁、ロケット砲の銃身を運び出した」と供述した。
・自衛官出身の信者Yが秘密軍事部隊の隊長である可能性が高い。麻原の指示で去年夏に米国で訓練を受けていたという情報がある。「彼は自衛隊のスナイパーで弾丸を持っているのを見た」と、ある信者が供述しており、目撃した弾丸の色や形状などを追及する必要がある。

これらはほんの一部であるが、怒濤のごとく積み上がる捜査情報を見れば、南千特捜が「長官狙撃事件はオウム真理教の犯行」という見立てに固執し続けていたことが分かる。逆に言えば、その筋書きに沿った情報だけが選別され、御前会議に報告されていたとも言える。

この時期、警視庁公安部が注目したのが、法皇官房次官・香川貴一（仮名）のノートだった。香川は教団内で「尊師」「正大師」に次ぐ「正悟師」の地位にあった。麻原の直轄組織である「法皇官房」の大臣は麻原の三女アーチャリーだったが、香川は次官として実質的な責任者であったと言える。灘高校から東京大学理科Ⅲ類に現役合格した明晰な頭脳で、アーチャリーの家庭教師を務め、麻原が後継者に指名するほどの側近中の側近であった。

ノートは香川が四月八日に有印私文書偽造・同行使で逮捕された際に押収されたもので、その記述内容が捜査員たちの目を引いた。

〈たんじゅうを使い慣れている〉
〈①報復〉〈ケイビなし↑SP〉
〈②ついている　ケイサツなし〉
〈③40m〉〈4発ソゲキの名人〉
〈④弾が何かおかしい　のしゅるい↓発表〉

〈⑤ソウサはおわってーる〉〈この時点でうって利益になる〉
〈⑥国松の自宅をしらべられる〉
〈⑦しらべてはりこめるか〉
〈路地で自転車〉〈ヤラセ〉
〈バッティングさせようとして〉〈勢力のしわざである〉
〈頭の悪い人間が、完全犯罪でできるだろうか〉

香川のノートに書かれた内容はまさしく警察庁長官狙撃事件に関するものだった。「国松の自宅をしらべられる」と書かれていた通り、国松長官に関して何者かが調査を行っていた形跡があった。国松の住民票閲覧履歴を調べたところ、一九九五年に九人、一九九四年に七人が足立区役所にて閲覧申請を行っていた。

「弾が何かおかしい」と書かれて消されていたが、これはホローポイント弾という特殊弾丸を使用していたことを指すものと読み取ることができた。

狙撃距離を「40m」とする記述は事実と大きく異なるが、香川ノートは事件翌日に教団が配布したビラの原案と見られた。銃撃事件翌日の夕方、教団が八王子市内で投函した「警察庁長官撃たれる」というタイトルのビラに「犯人は四〇メートル離れたところから四発の短銃を撃ち、いずれも腹から下に命中させている」という記述があったのだ。

公安部はこのノートの内容を根拠に、長官狙撃には麻原周辺が関与しているという見方を強めていった。

「Nヒット」が語るもの

木場に酷似していたという男の目撃情報と合わせて、南千特捜をオウムに縛り付けた有力情報がもう一つ浮上していた。

「犯行前日二九日午後一一時、アクロシティGポートの玄関前で、建物内に入ろうとしていた男を目撃した。顔は早川紀代秀に似ていた」

早川らしき人物が犯行前日の深夜に、住人によって目撃されていたのだ。

この証言に合わせて、自動ナンバー読取装置「Nシステム」と渋滞測定に利用される旅行時間計測端末装置「AVI」のヒット状況が報告された。

三月三〇日、早川専用車両であるトヨタ・センチュリー「多摩34ろ・4〇〇〇」は以下のような場所を通過していることが判明した。

①午前〇時一〇分江戸通り駒形一丁目（Nシステム）
②午前一時四一分六本木通り渋谷三丁目（AVI）
③午前三時〇一分中央高速下り八王子（Nシステム）
④午前三時二七分中央高速下り都留（Nシステム）
⑤午前六時一二分中央高速上り八王子（Nシステム）
⑥午後一時三六分川越街道春日町東（AVI）

特捜本部は「三月三〇日午前〇時一〇分の駒形一丁目」のNヒットに注目した。アクロシティから駒形一丁目まで都心方向に向かって南へおよそ四キロ。二九日午後一一時にアクロシティで目撃されて、六本木方面に向かう途中に駒形一丁目でNヒットする可能性は十分にある。

前述したが、早川は「三月二九日午後一一時にアマンドで木場と会って別れた」と供述していた。さらに後日になって「アマンドで井上嘉浩と林泰男と会った」と供述を修正している。

六本木通り渋谷三丁目のAVIヒットは午前一時四一分だ。アマンドから渋谷三丁目までは車で一〇分程度である。少なくとも早川がアマンドにいたのは、午後一一時ではなく、三〇日午前〇時半頃だったのではないのか、という推論が成立する。

さらに早川は、「三〇日午前五時頃、木場を乗せて、男性信者が運転する車で上九一色村を出発した」と供述している。木場と早川が専用車であるセンチュリーに乗っていたかどうかは別として、車の移動に関してのみ言えば、「午前六時一二分の中央高速上り八王子でのNヒット」で立証される。

「午前七時頃、麴町二丁目付近で木場を下ろして午前七時三〇分頃、カームビルで運転手と別れた。午前八時にホテルアイビスにチェックインしようとしたが、断られた」

と早川の供述は続く。

早川は「井上と木場が長官狙撃に関与しているのではないか」と供述し、その根拠として「事件一時間前の午前七時三〇分頃に麴町で木場と別れた」と説明している。つまり「井上・木場犯行説」を示唆し続けていたのである。しかし「二九日午後一一時に六本木アマンドにいた」という早川自身の供述と車両の移動を示すデータとの間に生ずる矛盾は拭《ぬぐ》えないのである。

そもそも長官狙撃事件前、早川は現場近くに出没している。三日前の三月二七日には、自分で専用車のセンチュリーを運転して、アクロシティから一・一キロしか離れていない地下鉄三ノ輪駅に行って、二人のロシア人ホステスと落ち合っていた。さらに事件前日の二九日には現場から三・五キロにある浅草雷門付近でやはりロシア人ホステスと会った。この日、早川はロシア人ホステスとしゃぶしゃぶ店で食事をして、デパート「松屋浅草店」でプレゼントのネックレスを購入。この間にセンチュリーがレッカー移動されてしまったため、早川は自分の身代わりに出頭するよう運転手の信者に指示している。

両日とも早川がロシア人ホステスと会ったのは午後五時頃のことで、そのまま墨田区江東橋にあるロシアンパブに同伴入店している。

なぜいつもの男性信者に運転させず、早川は一人で事件現場周辺に来たのか。ロシア人ホステスとの同伴はあくまでもカモフラージュで、実際は待ち合わせする前に現場の下見をしていたのではないのだろうか。南千特捜の幹部たちは「早川こそ、事件に関与しているのではないのか」と疑いを強めていった。

長官狙撃事件の前後、早川と頻繁に連絡を取っていた男がいた。諜報省大臣・井上嘉浩である。三月三〇日、長官狙撃事件当日の未明に六本木のアマンドで早川、林泰男と会っていたことが判明しているほか、携帯電話で頻繁に連絡を取り合っていた。

特捜本部が入手した携帯電話の通話履歴によると、事件前後の早川・井上間の交信は以下のようなものである。

①三月二九日午後九時四〇分、井上から早川に二九秒間
②三月二九日午後一一時四六分、早川から井上に一分五七秒間
③三月三〇日午前〇時一五分、早川から井上に八秒間
④三月三〇日午前一時四一分、早川から井上に一分二五秒間
⑤三月三〇日午前八時三六分、早川から井上に五四秒間
⑥三月三〇日午前八時三八分、早川から井上に四七秒間

長官狙撃事件の解明には、井上を落とすことが不可欠であった。自供を引き出す役に選ばれたのは、再び公安一課調査第六担当・古沢和彦警部だった。

秘密テロ組織を一網打尽に

逮捕直後の早川を取り調べた古沢はノンキャリアの警部でありながら、キャリアの公安部幹部に歯に衣着せぬ発言をすることから煙たがられる存在でもある。

あるキャリアが公安部幹部ポストに着任したとき、古沢から、こう忠告されたとい

う。

「あなたは事件捜査に口を出しちゃ駄目だ。あなたの立場で『被疑者はこいつじゃないか』なんてことを部下に言ってごらんなさい。次の日には、あなたが名指しした人物を被疑者とする報告書が上がってきます。たとえそれが真実ではなくとも。それが警視庁公安部という組織なんですよ」

現場での捜査経験のないまま公安部の幹部ポストに就任する警察キャリアが捜査に首を突っ込んで方向性を示してしまうと、真実とはかけ離れた事件の構図を作り出してしまうことがある。首脳部が描いた「絵」を完成させるために、現場は捻じ曲げた報告だけをラインに乗せ、都合の悪い情報は闇に葬られる。エリート集団との意識が強い公安部では、刑事部よりもはるかにキャリア上司への忠誠心は強い。上意下達の行き届いた公安部の組織力は捜査においては強みだが、最大の弱点でもあった。

老練なる公安捜査員は自分より年下のキャリア上司に対して、「事件捜査に口を出すな」と警告を発したのである。

古沢の後輩の捜査員は、古沢がこう言うのを聞いたことがある。

「公安捜査員でもウエから可愛がられるヤツは過酷な現場には長く在籍しない。デスクや指導係になって安全な場所に引っ張られて危ない目に遭わずに出世していく。俺はウエに言いたいことを言うからぎりぎりの厳しい現場ばかりだ」

古沢は一九六五年に愛知県内の高校を卒業後、警視庁巡査を拝命し、七年後に大塚警察署の公安係に配属されて、公安捜査員人生のスタートを切った。一九七四年八月三〇日に三菱重工ビル爆破事件が発生すると、古沢は連続企業爆破事件の捜査に組込まれ、ペール缶爆弾に取り付けられていた時限タイマーの販売元を探す作業に没頭した。さらに翌年正月に発足した「極本」に異動して「東アジア反日武装戦線」を追うことになった。

当時、「極本」は愛宕警察署の裏手にある「交通反則通告センター」に極秘の帳場を開いていた。古沢は、転居届を出さず、所在不明となっていた東アジア反日武装戦線のメンバー・佐々木規夫の足立区梅島の自宅を偶然にも戸籍調査で発見する。

古沢たちは佐々木が住むアパートの出入口を見渡せる場所にアパートを借り上げ、視察拠点を置いた。その距離一二〇メートル。視察拠点の部屋の窓に簾《すだれ》を下げ、その簾の目の高さの竹を二本だけ切断した。その隙間から双眼鏡で覗いて佐々木の出入りを確認したのである。その後、佐々木の行確（行動確認）によって芋づる式に大道寺将司、あや子夫妻の自宅などを突き止め、「狼」グループの全容が明らかになった。彼らは会社員などを隠れ蓑にして、地下に潜行したまま爆弾闘争を繰り広げる秘密テロ組織だった。

一斉逮捕当日、一九七五年五月一九日は朝から雨だった。古沢ら五人の逮捕要員は佐々木のアパートから梅島駅に向かう路上で張り込んでいた。周辺には逮捕要員以外に一五人ほどの防衛要員も配置されている。

しかし予定時刻になっても佐々木が出てこない。古沢たちが「ヅかれたのか？」と猛烈な不安に襲われたとき、佐々木は一〇分遅れでアパート敷地を囲む塀の引き戸を開けて出てきた。

およそ一分三〇秒の間、秘匿追尾を続け、ゴーサインが出た瞬間、五人で佐々木に飛びかかった。滑り込んできた捜査車両に佐々木を押し込んで、逮捕状を執行し、身体捜索を行おうとした瞬間、佐々木が手のひらに何かを載せて口に運ぼうとした。古沢たちはそれを慌てて叩き落とした。服毒自殺のための青酸カリだった。

佐々木の住む一階の部屋を捜索し、畳と床板をはがすと、押し入れから通じる秘密の地下室が見つかった。一・六メートル四方、深さ一・四メートルの爆弾の製造工場だった。古沢は佐々木がセメント袋やスコップをアパートに運びこんでいたのを思い出し、背筋が凍った。

三菱重工ビル爆破事件の刑事部・公安部の合同特別捜査本部は丸の内警察署に設置

されていた。極本は、刑事部長をトップとする特捜本部にはまったく知らせず、東アジア反日武装戦線のメンバーら八人の逮捕に踏み切った。「大地の牙」の斎藤和《のどか》は逮捕後に服毒自殺し、二人を取り逃すというミスもあったが、市民を恐怖に震えさせた秘密テロ組織を事実上一網打尽にしたのである。古沢が所属した班は、警視総監賞のなかでも最上級の「賞詞特級」を受賞した。

「極本の捜査員が公安部独特の捜査手法で犯人を割り出した。極秘で捜査を進めるのは当然のことである」

公安部のこうした秘密主義に、刑事部は激怒した。「東アジア反日武装戦線」との闘いは、刑事部と公安部の暗闘の原点にもなってしまった。

入信の原点

のちに赤坂特捜から南千特捜への異動を命じられ、井上嘉浩の取り調べを担当したとき、古沢が公安部と刑事部の溝の深さを痛切に感じる出来事があった。

井上は刑事部捜査一課によって、地下鉄サリン事件、男性信者リンチ殺害事件で相次いで再逮捕されていた。リンチ殺害の起訴が完了したところで、今度は公安一課が教団東京総本部への自作自演火炎瓶事件と東京・杉並区で起きた宗教学者宅爆破事件で再逮捕することになっていた。

古沢が捜査一課の取り調べ担当の警部補を「引き継ぎ」のために訪問したときのことだ。この警部補は偶然にも、古沢の卒業配置先（警察学校卒業後の初任地）である四谷警察署警邏《けいら》係の後輩だった。

しかし彼は古沢に対して、「お見せできるのはこれだけしかありません」と、弁解録取書一枚しか見せようとしないのである。「そんなわけないだろう」と言っても、「いえこれだけなんです」としか答えない。

取調官が交代する時には「取調べ状況報告書」などを引き継いで、後任者に配慮するのが常識である。しかし捜査一課の警部補はかつて世話になったことなど忘れたかのように、いっさい情報を開示しようとはしなかった。

諦めた古沢は井上が育った京都の太秦《うずまさ》に行き、基礎調査（基調）から始めた。実家を訪ねると、オウムの在家信者である井上の母親はいっさい協力を拒み、古沢は門前払いされた。

「なぜ、警察がうちに来るんですか！」

「お母さん、罪を憎んで人を憎まずです。嘉浩君のやったことは悪いことですが、私は人間的には彼のことを理解できるんじゃないかと思っているんです」

説得を続けると、三日目にようやく自宅に上げてくれた。父親は旅行会社に勤務しており、井上は次男坊だった。古沢は、母親からじっくりと話を聞き、生い立ちを頭に叩き込み、小学校の頃の作文まで読み漁った。

井上は京都の名門私立・洛南高校在学中にオウムに入信、高校卒業とほぼ同時に出家し、入学した東京・八王子の日本文化大学を半年で中退していた。学歴主義の教団の中で、井上の経歴に突出したものはない。しかし麻原の狂信者として評価され、非合法・非公然の活動のほとんどを取り仕切るまでになった。古沢はその原点を探りたかった。

井上の父は海外旅行担当の添乗員で家を空けがちだった。母はストレスで体調を崩して息子たちに当たることも多かった。母親は井上が小学生の頃に自殺を図ったことがあった。井上は何かを直感して、学校から走って自宅に戻り、ガス管を咥《くわ》えている母親を発見した。

空手道場での稽古中に急所に蹴りを入れられた井上が四〇度の熱を出したこともあった。三日間熱が下がらず母親が途方に暮れたとき、井上少年は「いまお告げがあった、へそ下一〇センチのところを暖めれば熱が下がる」と言い出した。母親がその通りにすると熱が下がったという。これらは井上がオウム真理教に走った原点だと古沢は判断した。

井上は陸上競技をやっていて、走るのが速かったことを知った。古沢も陸上競技の名門校で駅伝の選手だった。高校二年のときには全国高校駅伝で優勝した経験があった。共通の話題をもって突破口にしようと考えた。

携帯の通話履歴

基調を終えた古沢が大崎警察署に留置されている井上に向き合うと、完全黙秘だった。いくら話しかけても雑談にも応じない。陸上競技の話をしても、いっさい反応はなかった。捜査一課の調べには素直に喋ったはずの井上が、古沢にはまったく口を開かないのである。古沢は何日間も一方的に話しかけた。

「お母さんが自殺をしようとしたことがあったらしいね」

世捨て人のように自分の殻に籠もる井上に、ある日、古沢は静かに語りかけた。

「俺も小学校一年生のとき、一家心中直前までいったことがあるんだよ」

古沢は母親と姉、妹の四人の母子家庭に育った。父親は東京・巣鴨で医療器具の製造工場を経営していた。終戦直前に軍需工場に指定され、飛行機などに使う真空管を製造していたが、古沢が生後一〇ヵ月のときに他界した。結核だった。

古沢も三歳のときに小児結核を患った。母親は薬代や治療費に遺産を使い果たし、一家は貧苦に喘ぐ生活となった。親戚を頼って岐阜に移り住み、母はズボンの裾上げの内職でなんとか生活費を稼いだ。古沢は毎朝、できあがったズボンを風呂敷に包んで、片道三キロの道のりを走って運んだ。

母親の手伝いで鍛えた足と心肺機能が古沢を長距離ランナーに育てた。

しかし、爪に火をともすような生活は変わらなかった。古沢は小学校一年生の三学期の出来事を鮮明に記憶している。母親から死んだ父親の位牌を背負わされ、姉とともに母に手を引かれて自宅から連れ出されたのだ。

母親は「長良川に行く」とだけ言って、岐阜駅に向かって歩いた。真冬の夜道をとぼとぼと歩く母子、加えて子どもが位牌らしきものを背負っている。その異常な光景を目撃した警察官の職務質問を受けて説諭され、母親は入水自殺を思いとどまった。

「俺もあのときの記憶があって、警察官を希望したのかもしれない……」

井上は古沢の話を黙って聞いていた。しばらくすると井上は、朝、取調室に入ってくるとき深々とお辞儀をして、「おはようございます」と挨拶するようになった。

井上は次第に心を開きはじめ、古沢にこう打ち明けた。

「前の刑事さんから、公安は汚い手を使うから、絶対に喋るなと口止めされていたんです。申し訳ありませんでした」

以来、井上は手足を複雑な形で結んだヨガのポーズのまま、取り調べに応じるようになった。そして逮捕容疑について素直に供述した。

この頃、井上は長官狙撃事件前後のアリバイについてこう供述している。

「三月二九日夜、高田馬場の焼肉店『東山苑』で食事をしたあと、林泰男とともに、車で川越に向かいました。その日の夜から、ウィークリーマンション『シティプラザ川越』に泊まりました。私は201号室、林は私の運転手と101号室に宿泊しました」

井上専用車両は関越自動車道下り新座《にいざ》で午前一時三一分にNヒットしており、川越方面に向かっていたことは証明されている。また当初は喋らなかったが、のちになって「六本木の青山ブックセンターで車を降り、アマンドで早川と会った」ことも認めている。

そして事件発生の朝についてはこう供述した。

「三月三〇日の朝、早川から電話がありました。その後、テレビをつけて見たとき、長官狙撃事件がテロップで報道されていたと思います。一階の林の部屋に行って、その部屋にいた林らに教えました。彼らもテレビでやっているよ、と言っていて、三人でテレビを見たように思います」

携帯電話の通話履歴を見ると、「三月三〇日午前八時三六分と三八分」。いずれも早川から井上に電話をかけている。思い出してほしい。一番早かったＴＢＳの速報テロップでさえ午前八時四八分だ。つまり二人は長官狙撃事件の発生が世間に報じられるより前に電話で話していたのだ。

井上はこの段階で、早川との通話の目的について明らかにしなかったが、実はここに警察を翻弄することになる、とてつもない真実が隠されていたのである。

遺留物と手がかり

長官夫人も尾行されていた

国松孝次警察庁長官は六月一五日朝、公務に復帰した。事件発生から実に七七日ぶりのことだった。事件前とは打って変わって、正面玄関で車を降りた国松の周囲には警視庁警護課のSPが護衛に付いていた。

拍手で迎えられ、驚異的な回復ぶりを見せ付けた国松だが、警察庁内部には冷淡な視線を向ける者も少なくなかった。

「事件の原因は国松長官が自ら警備を断ったからだ。その結果、オウム捜査に投入すべき二〇〇人近くの捜査員を南千特捜に振り向けることになった。警備を断るのが自分の『美学』と言うのであれば、『美学』に殉ずるべきだ。それが警察組織のトップに立つ者の身の処し方だろう」

一方で、隘路《あいろ》に入った捜査に苦しむ南千特捜の刑事たちからは、こんな声が出始めていた。

「国松長官自身からの聴取をもっとやりましょう。本人にだって犯人の心当たりがあるはずです。目撃者から根掘り葉掘り聞いて時間を拘束するのに、身内の長官に遠慮していては駄目だ」

被害者から微細にわたって事情聴取することは刑事事件捜査の原点だ、というもっともな論理だった。

実は国松は数少ない聴取で、事件前の家族とのやり取りと奇妙な出来事を明らかにしている。

「自分としては家族に護衛を付けてもらう状況とは思っていなかったが、『これから何が起きるか分からないから、いまから避難しろ』と言ったことはある。『自分は逃げ出したことになってはいけないからここに残る』と言ったら、妻から『私は食事の支度があるから残ります』と言われた。しかし妻の背後を刑事らしくない男が尾行していたことがあったらしい。妻は警護してくれていると思ったらしいが、ゴルフ練習場に行ったときも付けてきたそうだ。このため妻は南千住警察署に『外に出るときには電話するから、それから家に来てほしい。待ってもらうのは申し訳ないですから』と伝えたそうだ。その後は妻は外出するたびに署に電話して、護衛を付けてもらうようにした」

この謎の尾行者について、国松の妻も事情聴取に対してこう供述した。

「三月二四日金曜から、外出するときに人がいた。変な人で奇妙な感じを受けた。刑事かどうか分からない人に監視されている状態で、なんとなくいやな感じを受けた」

それでは国松自身は、誰に狙撃されたと考えていたのだろうか。事情聴取で国松は、こんな推理を披露している。

「極左のような計画的な犯行ではない。自分を狙いやすいのはアクロシティのはずれで左折するときだ。撃たれたときには一瞬暴力団かと思ったが、暴力団はあんな撃ち方はしない。暴力団なら間近に来て撃つだろう。私はオウムの犯行だと思う」

全国警察組織の最高指揮官である国松の根拠不明の推理によって、南千特捜はオウム真理教をターゲットとした捜査方針に自信を深めた。

消えたビデオテープ

残暑厳しい一九九五年九月初旬、アクロシティEポート前に十数人の男たちが這いつくばっていた。この五ヵ月余り、二人一組で聞き込みに歩いたり、狙撃現場をメジャーで計測したりする姿は住民に目撃されていたが、さすがに大勢の体格のよい男たちが這いつくばるのは異様な光景だった。男たちは隅田川の土手に向かって、言葉一つ交わさず、少しずつじりじりと進行していく。

瀬島隆一警部補は汗だくになって地面に両手をついていた。同じ捜査四課から南千特捜に派遣されている石田昭彦巡査部長も植え込みに頭を突っ込んで、土を掻いている。ベテラン刑事を擁する「拳銃捜査班」は、目撃情報やオウム幹部の供述に頼らず、「物的証拠」から狙撃犯にたどり着こうともがいていた。筋読みで捜査を進めようとする公安捜査員に対して、切歯扼腕し続けた刑事たちの意地でもあった。

狙撃手は国松長官に向けて、四発の銃弾を発射していた。一発目は左背部から腎臓を貫通し、大動脈を切り裂いて、膵臓と胃を貫通、左上腹部から射出している。二発目は左大腿部後部から右大腿部側面に向けて貫通、三発目は陰嚢外側後面から、大腸の左半結腸付近を通過して、上腹部皮下に留弾していた。四発目は国松と田盛秘書官が退避した地点手前の植え込みに当たっている。

これまでに発見された弾頭は二つ。ひとつは二発目に発射されたもので、国松の背広の中から。もうひとつは三発目に発射されたもので、腹腔内に三八センチ侵入した上腹部の皮膚の下から発見されている。四発目に発射された弾頭は、植え込みのコンクリートに当たって、飛散した可能性が高いが、一発目の背中から腹に向けて貫通した弾頭は、隅田川方面に消えたままとなっていた。しかも貫通部分を考えれば骨に接触していないとみられ、より完全な状態で残っている可能性が高い。

使用された実包はフェデラル社製のもので、鉛の飛沫による汚染を防ぐためナイロン皮膜で覆われたナイクラッド弾だった。弾頭のタイプは、先端が潰れてキノコ状に広がることによって体内の組織を切り裂くホローポイント弾、殺傷能力がきわめて高い一方で、貫通力は低いため、第三者への流弾の可能性は低いとされる。

事件発生直後の鑑識活動では三つ目の弾頭は発見されないまま、捜索は打ち切られた。これをなんとか発見してやろうというのである。

刑事たちが「物的証拠」の発見に職人の意地を発揮した裏には伏線があった。

事件発生から二ヵ月近くが経過した五月下旬のことだ。国松長官が住むアクロシティEポート60×号室の玄関前に監視カメラが設置されていることが明らかになったのだ。設置したのは南千住警察署警備課だった。

このカメラは「画像警戒伝送システム」と呼ばれるもので、一九九三年一〇月一五日に設置された。玄関前のセンサーで不審者を感知すると、NTT回線を通じて南千住警察署のシステムが発報、モニター画面に60×号室の玄関前の画像が映し出される。モニターにはレコーダーが連結されており、手動で録画することもできた。

南千特捜が署員らから事情聴取を行ったところ、国松が狙撃される二〇日前、一九九五年三月一〇日午後一一時五〇分にシステムが作動し、モニター画面に不審な男が映し出されたことが判明したのだ。警察官二人が現場に急行したが、不審者を発見することはできなかったという。

「映像の録画はしていない。システムが設置されたあと、担当者が異動してしまったので、録画できることを知っている者はいなくなっていた」

南千住署員らはこう弁解した。

しかもどういうわけか、レコーダーに入っているはずのテープも廃棄してしまったというのだ。

「テープが機械に巻き込まれてしまったので、使えないと思い、テープそのものを捨ててしまった」

不可解な弁明としか言いようがなかった。

さらにその後の捜査で、画像伝送のためのＮＴＴ回線使用料が、事件のあった一九九五年三月、通常の月の二倍に跳ね上がっていることも判明した。システムが不審者の存在を普段よりも多く検知していたことになる。つまり、三月一〇日以外にも不審者発報があった可能性がきわめて高いのである。

街中の防犯カメラを懸命に回収したのに、警察署内にあったもっとも大事な画像が事件から二ヵ月も忘れ去られ、しかも廃棄されていたという事実に、刑事たちは頭を抱えるしかなかった。

警察内部に事件解決を望まぬ連中がいるのではないのか――

真犯人は分かっているのではないか――

刑事たちの間ではこんな謀略論さえ膨らんでいった。

五ヵ月後の弾頭発見

三つ目の弾頭の発見を目指した「拳銃捜査班」は、鑑識課嘱託員の武田純一に弾道鑑定を依頼することにした。武田は歯科医院に捜査資料を送付させ、診療の合間に分析結果をまとめては、ファックスで報告するという、見事な二足の草鞋《わらじ》生活を続けていた。

石田らが助けを求めるたびに、「俺にも生活があるんだぞ」とぼやきながら、歯科医院を休診にして、新幹線で上京し、特捜本部に駆け付けてくれた。交通費と宿泊費、わずかな日当だけなのに、武田は拳銃捜査班の捜査員とアクロシティの現場に出かけると何時間も戻らなかった。

「先生が雨の中、ずぶ濡れで現場に座り込んで、戻ろうとしない」

現場主義を標榜する石田が悲鳴を上げるほど、武田は狙撃現場に執着した。

「みんな、先に帰ってもらって構わない。俺はいつでも来ることができるわけじゃないから、やりたいことはたくさんある」

四発目の弾頭が命中した植え込みの前で、欠損したタイルを見つめたまま一時間もしゃがんで動かないこともあった。拳銃捜査班の部屋で手書きのメモを作成すると、寝るときだけ東京駅八重洲口のビジネスホテルに帰っていく生活を続けた。

酒好きで、付き合いもいい。飄々として、まったく気取ったところのない歯科医らしからぬこの男を、拳銃捜査班の面々は慕うようになっていた。

実はこの時期、武田はもうひとつ大きな事件を抱えていた。七月三〇日に発生した「八王子スーパー強盗殺人」である。この事件は、八王子市のスーパー「ナンペイ大和田店」の二階事務室内で、アルバイトの女子高校生二人と女性パート従業員が拳銃で撃たれて殺害された事件である。

「寺尾課長がすぐ来てほしいと言っています」

捜査一課からの連絡を受けて、武田は発生から二日後の現場に急行した。

女子高校生二人は頭部に一発ずつ、パート従業員の女性は二発の銃弾を受けており、頭蓋内損傷で即死だった。三人が恐怖に打ち震えながら殺害されたのは、凄惨な現場を見れば一目瞭然だった。

弾道鑑定の目的は、犯人と被害者の位置関係など犯行状況の割り出しだ。武田は遺体写真の状況と現場を見比べながら、犯人がどのような体勢で銃弾を発射したのかを検証していった。

最初に殺されたのはパートの女性で、弾丸は左前頭部から右下顎に向けて貫通、額にも一発撃ち込まれていた。犯人は床に座った被害者の目の前で銃口を向け、立った状態で上から撃っていたのは明らかだった。女子高校生二人は手をガムテープで繋がれ、口をガムテープでぐるぐる巻きにされた状態で頭に銃弾を撃ち込まれていた。金庫内のカネは奪われていなかったが、鍵が差さっておりダイヤルの左下に弾痕が残っていた。

「金庫に当たった跳弾は、こちらの壁に命中したということですね?」

鑑識課員は壁にあいた穴を指差した。

武田が現場を見ていくと、スチールデスクの引き出しや、床にも弾頭が当たった痕跡があった。図面を作成して弾道鑑定を進めると、金庫のダイヤル下に当たった弾頭は、跳ねてスチールデスクの引き出しに当たり、床で跳ねた後、木製の本棚の角をえぐって床に転がっていたことが判明した。壁の穴はもともと開いていたものだった。

武田はエアガンを使った弾道実験を行ったうえで、次のように犯行状況を推理した。

拳銃を持った犯人は押し入ってすぐに、三人の女性を拘束し、持ってきたガムテープで口をふさいだ。まずパート従業員の女性が銃を突き付けられて金庫を開けるよう迫られた。鍵を差したがダイヤルを合わせることができなかった。犯人は金庫ダイヤル部分に銃口を向けたが、跳弾を怖れて顔を背けて発砲。このためダイヤルには命中せず、本体の鉄板に当たって弾頭は部屋の中を駆け巡った。

パートの女性は恐怖に震え、這って金庫脇に退避したが、明確な殺意を持った犯人に追い詰められ、頭部に二発の銃弾を撃ち込まれ即死した。二人の女子高校生は、手を繋いで縛られ、ガムテープで口のまわりをぐるぐる巻きにされた状態で、犯人の姿を目撃していた。その場にへたり込んだ状態で犯人から一人ずつ頭を撃たれ、折り重なるようにして絶命した。

犯人はそのまま逃走、被害者を縛ったガムテープを持ち去ることも忘れなかった。金庫のダイヤルの番号は机の中に残されたままだった。

最も有力な遺留物は弾頭だった。旋条痕から、使われた拳銃はフィリピン製の「スカイヤーズ・ビンガム」という38口径の拳銃であることが分かった。安価で性能の低いフィリピン製拳銃である。弾頭部分は「レッドラウンドノーズ」と呼ばれる、先端が丸く鉛が剝き出しのもので、弾底に火薬粒子痕がたくさん付着していた。

薬莢内の火薬は銃口から弾頭が飛び出すまでの間、燃焼し続ける。長い銃身なら完全に燃焼するが、短い銃身だと粒子痕が弾底部に付着したまま残る。遺留弾頭の火薬粒子痕は、二インチか四インチという短い銃身のものであると、武田は分析した。

「警察庁長官狙撃」と「スーパーナンペイ強盗殺人」という二つの難事件を抱え、本業を犠牲にしている武田に配慮していた拳銃捜査班だったが、九月の初め、とうとう歯科医院に相談の電話を入れた。

「国松さんの体を抜けた銃弾がどのくらい飛ぶのかは、弾道エネルギーを計算すれば理論上分かりますよ。しばらく待っていてください。実はもう弾道エネルギーの計算をやっていたんです」

最初から武田は自信満々だった。

「国松さんの着衣を写真でいいから見せてほしい。下着、ワイシャツの損傷箇所のクローズアップ、できれば背広もお願いします」

国松が事件当日に着用していた背広上着は背面に直径五ミリの円形の穴が開いていた。ワイシャツは背中に上下八ミリ、左右六ミリの穴が開いているだけだ。白い半袖下着は背中に直径七ミリの穴が開き、胸の部分は上下一四ミリ、左右三ミリの穴が開いていた。

武田が注目したのは、前面の射出口だった。弾道エネルギーが高ければきれいな丸い穴が開く。背中の穴が背広、ワイシャツ、下着ともにきれいな円形をしていたのはこのためである。しかし下着の前面の射出口は縦長に裂いたような穴だ。ワイシャツの前面は、損傷することなく、第四ボタンと第五ボタンの隙間から弾頭が抜けていた。これは弾道エネルギーが体内で吸収されて落ちていることを示していた。

歯科医院での診療の合間に、下着とワイシャツの繊維の破損状況を確認した武田はこう言った。

「やはりホローポイントですから弾道エネルギーはかなり落ちています。弾頭は隅田川の土手の植え込みのあたりに、地面に突き刺さることなく、地表に落ちているはずです。骨に当たっていなければ、きれいな形で残っているかもしれません」

武田は歯科医院から特捜本部に「現場見取り図」のファックスを送ってきた。図面上の隅田川土手の手前にある植え込み周辺を、手書きで円く囲んでいた。

南千特捜の公安部幹部は、

「鑑識が探して見つからなかったのだから、素人に見つかるわけがない」

と相手にしなかった。

瀬島たちは「私が言う場所を集中して探せば見つかりますから」という武田の言葉を信じて、アクロシティの現場に向かった。

捜査員たちは五〇センチ幅で持ち場を決め、国松が撃たれた場所から、武田が「ここだ」と指定した道路反対側の植え込みをめがけて、しゃがんだり、四つん這いになったりした状態で進んでいった。

ぽたぽたと男たちの額から汗が滴《したた》り落ちる。いよいよ武田が地図上に円を付けた土手の植え込みに差しかかったとき、一人が声をあげた。

「あった！　ありました！」

発見した捜査員は四つん這いで腕を曲げ、植え込みに頭を突っ込んだ状態で固まっていた。

濃い青緑色にナイロンコーティングが施されたホローポイント弾だった。全国一の実力を誇る警視庁鑑識課員が探し出すことができなかった弾頭を、武田は歯科医院からの遠隔操作で、わずか一時間で発見してしまったのである。拳銃の知識、射撃の技術・理論には自信があった石田巡査部長も武田による弾道鑑定のあまりの正確さに感服するばかりだった。

「私は捜査四課で拳銃捜査を担当したことがありますが、負けを認めるしかありません。本当にありがとうございました」

武田は明るく笑って「そうですか。見つかりましたか」と言うだけだった。

その後、武田はわずか二ミリの誤差で植え込みに当たって消えた跳弾の行方も追った。すると街路樹の幹を弾頭がえぐった痕跡が見つかった。この弾頭は隅田川方向に飛んで水中に落下したと見られた。

三つ目の弾頭発見以来、南千特捜の公安捜査員たちも、武田を「先生」と呼び、掌を返したように頼りにするようになった。実験用の拳銃を輸入したいという相談から「差し歯が抜けた」といって治療を頼む者まで現れ、歯科医・武田純一は名実ともに南千特捜の一員となったのである。

今回の発見で、武田の腹の内には別の目的が芽生えていた。弾頭を解析することによって、真相究明の道筋を思い描いていたのである。

瀬島がある先輩刑事と深く話しこむことになったのは、この銃弾発見からしばらくたってからのことだった。瀬島に面会を求めてきたのは捜査一課警部・小山金七。ロス疑惑やトリカブト事件を捜査した名物刑事である。

小山は早川紀代秀の身柄を古沢から引き継いで、本富士警察署で取り調べを進めていた。順調に供述を引き出し、地中に埋められた坂本堤弁護士一家の遺体を発見した小山であったが、ある日突然、拳銃捜査班の部屋に電話をかけてきたのである。瀬島は担当係長である中西警部とともに、面識のない名刑事に会うことになった。

「公安部は、長官狙撃をオウムの犯行と見ているようだが、お前さんはどう思う？　俺には早川がかかわっているようには思えないんだよ」

南千特捜から要望される早川への質問内容と、完オチ（全面自供）の状態であるはずの早川の供述の乖離《かいり》に、小山は困惑している様子だった。被疑者を「落とす（自供を引き出す）」技術にかけては警視庁随一で「落としの金ちゃん」と呼ばれた名刑事はどちらを信じるべきか迷っていたのである。

「公安部がやろうとしている話は本当なのか？　早川の話とあまりに違いすぎるんだよ」

小山は腹の内を明かした。

坂本弁護士一家殺害を涙ながらに認め、遺体を埋めた場所まで案内した早川が、なぜ国松長官狙撃という「殺人未遂事件」を認めようとしないのか。なぜ井上や木場の名前を挙げて、のらりくらりとはぐらかすような供述を続けるのか。小山は南千特捜の捜査員から共通言語のありそうな人間を選別して相談し、早川の心の奥底に潜む真実を探ろうとしていたのである。

瀬島は南千特捜の捜査の異常さを率直に説明した。

「俺にはオウムがやったとは思えない。なぜなら何一つ証拠がないからなんですよ。小山さん、あなたも気付いていると思いますが、公安の幹部連中は都合の良い見立てを根拠にオウムだと騒いでいるだけです」

このマル暴刑事は相手が先輩であろうと、へつらうようなことはない。多くの警察官を輩出する拓殖大学で応援団長を務め、暴力団捜査を「男の生き様を懸けた闘い」と定義づけてしまう瀬島は、組織内での出世競争など意識のかなたである。納得できないものを受け入れ、組織に迎合することはないのだ。

「小山さん、南千特捜では嘘があたかも本当のようにまかり通っているんだ」

頷いて話を聞く小山の前で、瀬島は切って捨てるように言い放った。

中西も、捜査一課でオウム捜査を取りまとめている小山に言っておきたいことがあった。

「言っちゃ悪いが、捜査一課の中にも筋違いの方向に進んでいる連中がいます。これが事件の解明に大きな障害となっているのは間違いありませんよ」

取り調べの神様・小山金七警部は、中西の指摘にも穏やかに応じた。長期間の捜査で疲弊しているようにも見えた。

二人から話を聞き終えると小山は、

「分かった、ありがとう。でも捜査一課とも仲良くやってくれよ」

と言い残して帰っていった。

頭脳戦

この時期、早川は小山警部に対して、「井上・木場犯行関与説」をインプットし続けていた。いや、小山の反応から権力が持つ情報を探ろうとしていたのかもしれない。

早川が坂本弁護士一家殺害事件で起訴された当日の一〇月一三日の御前会議で、刑事部は早川と小山の間で交わされた、こんなやりとりを報告している。

「長官狙撃事件なんだが、木場は関与していたと思うか？」

小山は本富士警察署の取調室で、早川にこう切り出した。

「実行犯は木場ではありませんよ。しかし関与はしていると思います」

「どういうふうに？」

「見届け役もしくは見張り役ではないでしょうか。井上が事前調査のキャップで、実行犯部隊はごく少数だと思います。省庁制度があっても、グル（麻原）とは一対一の関係です。グルが耳元で囁くんです。『今回も頼むよ』と言ったのだと思います」

「それで警察庁長官を撃つのか？」

「ステージを上げてもらえるということで、命じられた側は感謝するんですよ」

「しかし木場は事件当日上九一色村にいたと言い続けているじゃないか？」

「木場は大したヤツだ。三月三〇日の事件当日の朝、上九一色村から一緒に東京に来たことをおくびにも出さない。でもヤツが撃ったわけではないと思いますよ。射手だったら前日に来るはずですよ。木場は射撃が下手ですからね」

早川は自らの関与を否定するのに必死だった。小山の言葉から、南千特捜が自分を疑いはじめていることを察知し、煙に巻こうとしていたのかもしれない。あくまでも井上は事前調査役で、木場も何らかの形で関与していると、一貫して供述した。

小山のほうも長官狙撃事件前日に早川に似た男がGポートにいたという目撃情報を、早川本人に「当てる」ことを避けていた。

公安部は刑事部に対して、

「早川の目撃者が存在することを当ててくれ」

と要望していたが、刑事部側は一〇月中旬の御前会議でも、

「小山は目撃情報の内容を把握している。だが小山は『当てるタイミングではない』と判断している」

と返答していた。

「取り調べの神様」とまで呼ばれた小山は警察側の情報を、被疑者に開示するような真似はしなかった。

オウム真理教の幹部は恭順の意を示すふりをしながら、取調官の力量を測っている。取調官のレベルが低いと判断すれば、一転、情報を吸い上げようと頭脳戦に出てくるのが彼らの手法だった。事実、入れ替わり立ち替わりやってくる取調官から情報を吸い上げ、あたかも新たな供述であるかのように情報を廻す者も現れていた。

小山は長年、被疑者と向き合ってきた刑事としての経験則に照らしながら、タイミ

ングを計っていたに違いない。そんなじりじりとした攻防が繰り広げられるなか、ついに早川は、教団随一の射撃の名手と言われる男の名前を持ち出してきた。

「平田を早く捕まえてくださいよ。彼は外国にいるんじゃないですか？　彼を捕まえれば、何か分かるはずですよ」

早川は平田信《まこと》が事件にかかわっていることを示唆したのだ。

平田信とは教団車両省SPS特別警備に所属する出家信者で、札幌市内の私立高校では一年から三年まで射撃部に所属していた。一九八一年の全国高校ライフル射撃選手権に一校三名の団体戦のメンバーとして出場、一位の成績を収めている。一九九四年四月には教団が主催したロシア射撃ツアーにも参加した経歴がある。当然、南千特捜が捜査開始直後から狙撃犯の有力候補と睨んでいた人物である。

しかし早川は平田が長官狙撃にどうかかわっているのか具体的に証言することはなかった。そして小山にこう伝えることを忘れなかった。

「私は何のかかわりもありません。北朝鮮のバッジが現場にあったということは、もともと計画性があったということなんでしょうね」

自らの関与を否定した早川は、「この件について知っているとすれば……」と、麻原の妻や数人の女性幹部の名を挙げた。

この早川供述は一〇月一三日、桜井公安部長から岩田課長を通じて南千特捜の帳場に速報された。「木場犯人説」の立証に行き詰まっていた南千特捜は、平田信の事件前後の足取りの洗い出しに、エネルギーを注ぎはじめるのである。

僕は狙撃犯にされている

「オウム真理教特別手配被疑者・平田信に関する情報について」

こうした題名の三重県警察本部発の申報が警視庁公安部に届いたのは一〇月一六日のこと。内容は特捜本部が切望していたものだった。

「三重県警名張《なばり》警察署がかねてから視察対象者として接触していた元オウム真理教在家信者・藤本憲次（仮名）からの情報提供により、『特別手配中の平田信を三月末から四月二日まで自宅に泊めていた』との情報を得た」

南千特捜拳銃捜査班の中西研介警部をはじめ五人の公安捜査員が名張に緊急派遣され、藤本憲次の事情聴取と裏付け捜査を行った。

「私は平田のことを『マコちゃん』と呼び、平田は私のことを『ケンちゃん』と呼ぶ関係でした」

平田信と藤本は親友同士だった。

平田は一九八七年、札幌学院大学人文学部英米文学科を卒業し、東京のアパレルメーカーに就職、入社とほぼ同時にオウム真理教に入信した。四ヵ月後には出家し、「ポーシァ」というホーリーネームを与えられている。

高校時代の平田は、射撃部で活躍しただけでなく、真面目で成績も上位だった。情緒的にも安定しており、大人しく目立たないタイプ。性格はやさしくて忍耐強いのだが、ある一線を越えると突然同級生を怒鳴り散らすこともあり、同級生から恐れられていた一面もあったという。

「三月二三日、私は三歳の息子を名張市内の病院へ連れていきました。そのあと、義弟が迎えに来て、妻と息子は、京都の妻の実家へ向かいました」

藤本は事件のちょうど一週間前にあたる三月二三日からの平田と自分の行動を丁寧に話しはじめた。星占いに凝っていた彼の手帳には、当日の行動とともに赤いペンで太陽や月、惑星などのマークが並んでいた。この手帳によると平田から連絡があったのは妻子が帰郷した翌日のことだったという。

「次の日（二四日）、平田から『泊めてほしい』と電話がありました。翌日の朝八時に公衆電話から携帯に電話するよう頼まれたので、二五日、自宅近くの酒店前の公衆電話から、平田の携帯にかけて、名古屋方面からの道順を説明しました」

藤本によると、平田は昼過ぎに三〇歳前後の男と二人で和歌山ナンバーの車に乗ってやってきたという。平田は大型の黒い布製バッグに、プラスチックケースを二〜三個持っており、同行の男は平田を残して帰った。

「マコちゃん、この部屋を自由に使って構わないよ」

藤本は自宅の玄関左側にある四畳半の部屋を平田に提供した。平田は藤本宅の風呂に熱い湯を張って修行することも忘れなかった。

翌二六日になって、平田はこう言い出した。

「免許証とパスポートの更新のために、東京へ行かなくちゃならない」

藤本は自宅近くの駅まで平田を車で送ったという。

この時期、藤本は就職先を探していた。二九日になってタウン誌を発行している会社の面接を受けたところ、採用が決まり、三〇日、三一日、四月一日は、午前九時から午後五時半ごろまで仕事をしている。

中西警部は核心部分に迫った。

「平田はいつ東京から戻ってきたんだ？」

藤本は真剣な表情で、曖昧な記憶をたどりはじめた。

「平田が、私の家に戻ってきたのは、三一日か、四月一日の夜だったと思います」

肝心の三月三〇日、国松長官狙撃事件発生当日は平田信は藤本宅にいなかったのである。

三月三一日は午前一〇時に藤本宅に宅配便が届いていた。誰も受け取りに出なかったため、配達員は郵便ポストに小包を投函していた。これを根拠に藤本は、平田が戻ってきたのは三月三一日夜か四月一日夜だと説明したのだ。

藤本宅に戻ってきた平田は国松長官狙撃事件に触れてこう言ったという。

「僕は学生時代にライフル射撃の経験があるので、長官事件の犯人にされてしまう。近くの交番に行って、アリバイを証明すればよかったなあ」

平田は自身に嫌疑がかかることを警戒し、明らかに不安げだった。

「ところで安く東京に行く方法はあるかい？」

平田からこう問われた藤本は、

「一番安いのは深夜バスだよ。三重交通の深夜バスだと東京に九時間くらいで到着するよ。料金は七〇〇〇円くらいかな」

と言って、三重交通の電話番号と名張発の時間、バス停までの道順を教えた。

この時点で平田は指名手配されていなかったが、長期化が予想される逃亡生活に備えて金を節約していたのだろう。平田は札幌の両親が管理する郵便局口座のキャッシュカードを持っていた。教団への強制捜査前には母親が月に二万〜三万円ずつ振り込んでいたため、残高は九〇万円くらいあるはずだが、平田は数千円単位でしか金を下ろしていなかった。

平田が名張市の藤本宅を出発したのは四月三日のことだった。

「四月三日の朝、私は出勤前、妻に『浮気するなよ』と言って家を出たんです。妻は高いステージの平田に強い敬愛の念をいだいていたものですから……。夕方仕事から帰宅すると平田はもういませんでした。妻によると平田は背広を着て出て行ったそうです」

藤本は、申請した免許証とパスポートを東京に取りに行っただけだと思ったが、平田はそれっきり帰って来なかった。

中西たちは平田が深夜バスを利用したと見られる「三重交通」に急行した。平田信らしき人物は確かに四月三日午後九時二五分、名張市役所前発品川バスターミナル行きの「伊賀品川線高速バス02便一号車」に乗車していた。この深夜バスは全行程四八三キロを八時間五〇分で走行する。

中西たちは三重交通が回収した切符をゴミ袋五つ分押収、鑑識課が切符一つ一つから指紋を検出し、照合していった。するとその中から平田信の指紋が検出されたのである。予約名は「ハタモトカズ」、平田の高校時代の同級生の名前だった。

バスはトイレ付きのスーパーハイデッカーで定員は三四名、平田の座席は「B-6」で、通路側の前から六番目の席だった。二つ目の停車場所である名張駅前で乗車した平田は、横浜駅東口を経由して品川バスターミナルに四月四日午前六時一五分に到着し、ほかの二三人の乗客とともに降車していた。

平田は藤本に嘘をついていなかった。三月二七日に東京・鮫洲の運転免許試験場で免許証を申請、深夜バスが品川に到着した四月四日午前中に受け取っている。パスポートについても同様に、池袋の東京都生活文化局国際部旅券課で三月二七日に申請、四月四日午後に受け取っていた。

その後、藤本のもとに平田から電話があった。

「置いていった荷物を送ってほしい」

こう頼まれた藤本は、平田が残していった荷物を段ボール三箱に荷造りしたうえで、四月二六日、近くのコンビニから教団世田谷道場宛てに送った。平田の荷物には短刀が入っていたが、藤本は段ボール箱を運んでいる最中に警察に職務質問される危険があると判断して、送らずに自宅に残しておいたという。

そして藤本は親友・平田信と最後に電話で話したときのことをよく覚えていた。荷物を送って二〜三日後のことだ。平田は疲れきった口調でこう言った。

「僕は狙撃犯にされている。やっぱり逃げるしかない。疲れたよ。住むところもないから、名前を貸してくれないか」

家族を抱えた藤本はその要望を断った。

「名前を貸すことは無理だよ」

すると平田は、

「そうか……」

と落胆した様子で電話を切ったという。

友人に最後の願いを断られた平田は、女性信者との果てしない逃亡生活をスタートさせることになる。

バッグをポチャンしてきた

早川紀代秀が、平田信の関与を匂わせる供述をした直後のことだった。今度は教団自治省幹部・端本《はしもと》悟が平田信に関する新たな供述を始めていた。

端本は早稲田大学法学部在学中に空手サークルに在籍、教団の武道大会でも優勝した経験がある。格闘技の能力を評価され、麻原彰晃の警護役を務めていたという人物だ。教団での所属は自治省だが、以前から諜報省大臣・井上嘉浩の下で働いており、井上の運転手を務めていたこともある。

端本はすでに松本サリン事件やサリン量産などで殺人、殺人予備などの罪に問われていた。さらに坂本弁護士一家殺害事件の実行犯として起訴された直後、捜査一課の取り調べに対して以下のような供述をしたという。

「長官狙撃事件の二日前（三月二八日）の午後六時から七時頃、池袋東口で平田信に会いました。このとき、平田がこう言いました。『端本さん。いま教団はとんでもないことをしようとしている。これは世間の顰蹙《ひんしゅく》を買うことになるぞ』って……」

平田は具体的なことを語らなかったという。端本の供述はさらに続く。

「四月一日（事件二日後）、川越のウィークリーマンションに私と平田、中村昇（教団自治省所属）ら四人で集まったとき、平田は黒いハーフコートを着ていました。はじめてのことで印象的でした。その際、三月二八日の言動、三月三〇日の事件（長官狙撃）があったので、平田に『お勤めご苦労さん』と言ったら、平田は『落とし物をしてアリバイでも作っておけばよかったなあ』と言っていました」

黒いコートは現場で目撃された狙撃手と共通する服装、しかも平田自ら事件に関与していることを示唆する発言をしたというのである。それに「アリバイを作っておけばよかった」という言葉は、藤本宅の発言と一致している。

さらに端本は捜査一課の刑事も驚く平田の言動を明らかにした。

「四月一〇日、オウム信徒のトレーニングのため平田信と、港区海岸にある宿泊施設アジュール竹芝に行きました。中村昇がサマナ（出家信者）一〇人を集めて講演会を開いたのですが、話が下手で面白くなかったので、平田信と部屋を出て夕暮れの海を見ました。感傷的になった平田が独り言のように『二〜三日前、大島へトンボ返りしてきた。海にバッグをポチャンしてきた。これで長官事件は決定ですね』と言ったのです。海にポチャンしたバッグの中身が拳銃だとすれば、狙撃犯は平田だと思います」

この供述が出たとき、刑事部の幹部は「平田で決まりだ」と沸いた。「ポチャン」と海に捨てたのは、国松長官の狙撃に使われた回転式拳銃であることはほぼ間違いないと判断されたのだ。

「アジュール竹芝」とは、港区海岸の竹芝桟橋にあるホテルのことである。ＪＲ浜松町駅からは離れているが、東京湾に面し、お台場から晴海まで一望できる景色の良さが売りである。竹芝客船ターミナルからは大島、八丈島、三宅島などの伊豆七島、さらには父島、母島などの小笠原諸島へのフェリーが発着する。このホテルで夕暮れの海を見つめながら、平田が数日前の出来事を振り返って、端本に伝えたとしても不思議ではない。

これが事実だとすれば平田信は四月七日か八日に大島に行き、海に拳銃を捨てて、証拠隠滅を図ったことになる。

桜井公安部長は岩田課長らにこう指示した。

「アジュール竹芝と船の裏付けは公安部でやる。当然のことながら目的偽変で動け。端本供述について警察庁への報告、連絡はいっさいしなくていい。これは井上総監の指示でもある。とにかく保秘の徹底だ。南千特捜にも伝えるな」

この頃、警視庁では警察庁に長官事件の捜査内容を隠すことが常態化していた。

だが、南千特捜はこの時点ですでに端本供述について把握していた。そもそも端本は捜査一課の取調官から「明日から公安部が取り調べを行う。南千特捜が担当だ」と伝えられた直後に突然、平田信に関する供述を開始したのだという。端本の供述の概要は、すぐに南千特捜にいる捜査一課管理官の耳に入っていたのだ。

南千特捜の動きは早かった。「平田実行犯説」の裏付け捜査を開始した二日後、首脳部の期待に添うアクロシティの住人の目撃情報が南千特捜から上がりはじめた。

「三月二一日の午後三時頃、EポートとFポートの間の公道上で身長一七五センチから一八〇センチ、年齢二〇歳から三〇歳くらいの男性を目撃した」

「私が車の中で子どもに授乳しようとしていたところ、男性が近くにいたのでやめた。男はタバコを吸ってEポートの方角を見ていた。近くに紺色のワンボックスカーが駐車されていたが、一〇分後に男を置き去りにして町屋方面に走っていった」

いずれの目撃者にも平田信の手配写真を呈示したところ「似ている男だった」と供述したとして、「面割調書」まで添えられていた。

南千特捜の捜査は、「木場徹」、「井上嘉浩」、「早川紀代秀」、そして今度は「平田信」と、わずか七ヵ月の間にターゲットを次々と移し替えた。桜井公安部長がかつて予言した通り、オウム幹部の口から次々と狙撃関与者を匂わせる供述が飛び出してきたのである。

しかし「平田実行犯説」の柱となった端本供述は綻びを見せる。端本は「平田が長官銃撃の二日前に『教団はとんでもないことをしようとしている』と話していた」と供述していたが、彼が平田と会っていたのは事件後の四月四日であったことが、ほかの信者の供述から判明した。

さらに大島行きのフェリーを運航している東海汽船の乗船客を調査した結果、平田が乗船した形跡はいっさいなかった。端本供述は自身への追及を回避するための虚言である可能性が強くなってきたのである。

四月一〇日に竹芝のホテルに端本らと宿泊した平田信は翌日チェックアウトし、一三日に徳島県内のオウム元出家信者宅に身を寄せた。そして二四日には徳島を出発して、昼過ぎに東京のオウム真理教東京総本部に立ち寄り、夕方、上九一色村に姿を現したことまで分かっている。

平田信が宗教学者宅爆破事件で全国一種指名手配になったのは五月三一日のことだ。さらに九月には、逮捕監禁致死容疑も加わって警察庁指定特別手配被疑者となった。

札幌市にある両親宅には六月初旬に「差出人・平田信」の段ボール箱一つが送られてきた。料金は着払いになっており、両親は立腹したという。しかし荷札は本人の自筆ではなかった。

段ボール箱に入っていたスーツやオウム服、革コート、手袋については北海道警が両親から任意提出を受け、科学捜査研究所で鑑定を行った。しかし、射撃残渣は検出されなかった。

屈辱の失尾

その後、公安一課は平田信に繋がる重要な手がかりを、オペレーションミスによって取り逃している。それは一九九六年二月一五日のことだった。

「斎藤明美が友人宅にカネを取りに来る」

こんな極秘情報をキャッチしたのは古沢が所属する公安一課調査第六担当だった。斎藤明美とは教団付属病院の元看護師で、平田信とともに逃亡しているとみられるオウム信者だった。その斎藤が西武池袋線・清瀬駅近くに住む看護学校時代の友人宅に、預けていた五〇万円を取りに来るというのである。

「斎藤は平田と逃げるための逃亡資金を準備している。完全秘匿で追尾すれば、平田のもとに行くのは間違いない」

夕刻、斎藤は清瀬駅からバスに乗って、集合住宅に住む友人宅に姿を現した。古沢たちは視察車両内で息を潜めて、その様子を見守っていた。斎藤は友人に西武池袋店で買ってきたぬいぐるみと育児用のビデオをプレゼントし、「今晩泊めて欲しい」と言った。

友人は宿泊を了承し、「明日、都営三田線白山駅に来てくれれば、預かっていた五〇万円を返す」と約束した。白山は友人が勤務する診療所の最寄り駅で、昼休み時間帯に銀行で金をおろして返却することになった。

古沢は上司に意見具申した。

「清瀬から尾行すると、ヅかれます（気付かれます）。カネは絶対に受け取りに来るはずだから、白山駅から尾行する態勢を組みましょう」

しかし、上司は古沢の意見を聞き入れようとしなかった。

「清瀬から秘匿追尾を行え」

翌日、清瀬駅に向かう斎藤に一五名の追尾要員がついた。サラリーマンやカップル、学生など様々な日常に偽装した男女が入れ替わり立ち代わり、斎藤を取り囲んだ状態で移動したのである。

西武池袋線に乗った斎藤は池袋駅で降りて、駅前のマクドナルドに入った。当初、古沢たちは金を受け取るまでの時間潰しと睨んだが、外から店内の様子を確認することはできなかった。古沢は店の前を歩いて往復する「流し張り」をするよう指示した。

「もしかしたら、カゴ抜けしたかもしれません。店内に一人投入します」

直近の追尾を担当する捜査員が、不安を堪えきれぬように言った。

「駄目だ。まだ入るな！」古沢は止めた。

「大丈夫です」

無線での押し問答の末、捜査員の一人が制止を振り切って、マクドナルドの店内に入った。しかし、これは尾行者の存在を確認するために、斎藤が仕掛けた罠だった。斎藤はカウンター席でコーヒーを飲みながら、紙にペンを走らせていた。捜査員は背後を通り過ぎながら、紙に視線を走らせた。

チューリップ柄の便箋になにやら手紙を書いている。このとき、一瞬の油断が生じた。斎藤が突然後ろを振り向いたのだ。捜査員は顔を逸らしたが、視線が交錯してしまった。だが、斎藤は何事もなかったかのように、便箋に視線を戻した。

報告を受けた古沢は再び上司に連絡を入れた。

「どうもヅかれた可能性があります。ここはいったん脱尾（尾行中止）して、白山駅から追いかけます」

公安部幹部は「脱尾」を許可しなかった。

正午過ぎ、斎藤は予定通り白山駅に到着した。改札口周辺には、駅員や清掃員に扮した張り込み要員が待ち構えていた。

斎藤は改札口の外で友人から五〇万円を受け取り、別れを告げて、ホームに向かった。乗客に扮した追尾要員が同じ方向に動いたそのとき、斎藤が突然Uターンして、見送っていた友人のもとに駆け戻った。

「私は尾行されている。周りに警察官らしい人がたくさんいるじゃない。なぜこんなことになったの！」

斎藤は泣いていた。親友に裏切られた、そんな涙だった。

彼女は駅の外に出て、白いダウンジャケットを脱ぎ、黒い膝丈のコートに着替えた。そしてポニーテールにしてあった髪を解いた。

「ヅかれた！　点検が始まるぞ」古沢は無線に囁いた。

当時の公安幹部のメモによると、斎藤の動きはこの瞬間から激変する。

白山駅で電車に乗った斎藤は巣鴨駅で車両を飛び降りるなり、ホームの向かい側、逆方向に発車寸前の列車に駆け込んだ。一つ戻った千石駅で下車すると、また逆方向へ乗り換えた。五〇人近くに膨らんでいた追尾要員は、激しい点検で次々と脱落した。再び巣鴨駅で降りた斎藤はJR山手線に乗り換え、次の池袋駅で降車。数本の電車をやり過ごして、同方向に再乗車、新宿駅で降りた。

公安捜査員は通常、尾行する際、対象の前方を歩く「先頭引き」という高度なテクニックを使う。しかし、このときは追いすがるのに必死だった。新宿駅に到着したときには、わずか四人。地下道を歩いた斎藤が、タカノフルーツパーラー前の階段をのぼったとき、追尾要員は最後の一人になっていた。

金曜日午後三時の新宿通りは人波で混雑していた。横断歩道を渡った斎藤は紀伊國屋書店前に差し掛かった瞬間、伊勢丹方面に猛然と走り出した。左翼過激派の秘匿追尾で鍛え抜かれた捜査員たちだったが、斎藤明美を完全に見失った。

平田を守ろうとする一人の女の執念によって、公安一課の精鋭たちは屈辱的な「失尾」を喫したのである。

「新宿タカノフルーツパーラー前で斎藤明美を失尾しました」

こう報告した伊藤参事官に対して、桜井公安部長は激怒した。

「なぜだ！　なぜ失尾したんだ！」

「これは完全秘匿でやったんです。完全秘匿でやると、追尾要員というのは少しずつ落ちていくんです。それを覚悟しなければいけませんよ」

伊藤は憮然《ぶぜん》として返した。

「すぐに警察庁に報告しろ！」

実はこの作戦の直前、桜井は「警察庁には一切言うな」と伊藤らに厳命していた。

このため警察庁にとって、まさに寝耳に水の出来事だった。警察庁は全国の道府県警本部に対して、主要ターミナル駅での「見当たり」の指示を出した。見当たりとは、駅など人の流れが集中する場所に張り込んで、群衆の中から対象者を発見する捜査である。しかし、時すでに遅し、張り巡らされた網の目に斎藤は引っかからなかった。警察庁が作戦を事前に把握し、失尾に備えた準備ができてさえいれば、斎藤を捕捉出来た可能性はあったであろう。警視庁公安部は致命的なミスを重ねたのだ。

「ターミナル駅の防犯カメラ映像を、片っ端から回収して解析しろ」

新たな指示が飛び、数百本のテープが回収された。公安一課でビデオデッキ一〇台を用意し、二〇人の捜査員が交替で映像を睨み続けた。すると、一人の捜査員が群衆から斎藤の姿を発見したのである。痛恨のミスを取り返さんとする公安捜査員の執念だった。その映像は、失尾当日の午後六時、JR東京駅から東北新幹線「やまびこ」に一人で乗り込む斎藤明美の姿だった。

のちに分かったことだが、斎藤は当時、仙台市内の割烹料理店に偽名で勤務していた。尾行作戦が失敗に終わった直後、斎藤は店から姿を消した。彼女が暮らしていた従業員用の借り上げアパートには、二組の布団が残されており、部屋から平田の指紋も検出された。指名手配された二人は、二〇一二年一月に逮捕されるまで、果てしない逃避行を続けることになる。

警視庁公安部は最も得意であるはずの秘匿追尾のミスによって、平田逮捕の最大のチャンスを逃した。失敗を重ねるうちに、現場の捜査員たちは、公安部幹部の期待に沿う情報ばかりを報告するようになり、捜査の矛先から逃れようとするオウム真理教幹部の供述に振り回され続けた。いつしか捜査はオウムという迷宮に引きずり込まれ、陥穽《かんせい》から抜け出せなくなった。

こうして、事件から一年の月日が過ぎ去った。

現職警官の自供

告発文書

公安捜査員の評価基準の大部分を占めるのが秘密保持である。「完全秘匿で捜査すべし」という指示が出れば、隣のデスクに座る同僚にも、家族にもいっさい捜査内容を漏らさないのが鉄則である。公安部で記者の取材を受けるのは、課長、理事官級以上の幹部に限定されており、現場の捜査員は記者との接触が判明すれば即、公安部から永久追放されることになる。

しかし、明らかにすべき真実を隠蔽し続けることに耐えられぬ者が、公安部内に存在するのも事実である。

国松警察庁長官狙撃の犯人は警視庁警察官（オ《ママ》ーム信者）。

すでに某施設に長期監禁して取り調べた結果、犯行を自供している。
しかし、警視庁と警察庁最高幹部の命令により捜査は凍結され、隠蔽されている。警察官は犯罪を捜査し、真実を究明すべきもの。

それは白い紙にワープロ打ちされた差出人不明の告発文書だった。一九九六年一〇月一四日の消印で、警視庁の記者クラブに常駐する各報道機関に封書で送付されたこの文書に、国家の表裏の情報を収集しているはずの警察庁警備局、警視庁公安部はまったく気付くことはなかった。

警察庁警備局は警備公安警察の総司令塔で、この当時は警視庁の隣、「人事院ビル(警察庁庁舎)」五階に拠点があった。トップに君臨するのは警備局長で、その下に審議官、さらに各課の課長が並ぶ。

全体を統括する警備企画課、日本共産党とオウム真理教捜査を担当する公安一課、右翼と警護、警衛担当の公安二課、極左に加え長官狙撃事件捜査を担当することになった公安三課、さらには諸外国のスパイ活動に対するカウンターインテリジェンス（防諜）を担当する外事課、カウンターテロリズム（防テロ）の国際テロ対策室、そして表の警備実施を統括する警備課があった。

悪夢の前兆は一九九六年一〇月一八日の昼頃に始まった。公安三課長室のデスクで決裁書類に目を通していた伊藤茂男は、けたたましく鳴る警電の受話器を取った。伊藤茂男はこの年二月に、警視庁公安部参事官から警察庁警備局公安三課長に異動して、長官狙撃事件の捜査を統括する立場になっていた。

「伊藤課長ですか？　いま忙しいんじゃないですか？」

電話をかけてきたのは、通信社の社会部に在籍する事件記者だった。

「なんや？　別に忙しくないよ」

記者は奇妙なことをぶつけてきた。

「変な手紙が来ているんじゃありませんか？」

「なんですかそれは？　心当たりありませんね」

記者が事実と異なる情報を当ててくることは珍しいことではない。曖昧なことを言わずに、はっきり否定するのは警察幹部の役割のひとつである。

「そうですか？　それじゃあ結構です」

記者は何かを悟ったかのように電話を切った。

夕方、同じ通信社のベテラン記者が課長室にぶらりとやって来た。ソファにどっかり腰を下ろした記者は、信じられないことを口にした。

「伊藤さん。長官狙撃を自分がやったという警察官がいるそうですね。投書が我々のところに来ているのですが、知っていますか?」

記者の目には自信が漲《みなぎ》っていた。

「知らん! まったく知らん! 何のことだかよく分からんが、91に聞いてやろうか?」

「91(キュウイチ)」とは警視庁を指す隠語である。昔の警察電話の番号の下二桁で、神奈川県警だと「32」、大阪府警だと「51」となるが、警察庁では警視庁に対してのみ、この呼び名が定着している。

「どうせ怪文書に踊らされているんだろう」という軽い気持ちで、伊藤は警視庁の公安一課長室に警電をかけた。岩田義三とのやり取りを聞かせれば、記者も納得して引き上げるだろう。しかし岩田は、話し中だった。

続いて南千住警察署の署長室にかけた。署長には南千特捜担当の公安一課理事官だった田原達夫が就任していた。

南千住署長は特別捜査本部の副本部長に名前を連ねている。警察官が被疑対象になっているのであれば知らないはずがない。しかし田原は「まったく知りません」と答えた。隠している様子はなかった。

「公一課長は電話に出ませんが、南千署長は何も知らないと言っています。警察庁長官を狙撃するような勇気ある警官は警視庁にはいないと思うよ」

伊藤がこう言うと通信社の記者は納得して引き上げていった。

しかし記者の質問がどこか引っかかった。伊藤は記者を出口まで送り出したあと、デスクに座り、再び岩田公安一課長室に電話をかけた。呼び出し音のあと、岩田の沈んだ声が聞こえた。

「岩田さん。与太話の類いだと思いますが、警察庁長官を狙撃したという警察官がいると記者が当ててきているんですよ。心当たりはあります？」

一瞬の沈黙があった。伊藤はこの瞬間、心臓が高鳴るのを感じた。

「進むも地獄、退くも地獄ですよ……」

こう言って岩田は大きな溜息をついた。

築地特捜派遣のオウム信者

伊藤は岩田の予想外の反応に、血の気が引いた。

「分かりました……」と言って、冷静に電話を切った。

しかし今度は抑えようもない怒りがふつふつと湧き上がり、腸が煮えくり返った。

「岩田とは八ヵ月前まで上司と部下の関係だった。いや、戦友といってもいい関係だ。しかも今は捜査内容を細大漏らさず報告し、指導を仰ぐ立場であるはずだ。なのに一体なぜ、俺に隠すんだ」

警察組織におけるキャリアとノンキャリアの関係など所詮、「面従腹背」であることは理解している。現場の捜査員は、直接仕えている期間だけ我慢して頭を下げていればいいと打算的に考えているだろう。しかし伊藤は参事官に在任中、巡査クラスと酒を飲んでは酔っ払い、肩を組んで歌ったり、喧嘩をしたりしながら、キャリアとノンキャリの壁を取っ払ってきたつもりだった。

しかしいま、目の前に突きつけられた現実は、その努力がすべて自己満足であったことを証明してしまったのだ。

ざわめく心を落ち着かせ、課長席に身を沈めると、伊藤の頭の中にオウム真理教との戦闘の最中に起きた一年七ヵ月前の出来事が鮮明に蘇ってきた。

脂汗をかいている自分に気付いた。

「まさかあのときの警官が……」

伊藤は長官狙撃事件発生直前の出来事を頭の中で詳細に再現していった。類い稀なる記憶力で、たちまち見事なタイムテーブルが作成できた。


きっかけとなったのは、長官狙撃事件発生のちょうど一週間前、一九九五年三月二三日のことだった。滋賀県警が逃走中のオウム真理教信者が乗った車を発見、車内から見つかった光ディスクに、教団の機関紙購読者四〇〇〇人あまりのリストが保存されていたのである。

押収したディスクは滋賀県警警備部が中心となって解析した。チヨダ担当のウラ理事官・石川正一郎は二四日に名簿を入手。警備企画課が警察関係者の有無を調査し、群馬県警警察学校の食堂で働く女性など複数の職員、出入り業者の存在を突き止めた。この中に、あの男がいたのだ。

警視庁巡査長・小島俊政――。

翌二五日は土曜日であったが、警察庁人事課は、機関紙購読者が在籍するそれぞれの県警の警務部に、情報を伝達。警視庁にだけは石川自ら公安部公安総務課長の小風明（昭和五四年警察庁入庁）に対し電話で伝えた。

小風は公安部の筆頭課長ではあったが、公安経験はまったくない。在ドイツ日本大使館の一等書記官や通信総務課理事官を経て、まったく畑違いの警視庁公安部の中枢ポストを任されたのだ。この人事ミス、いや人事事故が悲劇を招くことになる。

小風は剣道の達人とあって、常に冷静沈着な武道家然とした男である。チヨダのウラ理事官から、緊急性の高い連絡を受けても落ち着き払っていた。

二七日月曜、石川は、全国警察によるオウム事件捜査を指揮統括していた警察庁公安一課長・高石和夫にこう伝えた。

「私が連絡しても小風さんは動いている様子はありません。彼は信教の自由を侵す人権問題であると判断しているようです」

ここから警察庁と警視庁の間で、実にまわりくどい情報伝達が行われる。石川からの連絡を受けた高石は、警視庁公安部参事官の伊藤茂男に連絡を入れる。

「石川が情報を渡しても、小風が動かないようです。詳細は石川から連絡させますからお願いします」

続いて石川から伊藤に電話連絡。

「オウムの機関紙購読者名簿に、現職警察官の名前がありました。本富士署の小島俊政という男です。小風課長は動くつもりがないようなので、伊藤さん、お力添えいただけませんか」

公安部では担当以外のことは「見ざる、聞かざる、言わざる」が徹底されている。後輩であっても、担当分野に横から口出しをしないのが暗黙のルールだ。伊藤はオウム事件捜査にはいっさいかかわっていなかったが、チヨダの後輩に泣きつかれて、動かざるを得なかった。

伊藤が桜井公安部長室に行って、事の次第を説明すると、桜井は案の定、伊藤を問い詰めた。

「なぜ君がそんなことを知っているんだ？」

「いえ、担当外ではありますが、小風が動かないというので……、緊急性を要する事案であると判断しています」

「分かった。巽に連絡するよう僕から伝えておこう」

巽とは伊藤と同期入庁の警視庁警務部参事官兼人事一課長・巽高英のことだ。桜井は人事一課の不祥事調査部門・監察班の案件であると判断したのだ。

焦った伊藤は公安一課理事官・金沢一公に「小島俊政」なる警察官の所属を極秘に調査するように依頼した。

金沢はただちに答えを持ってきた。

「本富士の公安でアパ対を担当しています」

オウム真理教が公安警察内部に触手を伸ばしているという事実に戦慄した。

その後、伊藤は金沢理事官からの訂正連絡に腰を抜かすことになる。

「参事官！　あの情報は間違いです。小島は本富士から築地特捜に派遣されています」

オウム信者と疑われる者が築地警察署の地下鉄サリン事件特別捜査本部で教団を対象にした捜査に加わっているというのである。伊藤は愕然として巽に直接連絡を入れた。

「小風から連絡は行ったか？」

「何のことだ？　俺は何も聞いてないよ」

機関紙購読者名簿について聞かされた巽はその場で、小風を呼び出して詳細な説明を求めた。事の重大性を聞かされても、小風はあわてる様子もなく、冷静沈着なまま、信教の自由であるとの持論を説いたという。

人事一課監察チームが、小島が居住する警視庁菊坂寮に「立ち入り調査」を行ったのは三月三〇日のことだった。寮の管理権は警視庁にあるので、令状なしの調査である。

まさに長官狙撃事件の当日のことだ。小島は寮の部屋にいなかった。監察が押入れ内部を調べると、オウム関連書籍が見つかった。小島がオウムの在家信者である疑いが濃厚になった。

小島が三月二七日に、築地特捜の一員として山梨県上九一色村の第七サティアンの捜査に行っていたことも分かった。

小島はただちに、築地特捜派遣の任を解かれた。四月一日から本富士警察署長の指示で「特別実態把握プロジェクトチーム」に配属された。実はこのチーム、管内に住むオウム信者の所在把握のために設置されたものだった。どういうわけか、この段階になっても小島はオウム捜査に携わることになったのである。

公安総務課長・小風がチヨダの石川から連絡を受けた二五日土曜、遅くとも週明けの二七日月曜に人事一課に通報していれば、監察チームはただちに寮を調査し、小島の行確を開始したのは間違いない。そうすれば長官狙撃事件発生当日、三〇日の小島の行動を把握できていたはずだった。

再び時計の針を、一九九六年一〇月一八日に戻す。

記者から「投書」の内容を当てられた伊藤は、一年七ヵ月前の記憶を整理しながら、駆け足で警備局審議官の玉造敏夫（昭和四四年入庁）の部屋に向かった。玉造は、オウム真理教に関する情報収集の必要性を、警察内部でいち早く訴えた男で、公安警察内で最もオウムの教義に精通していることで知られた男だ。

伊藤からの報告を受けた玉造審議官は、夕方、出先から戻ってきた杉田警備局長に、マスコミから伊藤へ「当たり」があったことを知らせた。

杉田は母を亡くし、告別式を終えて職場に戻ってきたばかりだったが、小島問題の詳細を三日前に把握していた。杉田は一五日、報道機関に投書が届いたことを知るやいなや、警視庁の桜井公安部長を呼び出した。ここではじめて小島供述について報告させたのだ。

杉田から国松への報告は遅れた。この日、国松長官は北海道に出張中だったのだ。出張から戻った一五日夜、新聞記者から国松に当たりがあった。国松はデマだと受け止め、「何を言っておるか」と相手にしなかった。

「事件が挙がらないといろんな話が出てくる。その類いだよ」

しかし翌日、国松は杉田から真相を知らされて茫然自失となった。顔さえ見たこともない末端の部下、しかも、かつて自分が署長を務めた本富士警察署の警官が自分を撃ったというのだから、その衝撃たるや計り知れないものがあっただろう。

国松はのちの南千特捜による事情聴取に対してこう語っている。

「小島の話を聞いたときには目の前が真っ白になった。警視総監以下が逮捕監禁でやられ（立件され）ても仕方ないと思った。半年もの間、ああいう形で調べるなんて常識外だ。しかし僕は小島の事件への関与は薄いと思う。小島はオウムに警察情報を流したうしろめたさがあって、取調官に迎合してしまったんではないかと思う」

この時点で国松は、のちに詳述する「極秘取り調べ」の一端を聞いていたのだ。

これは共産党幹部宅盗聴事件以来の公安警察の大失態になる――

危機感を募らせた国松と杉田は港区内のホテルに部屋を取り、極秘の協議をした。

「警視庁幹部の刑事責任を問わねばならない状態になる可能性はないか」

「逮捕監禁や職権乱用に問われぬ状態に留まっているのか」

国会対応を含めた危機管理策を二人で練った。

杉田の怒りは収まらなかった。もちろん矛先は桜井公安部長である。桜井は二つ年次が下の公安畑キャリアで、何かと目をかけた、いわば直系の後輩だった。城内康光前警察庁長官（昭和三三年入庁）の強固な派閥に属し、周囲から見れば、杉田と桜井は兄弟のように親しかった。親分肌で面倒見のよい杉田にしてみれば、「舎弟分に裏切られた」という思いが強かったのだ。

一五日、杉田に呼びつけられた桜井は開口一番こう釈明した。

「投書の内容は事実です。井上総監が緘口令《かんこうれい》を敷いていたので、お知らせできませんでした。申し訳ありません」

平身低頭の桜井に対して、杉田の剣幕たるや凄まじかった。

「マスコミに当てられて報告に来るというのはどういうことだ！　警備局と警視庁公安部は事件解決のために連絡を取り合いながら、全国の警察と連携して捜査してきたんだろう。俺が何度聞いても、長官狙撃事件の手がかりはない、って君は言っていたじゃないか！」

井上総監との官僚的な上下関係よりも優先すべきことがあるはずだ——。これまでの蜜月関係からすれば杉田がこう思うのも当然のことだった。

「警視庁としては供述の信憑性に疑問を持った状態です。井上総監から裏取りするなとの指示が出ていました」

桜井は小島供述の信憑性が薄いことを強調した。だから杉田に報告しなかったのだと言いたかったのだろうが、火に油を注ぐ弁明に過ぎなかった。兄弟分の結束よりも、警視庁内部の官僚の論理を優先してしまった代償は大きかった。

身内にいた〝犯人〟

　そもそも小島俊政が警視庁公安部の調べに長官狙撃を供述するに至ったのは、あまりにも唐突な、ある男の供述がきっかけだった。

　事件発生から一年が経過しようとしていた一九九六年三月一二日、捜査一課の警部補に対して、井上嘉浩が何気なくこんな供述をした。

「去年三月三〇日午前一時三〇分頃のことだったと思います。早川紀代秀から私の携帯電話に電話があり、『小島から何か連絡があったら教えてほしい』と言われました。三〇日の午前八時三五分頃、小島から『長官が撃たれた。詳しい情報はまだ分からない』という電話がありました。そのあと早川から電話があって、長官が撃たれたことを言うと、早川は特別驚いた様子もありませんでした」

　取調官は「小島」なる男の正体を井上から知らされた瞬間、文字通り腰を抜かしたという。

「小島俊政巡査長、警視庁本富士警察署警備課公安係所属・地下鉄サリン事件特捜本部応援派遣、オウム真理教在家信者」

　警察が殲滅作戦を行っている対象のオウム真理教が、警察内部、しかも地下鉄サリン事件捜査を担当する公安捜査員の中にスパイを養成していたことを教団幹部の口から知らされたのである。

これは国松長官が狙撃された三月三〇日の未明から事件発生直後にかけて、早川から井上に発信された携帯電話通話の謎が氷解した瞬間であった。

三月三〇日午前一時四一分、早川から井上に一分二五秒間
三月三〇日午前八時三六分、早川から井上に五四秒間
三月三〇日午前八時三八分、早川から井上に四七秒間

井上はこの電話の内容を訥々《とつとつ》と語りはじめた。それは早川と現職警察官・小島俊政巡査長が長官狙撃に関与していることを窺わせる途轍《とてつ》もない証言であった。

「小島の電話の後一分もしないうちに、早川から電話がかかってきました。しかし電波の状態が悪くてすぐに切れてしまいました。二分くらい後になって早川からもう一度電話がかかってきたので、私は『国松長官が撃たれたそうですよ』とはしゃいで教えました。早川は『あーそうか』という感じで驚いた様子はなかったのです」

事件発生時刻が午前八時三一分頃で、警視庁通信指令本部から管下一斉指令がなされたのは八時三五分四〇秒、現場を中心に一〇キロ圏に緊急配備が発令されたのは八時三六分〇〇秒である。テレビの最も早い速報テロップは八時四八分だった。

井上の供述を信じるのであれば、小島巡査長が井上に長官狙撃事件発生の一報を入れたのは、速報テロップが流れる前であったのは明らかである。早川が井上に電話をかける一分程度前といえば、八時三五分頃と推測される。つまり警視庁本部が管下一斉指令を行うより前だった可能性が高いのである。

さらに井上はその後の取り調べで、教祖・麻原彰晃が警察官の殺害を指示していたことを明らかにした。それは長官狙撃のおよそ一年前、一九九四年三月一〇日のことだ。麻原ら教団幹部が東京・新宿区のヒルトン東京ホテルに宿泊した際、一部の幹部を呼び出してこう言ったのだという。

「警察官全員をポアするしかない。警察組織がある限り救済は成功しない。具体的な警察の戦力を調べろ。日本においてアメリカの政策が浸透するために警察の役割がある。つまりフリーメーソンの手先である。まずこうなったらゲリラで警察を全滅させよう。警視庁内の警察官を全員ポアすれば大パニックだ。治安もくそもない」

そして事件直前、一九九五年三月の麻原の発言についても井上は供述した。

「教団でレーザー車が完成しそうになったとき、麻原は『警察官の目を狙え。都内の交番や本庁に勤めている警官の目を片っ端から潰せ』と言いました」

このように井上は麻原が警察殲滅を狙っていたことまで明らかにしていった。

一連の井上供述は麻原彰晃から、側近の早川紀代秀、さらに現職警察官のオウム信者・小島俊政まで続く、一本の線を鮮明に浮かびあがらせるに十分であった。

ビジネスホテルで「極秘取り調べ」

井上供述の内容は、刑事部長から「御前会議」に速報された。御前会議はこんな結論を下した。

「小島俊政巡査長への取り調べは最高幹部会の指揮のもとで、完全秘匿で行う。警察庁に対しても知らせることはまかりならん。南千特捜にも知らせる必要はない」

小島の取り調べは、人事一課と公安一課の合同で行われることになった。取り調べ担当は監察チームを率いる警務部人事一課の国嵜健二管理官だった。兄は公安部参事官を務めた人物で、自身も公安総務、公安一課出身の筋金入りの公安捜査員だ。

公安部からは、南千特捜の栢木《かやき》國廣係長が選抜された。のちに公安一課長に就任して、公訴時効ぎりぎりの捜査を指揮することになる男だ。

栢木は小島に事件当日の朝の行動を問い質《ただ》した。小島が警察署で管下一斉指令を聞いてから、井上に長官狙撃事件発生を第一報したことも考えられるからだ。事件発生を知ったのが指令の前か、後か、が重要だった。

小島はこう供述した。

「長官が撃たれた三月三〇日の朝、私は東大病院で診察を受けるため、待合室でテレビを見ていました。ニュースで長官が狙撃されたことを知ったんです」

だがこの説明には決定的な矛盾があった。確かに小島は地下鉄サリン事件が発生した三月二〇日の捜査活動でサリンを浴び、軽い中毒症状を訴えた。このためすぐ文京区本郷の東京大学医学部附属病院に行き、一回目の診察を受けていた。しかし長官狙撃事件が発生した三月三〇日朝に小島が受診した記録が存在しないことが明らかになったのである。アリバイは簡単に崩れたのだ。しかも、東大病院の待合室にテレビはなく、あるのは処方薬の説明用のモニターだけだったのだ。

人事一課と共同で三回の取り調べを行った後、公安部は一九九六年四月二一日から単独での取り調べに切り替えた。場所は中央区新川にある「パールホテル茅場町」が選ばれた。大通りには面していない、目立たないビジネスホテルだった。

栢木から取り調べを引き継いだのは公安一課調査第五担当から南千特捜に派遣されていた大牟田隆盛警部補（仮名）だった。「極本」出身、巨漢で一見強面だが、性格は穏やかな好漢である。宴会となると焼酎を浴びるように飲むが、無駄口を叩かず、性格口の堅さにかけては定評があった。

大牟田は狭いビジネスホテルの一室で小島と向き合い、こう切り出した。

「国松長官狙撃事件が発生した前後に、君が井上嘉浩に電話したのはなぜなのか知りたい。事件にはオウムがかかわっていると我々は考えている。すべて話してくれ」

小島は身長一七〇センチ、体重七六キロという小太り体型に眼鏡、なんとも風采の上がらぬ男だった。その言葉も煮え切らないものだった。

「オウムがかかわっているかもしれませんが、細かいことは思い出せません。長官が撃たれた後、その情報を聞いて、井上に電話をかけました……」

深夜まで取り調べた末、大牟田は小島を寮に帰すかどうかの判断を幹部に仰いだ。

「帰宅させるな。『保秘と事故防止』の観点から寮に帰すのは危険だ。小島から明確なる承諾を得たうえで、ホテルに宿泊させるんだ」

公安部幹部は情報漏れと自殺を恐れ、取調班が二十四時間態勢で監視するよう指示した。

この日から大牟田らは小島とホテルに宿泊することになった。異常な取り調べは二九日まで続いた。しかし小島はこの九日間、事件への関与を否認し続けた。

「いろいろ問い詰められると記憶に自信がありませんので、つい、『そうかな』と思ってしまうんです」

小島はたびたび「取調官への迎合」を口にした。大牟田に繰り返し迫られ、疲れきっている様子だったが、この言葉こそ真実であることに気づく者はなかった。

それにしても、捜査員とともに宿泊させて取り調べるという判断は、実に迂闊だった。本人の承諾もあやふやなもので、監禁に問われかねない。たとえ小島の自供を引き出したとしても、「任意性」を問われる違法捜査だった。大学生が刑事訴訟法の授業で学ぶようなことに、公安部幹部たちは気付かなかったのである。

のちに事態を把握したベテラン刑事は「タテガキを知らぬ公安部の弱点だ」と吐き捨てた。「タテガキ」とは刑事たちが捜査で作成する司法警察員面前調書、刑事裁判の証拠となる正式な供述調書のことだ。これに対して情報収集が主体の公安捜査員の業務は「ヨコガキ」と呼ばれる報告書の作成が中心となる。つまり刑事訴訟法に基づいた手続きを叩き込まれていない公安捜査員の弱点が露呈したというのである。

何よりも危機管理のために存在するはずの警視庁首脳部のキャリア官僚たちが、出《で》鱈目《たらめ》な捜査手法を指示したことこそ、自らの存在意義を理解していなかったことの証左である。

謀略と恫喝の男

公安部は態勢が大きく入れ替わっていた。ナンバー2である伊藤茂男は人事異動で去り、南隆（昭和五三年警察庁入庁）が参事官に就任していた。

南は、前任の伊藤と同じく「備局畑（警備公安育ち）」のエリートで、在中華人民共和国日本大使館一等書記官を務めたという経歴まで同じであった。しかし気質を見れば対照的だ。伊藤はチヨダのウラ理事官経験があるためか、権謀術数に長けた工作員タイプであるが、南は警備局外事課での勤務経験が長く、国際インテリジェンスの世界での直球勝負を好む野性味豊富な情報マンタイプだと言える。

南は長官狙撃事件に関する報告を詳細に上げさせ、捜査に積極的にかかわることを宣言した。そして東京拘置所に出向き、自らオウム幹部を取り調べた。ノンキャリアの公安部幹部には仕事上のミスを徹底的に追及し、厳しい評価を下した。圧倒的な頭脳と行動力で、警視庁公安部の一挙手一投足を掌握しはじめた。

この南に加え、もう一人の強烈な個性の持ち主が、吉岡今朝男の後任の部付として着任したばかりだった。「ミヤチュウ」こと、宮崎忠である。

宮崎は山形県警巡査になったあと、現職警官採用枠で警視庁入りしたという変わった経歴を持つ。和道流空手の達人で、鍛え抜かれた肉体と狡猾さを併せ持つ叩き上げの捜査官だ。

宮崎が機動隊から警視庁本部に引き上げられたのは一九七一年一二月、土田国保警務部長宅で小包爆弾が爆発して夫人が死亡する事件が発生したときのことだ。その腕っぷしと度胸を買われて土田警務部長の秘書兼ボディガードに抜擢されたのだ。

宮崎は北朝鮮のカウンターインテリジェンスに精通し、外事二課管理官時代には数々の事件の捜査指揮をしている。一九八五年に摘発された「西新井事件」では、一五年間にわたって日本人になりすましてスパイ活動をしていた北朝鮮工作員のネットワークを暴き、工作員一人を逮捕した。また大韓航空機爆破事件の北朝鮮工作員・金《キム》賢姫《ヒョンヒ》が「李恩恵《リウネ》」なる日本人女性から日本人化教育を受けていたことが判明した際には、田口八重子さんが拉致された経緯を捜査した。

「中途採用で警察学校の同期もいないため、『謀略と恫喝』でのし上がってきた」と評されるこの宮崎は、公安三課長のあと第七方面本部長を務めていたが、満を持して右翼・外事担当の部付として公安部に復活してきたのである。

警察庁キャリアでありながら現場主義を標榜する南と、叩き上げの策士とされる宮崎の微妙な人間関係が警視庁本部一四階に形成されつつあるなかで、現職警察官に対する秘匿捜査は静かに進行していた。

「撃てと言われて撃ちました」

小島俊政は一九六五年生まれのノンキャリアの巡査長だ。静岡県内に住む自営業の両親、兄は国家公務員で、姉の夫も警視庁の警察官である。

小島は一九八四年に静岡県内の高校を卒業し、情報処理や電子工学の専門学校に入学、一九八六年三月に警視庁巡査として本富士警察署地域係に卒業配置された。本富士警察署は文京区本郷や湯島、根津周辺を管轄とし、管内に東京大学があることから、若い警察庁キャリアが署長になることが多い。

小島は本富士署に配置された翌月、密かにオウム真理教に入信していた。在家信者として教団の道場に通い、井上嘉浩らの指導の下で修行を始めるようになったのだ。『赤旗』の購読や女性関係には神経をとがらせる警察だが、オウムへの入信は誰にも気付かれることはなかった。勤務態度になんら問題はなく、良くも悪くも目立たぬ警察官だった小島は、一九九四年五月に巡査長に昇任し、翌一九九五年二月に警備課公安係に異動となった。

そしてその一ヵ月後には地下鉄サリン事件捜査のため築地警察署特別捜査本部に応援派遣となった。しかし先に述べた監察の調査でオウム信者と判明したことから、わずか一〇日で捜査からはずされ、一九九五年四月二一日には江東運転免許試験場に配置換えとなっていた。

そして長官狙撃事件発生を井上に知らせたとの疑惑が浮上した一九九六年四月からは、試験場在籍のまま人事課派遣という奇妙な人事が発令されていた。

問題の供述は突然飛び出した。

「長官が撃たれた当日のことなんですが、私は井上嘉浩とともに車に乗ったんです。そして国松長官が住んでいるマンション付近に行ったような気がするんですよ」

それは一九九六年四月三〇日のことだった。警視庁本部二階の取調室で、小島が何の前触れもなく語りはじめたのだ。大牟田は目を剝いて驚いた。

「本当か!」

小島は記憶の断片をつなぎ合わせるかのように目を閉じ、考え込むと、

「はい。現場の近くに行きました。井上さんと一緒だったと思います。私は『防衛』でした」

と繰り返した。「防衛」とは作戦行動中に主要人物を守るための警戒要員を意味する公安警察用語だ。

「車を運転していたのは誰だ!」

「運転手は平田悟でした」

オウム真理教には二人の平田がいる。銃の名手で逃亡中の平田信と、諜報省次官の平田悟である。小島が名指しした平田悟は諜報省大臣の井上の直属の部下にあたり、車を運転していたという役割には合理性があった。

この供述は桜井公安部長、南参事官、岩田公安一課長ら、ごく限られた公安部幹部に速報された。

四月二一日以降、パールホテル茅場町に小島を宿泊させて集中取り調べを行ったものの、小島から長官狙撃に結びつくような供述は出てこなかった。このため大牟田は二九日夜、取り調べ開始以来九日ぶりに小島を寮に帰した。今後は寮から警視庁本部に呼び出したうえで、調べを行うという妥当な判断をしたのである。

ようやく常識的な捜査手法に戻ったのだが、「狙撃事件の当日に現場に行った」という新供述を受けて、警視庁幹部は判断を覆してしまった。

「小島を帰すな。ただちにホテルを手配して宿泊させるんだ」

大牟田らは、小島を車で寮に連れて行って、着替えや日用品をまとめさせ、再びホテルでの宿泊態勢を取った。小島はまったく抵抗せず、大牟田に指示されるがままに応じた。

四日後の五月四日昼、大牟田は小島と向かい合い、アクロシティに井上と行った時間について詳細な説明を求めていた。

池袋の「サンシャインシティプリンスホテル」の一室は、もはや学生の下宿のように生活感たっぷりとなっていた。大牟田ら特命取調班は小島を監視下に置いた状態で、再びホテルに泊まり込むようになっていた。

この日の未明、午前二時半頃、寝ていた小島ががばっと起きあがり、「私が撃ったんです」とつぶやいたという。その場にいた捜査員から報告を受けた大牟田は小島の真意を質した。

小島は目を閉じて考えた後、こう言った。

「事件の何日か前に現場に下見に行ったんです。このときも井上と一緒でした」

さらに独り言のように続けた。

「やっぱり私が撃ったんですかね……」

消え入りそうな声だった。大牟田は、この機を逃さなかった。強面の顔をさらに険しくして怒鳴った。

「そうだ！　お前が撃ったんだ！」

小島の顔は一瞬で青ざめ、下を向いた。そして手をひざに置いて貧乏ゆすりを始めた。

そのままの姿勢で小島は、

「撃てと言われて撃ちました……」

とつぶやいた。目には涙が浮かんでいた。

「誰に撃てと言われたんだ！」

大牟田は畳み掛けた。

「思い出せません……すいません」

小島は辛うじて答えただけだった。

昼食休憩をはさんだ後、大牟田は取り調べを再開した。

「気持ちの整理はついたのか？」

「やっぱり昼話したことが、現実なのか記憶に自信がないんです」

小島は夢と現実の狭間を彷徨《さまよ》っているようだった。

「現実だ。撃ったのはお前なんだよ。誰に指示されて撃ったんだ」

小島はこの後、ぼんやりとした記憶を手繰り寄せるかのように、事件当日のことを説明しはじめる。

「長官のマンションから三人の男が出てきました。井上から『真ん中を撃て』と指示された、真ん中の男を撃ちました」

実際に通用口から出てきたのは、国松長官と田盛秘書官の二人であったはずだが、小島は「三人」と説明した。

「国松長官の顔は知っていたのか？」

「事件当日、早川から長官の顔写真を見せられてはじめて知りました」

「長官を撃った後、どうした？」

「車で逃走したと思います」

「拳銃は井上に返したのか？」

「拳銃は現場で井上に返したのか、逃げる車の中で運転していた平田悟に渡したのか分かりません」

小島の供述は場面ごとに分断されており、「流れ」がない。まるで紙芝居を見せられているようですらあった。

警視庁の「尊師」

大牟田は五月五日、取り調べ担当の捜査員とともにホテルに宿泊することについて、再び小島から書面上の承諾を取り付けた。食事にも睡眠にも、常に三人から四人の捜査員が二四時間付き添うという本格的な共同生活態勢がスタートしたのである。新宿警察署には「特命取調班」が隠密裏に設置され、栢木係長が取り仕切ることになった。

「ホテル代金については捜査側が支払う。食事代は君が払うんだ」

少しでも任意性を担保するための判断であったが、小島はこの条件にも不満を漏らすことはなかった。

そしてゴールデンウィーク明けの五月七日、御前会議に「長官を狙撃した」という小島供述が報告された。井上幸彦警視総監、廣瀬権副総監、桜井勝公安部長、石川重明刑事部長、中田好昭警備部長という警視庁首脳部全員が、小島の供述内容を知るところとなった。

しかしゴールデンウィーク返上で小島と泊まり込んで取り調べを続けている栢木や大牟田らに、御前会議から降ってきた指示は慎重だった。

「保秘が最優先事項だ。そのため自供に関する裏付け捜査はしない。絶対に現場に連れて行くな。その前に現場下見や犯行状況、逃走経路など小島からさらなる詳細な供述を引き出せ」

大牟田は「小島は嘘をついていない」という心証を抱いていた。

「なぜ裏付け捜査をしないんだ。井上、早川から早急に事情聴取すべきだ。このままではただ時が過ぎて、捜査が長期化するだけだ」

こう主張したが、その訴えが届くことはなかった。

「尊師のご下命だそうだ。御前会議の意図はいったい何なんだ？」

いつしか公安捜査員たちは、強大な権力をふるう井上総監を麻原彰晃と重ねて「尊師」と呼ぶようになっていた。御前会議との見解の乖離で現場の不満は膨らむ一方だった。

末端のノンキャリアで構成される特命取調班は、小島が自供をひっくり返すことがないよう、細心の注意を払いながら、曖昧な部分の詰めを進めていくしかなかった。

特命取調班は五月二八日に、サンシャインシティプリンスホテルの拠点を撤収した。取り調べの長期化に対応するため、経費のかからないJR日暮里駅近くのウィークリーマンションに共同生活場所を移動させたのだ。

場所は狙撃現場であるアクロシティからわずか二キロの徒走圏内だった。特命取調班がなぜこの場所を選択したのかは不明だ。いずれにせよ警視庁首脳部に危機管理意識が欠如していたのは間違いない。

小島は大牟田に対し、現場下見についてこう供述した。

「三月二五日以降、井上と一緒に数回、アクロシティに下見に行きました。そのとき新聞配達員に出会いました。双眼鏡で見ているとき新聞配達員に出会いました。また若い警察官の職務質問を受けて築地特捜の名刺を渡したことがありました」

さらに犯行当日のこととして、

「事件当日の朝、井上から呼び出された。クリスマスツリーのような木がある現場付近の駐車場が集合場所だった」

などと具体的な描写を加えて説明した。

六月一五日には、担当取調官が大牟田から黒木宏行警部補（仮名）に交代、その九日後に小島は、「犯行後、神田川に拳銃を捨てました」と証拠隠滅行為まで供述した。

大牟田、黒木の両警部補に対して、小島が明らかにした国松長官狙撃前後の概要は以下のようなものであった。

オウム真理教に入信後、私は井上嘉浩から修行などの指導を受けていました。平成六年（一九九四年）頃から井上の求めに応じて、警察の組織、Nシステム、極左に対する捜査手法などに関する情報の提供を行ってきました。

三月二五日夜、二七日早朝、二八日の早朝の三回にわたって、井上と長官狙撃の現場に行き、住居や狙撃予定場所の確認、標的までの距離を歩測、逃走予定経路の自転車による時間計測をしました。その際、いずれも氏名不詳の男が運転手として同行しました。（初期段階では教団諜報省次官・平田悟と供述）

三月二七日早朝、朝もやのかかったなか、水道局北側の路上に右側駐車した車の助手席で、自転車の制服警官から職務質問を受けました。私は「築地特捜の者です。張り込み中です」と言って、警察手帳を提示し、名刺を渡しました。

三月二九日早朝、井上と場所不明の河原で、井上が持参した回転式拳銃で金属製看板を標的に合計三発試射したあと、井上の指示によって拳銃を預かり、菊坂寮に持ち帰って空撃ちしました。空撃ちしているところを後輩の巡査長に見られました。

三月三〇日午前八時頃、井上から電話で「これから長官を撃ちに行きます。救済です」と言われました。拳銃を持参して本郷郵便局付近で氏名不詳の男（初期は平田悟と供述）が運転する車に乗り、その男にいったん拳銃を渡し、現場付近に行きました。そこで井上、早川紀代秀と合流し、早川から「オウムが弾圧されている。尊師が怒っている。君ならできる」と言われ、弾丸六発が装填された拳銃を渡されました。

そして井上から受信機とイヤホンを付けられました。付近には林泰男と思われる男と、平田信がいました。井上から帽子とマスクを渡され、赤茶色の自転車に乗って、井上の無線による指示で狙撃場所に向かいました。

狙撃場所付近で狙撃準備をしていると、平田信が来て、「頑張れ」などと励ましました。そのうち長官と秘書官の二人がEポートの通用口から出てきました。「敵だ、撃て」という井上からの無線による指示に従って、長官めがけて四発撃ち、三発当たりました。

自転車に乗って、木場徹と林が指示する方向に向かい、氏名不詳の男が運転する黒い乗用車に乗り換え、平田信とともに逃走しました。

三〇日午前一一時一〇分頃、外苑銀杏並木通り付近で井上と会い、井上から拳銃の処分を指示されました。午後一時に目黒の東急バス営業所で築地特捜の巡査部長と待ち合わせ、聞き込み捜査を行いました。特捜本部の会議が終了して帰る途中、水道橋駅近くの神田川に空薬莢入りの拳銃を投げ捨てました。

さらに翌三一日、同じ場所に残りの実包二発を捨てました。

ここに教団の主要メンバー総出演の大作が完成した。あとは劇場公開を待つばかりであった。

二度目の投書

一九九六年一〇月二四日、警察庁警備局は不穏な空気に包まれていた。一通目の投書から一〇日後、数社の報道機関、警察庁、警視庁、検察庁の幹部にも二度目の投書が送付されてきたのである。

国松警察庁長官狙撃事件の犯人がオーム《ママ》信者の警視庁警察官であることや本人は犯行を自供しているが、警視庁と警察庁最高幹部の命令で捜査が凍結されていることを、先般、共同通信社など数社の皆様にお伝えしました。各社の幹部の方々が当庁に何か弱みを摑まれているのか、当庁と警察庁最高幹部からの圧力で不満分子の戯言とされているようです。警察の最高責任者を狙撃し瀕死の重症《ママ》を負わせた被疑者が現職の警察官であったとなれば、警察全体に対する轟々《ママ》たる非難や長官、次長、警務局長、人事課長や警備上の責任とは別に警視総監、副総監、警務部長、人事一課長、人事二課長、本富士署長の引責辞職や管理者責任が問われないではすまされないと思います。警察史上、例のない不祥事と批判され、当庁の威信は地に落ちると思います。警察庁と警視庁の最高幹部が、自己の将来と警察の威信を死守するため真相を隠蔽されようとしても真実は真実です。警察官の責務は犯罪を捜査し真実を糾明することです。警察、なかでも警視庁の威信が地に落ちることは明らかですし、被疑者が法的にも社会的にも組織的にも許されないことは当然ですが、組織を守るためとして、この事件を迷宮入りさせ法の裁きを受けさせなくするため被疑者の口を封じようとする有資格者の動きは恐ろしくこれを見逃すことは著しく正義に反すると思います。しかし、家族を抱えた一警察官の身では、卑怯ですが匿名によるこの方法しかありません。心あるマスコミと警察庁、警視庁、検察庁の幹部の皆様の勇気と正義が最後の拠り所です。匿名をお許しください。

葉書は、東京中央郵便局の扱いで、二四日午前〇時から正午の消印で、前回の封書と同様、「オウム」のことを「オーム」と表記していた。また文中に登場する「警務局長」というポストは一九九四年七月の組織改編で廃止されており、その業務は「官房長」に集約されることになっている。警視庁首脳部が小島俊政巡査長の供述を隠蔽していることに反対する義侠心からか、小島供述に警察の関心を向けさせるための誘導なのかは不明ではあるが、隠蔽された真実を世間に公表しようという明確な意思だけは強く感じられた。

一部の通信社と新聞社の追及に、警視庁公安部は抗しきれなくなっていた。警察庁はこの時点でもまだ警視庁側に詳細な事情説明を求めておらず、一定の距離を置く立場を維持していた。

「真実を知らなければ渦中に巻き込まれることはない。警視庁からの報告はなかったというのが真実であるのだから……」

公安警察の司令塔は、「見ざる、聞かざる、言わざる」を徹底させることによって、警視庁公安部を切り離し、組織防衛を図ろうとしていたともいえる。

この日の夜、桜井公安部長と南参事官は、記者に事情を説明し、投書の内容が事実であることを認めざるを得なかった。

南はこの時点でもまだ、小島供述が真実であるかどうか、疑念を抱いていた。

「現場に連れて行くな。写真や図面も見せるな」

御前会議の指示を受けて、特命取調班にこう厳命していた。

詳細な供述が安定して維持されるか、犯人しか知らない事実である「秘密の暴露」が出るかどうか、慎重に見極めたいと考えていたからである。しかし現場から徒歩圏内に小島を住まわせていたのだから、この命令はほとんど意味を為さなかったともいえる。一方で、現場の取調官が功を焦るあまり、誘導的な質問によって小島に情報をインプットしてしまう可能性があることも理解していた。したがって、いくら詳細な供述が出てきても、南の疑念が消えることはなかったのである。

「長官を撃ったという巡査長の供述の真実性は担保しない」

南は取材にきた記者に念押しすることを忘れなかった。

小島供述をメディアに報じられてしまえば、南千特捜の総力を裏取りに投入しなければならない。警視庁公安部は小島供述に賭けることになるのだ。事実の概要を説明し、記者たちが慎重姿勢に転じることを願うばかりであった。

しかし南の願望虚しく、翌日の新聞紙面は「現職警官が国松長官狙撃を供述」と大々的に報じたのである。なかには「警察庁には報告がなかった」と警視庁の隠蔽体質を批判し、警視総監の責任問題にまで触れる記事もあった。明らかに警察庁側の激しい怒りを代弁するものだった。

警察庁の杉田和博警備局長は異例のコメントを発表した。

「長官狙撃事件について、警視庁が現職の警察官を事情聴取していると承知している。警察庁は警視庁に対し、早急に裏付け捜査などを進め、事案の解明を急ぐよう指示するとともに、捜査経過の詳細な報告を求めている」

「捜査経過の詳細な報告を求めている」という言葉に、「警察庁はいっさい関わっておらず、警視庁首脳部の暴走である」という懸命のアピールが滲《にじ》んでいた。しかしこれは全国に張り巡らされた公安警察組織がけっして一枚岩でないことも知らしめるもので、我が国の治安維持への信頼に致命的な打撃を与えるものでもあった。

当然ながら問題は警察庁と警視庁の関係に収まらなかった。総理官邸での閣議が終了した後、官房長官の梶山静六が業を煮やしてこう問い質した。

「自治大臣の顔を見たから言うわけではないが、今朝の新聞のトップ記事について発言がなかったのはどういうことですか」

これに対して国家公安委員長の倉田寛之自治大臣は、

「オウム真理教の名簿にあの警察官の名前が登録されていたのは事実です」

と苦渋の表情で答えるしかなかったという。

公安一課長の涙

南千住警察署の特別捜査本部の状況はさらに深刻だった。

特捜本部に在籍する捜査一課管理官は、新聞を握り締めて出勤するや否や、真っ赤な顔をして拳銃捜査班の中西警部に詰め寄った。

「てめえ、全部知っていたな！」

刑事たちの積もり積もった公安部への不信感はピークに達していた。狙撃を自供している男がいるにもかかわらず、まったく別の筋の捜査を半年間も続けさせられていたわけだから、その怒りも当然のことであろう。

「俺は何も知らないよ」中西は言った。

茹蛸《ゆでだこ》のようになった捜査一課管理官はひとしきり怒鳴り散らすと、

「お前ら公安部は絶対におかしい！」

とたけり狂って、床に新聞を叩きつけた。

南千住警察署のいたるところで同様の光景が展開され、現場の捜査員たちの公安幹部への凄まじい反発は表出していった。

だが、中西は平然としていた。「これが公安の情報捜査の本質だ」と納得していたのだ。刑事たちは捜査の全体像を把握したがる。捜査の全体像のうち自分がどの部分を担当しているのか納得したうえで刑事は動く。

伝統的な公安の情報捜査は逆だ。指揮官は現場の捜査員には余計な情報をインプットしない。公安捜査員は、捜査の全体像を求めることなく、与えられた任務のみに機械のように没頭し、与えられた範囲内で任務を着実に遂行しようとする。

理由は簡単だ。刑事と公安捜査員の気質の違いだ。刑事は捜査方針をめぐって上司に噛み付くことも辞さない。信じるべきは現場に残された証拠のみである。

これに対して公安は組織を重んじ、個人の意思は存在し得ない。情報を獲得し、上司の命令に忠実に動く者が評価される。現場の公安捜査員が捜査の全体像を知ると、組織が向かっている方向に合わせた答えを持ってこようとする。真相を解明しようという個人の思いよりも、組織の論理が優先される。それが公安部という組織の不気味さを際立たせているのだ。

一九八三年に所轄のマル暴刑事から公安部に転籍した中西は、こうした公安捜査の特性を骨の髄まで叩き込まれていた。しかし公安捜査員でも、個人主義が蔓延した若い世代には、こうした古典的な公安の伝統や美学に拒絶反応を示す者も多くなりはじめていた。とりわけ刑事と公安の混成部隊という特殊環境が、化学反応を引き起こし、それがまさに臨界点に達していたのである。

この日の夕刻、捜査会議が行われる講堂に岩田公安一課長が入ってきたとき、一斉に冷たい視線が突き刺さった。ある刑事はこれ見よがしに新聞を広げてみせた。岩田があまりに暗い表情だったため、捜査員は「隠し続けていたことを謝罪に来たのか」

と受け止めた。

岩田は部下たちと視線を合わせようとさえしなかった。昔の学校の先生を絵に描いたような生真面目な人柄、悪い言い方をすれば融通が利かないほど実直な指揮官にとって、この状況はいたたまれなかったであろう。

岩田の父親も警察官、それも刑事だった。捜査一課の刑事から初代検視官に転じ、戦後の数々の難事件で活躍し「鑑識の神様」と称された人物である。

一九四九年七月、日本国有鉄道初代総裁の下山定則が、常磐線北千住・綾瀬間の線路上で轢死体で発見された「下山事件」は、他殺説・自殺説が飛び交う難事件だった。「死後轢断か、生体轢断か」が焦点となったが、岩田の父は勝田操車場で汽車の車両前部にゼリー状の血液が付着しているのを発見し、「生体轢断である」と判断したという。父はまさに「ブツ(物的証拠)」と「タテガキ(供述調書)」の世界に生きた男だった。

偉大なる警察官を父に持った義三だったが、高校卒業後の五年間は、平凡なサラリーマン生活を送っていた。会社の登山クラブに夢中になる息子を心配した父の「いいかげんにしたらどうだ」という言葉に押されて、二三歳で警視庁入りした。

刑事部一筋の父の足跡を避けるように、巡査時代から公安部入りしたが、父が得意とした事件捜査よりも、情報分析やマネージメントのプロとして確固たる地位を部内に築いた。公安一課長まで上り詰めたが、その地位はキャリア幹部と現場の捜査員の板ばさみの中間管理職だった。

　捜査会議で理事官や管理官に挟まれ、係長以下の捜査員と向かい合う形になった岩田は、小柄な体がより小さく見えた。

「同じ職場から狙撃を自供する人間が現れたのは残念である」

　岩田は突如、声を震わせ、涙を流した。

　白けきった捜査員たちは逆に驚き、その真意を測ることができなかった。三〇〇人の極左過激派対策のプロフェッショナルたちを率い、オウム真理教の殲滅作戦を繰り広げた指揮官が、部下の面前で嗚咽《おえつ》するという物悲しい光景に同情する者さえいた。

　中西警部率いる拳銃捜査班の面々は、「オウム信者の現職警察官を新宿署の隠密部隊が調べている」という情報をこの年の夏からキャッチしていた。しかし「狙撃事件とオウムとの関連はない」と踏んでいた瀬島らは、「そんな筋は公安部のでっち上げだ」と取り合わなかった。

「まったく関係ない男を陥れて誰が喜ぶんだよ。小島の調べにかかわっている一握りの公安部の連中だけだ」

しかし目の前で嗚咽する指揮官は、現職警察官が狙撃犯であることを信じ込み、その事実を一人の警視庁警察官として心から悲しんでいるように見えた。

「まさか小島を犯人と信じて特捜本部に号令をかけるつもりなのか……」

瀬島は岩田の姿を見つめながら、寒気すら感じた。

公安検事の危惧

東京地検次席検事の甲斐中辰夫が、「現職警官が長官狙撃を自供している」という極秘情報を地検公安部から聞いたのは、一通目の投書が届いた直後のことだった。

公安捜査を熟知していた甲斐中は警察庁長官狙撃事件の捜査手法に本来の公安捜査とはかけ離れた異常性を感じ取っていた。証拠物を解析することによって犯人像を割り出し、尾行や張り込みを続けながら証拠収集するのが、甲斐中の知っている本来の公安捜査の手法だった。しかし地検公安部から聞かされる話は明らかに迷走していた。初期段階から木場徹の目撃情報に飛びついたり、オウム幹部の供述に振り回されたりしながら、次々と新たな狙撃犯が浮かんでは消えている。捜査の基本を逸脱して「近道」を探ろうとしているように見えた。

取調官の名前を聞くと、かつて極左ゲリラ事件の捜査などで同じ釜の飯を食った大牟田と黒木だった。刑事と比べると公安捜査員は取り調べに慣れていない。

「任務に忠実で生真面目な二人がプレッシャーにさらされて、虚偽供述を信じていなければ良いのだが……」

甲斐中は二四年前の記憶を呼び起こしていた。

一九七二年二月二八日、東京地検公安部の若手検事だった甲斐中辰夫は長野県警上田警察署にいた。司法研修所を出て任官七年目、三二歳だった甲斐中検事は、「浅間山荘事件」の捜査のため長野地検の応援に駆り出されていた。

「連合赤軍」のメンバーが長野県北佐久郡軽井沢町にある河合楽器の保養所「浅間山荘」に押し入り、管理人の妻を人質に立てこもった。一〇日目に警察の強行突入によってリーダー格の坂口弘、坂東國男、吉野雅邦、そして一九歳と一六歳の兄弟の五人が逮捕された。銃撃戦によって機動隊員ら三人が死亡、重軽傷者は二七人にのぼるという日本の犯罪史上、最悪の人質立てこもり事件だった。

甲斐中が担当した被疑者は、吉野雅邦（当時二三歳）だった。都立日比谷高校から横浜国立大学に入り、「京浜安保共闘（日本共産党革命左派神奈川県委員会）」を経て、連合赤軍設立に参加した筋金入りの活動家だった。

二八日に浅間山荘が陥落し、吉野の身柄が送検されると取り調べは二班に分けられた。一つが甲斐中検事と検察事務官の班、もう一つは長野県警チームだった。

連合赤軍は森恒夫最高幹部率いる「共産同赤軍派」と永田洋子をリーダーとする「京浜安保共闘」が一九七二年に合流して結成された。彼らは群馬県榛名山などの山岳アジトを転々としながら、「総括」と称する連続リンチ殺人を繰り返し、死者は一二人にのぼった。

さらに赤軍派と合流する四ヵ月前に、京浜安保共闘は二人のメンバーを殺害していた。のちに「印旛沼《いんばぬま》事件」と呼ばれるこの事件の解明こそ甲斐中の任務だった。

上田警察署の取調室で向かい合った吉野は想像通り手強かった。吉野が俯いて椅子に座ると、ばさりと赤い長髪が垂れ、顔を覆い隠した。表情はまったく見えなかったが、気付くと髪の毛の向こう側から挑発的な眼で甲斐中を睨み付けていた。ぎらりと光る獣のような眼に鳥肌が立った。「権力」への敵意をむき出しにしていると感じた。

甲斐中が何を話しかけても、吉野は完全黙秘を貫き、「割る」どころではなかった。一〇日目にようやく雑談に応じるようになったが、県警チームに交代すると再び殻に閉じこもった。

県警チームは「長野県警が誇る最強コンビ」という触れ込みだった。主任の取調官は警備部の警部補、事件経験のない公安捜査員で、いわゆる「情報屋」だった。もう一人は刑事部捜査二課の汚職担当の巡査部長で、取り調べには慣れていたが、役割は取り調べの「立会い」だった。

甲斐中に与えられた時間は二勾留、二〇日間だけである。県警の取り調べの間、上田警察署の署長室でストーブにあたって茶を飲みながら、甲斐中は署長や署幹部と雑談を続けた。

「署長さん、どなたか取り調べのうまい警察官はいませんかね？」

ある日、甲斐中が聞くと、署長はこう言った。

「実は私が目をかけている奴がいるんだよ。泥棒担当の刑事だが、特攻隊帰りでね……」

紹介されたのは上田署刑事課に所属する四〇代後半の巡査部長だった。戦時中は陸軍飛行戦隊に所属、戦闘機でサイパンや沖縄へ出撃したが、生きて終戦を迎えたという男だった。本部勤務経験もなく、人工衛星のように長野県内の所轄をぐるぐると回る、地味な経歴だった。

刑事の名は勝俣光男といった。甲斐中はおよそ一五歳年輩の勝俣から戦闘機に乗っていた時代、そして警察官に転じてからの人生を聞き出した。

「この男は本物だ。特攻隊でぎりぎりの状況下で生き延びて、再び国民を守ろうと警察官になっている。一度は国のために死のうとした人間の強みがある」

甲斐中は上田署長と勝俣に頭を下げた。

「是非、取り調べに加わっていただきたい。勝俣さんなら吉野を割れる気がするんです」

「俺は泥棒担当の刑事だ。公安事件なんて知らないぞ」

「刑事も公安も関係ありません。連合赤軍の連中も命を捨てても構わないと思って事件を起こしています。彼らの良いところも悪いところも理解している人間じゃないと割れません。私はあなたならできると思うんです」

「特攻隊帰り」なら連合赤軍の活動家たちの心理を理解できるはずだ。彼らの深層に自己を重ね合わせることができる取調官でないと、頭ごなしに彼らの思想を否定してしまい、自供を引き出すことは不可能である。甲斐中はこう信じていた。

甲斐中の要望で吉野雅邦の取り調べ班は三班態勢になった。甲斐中らが取り調べた後、勝俣が引き継ぎ、最後に従来からの県警チームが取り調べるという順番だった。

「印旛沼事件」で吉野は脱走メンバー二人の処刑にかかわっていたはずだったが、頑として口を割ろうとしない。吉野が喋らねば遺体の発見が出来ない。

　甲斐中は勝俣に、過激派の取り調べのノウハウを徹底的に教え込んだ。深夜まで議論するうちに、若い検事と老練な刑事との間に強固な信頼関係が芽生えた。

　二人はある事実に着目した。吉野はともに活動に参加した恋人を山岳アジトでの「総括」で殺害されていた。しかも吉野は自分の子供を宿した恋人を縛るなど、殺害行為に加わっていたのだ。

　勾留期限が迫ったある日、勝俣は吉野の恋人の腹から出てきた胎児の写真を持って取り調べに臨んだ。

「これがお前さんの子どもだ……」写真を突きつけると、吉野の表情が変わった。

「……お前も人の親の気持ちが分かっただろう。印旛沼で殺された二人を親御さんのもとに帰してやってくれないか」

　吉野は全面自供に転じた。吉野が指定した場所を掘ると、二人の遺体が見つかった。甲斐中が睨んだ通り、勝俣巡査部長は見事に吉野を陥落させた。

　甲斐中はこれが検事と警察官の理想的な関係だと考えた。叩き上げの警察官たちは検事の「人間」を見ている。肩書や階級でなく、同じ土俵で被疑者と闘ってこそ、芽生えてくる信頼関係がある。

甲斐中は以来、捜査に加わると公安捜査員たちにこう言うことにした。

「俺は君らには無理を言う。うるさいと思うかもしれないが、俺も一生懸命やるから頑張ろう」

こう言って彼らと寝食をともにすると、公安捜査員たちはキャリアの上司にも言えない真実を、甲斐中だけに打ち明けるようになった。

しかしいま、自分がかつてともに闘い、信頼関係を築いた仲間が、警察組織の内部の混乱に翻弄されている。甲斐中は「現職警官の狙撃自供」という異常事態を前に、公安警察のさらなる迷走を予感した。

更迭された公安警察のエース

ある古株の公安捜査員は、警視庁公安部長の桜井勝がまだ公安総務課長だった頃のことを鮮明に記憶している。一九八六年四月のある夜のことだ。

この日、公安部の宿直責任者だったこの捜査員は、横田基地を標的としたゲリラ事件発生の連絡を受けて、現場に向かった。トラックの荷台に発射筒が五本据え付けられ、羽根付きの金属弾が二キロ飛んで横田基地の敷地内に着弾していた。

公安部の宿直責任者は「指揮官車」と呼ばれる大型ワゴン車に乗って、初動捜査を指揮する。そこにいち早く駆けつけてきたのが公安総務課長の桜井だった。

桜井は開口一番こう言った。

「金属弾の飛距離を半分にして本部に連絡しましょう」

報道機関に発表される「飛距離」を、半分の数字で虚偽申告しろと桜井は指示したのである。

「何を考えているんだ、この課長は……」

捜査員はあっけに取られたが、命令に従った。

この横田基地ゲリラ事件から一九日後、その公安捜査員は桜井の不可思議な指示の意図を知ることとなった。

東京サミット開催中、新宿区矢来町のマンションの四階の一室から羽根付きの金属弾が五発発射されたのだ。発射筒の二キロ先には港区元赤坂の迎賓館があり、フランスのミッテラン大統領の歓迎式典が終わったばかり、アメリカのレーガン大統領が到着する十数分前というタイミングだった。

しかし金属弾は最長で四キロ飛んだ。迎賓館の上を飛び越えて赤坂のカナダ大使館前などに着弾したのである。明らかに失敗であった。

公安一課が調べると、横田基地のゲリラ事件の発射筒の長さは八〇センチだったが、矢来町のマンションに据えられた発射筒は一・五メートルと倍の長さがあった。中核派の活動家は、横田基地のゲリラでの飛距離を参考にして、迎賓館を狙ったゲリラを企てた。しかし飛距離が実際の半分で発表されていたため、今度は倍増する必要があると判断して、発射筒を長くするなどの改造を施したのである。横田基地の現場に駆けつけたとき、桜井は即座に「これはサミットを狙ったゲリラの予行演習だ」と察知した。そこで飛距離を半分として発表するという頭脳戦に打って出たのである。

この一件以来、桜井は公安捜査の指揮官として尊敬を集めた。公安警察のエースとして、当然のごとく警視庁公安部長に就任したのだった。

しかしこの日、人事院ビルの玄関をくぐった桜井勝公安部長の表情からは当時の輝きは消え失せていた。

小島供述が新聞、テレビに大々的に報じられた翌日の午後二時前、桜井の後ろには険しい表情の男たちが従っていた。南隆公安部参事官、宮崎忠公安部部付、岩田義三公安一課長の三人だった。

現職警察官の長官狙撃供述を警察庁にまで隠蔽した経緯を問い質そうと警察庁五階

の警備局長室で待ち構えていたのは、杉田和博警備局長（昭和四一年警察庁入庁）、野田健刑事局長（昭和四二年入庁）、中島勝利刑事局審議官（推薦）、玉造敏夫警備局審議官（昭和四四年入庁）、高石和夫公安一課長（昭和五二年入庁）、伊藤茂男公安三課長（昭和五一年入庁）の六人であった。警察庁記者クラブの記者がほとんどいない、土曜日の出頭要請だった。

全員が入室したところで、桜井公安部長は、

「このたびはご迷惑をおかけしました」

と杉田局長に頭を下げた。

「現在、捜査には警視庁公安部と刑事部両方があたっています。小島の保護、裏取りを公安部で行い、関係者の取り調べを刑事部で行っています。本件は警視総監、副総監、公安部長、刑事部長、警備部長で協議して進めてきたことで、警視庁公安部が隠蔽したわけではないことをご理解ください」

出席者には桜井が責任をなんとか分散しようとしているように映った。

つづいて岩田公安一課長が小島供述の概要を説明、さらに公安部ナンバー2である南が経過報告を行った。

「まず昨年三月三一日から人一（人事一課）の監察で、調査・尾行・取り調べを行い

ました。小島本人の口からイニシエーションを受けたこと、上九一色村に行ったことなどが明らかになりました。このため築地特捜から本富士署に戻し、四月二一日付で江東運転免許試験場に異動となっています」

南は前任の参事官で、ここまでの経緯を把握しているはずの伊藤の反応をちらりと見て続けた。

「本件のそもその発端は、井上嘉浩の調べであります」

刑事部捜査一課が井上を調べていたところ、「小島から長官狙撃事件の発生を伝えられた」と供述したことが端緒となったと説明した。以下、南は時系列に沿って事実の詳細を明らかにしている。

①長官狙撃事件発生のおよそ四分後に小島が井上の携帯電話に一報を入れていた。

②その後、二回、井上と早川紀代秀の間で事件に関する情報伝達が行われた。

③警視庁人事一課・国嵜健二管理官が四月五日、九日、一一日の三回聴取した。公安一課・栢木國廣係長が同席した。

④四月二一日以降、公安一課が小島をホテルに宿泊させて取り調べた。

⑤いったん小島を帰宅させたが五月四日に「自分が撃った」と供述、再び宿泊しての取り調べを行った。

南はここまで早口で説明すると、次のように分析結果を述べた。

「小島の供述は場面ごとに分断されていて、連なりがない。本件以外については、きわめてまともな警察官であり、不自然性はまったく見られません。九月半ば以降になってからはよく喋るようになっていて、ストーリー性が出ていると言えます。それ以前の供述との矛盾点はあるものの、大きな流れは変わっていません。ただし現段階で裏付けが取れているものがないのも事実です」

警察庁側からの質問は出なかった。しかし杉田警備局長と野田刑事局長は腕を組んで目をつぶってはいるが、全身から怒りが迸《ほとばし》っていた。

南は質問すら許さぬ勢いで、小島の供述内容を詳細に説明した。

「小島が長官狙撃について初めて供述したとき、涙を流したと報告を受けています……」

さらに小島の身柄を「保護」した場所について説明すると、腕を組んでいた野田がメモを取りはじめた。

「夏頃には、身柄を保護しているチームは小島を牛久《うしく》などへの一泊旅行に連れて行っています」

南がこう言ったとき、野田は「信じられない」といった顔で眼を丸くした。捜査側と被疑者側の線引きがまったくできておらず、チェックする立場にあるべきキャリア幹部がさも当然のごとく説明することに、警察庁側は呆れ返った。

桜井は南にとって代わる形で説明を始めた。

「今後の捜査方針として、小島供述の裏付けを早急に開始したいと考えています。小島が拳銃と銃弾を捨てたという神田川の川ざらいを明日、明後日と執り行います。業者と機動隊を投入することになっています。さらには井上、早川ら登場するオウム幹部たちの取り調べを……」

桜井が説明し終えぬうちに、警察庁側の攻勢が始まった。これまで一度も口を開かなかった杉田局長は、険しい表情で迫った。

「四月二一日以降の宿泊先の詳細を明らかにしろ！」「ホテルとウィークリーマンションの金額は！」「支払いは警視庁か、小島か！」

備局系のキャリアの中で、杉田と桜井は、血を分けた兄弟分と言えるほど親密な関係だ。昭和四一年入庁の杉田は、警察大学校助教授として四三年入庁組の教育担当を務めた。桜井は、理詰めで仕事を進める明晰な男だった。同じ公安畑でキャリアを積んだ桜井を引き上げ、警察庁人事課長の後任に据えたのは杉田だった。

やがて警視庁公安部長の椅子に座った桜井が、長官狙撃事件の捜査を指揮する立場になっても強固な信頼関係は揺るがなかった。二人で酒を飲みに行き、「捜査に進展はないのか」と聞かれても、桜井は「何もありません」と言い続けていた。組織の論理を超越した深い信頼関係にあった二人が、警察庁と警視庁という組織を背負い、追及する側とされる側に分かれたのである。

杉田の矢継ぎ早の質問に南が応じた。

「代金は取り調べ側が支払っています。八月二三日からは台東区千束のアパートを借りていますが家賃は五万円強です。この日以降は小島に月一万円強の食費を自主的に支払わせています」

小島巡査長が「事実上の監禁状態」に置かれていたかどうかを杉田は見極めたかった。警察側の費用で借り上げた場所に泊めたとなると、任意性はますます乏しくなる。しかし逮捕監禁罪の適用まで議論される状況はなんとしてでも避けなければならない。桜井への個人的感情と同時に、組織防衛のために、微に入り細を穿《うが》った質問を浴びせた。

警備局審議官の玉造は一言も発せず、冷静に成り行きを見守っていた。長官狙撃事件はあくまでも未解決の刑事事件であって、警察庁と警視庁が一体となって真相解明を進めるべき事件とは見なしていなかったからだ。全国レベルでのオウムの脅威はすでに排除された以上、刑事事件捜査は都道府県警が主体となるべきで、警視庁がすべての捜査情報を警察庁に報告し、警察庁が指揮する法的根拠はないというのが玉造の考えだった。警備局トップ二人のこの認識の違いは、そのまま温度差となって現れていた。

一方の刑事局は事実関係の詳細が警察組織の命運を握っていると判断していた。刑事局審議官の中島は新潟県警から警察庁に入った推薦組で、滋賀県警本部長などを経て一九九五年二月から警察庁捜査一課長として、全国のオウム事件の捜査を指揮してきた。

その中島が南参事官に対して矢継ぎ早の質問を投げかけた。キャリア相手で言葉は丁寧ではあったが、その詰問口調に怒りが込められていた。

「調書は作成しましたか？」

「はい。作っています」

「何本ですか？」

「調書は二本です。一通は五月四日付『私が撃った』という内容のものです」

「ヨコガキ（取り調べメモ）は？」

「一〇通ほど作成しています。上申書も昨日一〇月二五日付のものがあります」

「取調官は何人ですか?」

「調べ官は一人ですが、世話係として五人を配置しています」

警察庁側はこの問題を官邸と国家公安委員会にどう説明するかに頭を悩ませていた。検討の結果、「現時点では小島の供述に矛盾があり、裏付けも取れていない。本人からの保護依頼があったため、保護下に置いている」という形で説明することになった。

さらに「マスコミに隠さず公開して川ざらいをすること」「早急に裏付け捜査に着手すること」「警視庁は逐次警察庁に報告すること」「警察庁が最高検察庁に詳細な報告を行うこと」が決定された。

午後二時に開始された検討会は、午後四時四五分に終了した。会議を終えて出てくる警察幹部は疲労のあまり一様に脂汗を浮かべていた。

桜井勝公安部長の更迭を国松長官が決断したのは、この会議の直後のことだったと言われる。桜井は一〇月二九日付で警察庁官房付という事実上の異動待ちポストに置かれた。

異例の緊急記者会見を行った国松はこう断罪した。

「現場の捜査員は与えられた任務を果たしているが、捜査の指揮官の側に判断の迷い、問題があった」

翌年二月、桜井は九州管区警察局長に更迭された。杉田警備局長は転勤直前の桜井を送別会と称して食事に誘った。

「杉田さんに『長官事件はどうなっている』と聞かれるたびに、小島の問題が喉まで出かかっていました。申し訳ありませんでした」

新宿歌舞伎町にある加賀料理の店で、桜井は初めて苦悩を漏らした。

杉田は敢えて問題には触れなかった。

あの投書の作成には、小島を取り調べていた捜査員が関与していたのは間違いない。だとすると動機は、裏取り捜査を許可しない上層部への反発であったはずだ。事件を解決したいという思いを無視し続けた結果、現場の公安捜査員を匿名での告発にまで追い込んだ責任は重い。これがキャリアの引き際なのだ。

「更迭されるのは当然です」

桜井は杉田の複雑な胸中をすべて理解しているようだった。

スピード出世が約束された警察庁キャリアだが、その現役生命はあまりにも短い。警察庁キャリアが管区局長を内示されれば、「あと一年あまりで肩叩きだな」と覚悟するものだ。警察庁長官、警視総監という頂点へ向けてひた走るレースから脱落した者は、定年を待たず、入庁三〇年目もしくは五二歳という節目で肩叩きを受ける。その手法は残酷だ。ある日突然、後輩の人事課長からデスクに電話がかかってくる。

「官房長のところに来ていただけませんか」

呼び出しを受けた者は、官房長からやんわりと辞職を迫られるのだ。

「なぜ、呼び出しを受けたのか分かるよな……」

辞職に同意すれば、その場で再就職先を紹介される。給与などの条件や退職日は人事課長から伝えられ、同意書へのサインを求められることもある。

九州管区局長に更迭された桜井が、警備局のラインに復帰して、「長官、総監レース」に参戦することはあり得ない。トップエリートの道を走ってきた桜井なら内示を受けた瞬間に、今後、自分に降りかかる事態を予測したであろう。

翌年、九州管区から近畿管区警察局長に異動を命じられた桜井は自ら辞職して、警察関係者との連絡を絶った。

「脱洗脳」という泥沼

港区南青山にあるビルの前にワンボックスカーが停車した。全面に濃いスモークフィルムが貼られたこの車の後部座席に二人の男が乗り込んだ。運転手と助手席に座る男は二人に軽く会釈すると何も言わずに車を発進させた。

重苦しい雰囲気の車内で笑みを浮かべる男は、脳機能学者・苫米地英人《とまべちひでと》。上智大学を卒業後、アメリカのイエール大学で人工知能や脳科学を研究し、カーネギーメロン大学で博士号を取得、さらに徳島大学助教授に就任したという人物だ。コンピューターソフト会社「ジャストシステム」の基礎研究所長の肩書も持つ。

まるで苫米地のアシスタントのように一緒に車に乗り込んだ男は、公安総務課所属の板垣耕太郎巡査部長(仮名)だった。もともとの所属は外事警察のウラ部隊「外事一課第四係」で、ロシアの情報機関員のスパイハンティングが任務である。まだ三二歳になったばかりだが、オウム捜査で公安一課や公安総務課員を出し抜いてやろうという貪欲《どんよく》さを隠さない男でもあった。

その板垣が目をつけたのが、「オウムシスターズ」と呼ばれた四姉妹や女性幹部信者のマインドコントロールを解いて、「脱洗脳」の第一人者と評価されるようになった苫米地だった。

板垣は連日、苫米地に捜査への協力を依頼して事務所に通い詰め、アシスタントに偽装するようになった。そして相談に訪れる信者を片っ端から協力者として獲得し、オウム真理教の内情を探らせるという作業を開始したのである。

公安部内では板垣の単独行動を面白く思わない捜査員が多かった。公安一課のオウム追尾チームは、追尾対象の信者にまで接触する板垣を尾行し、人気《ひとけ》のないところで取り囲んで恫喝してやろうと計画した。

しかし追尾を始めるとすぐに板垣は路上で一八〇度反転したり、ショーウインドーに背後を映したりするなど点検を始めた。秘匿追尾はすぐにばれたのだ。最後に十数人の捜査員が取り囲むと、板垣は人懐こい笑顔を見せてこう言った。

「公安一課のみなさんですね？　私を尾行するのは勝手ですが、私の作業の邪魔はしないでくださいよ」

この板垣が食い込んだ苫米地英人を利用しようと画策した男がいた。「ミヤチュウ」こと、公安部部付・宮崎忠である。

まずは、この公安部の名物男について紹介せねばなるまい。

宮崎は当初、公安三課と外事部門を統括しながら、オウム逃亡信者の追跡捜査を指揮する立場にあった。長官狙撃事件はキャリアの南参事官が統括していたため、蚊帳の外にあったのだ。

しかし捜査の迷走が続くにつれ、警視庁公安部と警察庁の一部から「捜査のプロであるミヤチュウじゃなきゃ駄目だ」との声が上がり始めた。

桜井が更迭された後、公安部長に就任した林則清は宮崎に協力を求めた。

宮崎が長官狙撃事件の捜査に加わった直後の一月四日、大牟田、黒木ら新宿署の特命取調班のメンバー全員が捜査からはずされることになる。代わりに投入されたのが、宮崎の配下の捜査員たちだった。その中の一人、外事二課の松本圭介警部補（仮名）が小島の取り調べ担当となった。

「途中で捜査に入るのは厳しい。阿吽《あうん》の呼吸が分かる部下が欲しい。そうじゃないと捜査はうまくいかない。しかし、そのために誰かをよそに異動させると、今度は出されたヤツが文句を言いはじめる」

宮崎は周囲にこう苦悩を漏らしていた。

気心の知れた部下を枢要なポストに配置して、上意下達を徹底させる。報告決裁ラインを飛び越した非公式の情報伝達を行うよう求める。そしてシンパを末端にまで獲得して、鉄の結束を持つ軍団を組織する。これが公安捜査のプロ、宮崎の仕事の進め方だった。

ある公安捜査員は宮崎のシンパ獲得、人心掌握術を体験したことがある。ある日の夕方、上司に「ミヤチュウさんが呼んでいる」と言われて部付室に向かった。背筋を伸ばした古武士のような立ち居振る舞い、けっして大柄ではないが、全身から威圧感を発している。宮崎が目を細めると、心を見透かされたかのような空恐ろしさすら感じた。

緊張する末端の巡査部長に、宮崎は缶ビールを振る舞った。

「俺は山形県警からの中途採用でみんなのように同期というものがいない。君たち一人ひとりが俺にとっては仲間だ。俺が声をかける時は勝負の時だ。その時は参集してくれよな」

宮崎の笑顔は実に魅力的で、心を鷲づかみにされた。キャリア官僚たちの絶大なる権力に対抗できるのは、この宮崎しかいないと確信した。

宮崎に声をかけられた巡査部長は興奮を抑え切れなかった。しかし翌日になって同僚の捜査員が自分の一〇分後に呼ばれ、同じ口説き文句で勧誘されたことを耳にして愕然とした。

こちらの捜査員は、宮崎が若い頃、重要な協力者を獲得したときの武勇伝を聞かされ、すっかり信奉者になっていた。ニセの暴漢を仕立て上げて工作対象者を襲撃させ、得意の空手で宮崎が撃退する。つまり芝居をうって、協力者の信頼を勝ち得たという秘話である。

「いいか！　こういうときには手加減をして殴っちゃ駄目なんだ。本気でやらなきゃ相手にばれるんだぞ！」

キャリア幹部からこうした経験談を聞くことは皆無であろう。拳を振るいながら熱く語る宮崎に、この捜査員は痺れたのである。

こうして公安部内で確固たる地位を築いた宮崎は、小島供述に目を通して、

「イニシエーションを受けて洗脳が解けていないのなら、アメリカの精神医学者に頼んだらどうか」

と提案するなど、「脱洗脳」の必要性を主張していた。

そこで注目したのが、板垣巡査部長の報告書の中に度々登場していた苫米地英人だったのだ。

すると今度は、宮崎の考えを汲み取った公安部幹部が声を上げた。

「苫米地に小島のカウンセリングを依頼すれば、マインドコントロールが解けて、真実を供述するのではないか」

公安部内で、苫米地の名を挙げたのは宮崎本人ではない。どこからともなく提案されたのである。宮崎自身は公の場で、苫米地に依頼することの賛否を表明したことは一度もなかった。

警視庁公安部の幹部三人が、警察庁警備局長室を訪れたのは一一月一五日午後二時だった。桜井の後任として公安部長に就任した林則清、参事官の南、そして宮崎が、テーブルを挟んで杉田局長と向かい合った。

この席で発言したのは林と南で、主に小島供述の裏取り捜査の進展状況を報告した。苫米地の話題を出したのは南だった。

「オウムの女性幹部のマインドコントロールを解いた人物がいます。苫米地英人という脳機能学者で……」

苫米地の経歴を説明した南はこう言った。

「小島の脱洗脳を依頼するのも、一つの手段だと考えています」

杉田局長は警視庁公安部の捜査手法を強く警戒していた。しかし苫米地なる男については違和感を持たなかった。

カウンセリングで信頼性のある供述が得られて、裏付けとなる証拠が出てくれば問題ないが、マイナスの作用も想定される。医学的見解が存在しないマインドコントロールの効果が、公判段階で議論されるようなことになったら有罪獲得は危うくなる。だが残された手段はなかった。

杉田はリスクを承知のうえで、苫米地による脱洗脳を許可した。

「いろいろ試してみるのも必要だ。やるだけのことはやってみよう」

宮崎は最後まで一言も口を開かなかった。

こうして捜査はまた一歩、泥沼に嵌《はま》っていった。


「キャリアは白人、ノンキャリは黒人」


警視庁公安部内では「ミヤチュウ軍団か、南一派か」という色分けがされはじめていた。この二人に加え、林則清という「刑事警察のエース」と呼ばれるキャリアが警視庁公安部に乗り込んできたため、事態はさらに複雑になった。

林が警察庁人事課長を務めていた頃、直属の人事企画官だったのが南で、二人の信頼関係は強固だった。このため南千特捜の捜査員は、

「結局は二人の間で長官狙撃事件の捜査を進めるのだろう」

と読んでいた。

だが、ノンキャリアの宮崎は一枚も二枚も上手だった。小島供述がマスコミに報じられ、正式に捜査に携わることになってからは、南千特捜に頻繁に出向くようになった。その回数は岩田公安一課長を格段に上回った。

その手法も見事だった。捜査一課や四課から派遣された刑事たちを一人ずつ南千住

警察署の会議室などに呼び出して一対一で向き合った。

「いままで現場で頑張ってきた君の意見が聞きたいんだ」

こう言って不満をぶちまけさせた。

「君の言うことは分かった。俺が何とかしよう」

その言葉通り宮崎は剛腕で特捜本部の幹部を捻じ伏せた。

公安部幹部とは疎遠だった刑事たちも、宮崎に本音を吐露するようになった。こうして現場の情報が宮崎に集約されるようになった。警視庁内の人脈、腕力ともに、宮崎はキャリアの二人を圧倒していた。

警察庁側は現場に主導権争いの構図が醸成されていく事態を危ぶんでいた。ある警備局のキャリア幹部は宮崎と話したとき、問題の根の深さを思い知ったことがある。

「警察組織を奴隷制度下のアメリカに喩《たと》えれば、キャリアは白人、我々ノンキャリは黒人なんです。黒人は建物の一階の危ないところにいて、白人は安全な二階にいる。黒人はどんなに努力しても二階には上がれないし、白人も危ない一階に降りてくることはない。警察はそれと同じじゃありませんか」

公安部首脳部の軋轢《あつれき》が現場レベルの人間関係まで掻き回すなか、末端の捜査員である板垣は、南・宮崎のどちらの派閥にも属さずに一匹狼を決め込む奇妙な男だった。

「俺は内部の派閥には興味がない」と公言して憚《はばか》らなかった。

ある公安部幹部は板垣にこう忠告したことがある。

「公安部では特定の上司を担がぬ人間は出世しない。宴会でお酌ぐらいして気持ちよくさせろよ」

ところが板垣はこう言い放った。

「身内に気を遣うくらいなら、情報源と飯でも食ったほうがマシです。対象組織ならともかく身内の派閥抗争には興味ありません」

いよいよ南が苫米地に相談に来たときも、苫米地のアシスタントのふりをして通した。南に名刺を渡されても、「はじめまして」と挨拶するだけで、警察官であることすら明かさなかった。

心配した苫米地が「大丈夫か」と聞いても、板垣は、平然とこう言った。

「だってキャリアの皆さんは末端の捜査員の顔など関心ないでしょう」

個性的な役者が揃ったところで、「脱洗脳」という前代未聞の「捜査」が始まった。

苫米地と板垣を乗せたワゴン車はあるアパートの前で止まった。部屋に一人でいた小島は、苫米地たちを「よろしくお願いします」と笑顔で出迎え、招き入れた。

背が低く、小太りでいかにも気弱そうな男が、警察庁長官を狙撃した犯人だとはとても思えない。警察官独特の空気すら感じることはなかった。

苫米地は小島に向き合うと、

「気持ちを落ち着けてください。リラックスしましょう」

と言い、穏やかな笑顔を見せた。

小島は苫米地に深刻な表情で訴えた。

「私は自分で本当のことを知りたいんです。自分がやったと思うのですが、不鮮明な部分を鮮明にしたいんです」

苫米地は、小島が麻原のことを「尊師」と呼ぶたびに、「尊師じゃありません。彼は松本智津夫という一人の人間です」、「イニシエーション」と言うと「イニシエーションではなく、LSDなどの薬物を飲ませているだけです」と柔らかく否定していった。

小島は何を言われても、「そうなんですね」と苫米地の言葉を受け入れた。相手の言うことをすべて受け入れてしまう優柔不断な男にも見えた。

板垣はこの場では苫米地のアシスタントであり、新事実が出ない限り、メモを取ることすらしない。民間人である苫米地と小島を二人きりにするわけにはいかないという理由で立ち会いを命じられただけだった。

小島は苫米地を相手にしても、これまで通り、長官を狙撃する時の流れを淡々と説明した。ストーリーには一貫性があり、日を追うごとに鮮明になっていった。拳銃の形状も具体的になっていき、苫米地は「小島の記憶には整合性がある」と判断した。新事実はなかったが、唯一、「狙撃するとき、黒い革手袋をはめて撃ちました」という点は新しかった。

板垣巡査部長は合計一四回のカウンセリングに同行した。南千特捜の同僚たちは、小島が拳銃を捨てたという神田川の捜索に駆り出され、連日泥にまみれて徒労感を味わっている。それと比べればカウンセリングへの同席などはるかに楽な作業だった。

「催眠術を使って自分を尊師にするようなことをしては駄目なんだ。それでは小島さんが私に依存してくることになってしまう。社会復帰のためには、カウンセリングによって洗脳を解いていかなきゃ」

苫米地は板垣にこんな持論を説いた。脳機能学的な見地からすると、小島は嘘をついておらず、記憶は刷り込まれたものでなく、本物であるとのことだった。

「刷り込まれた記憶と実体験の記憶の違いを検証するのが目的なんです。両者は脳の働き方も違いますから。小島さんは体感で銃を撃っていますから、彼が狙撃犯で間違いありません」

苦米地は「拳銃を握った指の感触、匂い」など、小島には五感による身体的な情報記憶が確認されている、と説明した。

苦米地の分析は合理的だったが、板垣には気掛かりな点があった。苦米地がカウンセリングの様子をビデオ撮影していたのである。

板垣は南に聞いた。

「小島のカウンセリングの最中、苦米地さんがビデオを回しています。参事官が許可されていることなのでしょうか」

しかし南はさほど問題視しなかった。「撮影することを小島が承諾している」というのがその理由だった。

公安部幹部の誰かが、危機管理意識を働かせ、苦米地にカウンセリング内容を外部に漏洩せぬよう念押ししておけば、さらなる問題を招くことはなかっただろう。

ヘドロと格闘

公安総務課の大鶴玄警部補は神田川捜索という虚しい作業を終えて特捜本部に戻ったとき、同僚の捜査員から一枚のスケッチを見せられた。

「小島が描いたスケッチだ。俺たちが朝から晩まで必死に探しているのはこの拳銃らしいよ。お前、自分が貸与されているニューナンブでもこんなに精巧に描けるか？」

同僚は皮肉っぽく笑った。

小島供述が発覚した日以降、南千特捜の捜査員たちは神田川捜索に加え、「短冊指示」に振り回されていた。

〈三月三〇日午前一一時頃、外苑銀杏並木脇のテニスコートで若い女性がテニスをしていたとの事実があるか確認せよ〉

〈三月二五日、アクロシティEポート一階で不審な男に『何か御用ですか』と声をかけた中年女性が存在するかどうか確認せよ〉

小島供述の一言一句の裏付け作業の指示が、細長い紙片、つまり「短冊」の形で指揮官たちから降りてくるのである。全体像を現場の捜査員に掴ませぬための公安部独特の捜査手法といえる。小島の供述内容は現場の捜査員にはいっさい開示されなかったが、「短冊指示」のあまりの数の多さに、なかには短冊を収集して繋ぎ合わせ、全容を掴もうとする捜査員まででてくる始末だった。

「果たして小島供述は信頼できるのか？　信頼性が低いということになれば、将来は別のルートも模索しなければならなくなる。時間を浪費した後では、捜査が難航するのは間違いない。このまま特捜本部に飼い殺しにされるのは避けなければならない」
現場の捜査員は小島供述の裏取りに時間を浪費することに危機感を覚え、内部情報獲得に走っていたのである。
大鶴が見せられたスケッチも何者かがコピーして持ち出したのであろう。Ａ４サイズで幾重にも折りたたまれた形跡があった。
〈けん銃と弾〉と題されたそのスケッチには、拳銃と弾丸が精巧に描かれていた。〈作成日・平成八年一〇月三〇日〉、〈作成者・小島俊政〉と手書きで書かれている。名前の脇には小島の拇印が押され、直筆で解説が加えられていた。
〈銃身　角張った感じ、にぶい銀ねずみ色、横から見ると幅がある〉
〈マーク　金色、動物の絵が書いてあったと思う〉
〈銃把　握りやすくなっていたと思う、もしかしたら指の形にへこんでいたと思う〉
〈弾頭　濃い緑色のビニールコーティングの様な感じ、先端部分が凹んでいたと思う〉
〈薬莢　底の部分は金色又はシンチュウ色で文字等が書いてあったと思う〉

小島は当初、オートマチック拳銃のスケッチを描いたはずだ。取調官が二回、三回と描かせるうちに、「コルト・パイソン八インチ」に限りなく近付いたものになっていったのだ。銃身の色も徐々に銀色から鉛色に変わっていった。

このスケッチに間違いがあった。銃身の上に付いているはずの空冷用のベンチレーターが、銃身の下に描かれている。通常、銃身の下には射撃時の跳ね上がり「マズルジャンプ」を防ぐ、アンダーウエイトという錘《おもり》が付いているのだが、これらが上下逆に描かれていたのだ。それ以外があまりにも精巧に描かれているのに対して、こうした拳銃の常識である部分が事実に反しているのは逆に不自然でさえあった。

「最初のスケッチがあまりに事実に反していたから、コルト・パイソンのモデルガンを取り寄せて、小島に見せながらスケッチを描かせたらしいよ」

こう同僚から聞かされ、大鶴は小島の供述が巧妙なる操作を加えられながら、完成品に近付きつつあることを悟った。

この日、南千住署の講堂で行われた慰労会には殺伐とした空気が漂っていた。数ヵ月に一度、立食形式で行われたこの会には、公安部幹部が出席し、差し入れの酒が並ぶ。しかしこの日は慰労というよりガス抜きと呼ぶのが相応しい雰囲気だった。

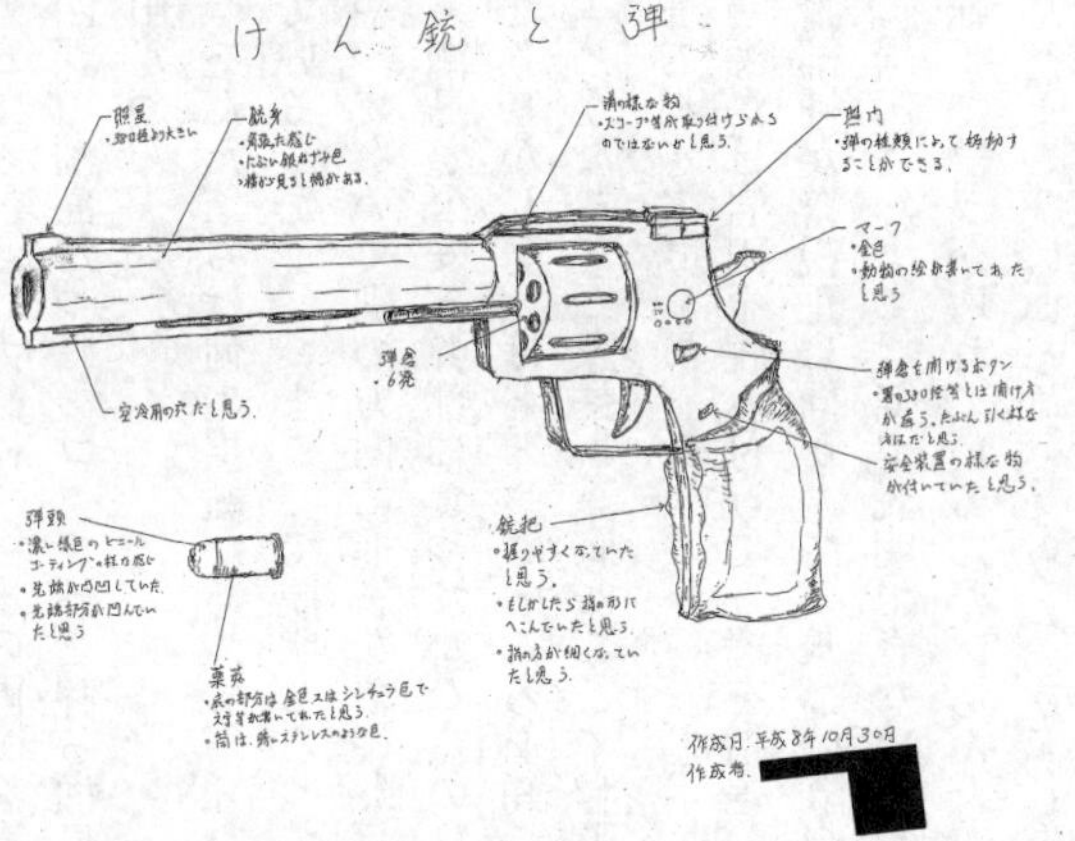

元巡査長が描いた拳銃のスケッチ。コルト・パイソン8インチに酷似している

小島の供述内容をマスコミ報道で知らされた挙げ句、これまで放置されていた裏取り作業を命じられ、突然、失敗の辻褄を合わせるかのような神田川の捜索を指示された。寒さが増すなか、船の上から大型磁石を使って行う金属探知作業は想像以上の疲労とストレスをもたらす。引っかかってくるのは投げ捨てられたゴミばかりだった。ヘドロが堆積した川に潜る機動隊のダイバーたちには体調を崩す者も現れた。浚渫船《しゅんせつせん》によってヘドロの除去作業まで行われ、南千特捜の捜査員たちも悪臭を放つヘドロと格闘することになっていた。

小島のスケッチを見た後に慰労会に

遅れて参加した大鶴は、会場の隅で怒声を張り上げている男を見て凍り付いた。捜査四課の瀬島だった。コップ酒を呷る瀬島の向こう側に立っているのは公安一課長の岩田だった。

「あんたたちは何の根拠があって、オウムだの小島だのと訳の分からないことを言っているんだ！　いまここで説明しろってんだ！　いつまでも神田川の川ざらいなんてやってないで別の方向に進まなきゃ駄目なんだ」

瀬島が公安部幹部に食ってかかるのはいつもの光景ではあるが、相手は公安一課長だ。しかし勢いはとどまるところを知らず、遂にはこう言い放った。

「どうなんだ、課長！　俺にここで胸張って説明できないのなら、いますぐここから飛び降りろ！」

瀬島は岩田を睨み付けて、窓を指差した。ここは四階だ。酔っているとはいえ、一警部補が警視正に向かって、飛び降り自殺を命令するなど無茶苦茶な発言である。

「岩田さんよぉ。何で説明できないんだ。井上の供述を精査すると、ヤツの行動は運転手でウラが取れているんだ。あんたたちがオウムから離れようとしない根拠は何なんだよ！　いいかい、オウムってのはあんたたちが相手にしてきた極左とは違うんだ。何も知らない子どもたちが自分たちの世界を作りたいと集まってテロを起こしているだけだ。オモチャの教団みたいなものなんだよ。連中は叩けば自分たちが犯した犯罪は喋る。権力との闘争はオウムの目的じゃないんだよ。だから長官なんか狙撃しても意味はないし、自分たちがやっていれば喋るんだよ」

この二人、生き様自体がまさに「水と油」だった。

第三機動隊小隊長時代、岩田はいわゆる「相撲小隊」を率いた。国技館で使った土俵の土を貰い受け、隊に道場を作り、鉄砲稽古のために電柱を買い取って道場の隅に据えた。大学の相撲部員を警視庁にスカウトし、隊員の練習のためにプロの力士の胸を借りる出稽古も行った。自身は相撲経験がまったくなく、監督としてマネージメントに徹した。

一九七〇年代、激化していた成田闘争の現場に出動すると、相撲の鍛錬を積んだ巨漢の隊員たちが壁を作って小柄な岩田を護衛した。

警察の力の源泉はこうした組織力である。一体化された

神田川に捨てたとする拳銃捜索のため、毎日のように警視庁の警備艇やボートが駆り出された。1996年10月、JR水道橋駅付近。（写真提供：共同通信社）

組織作りなくしては、指揮官としての存在意義すら問われることになる。

一方の瀬島には「警察こそ正義を体現すべきである」という強い信念がある。暴力団担当刑事には誘惑も多く、捜査対象の組織に取り込まれる者があとを絶たない。そんななかで瀬島は甘い囁きをすべて撥《は》ねのけ、金やモノ、情に流される刑事を徹底的に排除して、捜査四課内に古武士のような軍団を作り上げてきた。

したがっていくら岩田が憮然としようとも、マル暴担当刑事の勢いはとどまることはなかった。南千特捜の誰もが成り行きを見守るばかりだった。

この時期、瀬島は井上嘉浩の運転手・飯田光一（仮名）の取り調べを行っていた。

「事件発生時は川越のウィークリーマンションにいた」という井上のアリバイを覆すよう指示されていたが、飯田は取り調べで次のように断言した。

「小島という警察官を井上が使って警察の情報を取っていたのは知っていました。長官狙撃事件発生時に小島から事件発生を知らせる電話がありました。そのとき、井上は川越にいました。小島は何かに利用されていたのは間違いありませんが、井上が狙撃事件にかかわっていることはあり得ません」

何度、事件前後の行動の詳細を詰めても井上供述と矛盾はなかった。

瀬島は面会に来る飯田の妻子とも会話をするようになり、瀬島が土産に菓子を渡すと子どもは無邪気に喜んだ。飯田もそれを聞いて瀬島に頭を下げた。瀬島から見れば、飯田は誠心誠意説明しており、嘘を言って井上のアリバイを作っているようには見えなかったのだ。

瀬島が教団幹部の供述を鵜呑みにしていたわけではない。上九一色村などの教団施設から押収された証拠品の解析をこつこつと進めている瀬島の姿を大鶴は何度か目撃している。押収品の保管庫がある警視庁深川分庁舎に行っては、証拠品目録を睨み、押収された教団幹部のノートを一文字も見逃すまいと読みふける姿は鬼気迫るものがあった。長官狙撃を動機付けるような物的証拠を探そうという刑事の執念だった。

「国松長官自身にどれだけ心当たりがあったのか、詳しく聴取しようじゃないか。国松長官の電話の通話履歴や手帳を提出させろ」

国松の周辺を洗い出すことすら躊躇しない刑事の提案は、ここ南千特捜ではことごとく無視され続けてきた。

大鶴は瀬島からこう言われたことを思い出した。

「俺はこの南千特捜で刑事としての生き様を試されている。単なる飼い殺しで終わってたまるか」

結局、公安一課長に食ってかかるという前代未聞の暴挙に出た瀬島は仲間たちに羽交い締めにされ、慰労会の会場から連れ出された。瀬島は最後にこう叫んだ。

「これは日本警察の威信がかかった捜査だ。それをいい加減な方向付けでやったら組織（警視庁）は信頼を失いますよ。小島を立件すれば末代までの汚点になるぞ」

二転、三転

直談判

一九九六年一一月二〇日午後五時、甲斐中辰夫は、ある男の訪問を受けた。四角い顔にがっちりとした体、警視庁公安部長の林則清だった。

「小島俊政を長官狙撃の殺人未遂で逮捕することを了承いただきたい」

林は次席検事室のソファに座るや、小島逮捕への同意を求めた。

本来なら警視庁公安部長のカウンターパートは、地検公安部長のはずである。次席検事と捜査について協議するのであれば、副総監が来るべきところである。しかし林は序列を飛び越えて、甲斐中に直談判にやってきたのであった。オウム捜査の総指揮官である甲斐中の了承なくしては、捜査は前に進まないと判断したのだろう。

しかしこの時点で甲斐中は、東京地検公安部と刑事部の合同チームから、「小島供述は信用性、任意性ともに問題あり」との報告を受けていた。さらに小島が運転手役と名指しする平田悟が狙撃事件当日、アメリカにいたことも判明し、アリバイが成立している。そして何よりも小島の狙撃の瞬間の記憶だけが曖昧だというのだから、話にならない。

検事たちは一ヵ月かけて独自に検討した結果、甲斐中にこんな結論を伝えた。

「神田川の捜索で拳銃が発見されたとしても、自供を裏付ける証拠は他にありません。小島の供述については、信用性が低く、任意性にも問題があります。そのうえ共犯者とされる井上、早川は長官狙撃を強固に否定、平田信らは逃走中です。警視庁が殺人未遂容疑での立件送致を希望しても、受けることは困難です」

警視庁側が「殺人未遂容疑での小島逮捕」を捻じ込んでくる可能性があると見て、東京地検はすでに小島供述を精査し、理論武装していたのである。

甲斐中は、鼻息を荒くする林公安部長にこう言った。

「あなたは本当に小島が狙撃したと思っているのか？」

林は根本的な問いに一瞬戸惑ったようだった。

「そうは思っていませんが、何か関係はあると思っています……」と林は言った。

この瞬間、甲斐中は林の背後に、警察庁の思惑を見て取った。

小島を狙撃実行犯として立件することによって、井上警視総監に引導を渡すつもりなのだ。「井上総監こそが狙撃の真犯人を隠蔽した諸悪の根源である」との構図を作れば、すべては落着する。警察庁はそのために、刑事警察のエースとされる林則清を、畑違いの警視庁公安部長に送り込んだのだ。組織の意向を背負った林は、強制捜査を焦っている。

捜査検事である甲斐中に、警察のメンツを立てようという「行政官的配慮」は微塵もない。裏のない自白はゼロ評価であるという信念は、警察キャリアに詰め寄られたくらいで揺らぐことはなかった。

「小島を殺人未遂で逮捕するが、狙撃犯であることに自信が持てないとはどういうことでしょうか？　二〇日間で、処分保留で釈放してもらって構わない、ということですか？　それは筋が違うでしょう」

甲斐中の拒絶にあっても、林は食い下がった。

「私は事件の被害者である国松長官の命を受けて、警視庁公安部長になったんです。この事件を解決するのが私の使命です」

ついには本音を吐露した林に対して、甲斐中は捜査の本質論を突きつけた。

「捜査をやる人間が目先の利害にこだわっては駄目です。その場しのぎの捜査じゃなくて、正攻法でやらなきゃいけませんよ。国民に後ろ指を指されるような捜査をすべきではありません」

「知能犯罪・暴力団事件の専門家」と称される林の捜査手法は、「最後の公安検事」と呼ばれた甲斐中次席検事によって完全に否定されたのである。

こうして、無謀な立件は見送られたが、警察庁の目的はなんとか果たされた。井上警視総監が、古川貞二郎内閣官房副長官を通じて橋本龍太郎総理に辞職の意向を伝えたのは一一月二八日、林が甲斐中に直談判した八日後のことだった。

同時に警視庁幹部の大量処分が発表された。前副総監・廣瀬権と前公安部長・桜井勝が減給一〇〇分の二〇で一ヵ月と最も重い処分が下された。さらに現副総監・滝藤浩二、刑事部長・石川重明、警務部参事官兼人事一課長・巽高英の三人が減給一〇〇分の五で一ヵ月。小島巡査長の直属の上司だった本富士署長・水元正時を減給一〇〇分の一〇で一ヵ月、このほか署の地域課長、警備課長らも処分を受けた。

小島に関しては刑事手続きには乗らぬまま、非売品の警察出版物を教団幹部に渡していたなどという情報漏洩を理由に、地方公務員法に基づいた懲戒免職処分となった。

その後、警察にとって転機が訪れた。一九九六年一二月、甲斐中が東京地検次席検事から東京高検次席検事に異動し、後任に松尾邦弘が就任したのである。

邪魔者が去ったと見るや、警視庁は素早く動いた。年が明けた一月一〇日、警視庁公安部は小島を地方公務員法違反の秘密漏洩容疑で在宅送致したのである。

その容疑は、こんな筋書きだった。

小島は長官狙撃事件発生後の一九九五年四月七日、オウム真理教課報省大臣・井上嘉浩から「私の乗っている車のナンバーが、警察で手配になっているかどうか教えて欲しい」と依頼された。小島は本富士警察署本郷交番から警視庁総務部情報管理課に電話をかけ、放置車両を発見したかのように装ってナンバー照会した。情報管理課の「手配車両ではない」との回答を井上に伝え、秘密を漏らした疑いだ。

警視庁はこの事件を入口にして、狙撃事件で小島を逮捕しようと画策していた。そのためには、甲斐中の後任である松尾の同意が必要だった。

松尾邦弘について、「捜査検事」とは相反する「法務官僚派」と見なす者もいる。確かに法務省畑で出世してきたのは間違いないが、かつては特捜事件、公安事件双方で活躍した捜査検事だった。若くして特捜部に抜擢され、ロッキード事件の捜査に携わった。連合赤軍の最高幹部・永田洋子の取り調べ担当になった際には、山岳アジトでの連続リンチ殺害事件についての自供を引き出した。

永田洋子は、松尾検事による取り調べについて著書にこう記している。

〈(検事から) 君たちは物事を抽象的に考えるだけで具体的に掘り下げて考えようとしないと非難され、これに私はまずノックダウンされた〉

林公安部長ら警察側は、松尾の行政官としてのバランス感覚に期待していた節がある。しかしその期待に反して、検察は先手を打った。小島の在宅送致を受けてから一ヵ月あまりが経過した一九九七年二月二六日、東京地検は警察側にこう通告した。

「小島が狙撃犯であるかどうかの確認は、検察庁が公正中立に執り行う。小島を警察の保護状態から解放して検察官が取り調べることとする。自白の任意性の有無について明確にするため、小島の取り調べに関与した警察官全員から聴取する」

これは「警察の判断は信用できない」という屈辱的な宣告に等しかった。

警察幹部は、小島の取り調べ担当に指名された検事の名前を聞いて愕然とした。

「東京地検刑事部副部長・岩村修二検事」

前年、安部英《たけし》元帝京大学副学長らを起訴した薬害エイズ事件捜査の主任として、その名を轟《とどろ》かせたエース検事だ。実はこの男、かつて公安警察を震撼させた因縁の相手でもあった。

因縁の男

目の前に座る男はつかみどころがなかった。厳しく追及しても反抗的になることはなく、礼儀正しい態度を崩さない。一年近くの間、警視庁公安部に保護名目下の軟禁状態に置かれていたにもかかわらず、恨み節どころか、不満ひとつ漏らさない。

一九九七年三月一八日、東京地検刑事部副部長の岩村修二は、向き合って座る元警視庁警察官・小島俊政の「犯人性分析」に全神経を注いでいた。

身長一八〇センチで上質な背広を着こなす岩村検事に比べ、机を挟んで座る元警官は実に庶民的なスタイルで、なんとも冴えない印象は否めない。

「公安部の取り調べ方法や私を監視下に置くという手法も、事件の性質や私の警察官という立場を鑑《かんが》みればやむを得なかったのだと思います」

小島は自らを懲戒免職にした警視庁を庇《かば》い続けた。

警察の捜査に迎合した部分があったと自分で認めた。しかし供述が信頼されないことについてだけは不満を漏らし、岩村にはけっして「迎合的」とは映らなかった。

「瞑想により光に包まれた状態になり、いったん長官を狙撃したという事実を忘れたのですが、その後順次思い出したのです。それを信じてもらえないのは悔しいのです」

小島はこう言って取り調べ中、涙を流した。

岩村がこうして公安警察と向き合うことになるのは、まさに運命の悪戯だった。しかし警察側は「また徹底的にやるぞ」という検察のメッセージだと受け止めた。岩村修二という検事は、かつて公安警察に壊滅的な打撃を与えた張本人だったからだ。

悪夢の序章は遡ること二〇年前、一九八六年一一月に始まった。

東京都町田市玉川学園にある共産党国際部長・緒方靖夫の自宅の電話が盗聴されていることが発覚した。緒方から「電話に雑音が入る」との連絡を受けたNTT職員が、電柱に登って端子函《たんしかん》を開けたところ、緒方宅の電話線が別の線に接続されていることが分かったのである。

NTTがその電話線を辿ると、緒方の自宅から一〇〇メートル離れたマンション「メゾン玉川学園」に引き込まれており、206号室の電話線に接続されていたことが判明した。何者かがこの部屋を拠点に、緒方宅の電話を盗聴していたのである。

NTTが警視庁町田警察署に届け出ても「犯罪事実なし」と、まともに捜査しない。このため緒方は東京地検に被疑者不詳のまま偽計業務妨害、有線電気通信法違反などの疑いで告訴した。

当初は東京地検公安部が捜査を担当した。「盗聴に警察関係者が関与していた疑いが濃厚」という判断から、伊藤栄樹検事総長の指示により特別捜査部が解明に乗り出すことになった。

当時の公安部は、副部長が甲斐中辰夫、主任検事はのちに検事総長になる樋渡《ひわたり》利秋と、エース級をならべた布陣だった。しかし伊藤検事総長は、「公安検事は公安警察との関係が深いため国民の疑念を招く」と判断し、特捜部に捜査を命じたのである。

特捜部の動きは素早かった。ただちにメゾン玉川学園２０６号室の家宅捜索に入り、五時間にわたって徹底的に証拠を押さえた。テープレコーダーやイヤホン、さらには所有者の名前が書かれた懐中電灯など三〇〇点が押収された。

この盗聴事件捜査の主任検事こそ、若き日の岩村修二だった。緒方はのちに著書にこう記している。

〈岩村氏は司法修習二八期のエリート青年検事で、笑顔を絶やさない如才ない物腰の人と見受けた。この笑顔も、犯罪追及の際にはすごみのある顔になるのだろうなと想像したりもした〉

岩村は特捜検事が得意とする銀行調査を行い、部屋の借り主が川崎市に住む会社員で、父親が神奈川県警の現職警官であることまで突き止めた。

その後、現場の指紋採取、毛髪などから血液型まで特定、神奈川県警警備部公安一課に所属する五人の公安捜査員の名前を割り出して徹底的に取り調べた。そして彼らが、警察庁警備局公安一課理事官が率いる「サクラ」の指導を受けていたことまで突き止めてしまったのである。

「サクラ」とは、長らく存在すら秘密とされた警察庁警備局のウラ部隊だった。中野の警察大学校に拠点を置き、各都道府県警の公安部門にある「C班（中央直轄班）」の特殊作業を直接指揮していた。C班とは県警本部長の権限すら及ばない特別な存在で、所属する公安捜査員は、秘密保持のために巡査部長から警視になるまで人事異動すらなかった。サクラの指導で行うC班の業務は、協力者獲得作業のほか、「追及作業」と称して盗聴、居宅侵入、身分偽変、鍵開け、封書開封などの非合法活動を行っていた。このためサクラには技官も在籍し、盗聴器の開発や設置、さらに秘匿撮影、秘匿録音を担当していた。

言わば、警察にとって秘中の秘。しかし岩村検事は「サクラ」や「C班」の存在どころか、非合法活動の実態まで明らかにしてしまったのだ。

その結果、警察庁長官の山田英雄（昭和二八年警察庁入庁）、警備局長の三島健二郎（昭和三一年入庁）が辞職したほか、公安警察は多くの幹部が更迭されることになった。さらに、神奈川県警警備部の五人の実行部隊のうち一人は捜査途中に死亡し、自殺との見方が強まった。

検察と警察のトップ同士の話し合いの末、盗聴の実行部隊である四人の公安捜査員は最終的に不起訴にすることで落着したが、サクラは非合法の追及作業を全面的に禁じられ、裏部隊は骨抜きにされた。現在は、サクラは現在、霞が関の警察総合庁舎に移転し、「チヨダ」とコードネームを変えて存在するが、前述した通り、その業務は協力者獲得作業における危機管理のみである。

あの悪夢から一一年、岩村修二検事が小島俊政の取調官に任命され、再び警察による異常な捜査の実態を暴こうとしている。その現実を前にして、一部の警察キャリアは運命のようなものを感じ、血の気が引く思いだった。

検事が隠密部隊を聴取

岩村率いる東京地検の実態解明班は一九九七年三月三日から、小島俊政の取り調べに関与した警察官に一斉に出頭を求めて事情聴取を開始した。

大牟田警部補、黒木警部補ら取調官には、聴取に先立って「取り調べメモ」を提出させていた。取り調べメモとは調書を作成する前の段階で、供述内容や態度、やり取りの経緯などを書き記したものである。検事はこのメモ内容と警察官の説明を照らし合わせながら、小島の供述の変遷、取り調べの状況、警視庁内部の指示系統を聴き出した。

「まるで被疑者扱いだ。逮捕監禁容疑で我々を立件しようとしているのではないか」

何度も呼び出された捜査員が不安に思うほど厳しい聴取だった。

検事たちは一九日間にわたって一〇人の公安部員を呼び出したうえ、最後は指揮官である南参事官からも聴取した。

その結果、「小島を現場に連れて行くな、現場の写真や図面を見せるな」と御前会議が厳命していたにもかかわらず、特命取調班がその指示に背いていたことが分かった。大牟田らは小島供述に登場する「集合場所」や「逃走車両に乗った場所」を撮影した写真五枚とアクロシティの平面図を小島に見せていたのである。

もはや犯人しか知り得ない事実を供述する「秘密の暴露」はこの部分では望めない。警視庁の取調官は、供述の信憑性を確認する術を自分たちで捨て去っていた。

また小島は七月半ば、取調室に入ってきた公安一課の管理官に「私は狙撃犯ではない」と供述を翻《ひるがえ》していたことも判明した。この自白撤回は一時的なものとして、封印されていた。

東京地検が知りたかったのは取調官の「心証」だった。警視庁公安部という組織は「小島が狙撃犯だ」と主張するが、個々の捜査員は胸の内にまったく別の考えを抱えていると見たのだ。

検事の聴取に対して、大牟田、黒木は「小島が狙撃犯であることを確信している」と話した。二人は警視庁首脳部に裏取り捜査さえも禁じられ、事実が隠蔽されたまま無為な日々が過ぎ去ったことに対する怒りと不満を露《あらわ》にしていた。

小島の供述が報道された後、大牟田・黒木らは取り調べ担当から外され、宮崎忠部付一派に属する外事二課の松本警部補が小島の取り調べに入ったのは前述の通りだ。

この松本は東京地検の聴取に対して、供述の信憑性に疑問を表明した。

「小島は幼稚な男で、自分を守ってくれる人間に対しては迎合する癖があるんです」

公安捜査員たちから小島取り調べの状況を綿密に聴き出した検事たちは「供述の任意性」の検討に入った。一九九六年四月二一日から一ヵ月近くもの間、「保護」という名目で軟禁状態に置かれていた人物の自白に任意性があるかどうか検証したのである。任意性が否定されれば、自白調書は証拠能力を失う。検察側が最も懸念していた部分であった。ここでもいくつもの問題が発覚した。

犯行を否認していた四月二一日から二九日までは、連日八時間から一〇時間という長時間の取り調べが行われていた。この期間中、職場に三回電話連絡させただけで、外出もいっさい許可していなかった。

小島が長官を狙撃したとはじめて認めたのは五月四日だが、この日から四日間、小島は下痢が続くなど体調が悪かった。にもかかわらず多い日には一〇時間の取り調べが行われていた。

さらに四月二一日から六月七日まで四八日間連続で取り調べが行われていて、自由な行動が許されていたかどうか疑わしい。

こうした事実を検討した結果、警視庁公安部の取り調べに対する小島の自白は限りなく任意性に乏しく、この供述をもとにしての立件は困難であると結論付けた。

不可解な説明

「検察として小島供述の信憑性を確認する。小島が狙撃犯かどうか心証を取ってくれ。立件の可否を見極めるんだ」

松尾次席検事から指令を受けた岩村修二検事は、警視庁公安部に小島の監視状態を解除させたうえで、一九九七年三月一八日から取り調べを開始した。

この捜査には検察内部でも反対論が根強かった。

「送致を受けている地方公務員法違反について捜査を遂げるのは当然であるが、送致を受けていない長官狙撃事件について取り調べを行うのは、検察庁が積極介入したと受け止められる。立件が明らかに困難な狙撃事件で、問題のある捜査を行った警察との共同責任を問われる恐れもあり、検察としては得策ではない」

二月には民放テレビ局が、脳機能学者・苫米地から小島のカウンセリングの様子を撮影したビデオを入手し放映するという「事件」があった。小島が狙撃時の記憶を説明する様子が全国に流された。検察幹部の中にはこれを警察側の圧力と捉える者もいた。

「小島を殺人未遂で立件するために、警察が苫米地ビデオを世の中に公表させた。これは検察への間接的なプレッシャーだ」

「桜井から林に部長が交代しても何も変わらないではないか。警視庁公安部の出鱈目な捜査にかかわるべきでない」

長期間の「軟禁状態」に加え、正体不明の脳機能学者によるカウンセリングが明らかになったことで、検察全体が公安警察に露骨な拒絶反応を示しはじめた。いや、警察全体への不信感がピークに達していたのだ。

岩村検事は、小島を霞が関の検察庁舎ではなく、港区内の検察施設に呼び出した。警視庁公安部による一ヵ月近くの監視下から脱した小島は、弁護士に付き添われて取り調べにやってきた。

岩村に対して、小島は現在の心境をこう語った。

「一年近くにわたって記憶を辿りながら正直に供述してきたつもりです。取り調べ開始当初は光に包まれて自分が国松長官を狙撃したという事実を一時的に忘れていました。その後、私は長官を撃ったと認めたのですが、信じてもらえなくなりました。警察でも裏付け可能な部分はほとんど裏が取れないし、ほかの部分は犯人でなくとも分かるものであって、信用できないと言われるようになりました」

小島は「自分が狙撃したことを認めているのになぜ、疑いの目を向けるのか」と切々と訴えた。しかし頭の中が混乱しているのも明白であった。

「自分は嘘をついているつもりはないが、自分の頭の中にある記憶が現実にあったことなのか、無意識に作り上げていることなのか分からなくなって、自分の記憶に疑問が生じているのが現状なのです」

岩村は小島に対して、

「なぜ、自分が狙撃犯だと思うのか？　根拠はどこにある？」

と何度も問い詰めた。

「狙撃シーンの記憶が、自分が犯人でないとすると具体的過ぎるからです。もう一つは狙撃直前に集合した現場付近の様子が自分の記憶と一致したからでもあります」

前述したが、小島は取調官から「集合場所」の写真を見せられていた。その写真にあった「クリスマスツリー」のような木がある道路周辺の様子が自分の記憶と一致すると言うのである。しかしこの小島の主張はあっさりと崩された。確かに小島の言う集合場所にはヒマラヤ杉があったが、一九九五年三月三〇日事件当日には剪定されていて「クリスマスツリー」のような枝ぶりではなく、無残な坊主だったのだ。

「実は家族にも『夢ではないか』『警察から強制されたものではないか』と言われます。しかし私は家族にも自分が撃ったと言っているんです」

東京地検が実の姉に確認すると、小島の言うことに嘘はなかった。

警視庁公安部の杜撰《ずさん》な取り調べのせいで、岩村検事の捜査は難航した。小島は井上嘉浩や早川紀代秀といった「共犯者」の供述内容も、取調官から知らされていた。

小島は岩村検事から、

「あなたの記憶が現実のものかどうか確認する術はあるか？」

と問われ、こう提案している。

「まず狙撃現場を実際に見れば記憶が現実のものかどうか確認できます。二つ目は井上たちを厳しく追及すること。井上は嘘をついています。三つ目はもっと強い催眠によって潜在記憶を喚起することです。苫米地さんの催眠は弱かったので、より強い催眠があれば期待できると思うのです」

催眠に関しては論外であったが、岩村は現場の「引き当たり」にも慎重だった。小島が現場を自分の目で確認して、供述を修正する可能性があったからである。

誘導尋問

まずは、小島が警察での調べと同じ供述をするかどうか確認する必要があった。岩村は三月一八日から二七日まで、八回小島を取り調べ、これを前半戦とする計画を立てた。一回の取り調べ時間は六時間。二日もしくは三日連続の取り調べを行い、一日休むという計画だった。これは任意性を担保するためだった。

取り調べは警察への供述を白紙に戻すところから始まった。岩村は身上経歴、オウム真理教に入信した経緯から、徐々に長官狙撃に迫っていったのである。

すると現場下見、河川敷での試射、狙撃現場付近での集合、狙撃状況、外苑での井上との接触、拳銃・実包の処分に至るまで、小島は警視庁での供述とまったく同じ内容をよどみなく供述した。ストーリーにブレはほとんどなかった。

つづいて岩村は警視庁公安部の取り調べ手法と狙撃供述にいたる経緯を、小島から徹底的に聞き出すことにした。警視庁公安部の特命取調班の誘導によって、小島供述の「完成品」が作り上げられた可能性を疑ったのだ。

まず、長官狙撃の実行を供述した状況を詳しく説明するよう迫ると、小島は記憶を手繰り寄せるようにこう説明した。

「最初に思い出したのは、朝、上野付近の高速道路の下を車で走っているシーンでした。取調官に『井上と待ち合わせただろう』と聞かれ、井上と現場に下見に行って郵便ポストを覗いたこと、朝、井上と出かけたことを思い出しました。取調官から『お前が撃ったんじゃないか。井上がそう供述している』と厳しく追及されました。何度も言われているうちに、狙撃のシーンが頭にパッと浮かんできました。『私が撃ったんですかね。井上がそう言っているのですよね』と取調官に聞いたら、彼は頷きました。私は井上が言っているのなら間違いないと確信しました」

小島の記憶は、取調官の誘導によって、それぞれの場面が作り出され、一つのストーリーが組み立てられている疑いが濃厚であった。

小島は「事件当日、早川から弾丸六発を装塡された拳銃を渡された」と供述している。なぜ早川の名前を思い出したのかについて、小島はこんな事実を明らかにした。

「私は丸顔で小太りの幹部風の男だと記憶していて、『村井（秀夫）だったと思います』と取調官に言ったのです。すると取調官が『死んだ人間の名前を言うな！ 早川じゃないのか！』と言って、早川の写真を私に見せたのです。その写真の早川の顔の輪郭が似ていると思ったので、『やはり早川でした』と訂正しました」

小島は取調官とのやり取りを淡々と供述していった。取調官が想定されるストーリーを小島に提示し、小島がそれを追認しながら、断片的な記憶が再構成されていったことが分かった。

オウムの在家信者として、自己暗示の訓練を積んだ小島が、取調官と寝泊まりするという異常な状況下で、自己暗示によって供述を形成し、その内容が現実か自己暗示による思い込みなのか区別できない状態に追い込まれていた可能性が浮上した。

引き当たり

事件から二年が経過した一九九七年四月六日、平穏を取り戻したアクロシティの住人にとって、国松長官狙撃事件は記憶から消えつつあった。被害者である国松自身、Eポート60×号室を前年七月に売却して、悪夢の現場から去っていた。

この美しいマンション群に背広姿の七〜八人の男が車で乗りつけた。過去二年間、敷地内を徘徊していた警視庁の捜査員とはまったく異質な、研ぎ澄まされた冷徹ささえ漂わせる東京地検検事と検察事務官の一団だった。その中に、ジーパンを穿いた身長一七〇センチほどの小太りの中年男が背中を丸めて歩いていた。南千特捜の大鶴玄警部補が小島俊政の顔を見るのはこれがはじめてであった。小島は想像以上に表情が明るく、念願の狙撃現場を見て嬉々としているようにすら見えた。

全員が小島の行動を注視していた。その反応から供述の信憑性を探ろうとしていたのである。しかしその行動は奇妙であった。

「最初に待ち伏せしたのは、確かあの辺りでしたね……」

国松長官を待ち伏せした場所を指差すのだが、自分でその地点に立って記憶を喚起しようとはしない。立ち止まることすらせずに、何かを考えるように目を閉じて、狙撃現場付近をうろうろしているのだ。

小島は狙撃地点についてはこんな印象を話した。

「花壇から乗り出して引き金を引く感じはイメージと一致するんですが、花壇の高さが思ったより高いんですね。あと長官が階段を降りてきたイメージがあったのですが、実際には階段はないのですね。でも全体的には私の記憶にある狙撃のイメージと合っています」

狙撃手が右足を乗せたという植え込みの高さは六一センチある。確かに身長一七〇センチの小島が足を乗せると体勢に無理が生じる。一方で、小島はこれまでの供述との矛盾を一つ一つ確認しながらも、それを無視して全体像に当てはめようとしている節があった。

「ここからどうやって逃げたのですか？」

爽やかな笑顔を浮かべた検事に問われると、

「よく覚えていないが……あのビルは記憶に残っているんです」

と言いながらGポートのほうを指差した。しかし小島は逃走経路をはっきりと説明することができなかった。

「どうも私のイメージより狭い気がするのですよ。中庭の木ももっとすっきりしていたと思いますし……。でも来たことがあるのは間違いありません。自転車に乗ってから敷地を出て行くまでの経路が分かりません」

　小島は懸命に考えているようだった。

　アクロシティでの行動について具体的な説明をまったくできなかった小島であったが、敷地外の逃走経路の説明を求められると、突然きびきびと動きはじめた。

　アクロシティ西側のスロープの下に立つと、ひとりですたすたと南に歩き、一つ目の路地を右折して住宅街に入っていった。検事たちが置いていかれるほど、小島の歩くスピードは速かった。アクロシティでの様子とまったく異なり、一際《ひときわ》鮮明な記憶が残っているようであった。

　この様子を見て大鶴は同僚の話を思い出した。隠密部隊「特命取調班」の捜査員から聞いたという同僚は、声を低くしてこう言った。

「検察には『引き当たり』はしていないと説明しているようだが、どうやら嘘らしいぞ。小島はアクロ周辺には車で何度か連れて来られている。南千特捜にも目撃した人間がいるから間違いない。散歩と称して連れ出せば引き当たりにはならないからな」

　大鶴は目の前で展開されている光景と、同僚の囁きを反芻しながら悟った。特命取調班は無実の警察官を狙撃犯に仕立てようとしたわけではない。小島供述を完全に信用していたのだ。裏取り捜査を禁じ、現職警官の自供を隠蔽しようとした警視庁上層部への怨念が禁じ手とも言える「引き当たり」に衝《つ》き動かしたのである。

「誰かを庇っている」

東京地検実態解明班は「引き当たり」を終了すると、小島が「共犯者」と主張したオウム幹部の取り調べを開始した。井上嘉浩から三回、早川紀代秀が二回、この他にも平田悟ら八人から聴取した。

井上はこれまで警視庁に供述していた通り、「事件発生時には川越のウィークリーマンションにいた」と主張した。供述に矛盾はなく、ウィークリーマンションの契約書の存在も裏付け捜査で明らかになっていた。アクロシティ・川越間の車の走行実験まで行われ、六〇分の移動時間を要することも確認された。

川越に一緒に宿泊していたオウム幹部らの供述も精査した結果、東京地検は「井上のアリバイ成立を否定するのは困難である」と結論付けた。

井上は検事調べにこう話している。

「オウムの犯行であることは否定できない。麻原は警察を毛嫌いしていて、警察官の目をレーザーで潰せと指示したことがある。麻原が警察へのテロを指示したのは間違いなく、その中で長官事件だけが成功したと考えられる。早川はロシアのバッジを集めていたので、北朝鮮のバッジを持っていてもおかしくない。現場に落としたのは、日本と北朝鮮の対立を狙ったものと考えられる。長官狙撃が起きたことについて早川と話したときも、反応がクールで不思議だった。オウムでやったとすると早川、木場のラインだと思う」

井上は検事から「小島が撃った可能性はないか」と問われて、

「それは考えられない。小島は当日の朝八時三〇分過ぎに電話で話したとき、『オウムがやったんじゃないでしょうね』と詰問してきた。早川が小島を使おうと考えたかもしれないが、結局使っていないと思う」

とその可能性すらきっぱりと否定している。

一方、井上から名指しされた早川紀代秀について東京地検は、「事件発生当日の早朝に東京に来て、午前七時三〇分頃に運転手と港区赤坂で別れ、単独行動していることから、時間的には犯行に加担することは可能であるが、アリバイ成否は不明」と結論付けた。

早川は検事にこう説明している。

「木場が怪しい。三〇日の朝、私と一緒に東京に来たが、警察に説明をしていない。もしオウムがやっているのなら平田信が狙撃実行犯である。古いサマナ（出家信者）

で麻原の信頼もあったし、銃もうまかったと聞いている」

さらに小島供述についての感想を問われた早川はこう吐き捨てた。

「小島供述は無茶苦茶であり、頭がおかしいか、誰かを庇って嘘を言っているのではないかと思う。小島が長官の住所を教えるくらいのことはしたかもしれないが、オウムがサマナでもない者をこんな重大事件に使うことはあり得ない」

確かに過去のオウムによる凶悪事件の実行犯は出家信者から厳選されており、早川の説明は合理性があった。

犯行当日の運転手役とされた平田悟は、一九九五年三月一五日から四月八日までアメリカに渡航していたことが確認され、アリバイが完全に成立していた。

「オウムの犯行であることは九九パーセントないし一〇〇パーセント間違いないと思う」

平田はオウムの関与を肯定したが、小島に対する評価は辛辣だった。

「小島は長官の住所を教えるくらいのことはあったかもしれないが、狙撃には絶対関与していない。彼は人が良く、頼まれると断れないが、かといってやり遂げる強い意志もなく、うじうじした面があり、そんな度胸はない。井上は非常に慎重な男で、警察官である小島を全面的に信頼していたわけではなく、長官狙撃を指示するなんてあり得ない」

このように、オウム真理教の誰が関与したかについては意見が分かれたが、ほぼ全員が小島の狙撃への関与の可能性を完全否定した。

暗示による虚偽自白

東京地検刑事部副部長の岩村修二は小島の取り調べの後半戦を四月一日から再開し、引き当たりを挟んで合計六回小島と向き合った。

取り調べでの供述、引き当たり現場での言動は、部分的には現場にいた人物しか知り得ない内容があることは事実だ。しかし核心の長官狙撃部分の供述は曖昧で迫真性に欠け、胸に響く部分がないのである。

それに引き当たり後の小島は、自分の供述内容と客観的事実の乖離に悩んでいるようだった。

「もとの記憶が矛盾しているのは分かってはいますが、それはそれとして記憶にはっきりと残っているんです。私が狙撃したという供述とは両立しないので、間違いないでしょう。しかし嘘を言ったわけではない。どちらかといえばもとの記憶のほうが現実感があるんです」

岩村に「あなたは本当に長官を狙撃したと自信を持って言えるのか」と強く迫られた小島は遂に自信を喪失し、揺らぎはじめた。

「私が狙撃したという供述全体に自信がなくなったのは事実です。でもアクロの現場は確かに自分で行ったことがある場所という実感があったので、事件に関与したという気持ちはまだ私の中に残っています」

小島は供述撤回寸前の状態となった。ぎりぎりのところで小島は懸命に踏みとどまっているように見えた。

警視庁公安部の三人目の取調官だった松本警部補が分析していたように、小島は自分を守ってくれる人間には迎合する面がある。小島は警視庁公安部が自分を「保護」してくれていると思い込み、取調官に迎合して供述を作り上げた。いったん供述してストーリーを組み立ててしまうと、これに固執する頑固さが小島という男にはあることも事実であった。取り調べれば取り調べるほど、その供述の根拠となる記憶は固定化していき、客観的な事実を突き付けられると、綻びを見せはじめる。しかし修正は利かず、「記憶の中には存在する」という理解しがたい釈明を続けるのである。

小島はオウムで自己暗示の訓練を受け、イニシエーションの際に薬物を投与されている。そのうえで、一一ヵ月間にわたって警視庁の監視下に置かれて取り調べを受け、取調官の誘導や暗示にさらされた。こうした異常な環境下で自分が狙撃犯であるという記憶が形成された。この記憶は警視庁公安部と小島の共同作業によって作られたものであり、その完成品を捨て去って、原点に立ち戻らせるのは不可能に近かった。

東京医科歯科大学で犯罪精神医学を専門とする山上皓《あきら》教授は、東京地検に心理学的観点からの意見を求められて、岩村たちの分析を支持する見解を述べた。

「小島供述は、本人の暗示にかかりやすい性格と警察の取り調べでの誘導的な尋問とがあいまって、誤った記憶が形成され、その誤った記憶があたかも本当の記憶かのようになって供述されたものと思われる」

山上教授によれば、自分が犯していない罪について、取り調べの過程で「自分がやった」という虚偽の自白をする事例が数多く存在し、「強制の結果、自己同化された虚偽自白」として犯罪心理学上、発表もされているという。

その原因は「本人が暗示にかかりやすい性格であること」「尋問者が事件に関する情報を尋問過程において供述者に提供すること」「尋問者が尋問の過程で、事件の筋書きを示しながら尋問していること」「供述者の尋問者に対する過度の信頼感が存在すること」などが考えられるという。警視庁公安部による捜査はまさに教科書どおりの事例だったわけだ。

岩村検事ら東京地検実態解明班は、小島を合計一四回取り調べ、狙撃現場など供述に登場する場所に三回の引き当たりを行った。四月三〇日までこの作業を続けた結果、次のような結論を、東京高検、最高検に報告した。

「小島は長官狙撃の狙撃犯ではないものの、狙撃犯であるかのような記憶が形成され、その記憶に沿った供述をしているだけであり、本人の自白をもって実行犯として立件することは不可能である」

東京地検は、警視庁の取り調べでの長官狙撃供述を任意性、信頼性ともに根底から否定し、捜査をゼロに戻すことが必要だと判断したのである。

東京地検次席検事・松尾邦弘が記者会見で捜査結果を明らかにしたのは一九九七年六月一七日のことだった。

「供述全体としての信用性には重大な疑問を抱かざるを得ない点があり、狙撃事件の被疑者として手続きを進めるのは適当ではないと判断するに至った」

松尾はいつもの温厚な表情を一変させて険しい表情でコメントを読み上げ、在宅送致を受けていた地方公務員法違反についても、起訴猶予処分としたと発表した。

この発表をもって、「自分が長官狙撃の実行犯である」という小島供述の信用性は完全に否定された。しかし小島が長官狙撃事件に何らかの形で関与している可能性だけが残され、公安警察に投げ返された。この灰色決着は、のちに長官狙撃事件捜査をさらなる迷宮に引きずり込んでゆくことになる。

銃弾が語る真犯人

ミネソタ州の銃弾製造工場

薄暗い煉瓦造りの工場の中で旧式の機械が音を立てて稼動していた。壁の色、油の臭気や機械が軋む音、工員たちが醸し出す雑然とした空気が、銃社会の歴史の深さを感じさせた。

とぐろを巻いたチューブ状の鉛が機械で切断され、直径二センチに満たない無数の粒が転がりながら螺旋状のレールを上っていく。鉛の粒はやがて先端に凹状の窪みがある凶暴な弾頭に姿を変える。さらに赤外線トンネルで軽く熱せられると、黒色の粉末の上を転がりながら、身に粉をまとう。そして音を立ててベルトコンベア上に乗り、赤外線のトンネルに吸い込まれていった。

黒色の粉末はナイロン11で、赤外線トンネル内で熱せられ、鉛アンチモン合金のホローポイント弾の表面に吸着する。ベルトコンベアの切れ目から冷却が完了した濃青色の美しい弾頭部分が落ちてきて、ナイクラッド弾の弾頭ができあがる。これに薬莢、火薬が組み合わされて実包が完成するのだ。

南千特捜の中西研介警部が、八日間の日程でアメリカ合衆国ミネソタ州に派遣されたのは一九九六年一一月初旬のことだった。同行したのは科学警察研究所法科学第二部の内山常雄だ。旋条痕鑑定では世界でも五指に入る実力を持つといわれ、四〇代半ばではあるが銃器・弾丸の研究鑑定を担当する機械第二研究室長を務めていた。

彼らの目的は、アノーカ市の弾薬メーカー「フェデラル・カートリッジ社」を訪問し、非公開データを入手することだった。

鑑識課嘱託員の歯科医・武田純一も一緒に来るはずだったが、民間人であることを理由に警察庁が許可しなかった。

「先生、俺たちだけで行ってくるから、フェデラルへの質問事項と入手する必要のあるものを詳細に書き出してください」

中西の依頼で、武田は膨大な質問事項と銃火器の専門用語を集めた和英対照表を用意した。

フェデラル社との交渉は難航が予想されたため、在米日本国大使館に一等書記官として派遣されていた警察キャリア・吉田尚正（昭和五八年警察庁入庁）がＡＴＦに協力を依頼した。

ATFとは「アルコール・タバコ・火器及び爆発物取締局」という財務省傘下(現在は司法省)の連邦捜査機関で、映画『アンタッチャブル』でマフィアのボスと死闘を演ずるエリオット・ネス捜査官が所属した捜査機関といえば分かりやすいだろう。その名の通り、銃の専門取締機関であるため、弾薬メーカーとの協力関係は強固である。

中西、内山と、警視庁通訳センター所属の女性通訳官の三人はワシントンDCに入り、吉田の案内でATF犯罪科学研究所を訪問して、長官狙撃事件に使用された遺留弾頭を「IBIS・統合弾丸識別システム」にかけた。IBISとは米国内の銃器犯罪の現場などから発見された弾頭、薬莢の特徴などの情報をデータベース化したものだ。しかし遺留弾頭とまったく同じ特徴を持つものはヒットしなかった。

一行はここで案内役のATFの特別捜査官と合流したあと、飛行機でミネソタ州アノーカ市に出発した。

国松長官の体内から摘出された遺留弾頭は表面がナイロンコーティング加工されており、弾頭重量が一〇・二グラムだった。これに当てはまるのは、フェデラル社の二種類の実包に絞られていた。

「フェデラル357マグナム・ナイクラッド158gr・セミワッドカッター・ホローポイント」

「フェデラル38スペシャルプラスP・ナイクラッド158gr・セミワッドカッター・ホローポイント」

いずれもアメリカ国内の通常規模の銃砲店ならば五〇発入りの箱が二四ドルほどで販売されている。

「357マグナム」と「38スペシャルプラスP」の違いは「火薬の種類と量」で、長い商品名によって実包の性質を一目で判別できるようになっている。

「158gr」とは弾頭重量のことで、およそ一〇・二三グラム（一グレイン＝〇・〇六四八グラム）、「ナイクラッド」とはフェデラル社が特許を取得した弾頭部分のナイロンコーティング処理のことだ。

また「セミワッドカッター」とは、真横から見ると円錐台状の弾頭頭部と、弾頭円筒部との間に段差がある形状を指す。弾頭頭部と円筒部との間にある段差の「肩」の部分で、競技用標的紙に綺麗な円形の穴を開ける効果がある。

「ホローポイント」はすでに説明した通り、先端に穴が開いており体内に入った瞬間にマッシュルーム状に潰れて軟組織に挫滅創《ざめつそう》を与えるという危険な弾頭だ。このため

38口径の弾丸であっても、ダメージは55口径で撃ったときと同じとされる。

国松の体内や現場付近で発見された遺留弾頭は三つ。しかし「357マグナム」と「38スペシャルプラスP」は共通の弾頭が使用されているため、どちらかの特定は簡単ではなかった。

南千特捜拳銃捜査班としては、実包を二者択一し、最終的には製造年まで絞り込む必要があった。そのうえで実包の流通ルートを追跡、同時に使用された拳銃の種類を特定して、取引経路から狙撃犯にさかのぼるという気の遠くなるような捜査活動への第一歩を踏み出そうという計画だったのである。

フェデラル社が実包の製造を開始したのは一九一〇年のことだったという。煉瓦造りの工場は当時のまま残っており、業務規模の拡大に連れて周囲に工場が増築されているが、機械のほとんどは一九五〇年代の古いものが使われていた。

ナイクラッド弾はもともと銃器メーカー「S&W」が製造特許を持っていた。しかしS&Wが実包製造部門をフェデラルに売却、フェデラルはナイクラッドの特許とともに製造機械一式を買収して一九八二年からナイクラッド弾を製造しはじめた。

科警研の内山室長は実包の製造工程を丹念に確認していった。東京工業大学工学部

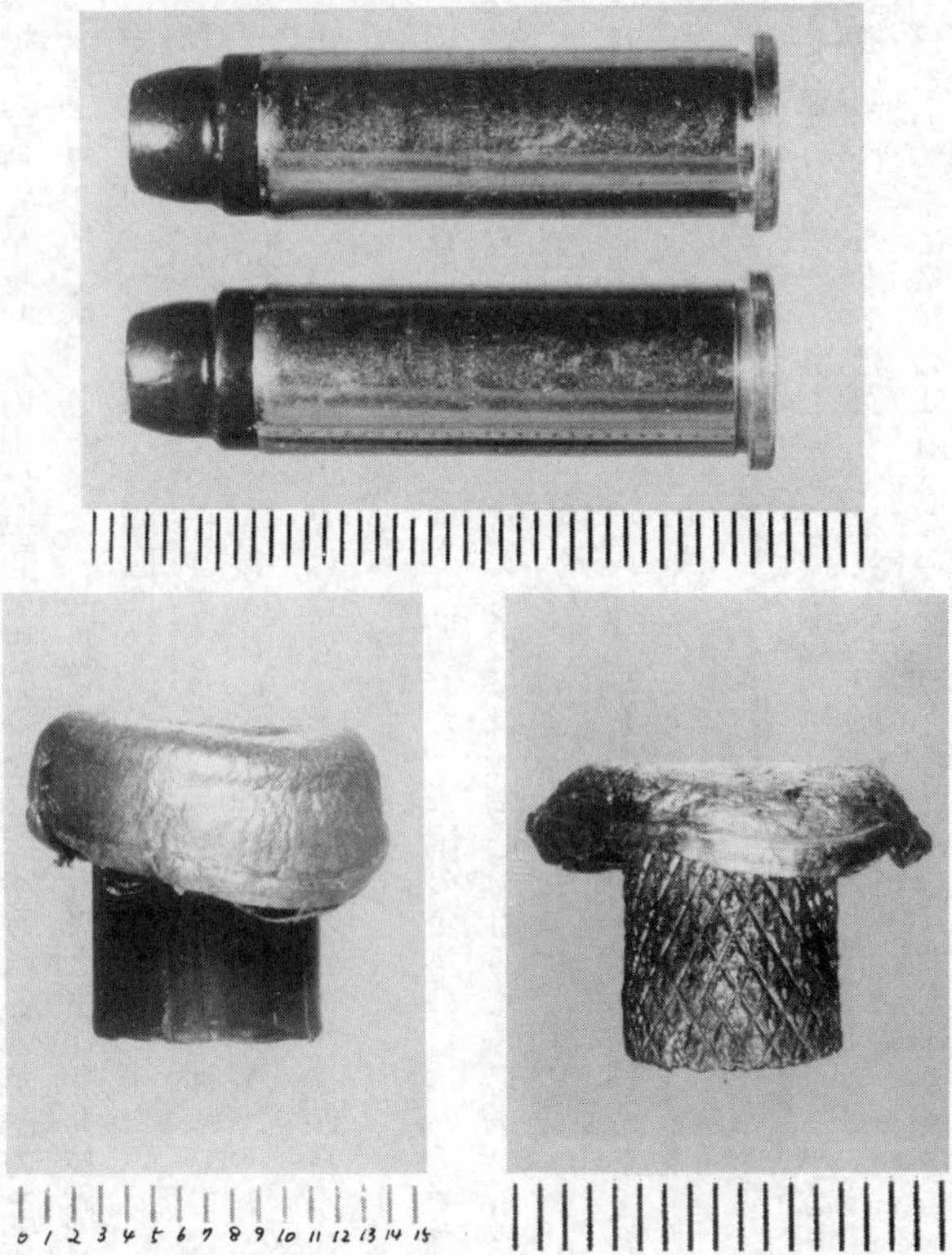

「フェデラル38スペシャルプラスP・ナイクラッド」の実包（上）。左下は国松長官の体内から摘出されたホローポイント弾頭。先端がマッシュルーム状に潰れている。右下は試射弾頭。ナイロンコーティングが剝離し、先端の潰れ方にかなり違いがあることがわかる

機械工学科を卒業した内山は英語の専門書を翻訳するほどの英語力を持つ。

フェデラル社で応対したのは、品質管理担当副社長と主任開発技術者だった。初日に挨拶に出向いたとき副社長の態度は硬かった。

「我々は年間一〇億の弾丸を作っている。商品が犯罪に使用されるのは好ましくないが、我々は営利企業である。多くの企業秘密が含まれているので、この部分に関することはいっさい協力するつもりはない。それから我が社の社員が日本の裁判に証人として出廷するようなことは認められない」

内山と中西はいきなり出鼻をくじかれた。米国の企業は日本と違って、秘密保持には厳格だ。さらに利益に繫がらぬものには無関心でもある。日本の警察のトップが銃撃された事件など我々には関係ない、と言わんばかりの態度だった。

「我々が捜査している事件の犯人はコルトの拳銃からナイクラッドを発射している。これは最適な選択だと思うか？」

と中西が聞くと、副社長は笑いながら答えた。

「確かにナイクラッドは最適だ。だがコルトは最適ではないよ。我が国では命中精度が高いのはコルトではなく、S＆Wというのが常識だ」

日本の警察に拳銃の知識はないだろうと言わんばかりだった。

内山たちはホテルの部屋で通訳官とともに交渉の段取りを練った。想定問答まで作成し、周到に準備した。企業秘密の壁を突き崩さないと工程の説明すら受けることは困難だった。翌日、同行したATF捜査官の交渉によって、ようやく製造工程を見学することが許された。

内山が特に注目した工程があった。弾頭の表面にはナイロンコーティングを固着させるための「模様」が刻まれている。金型のローラーが弾頭側面と逆方向に回転しながら模様を刻み込む工程である。「ナイクラッド」のまさに核心部分だけに、フェデラル社の技術者は神経質になっていた。

しかし内山はかまわず詳細な質問をぶつけていった。

「このローラーはいつから使用していますか？」

「最初からですよ」

「磨耗したら交換しないのですか？　過去に模様を変えたことはありませんか？」

フェデラルの技術者はろくに調べもせずに「交換したことはない」と言い張った。

拳銃捜査班が求めていたのは「弾頭の各年代のサンプル」「弾頭をコーティングしているナイロンの原料」「材料の仕入れデータ」であった。

若い女性通訳官は、銃器・実包に関する専門用語を頭に叩き込んできていた。

「我々は各年代の弾頭を使って射撃実験を行います。鉛やナイロンの成分分析も行うことになります。できる限りご提供願えませんか」

彼女が粘り強く交渉すると、技術者たちの態度が変化した。さらに実験や鑑定のための大掛かりな計画を具体的に説明すると、「日本警察は捜査でそこまでやるのか」と驚きを隠さなかった。

「俺も日本警察の世話になる。何とかしてやってほしい。彼らは実験がしたいだけなんだ」

ATF捜査官がフェデラルの副社長に頼むと、態度が変わった。

「各年代の弾頭のサンプルなど保管していない」

と技術者たちは主張していたが、副社長に指示されると、倉庫に保管していた五つの世代の弾頭のサンプルを持ってきた。それを各五つずつビニール袋に入れて内山に手渡した。

弾道ゼラチン

南千住警察署五階の道場脇にある風呂場は普段、柔道や剣道の稽古を終えた警察官にとっての憩いの場だ。しかしこの日は短パン姿の険しい表情の男たちが集結していた。

「現在四四度です。ちょっと高すぎますか？」

若い捜査員が湯船に三本の温度計を差し込み、湯温の平均値を計測していた。

「よし、缶に汲み上げて徐々に冷やそう」

五〇センチ角のコンテナを持った拳銃捜査班の捜査員が一斉に湯を汲み上げ、隣の剣道場に走った。各々が温度を計測しながら三八度にまで下がったところで、紙袋から白い粉を湯に注ぎ入れた。

「かき混ぜながら、ゆっくり入れろよ」

拳銃捜査班の石田巡査部長が指示を飛ばしながら、コンテナに警杖を突っ込んでゆっくりとかき回す。

彼らが作っているのは弾道実験用の「バリスティック・ゼラチン（弾道ゼラチン）」だった。ゼラチンは人の筋肉組織とよく似た密度と粘度を持っている。このため実際に試射して、弾道や弾速、弾頭の形状変化などを検証するために使われる。特に体内で変形するホローポイント弾頭の形状変化を、実際の犯罪に使用された遺留弾頭と比較検証するには有効である。

アメリカの捜査機関は事件を再現するために人体形のゼラチンに衣類を着せたり、

牛や豚の骨を入れて弾丸を撃ち込み、数値を計測していくという。しかし日本での本格的な実験はこれがはじめてで、ゼラチン粉をアメリカから輸入するところから始まった。人体を再現するための温度調整が難しく、湯温が三七度以下になるとゼラチン粉が溶けず、人体より硬くなってしまう。かき混ぜるときに液体が泡立つと今度は柔らかくなる。

拳銃捜査班は国松長官の手術を担当した医師を聴取して、国松の腹部の筋肉や脂肪の付き具合まで調べ上げたうえで、ゼラチン濃度一〇パーセントという数値を割り出した。

「よし、完全にゼラチンが溶けたら冷蔵庫だ」

石田巡査部長の号令で、缶を持った男たちが一斉に小走りで冷蔵庫に向かった。コンテナ内のゼラチンを摂氏四度まで冷やして固めれば、人体と同じ性質を持ったゼラチンブロックができあがる。これをレンタルした冷蔵トラックで、東京・江東区の「警視庁術科センター」の射撃場に運び込むのだ。

射撃実験の目的は、国松長官銃撃に使われた拳銃と実包の特定である。種類の特定だけでなく、年式まで特定できれば、犯人に繋がる糸口が見つかる可能性がある。

ここでまず、拳銃から弾頭が発射されるまでのメカニズムを整理しておこう。

回転式拳銃の撃鉄を引いて、引き金を引くとハンマーが落ちて、薬莢底部を叩くことになる。するとプライマーと呼ばれる柔らかい金属がへこみ、中の少量の火薬が爆発する。このプライマー内の火薬は、前方の大量の火薬（推進薬）とは種類が違い、圧力が掛かると爆発する性質を持つ。

プライマー内の少量の火薬が爆発すると、小規模の発射ガスが小さな穴（フラッシュホール）をすり抜け、前方のメインの火薬に着火し、燃焼が起こる。メインの火薬が燃焼すると、弾頭と薬莢が分離し、弾頭はガス圧に押し出されながらスピードを上げて推進する。自動式（オートマチック）では燃焼の際のガス圧で薬莢は銃身の外に排出されるが、回転式（リボルバー）では弾倉に残る。

発射された弾頭側面に刻まれるのが「旋条痕（ライフルマーク）」である。これは弾頭が銃身（バレル）内側の溝（ライフリング）によって傷つけられてつく痕跡だ。ライフリングは弾頭に回転を与えることによって直進性を持たせ、命中精度を上げる効果を持つ。ライフリングの数や回転方向は様々だが、一般的には四、六、七条などがある。長官狙撃事件の遺留弾頭に刻まれていた旋条痕は「左回転六条」だった。左回転六条のライフリングを持つ拳銃メーカーはアメリカの「コルト社」が代表的で、ほかには日本の「ミロク社」、スペインの「アストラ社」、ドイツの「ザウアー&ゾーン社」、フィリピンの「スカイヤーズ・ビンガム社」がある。

中でもコルト社製の拳銃は精密度が高く、旋条痕の幅、角度、深さが均一で鮮明に刻まれる。旋条痕鑑定の第一人者である内山が鑑定したところ、遺留弾頭の特徴はまさにコルト社のものであった。

しかも、弾頭に刻まれた溝の角が尖っているうえ、表面が滑らかであったことから、真正銃であることは明らかで、さらに使い古された拳銃ではなく、知識のある者の手によって管理された新品に近いものと分析された。

コルト社の製品のなかで「38スペシャルプラスP」「357マグナム」という二種類の実包を発射できる回転式拳銃は六種類に限定される。「パイソン」「パイソン・ハンター」「パイソン・テンポインター」「パイソン・ターゲット」「キングコブラ」「トルーパーMKⅢ」である。このうち「パイソン・ターゲット」だけは、357マグナムを撃つことができない。

八インチのコルトで射撃実験

警察が日本国内でコルト社の拳銃を入手するのは難しいことではない。全国の警察が一九八三年から一九九六年までに二八丁も押収していたからである。押収した拳銃のうち資料価値の高いものは科学警察研究所などが保管する。

科警研の内山室長は一九九六年四月末、南千特捜に依頼されてコルト社製拳銃を使った射撃実験を試験的に実施した。押収品から、「パイソン二・五インチ」と「パイソン・ターゲット八インチ」が用意された。

およそ二週間の鑑定の末、こんな鑑定結果が出た。

「二・五インチ銃身から発射された弾頭の変形の程度は、遺留弾頭の変形程度より小さかった」

この報告を受けた歯科医の武田が珍しく苛立った。

「パイソン・ターゲットでは357マグナムを撃てない。パイソンでも二・五インチじゃ意味がない。なるべく長い銃身のものをたくさんそろえて実験しなければ駄目ですよ」

目撃情報によると狙撃犯は「傘のように長い拳銃」を使っていた。短い銃身から発射された弾頭は初速が落ちるため、鑑定結果はまったく意味を成さないというのだ。

「特捜本部は本気で解明するつもりがあるのですか？　すぐにコルトの各種類の拳銃でなるべく八インチに近いものを集めてください。弾頭もさまざまな年代のものを使って緻密な実験をしましょう」

武田の号令で拳銃捜査班が銃の入手に走った。警察庁装備課などを通じて、「パイソン六インチ」「パイソン八インチ」「トルーパーMKⅢ六インチ」「キングコブラ六インチ」「パイソン・テンポインター八インチ」「パイソン・ターゲット八インチ」の六丁の拳銃が輸入された。

「警視庁術科センター」の射撃レーンに、科学警察研究所の研究員、南千特捜の幹部をはじめ、拳銃捜査班の中西警部、瀬島警部補、石田巡査部長、そして武田が顔をそろえた。

オリンピックの射撃競技に出場した経験がある実射訓練指導担当教官が射撃レーンに立った。弾を「弾道速度計測器」のトンネルを潜《くぐ》らせて、その向こう側にあるゼラチンに撃ち込まねばならない。

科警研の技官たちは一発ごとに、デジタル表示される弾丸の「初速」をパソコンに記録し、ゼラチンへの弾頭の侵入距離をデータ化していく。さらにゼラチン内部に留まった弾頭を摘出して、マッシュルーミング現象を起こしたホローポイント弾頭の「笠」の広がり具合や弾底の火薬痕をチェックしていく。この笠の広がり具合を、長官狙撃事件の遺留弾頭と比較しながら、使われた弾頭の初速を割り出すのだ。

初速が一定のスピードを上回ると、笠の広がりが大きくなり、場合によっては弾頭本体から笠が分離されてバラバラになるなどの現象が起きることもある。遺留弾頭の初速が判明すれば実包の種類が特定されるはずだ。

射撃指導教官は、狙撃犯と同じ二〇・九二メートルの地点で銃を構えた。ゼラチンの前面に赤い点を貼り、これを中心に半径五センチ以内に命中させなければならない。これは事件の狙撃手が、国松長官の急所から五センチ以内に四発中三発命中させていたからである。実験では弾丸の特定とともに、狙撃犯の技術も検証する必要があったのである。

ゼラチンの中心付近で、しかも一つ一つ命中箇所をずらすのは至難の業だった。途中から膝を地面に突き、肘を机に固定した状態で引き金を引いた。

「これは簡単じゃないよ。命中させることなど素人にできるものじゃない。日本で一番訓練を積んだ俺が難しいと言うのだから、長官狙撃の犯人は日本人じゃないよ」

教官は忌々《いまいま》しそうにこう言った。

警視庁の射撃訓練では主に制服警官の装備品である回転式拳銃「ニューナンブM60」が使用される。日本のミネベア社がS&W社のM36などを参考に日本の警察向けに開発したものだ。開発当初、銃身には一般用の三インチモデルと、幹部用の二インチが生産されていたが、後にすべて二インチモデルに統一された。

ニューナンブM60は小型で重量が軽い。全長は二インチモデルで一七二ミリメートル、重量は六六五グラムしかない。これに対しコルト・パイソン八インチで全長三四三ミリメートル、重量は一四二〇グラム、ターゲット八インチだと一四七五グラムもある。つまり長官銃撃に使われたとみられる八インチバレルのものだと、全長も重量も倍になるのだ。

またニューナンブは事故防止のため、引き金が硬く作られている。銃の重量の一・五倍から二倍の力で引き金を引かなければ弾丸は発射されない。ホルスターから引き抜く際に誤って引き金を引いて暴発しないよう、この重さが設定されている。このため訓練を積んでいない者が人差し指に力を込めて撃つと「ガク引き」といって手首が下を向いて標的の下を撃ってしまうことがある。

これに対してコルトの拳銃は命中精度がきわめて高いが、引き金に軽く指をかける程度でハンマーが落ちる。慣れない人間が撃つと引き金の軽さに戸惑うことがある。

教官は通常のゼラチンブロックに続いて、ゼラチンブロックに衣類を被せたもの、さらには豚肉の塊にもナイクラッド弾を撃ち込んでいった。

拳銃捜査班は、科警研の内山室長や嘱託員・武田と協議しながら射撃実験を重ねた。弾頭の成分や火薬の量などを調整し、フェデラル社から持ち帰った弾頭を解析するという気の遠くなるような作業を繰り返した。その結果見えてきた真実は、実際の捜査の方向とはかけ離れていたのである。

九年目の逮捕劇

癌宣告

まだ暑さの残る二〇〇二年秋口のことだった。警視庁公安部公安一課長の若杉秀康は、後輩の一言を耳にして心臓の鼓動が速まるのを感じた。

「若さん、俺、最近食事が食べられなくなったんですよ」

そう言った大牟田隆盛警部の頬の辺りの肉が落ちていた。

「お前、病院には行ったのか?」

「いえ、まだです」

いつも人の倍の量を食べて、同僚の度肝を抜いていた大牟田が食欲をなくしたことなど、出会ってから三六年間一度も聞いたことがない。警視庁一階の食堂で、たっぷりと脂肪を身にまとった大牟田が、大盛りの蕎麦二枚といなり寿司をお盆に載せて悠然と歩く姿は迫力があったが、生活習慣病予備軍であることは間違いなかった。

大牟田が去ったあと、様々な病名が頭をよぎった若杉は管理官に電話をして、

「大牟田を警病（警察病院）に行かせろ」

と指示した。

若杉にとって、大牟田は特別な後輩だ。彼が板橋警察署にやってきたのは一九六六年のことだった。刑事課の巡査長だった若杉は署長室に呼ばれ、こう言われた。

「新人の大牟田君だ。君と同じ寮に入るから面倒を見てやってくれ」

大柄な大牟田は三つ先輩に当たる若杉にぎこちなく敬礼した。

当時、警察学校を卒業した新人巡査は、式典を終えると参列した両親とともに卒業配置先の警察署に挨拶に来るのが慣例だった。署長は両親を茶菓子でもてなし、「息子さんを責任を持って預かる」と約束して送り帰すのである。

都内の私立大学を卒業したばかりだった大牟田は体格のよい九州男児だった。父親は青森・函館間の津軽海峡を結ぶ青函連絡船の船長で、赤銅色に日焼けした海の男だった。

厳格な家庭で育ったらしく、嘘がなく、自らを誇示することもない好人物で、若杉はこの男を弟のように可愛がり、一人前の警察官に育て上げようと思った。

その後、警部補になった若杉が公安部公安一課の極左暴力取締本部＝極本に異動す

ると、大牟田もあとを追うように極本にやってきて、連続企業爆破事件などの極左過激派に対する捜査で腕を磨いた。

一九九五年三月三〇日に国松長官狙撃事件が発生したときは、二人とも公安一課に在籍していた。若杉は第四担当管理官として中核派構成員による詐欺事件の詰めの捜査を指揮している最中だった。一方、大牟田は調査第五担当の警部補として現場の一線の捜査員だった。

大牟田はこの二年前、群馬県内の中核派革命軍の非公然アジトの存在を暴き、革命軍の大物幹部を有印私文書偽造で逮捕している。革命軍が新型の飛翔弾を開発して、東京サミットを狙ったゲリラを計画していたことまで突き止めた。極左の非公然活動家たちのアジトを暴く「追及作業」のプロとして、大牟田は公安一課の中心的存在になっていた。

長官狙撃事件が起きたとき、大牟田はただちに南千住特捜本部に投入された。翌年には新宿の「隠密部隊」の一員として小島巡査長の取り調べを命ぜられ、小島から「長官を狙撃した」という供述を引き出した。二ヵ月間にわたってホテルに宿泊しながら取り調べるという苛酷な日々を過ごした挙げ句、取り調べ手法も供述の信用性も否定されるという辛酸を嘗《な》めた。

問題発覚直後に警部に昇任したため、小島への捜査に否定的な勢力からは「小島警部」「小島信者」などと陰口を叩かれた。しかし本人は釈明もしなかったし、まったく意に介する様子もなかった。

大牟田は公安捜査員として、極左事件の現場に三〇年近く這いつくばり、栄誉も汚名も身にまとってきたのである。

その大牟田が食欲不振を訴えた数ヵ月後、ある部下が若杉にこう耳うちした。

「やっぱり大牟田は病気ですよ。最近かなり痩せてきました」

「まだ原因は分からないのか？　医者はなんて言っているんだ？」

「病名は何も告げられていないそうです」

若杉は慌てた。食事がのどを通らなくなって、体重が激減する病名で思い当たるのは一つしかない。

「俺が築地の国立がんセンターでの診察を段取りするから、行かせよう」

若杉は築地警察署の人脈を頼って、がんセンターに連絡を入れ、大至急検査を行うよう依頼した。これまで検査を続けてきた警察病院の医師が大牟田に病名を告げたのは、まさにこの日のことだった。

「膵臓癌だそうです。これから腹水が溜まると言われました」

膵臓癌で腹水がたまるのはけっして初期症状ではない。しかし報告にやってきた大牟田は淡々としていた。定年退職まで残り三年。公安一課係長として残りの警察官人生を全うしようとしていた男へのあまりに残酷な宣告だった。

「先生！　あんなに前から検査を受けていたのに、何で癌だと分からなかったのですか？　診断にミスはなかったのですか？」

自ら警察病院に足を運んだ若杉は、若い女性医師に詰め寄った。

癌死亡率の最近のデータをみても、胃癌や子宮癌は横ばいであるのに対し、膵臓癌の死亡率は増加の一途をたどっている。原因は膵臓が体の奥深くにあるため、検査がしにくく、特有の症状が現れないためだ。早期発見が難しく、治療困難な癌の一つとされている。

若杉はこうした事情を理解していたが、可愛がっていた後輩への残酷な宣告に怒りを抑えることができなかった。

最後の任務

若杉秀康は名実ともに公安一課のエースだった。「罪を憎んで人を憎まず」という信念、上司に対する強い姿勢や部下への情け深さがあいまって、公安部内では若杉を

「鬼の平蔵」と重ねる者もいる。若杉にとって公安捜査員としての原点は、やはり「連続企業爆破事件」だ。

一九七四年八月三〇日、千葉県御宿町で海釣りをしているときに、三菱重工ビル爆破事件の発生を知った。警部補への昇任のため警察学校に入る直前だったことから、若杉は捜査には加わらなかった。

しかし一九七五年五月一九日、昇任配置先の王子警察署の署長室に、公安部長から電話があった。

「本日、連続企業爆破の被疑者の逮捕状を執行した。若杉警部補には佐々木規夫という男の取り調べに加わってもらう」

東アジア反日武装戦線狼グループの佐々木規夫の取調官に選抜されたのである。

朝の出勤途中に古沢たちに急襲され、青酸カリによる服毒自殺にも失敗した佐々木は、警視庁本部旧庁舎の取調室に入った後、雑談にすら応じず、貝のように口を閉ざして完全黙秘を続けた。若杉は毎日、一方的に話し続けた。取り調べが終了して、部屋から佐々木を送り出すたびに、「明日は話をしてくれるね?」と声をかけた。

最初の一〇日間の勾留期限を迎え、延長請求が終わった翌日のことだった。朝、取調室に入ってきた佐々木の顔を見て、若杉は「さっぱりした表情だな」と直感した。

この日は警視庁本部に留置された者たちにとって四日に一度の風呂の日だった。前日までの殺気立った挑みかかるような表情は消えていた。

「昨日言った話を考えてくれたか？」

若杉は穏やかに声をかけた。すると佐々木は、

「うん……」

とはっきり答えた。

若杉は一気に攻勢をかけた。机を挟んで向かい合った佐々木は三菱重工ビル爆破をはじめとする爆弾テロ闘争の計画から実行まですべてを話しはじめた。

午後五時に弁護人が接見を要求したが、若杉は、「いま取り調べ中なので待ってほしい」と断った。

達筆な巡査部長が猛スピードで自白調書を作成し、接見までに佐々木に署名捺印させた。

凄惨な事件現場で証拠収集を行った捜査員は、取り調べ対象である被疑者に感情をぶつけてしまう。熱くなりすぎて供述の信頼性を冷静に判断できなくなる。被疑者が逮捕されたあと、捜査に加わった捜査員は必要以上に感情がたかぶることはなく、被疑者と冷静に向き合うことができる。穏やかに話しかけ続けた若杉の勝利だった。

この事件には後日談がある。三ヵ月後、佐々木規夫が釈放されてしまったのだ。一九七五年八月、マレーシアの首都クアラルンプールにあるアメリカ大使館領事部などを占拠した日本赤軍が、五〇人あまりの人質の解放と引き換えに、佐々木ら拘置中もしくは服役中の活動家五人の釈放を要求した。これに対し日本政府は人質の安全を優先した超法規的措置を決断したのである。出国して日本赤軍に参加した佐々木は二年後、インド上空で日航機をハイジャックし、日本政府に大道寺あや子ら六人を超法規的措置で釈放させ、現金六〇〇万ドルを奪うという事件を引き起こした。

思わぬ苦汁を嘗めることになった若杉だが、その後、公安一課理事官、高尾警察署長、公安四課長と順調に公安部の出世の階段を駆け上り、二〇〇一年九月に公安一課長に就任した。

若杉が公安一課長就任後すぐに呼び戻したのが、警部に昇任して所轄の警備課課長代理になっていた大牟田だった。南千特捜で修羅場を潜った大牟田には、長官狙撃事件捜査の情報が蓄積されていたからだ。

大牟田の任務は「オウム真理教と国松長官狙撃の接点」を根本から洗い直すことだった。誰よりも大牟田を知る若杉は、彼が小島に供述を強要することはないと信じていた。人に騙されることはあっても、騙すことはあり得ない正直な男である。

有能な取調官に必要なのは、冷静な判断力を持った指揮官だ。目の前で犯行を自供する被疑者を頭から信じ込もうとするのは人間の性《さが》だ。指揮官は一歩引いた立場から供述と証拠を俯瞰し、取調官の軌道を修正していくことが必要なのである。これがうまくいかないと、誤った事件の構図を組み立てることになる。場合によっては冤罪を生み出すこともある。

若杉の分析では、小島という男は「取調官への迎合」を示しがちなのではなく、自分の居心地の良い場所を作るために、自分がこれ以上攻められない空間に身を置こうとする傾向が強い。一九九六年に彼が「長官を銃撃した」と供述したのは、大牟田からの攻めから逃れ、居心地を良くするための「抗弁」に過ぎない。

こうした指揮官と取調官の態勢を整え、小島の特性を念頭において再聴取すれば、長官狙撃に潜む新たな真実を掘り起こすことができる――。

こう考えた若杉は小島の聴取再開を南千特捜に指示した。

これを受けて南千特捜は二〇〇二年三月二三日、小島の事情聴取を開始した。一九九七年以来、五年ぶりのことだった。しかし若杉は大牟田には小島の取り調べを担当させず、取りまとめ役に徹するよう命じた。小島から新供述を引き出したとしても、大牟田が作成した調書は過去の経緯からすれば任意性を疑われる可能性があったからだ。

大牟田が癌の症状を訴えたのは南千特捜への復帰から一年足らずのことだった。

「俺が彼に負担をかけてしまったんだ。呼び戻すべきではなかった」

若杉は自分を責めた。

大牟田は癌の宣告を受けたあとも、治療を受けながら捜査を続けた。男気と責任感の強い叩き上げの捜査官としてのプロフェッショナリズムを最後まで貫いたのである。

大岡越前ゆかりの寺

若杉たち公安一課の仲間に、入院中の大牟田から連絡があったのは二〇〇三年夏のことだった。若杉はこの年の二月に警視庁を定年退職し、大手企業の顧問に就任していた。東京・葛飾区のＪＲ金町駅前で警視庁公安部の仲間五人と待ち合わせ、大牟田が指定した駅前ロータリー近くにある中華料理屋に行った。

奥の大きな円卓で痩せ細った大牟田と妻が待っていた。

「私にご馳走させてください。見舞いに来てくれたお礼がしたかったんだ……」

若杉が「体調はどうなんだよ？」と聞くと、

「体はまあまあですよ」

と笑った。

大牟田は入院中にもかかわらず、ビールを飲んだ。そして珍しく子どもの自慢話をした。

「息子が釣り具メーカーに入社したんです。今度若杉さんにいいリールをプレゼントしますよ」

事件にはいっさい触れず、他愛のない話で盛り上がった。大牟田は仲間の顔を見て安心したようだった。

実はこのとき、南千特捜は再び小島立件に向けて本格的な動きを開始していた。若杉は一九九六年四月の取り調べの経緯について、記録を詳細に読み込んだことはあったが、取調官だった大牟田から直接聞いたことはなかった。一人の捜査員が相手に真正面からぶつかって、一つの結論を導き出したのだ。記録以上の取り調べ内容について根掘り葉掘り聞くのは、同じ公安捜査員としてはある種のタブーであった。

逆に大牟田こそ捜査の進展状況を知りたかったであろう。会食の場には南千特捜の捜査幹部もいたが、大牟田はいっさい質問しなかった。

食事会に招かれた元公安部幹部に、喉頭癌を患った者がいた。

彼が「頑張ろうよ」と声をかけると、大牟田は「そうですね。頑張りましょう」と笑顔で応じた。

一二月に入って再び、大牟田から若杉のもとに連絡があった。

「家内の料理をご馳走したいから我が家に集まってくださいよ」

大牟田の金町の自宅に、極本時代からの仲間が五人集結した。学生時代に知り合ってゴールインした妻の手料理が並んでいた。

「先日、妻と一緒に墓を選んできました。『しばられ地蔵』ってのがある寺に買ったんですよ」

死期が迫っていることを悟ったのだろう。大牟田は水元公園近くにある「南蔵院」に墓を購入していた。

「南蔵院というのは大岡越前のゆかりの寺なんですよ……」

その説明に、全員が「大牟田らしいな」と感じた。

享保年間八代将軍徳川吉宗の治世、ある夏の昼下がり、日本橋のさる呉服問屋の手代が荷車に反物を満載して南蔵院の門前を通りかかった。ここらで一服と門前に車を止め境内の銀杏の木陰に涼を取るうちに、ついうとうとひと眠りしてしまった。目が覚めると門前に置いた車がない。青くなって番所へ届け出ると、名奉行大岡越前守忠相の直々の取り調べとなった。

「寺の門前に立ちながら泥棒の所業を黙って見ているとは門前の地蔵も同罪なり。ただちに縄打って召し捕って参れ」

かくして「地蔵」はぐるぐるに縛られ車に乗せられて江戸市中を引き廻され、南町奉行所へ連れてこられた。江戸市中のやじ馬連中が、どんな裁きが始まるかと奉行所へなだれ込んだ頃合を見計らって、越前守は門を閉めさせこう言った。

「天下のお白洲へ乱入するとは不届至極、その罰として反物一反の科料申附ける」

奉行所にはその日のうちに反物の山ができた。山の中から盗品が出てきて、これを調べると当時江戸市中を荒らしまわった大盗賊団が一網打尽となった。

越前守は地蔵尊の霊験に感謝し立派なお堂を建立し盛大な縄解き供養を行った。以来「しばられ地蔵」と呼ばれ、お願いするときは縛り、願い叶えば縄解きする風習が生まれたのだという。

自らがこれから永眠する地に大岡越前ゆかりの寺を選ぶというのは、正義感が強い大牟田らしい選択であった。

若杉が大牟田と最後に話したのは二〇〇四年四月末、入院先の金町駅近くの病院のベッドの上だった。若杉が病室に入ると、大牟田は律儀に起き上がろうとした。

「無理するな。起きるな」

若杉は大牟田を制した。

「医者の見立て通りだったよ。腹水が溜まっちゃって、水を抜いているんだ。先は長くないな……」

巨漢の大牟田が見る影もなく痩せて小さくなり、顔色も悪かった。

「みんなに迷惑かけたよ。悪いことしちゃったな」

南千特捜の捜査の行方が気になって仕方がない様子だった。

「気にするな。万事うまくいっていると思うよ」

すでに定年退職して、捜査から遠ざかっていた若杉はこう答えるしかなかった。

「娘が嫁にいくことになったんですよ。これで私も一安心ですよ……」

力ない笑顔だったが、大牟田は幸せそうな父親の顔になった。

思えば若杉が大牟田の家族について詳しく知るのは、彼が病に倒れてからのことだ。二〇代の頃に大牟田の結婚式に出席したことはあったが、互いの家庭について語り合ったことなど一度もなかった。

公安捜査員同士が互いの家族を紹介したり、家族ぐるみの付き合いをすることは少ない。いつ何時、敵の監視下に置かれているか分からない状況で、プライバシーを明らかにするのはあまりに危険だからだ。さらに一度事件捜査に取りかかれば、二四時間態勢で対象を視察下に置き、三六五日秘匿追尾するという苛烈な日々に突入する。それゆえ家族に対しては、心の奥底でどこか負い目を感じている部分がある。だからこそ、互いの家庭に口先だけであろうとも踏み込むことはないのだ。

一九六六年に大牟田と出会って以来、若杉は彼の命が燃え尽きようとしているときになってはじめて普通の人間らしい付き合いができたのである。

若杉はベッドに寝たままの大牟田に見送られて病室を出た。大牟田が息を引き取ったとの知らせを受けたのはその三日後のことだった。

警察庁長官狙撃事件特別捜査本部には、大牟田隆盛が最後に作成した捜査報告書が残された。進行した膵臓癌が発見されてもなお、捜査を続けた男の執念が刻み込まれた文書である。

二〇〇三年五月二日付の「小島俊政再事情聴取経過報告書」、同年五月二六日付「早川紀代秀聴取結果報告書」、同年六月九日付「端本悟のユーゴ渡航捜査報告書」。南千特捜の係長として作成したこれらの報告書が大牟田の警察官人生の最後の捜査であった。そして大牟田の遺志は南千特捜に残された者たちに引き継がれ、捜査は再び動き出していた。

執念の再捜査

警視庁正面玄関から桜田通りの横断歩道を渡ると、ドイツのネオ・バロック様式の建造物が横に広がっている。この建物はもともと一八九五年に竣工した司法省、大審院であったが、戦災で焼失、その後一九九四年に復元され法務省赤煉瓦棟と呼ばれるようになった。

この赤煉瓦棟の通路をくぐると、眼前には日当たりの良い中庭が広がり、突き当たりに法務・検察合同庁舎が聳《そび》えている。左手が法務省、右手が検察庁。二つのビルは独立してはいるが、すべてのフロアが廊下で接続されており、その距離感が法務・検察の微妙な関係を象徴している。

二〇〇四年二月一六日午後二時、一台の車が赤煉瓦棟前の正門をくぐった。体重九〇キロ近くはあろうかという大柄な男は、中庭で車を降り立つと、禿げ上がった額の下の鋭い目で検察庁舎を見上げた。

警視庁公安部長・伊藤茂男が、一人で東京地方検察庁公安部長室を訪ねるのはこれが二回目だった。内尾武博部長は古典的な検察官らしい分厚いレンズの向こうからギョロッとした眼を動かすと、執務机の前の応接セットに伊藤を座らせた。

緩んだネクタイに着古したような背広。その姿からは想像できぬが、内尾は東京地検特捜部で、リクルート事件やゼネコン汚職事件など、数々の汚職事件を手がけてきた捜査検事である。彼が被疑者を取り調べて作成したＰＳ（検察官面前調書）は、実に緻密で特捜検事たちの教科書として扱われるほど見事なものだとの評判である。

伊藤は座るやいなや本題を切り出した。

「早速ですが、長官狙撃事件については三月中の強制捜査着手に理解をいただきたい。着手に向けての検察の段取りはどうなるのか、把握しておきたいと思います」

伊藤に与えられた内尾との面会時間は二〇分しかなかった。公訴権を独占する検察官は、警察の事件着手においては最大のハードルとなる。公判維持の観点から地方検察庁は警察に様々な課題を突きつける。たとえ警察が被疑者を逮捕、送検しても、検察が「証拠が薄い」と判断すれば被疑者は「嫌疑不十分」として不起訴処分となる。完全にシロとなれば「嫌疑なし」と判断される。こうなると警察は証拠薄弱なまま身柄を拘束したとして、厳しい批判にさらされることとなる。このため検察との協議は、警察庁への報告よりも神経をすり減らす瞬間なのである。

伊藤の質問に内尾はこう答えた。

「三月中は無理ですね。ほかの取り扱い事件が山のようにあるし、公安労働係検事の人事異動が三月末に予定されていますからね。それから……」

内尾はソファから身を乗り出し、小声で言った。

「検事正から上級庁への報告をしばらく控えるように言われています。上級庁に保秘が懸念される部長が一人いるんですよ」

検察庁では、公安事件の強制捜査については、軽微事件であっても全件を高等検察庁、最高検察庁に報告を上げ、了承を得なければならない。

通常は地検担当検事が高検担当検事と高検公安部長に、高検担当検事が最高検担当検事と最高検公安部長に順次報告する。最終的に最高検が検討して、強制捜査の適否について連絡が降りてくる。

だが、上級庁に強制捜査の了承を求めると、当然、情報漏洩の危険は大きくなる。内尾のような特捜検事経験者ともなるとマスコミとの関係が深い幹部を把握している。漏洩が疑われる幹部が上級庁にいる場合には、報告時期を着手直前にずれ込ませたり、その幹部の異動を待つことすらある。

しかし伊藤は焦っていた。警視庁公安部は国松長官狙撃事件捜査の新展開を目論み、前年七月から検察に対して強制捜査着手に向けた相談をもちかけていた。

警察のトップが狙撃され、瀕死の重傷を負うという屈辱的な事件の解決には警察組織のメンツがかかっている。事件発生時の公安部参事官として、九年近く特捜本部に留め置かれている捜査員たちの警察官人生をも背負っていた。

「三月中の強制捜査が無理となると、いつなら可能なんですか？」

伊藤の繰り返しの質問に、内尾は腕を組んで首をひねった。

「着手の時期は、検事の人事異動を挟んで、早ければ五月中旬には可能です。それから不起訴となった場合には嫌疑不十分と発表せざるを得ませんからね」

「ちょっと待ってください」と伊藤は少し声を高くして身を乗り出した。

「当時、問題となった現職警察官の関与が再び明確になっているんです。この状況を長く放置しておくことは不適当であるというのは警察庁の強い意思です。三月の早い時期に現在の陣容で逮捕等の強制捜査に着手したいと考えています。それに早く上級庁に報告を上げていただかないと、異論が出た場合、また先延ばしになってしまうんじゃないんですか？」

警察庁の強い意思という言葉に、全国二六万の警察官の総意であるという意味合いを滲ませた。しかし内尾は伊藤の訴えにまったく表情を変えなかった。

伊藤は続けた。

「起訴するかどうかは検察のご判断にお任せしますが、警察としては現在収集している証拠で、警察としてのケジメを付けたいという思いです。ご理解ください」

伊藤がひとしきり言いつのると、内尾は大きな溜息をついた。

「伊藤さん、公安労働係検事というのは実質五人しかいません。そのうち四人が人事異動の対象なんですよ。長官狙撃には多数の検事を参考人調べに投入しなければなりません。警察のようにひとつの特捜本部に一〇〇人以上がいるわけではないんですよ。上級庁への報告についてはご安心ください。捜査が滞ることがないよう検事総長と（東京高検）検事長には内々に報告して了解を得ておきます」

「それでは早くて五月中旬とは、いつ頃を想定していらっしゃるんですか？」

内尾検事は困ったような顔をすると、時計を見ながら、

「小島や目撃者の検事調べを三月中に開始することは可能です。警視庁の夏の人事異動前、六月から七月までには着手できるようにはしますよ」

と言って、ソファから腰を浮かせた。

「六月とか七月なんていうお話はまったく承服できません。できるだけ早期に着手しないと、どんな突発事案が起きるか分かりませんよ……」

伊藤は脅しめいたことまで言いかけたが、すでに時間切れだった。

新たな構図

伊藤茂男は警察庁警備局公安三課長を二年半務めたあと、熊本県警本部長などを経て、二〇〇三年八月、一二〇〇人もの捜査員を指揮する警視庁公安部長に返り咲いた。参事官と部長の両方を務めるのは異例、まさに、公安畑キャリアの本流を歩んでいた。

事件から九年、最盛期は二〇〇人近くいた南千特捜は六〇人態勢に縮小されていた。しかし、伊藤が公安部長に就任したときには、新たな事件の構図は完成していた。

容疑は殺人未遂、被疑者は麻原彰晃こと松本智津夫（教祖）、早川紀代秀（建設省大臣）、端本悟（自治省幹部）、木場徹（仮名・防衛庁長官）、香川貴一（仮名・法皇官房次官）、砂沢光彦（仮名・建設省幹部）、それに警視庁元巡査長・小島俊政（仮名）を加えた七名だった。

事件の構図は大きく変化していた。麻原は首謀者で指示役、早川と香川が長官狙撃を謀議し、端本が狙撃実行犯、小島は警察庁長官に関する事前調査および実行犯の防衛要員、木場は逃走する狙撃犯のダミー役、砂沢は警察の捜査攪乱役という役割分担になっていたのである。

伊藤への事務引き継ぎで、前任の公安部長・米村敏朗は自ら組み立てた構図を説明したうえで、こういった。

「端本が実行犯じゃないという筋で検証すると矛盾が出てくる」

米村は警視庁神田警察署長をはじめ、第二機動隊長、警備第一課長、警務部参事官と警視庁経験が長い。警察庁でも外事課長、警備企画課長、人事課長というエリートコースを歩み、長官・総監レースを争う存在だ。

伊藤にとって米村は、京都大学の先輩でもあった。伊藤の同期、昭和五一年入庁組は一八人中、一四人が東京大学、京大はわずか四人。警察庁キャリアとしてはマイノリティーの京大卒の中で、米村は輝ける星であり、彼の後任となるのは栄誉ですらあった。しかも、米村は公安部長でありながら教団主要幹部の取り調べも行い、判断を下している。伊藤が米村の判断を覆せるわけもなかった。

しかし、この新たな構図の根拠となったのも、小島俊政の供述であった。それは前年の三月、小島の取り調べを再開したときのことだった。

取調官は開口一番、小島にこう尋ねている。

「長官を狙撃したと以前は言っていたが、いまはどうなんだ？」

するとは小島はこう答えた。

「あのときは、不安定な精神状態に陥っていました。長官事件にかかわっていたという記憶があったので、自分はどうなってもいいという気持ちになりました。遂には自分が撃ったも同然だ、という思いを抱くようになり、長官を狙撃したという話をしてしまいました。過去を清算し、新たな人生を歩みだすうえで、どうしても真実を明らかにする必要があると考え、心の整理がついたので、記憶していることを嘘偽りなく真実を話したいのです。……実は、私は長官が撃たれた現場には居合わせていないのです。でも事件当日の朝、警察官の身分を利用してオウムの人を守るため、アクロシティまで車で一緒に行きました」


「もう辞めるしかない」

もう一人、事件解決に執念を燃やす男が公安部に加わっていた。公安部参事官の水元正時（ノンキャリア）だ。実は水元は一九九四年から一九九七年まで本富士警察署長を務めており、小島の直属の上司であった。

問題発覚当時、水元は「次の公安一課長」と下馬評が高かったが、監督責任を問われ「減給一〇〇分の一〇で一ヵ月」という厳しい処分を受けた。その後は八方面本部副本部長、留置管理課長、内閣情報調査室などを転々とし、公安捜査から遠ざかることになった。

署長室に閉じこもって末端の署員と個人的な会話すらしない署長も多いが、親分肌の水元は個々の得手不得手から性格までよく把握していた。当然、菊坂寮の寮長だった小島についても熟知している。

水元から見た小島は、慎み深くて誠実。強力なリーダーシップを発揮するタイプではないが、寮長としても後輩をよくとりまとめていた。警察の寮では、先輩が後輩を虐めるといった問題はよく起きる。しかし小島が寮長のときはこうした問題は発生しなかった。

「おう、小島！　肩を揉んでくれ！」

水元がこう言うと、

「はい！　署長！」

と快く肩を揉んだものだ。

運動神経は良くなかった。署のソフトボール大会ではエラーを繰り返し、ソフトボール部出身の水元の妻より、はるかに下手だった。

その水元の妻が、年末年始に菊坂寮に手料理を差し入れると、小島は独身寮員代表として妻に花をプレゼントした。母の日にプレゼントを持ってきたこともあった。けっして気が利くほうではなかったが、穏やかで気持ちが優しく、上司にも後輩にも悪印象を与えることのない男だった。

一九九六年に小島の狙撃供述が発覚したとき、水元は言葉を失った。水元は、国松とも肝胆相照らす仲だったのである。

警部補だった水元が警察庁警備局公安一課に出向したとき、国松は直属の公安一課理事官だった。一九八八年に国松が警視庁公安部長に就任したときには、水元が公安総務課第一担当管理官のポストにあった。国松が警視庁公安部長から兵庫県警本部長に赴任する際、水元が兵庫県警本部まで新幹線に同乗して見送ったこともあった。

南千特捜が事件当日の小島の行動を調べていることは薄々察知していたが、自分の部下が国松狙撃を自供したという現実に打ちのめされた。

「もう辞めるしかないな」

「それは仕方ないわね。夫婦で埼玉に戻って、高速道路の料金所で働きましょう」

水元夫妻は署長公舎の荷物をすべて段ボール箱に詰め、あとはカーテンを洗濯に出すだけというところで辛うじて退職を思いとどまった。八方面副本部長に異動すると、週末は仕事を忘れて山登りの日々を送った。

「水元は終わった。二度と公安捜査に携わることはないだろう」

誰もがそう思っていたが、予想外の人事異動があった。水元が公安部参事官に復帰したのは、小島への再聴取が始まってのち、二〇〇二年九月のことだ。

水元は取調官として、かつての部下・小島を訪ねた。不思議と憎悪の感情が湧くことはなかった。小島は水元の顔を見るなり、

「水元署長！　ご迷惑おかけしました！」

と言って号泣した。

「オウム真理教の信者たちは皆、麻原の被害者だ」

おいおいと泣く小島を見ながら、水元は「小島は現職時代とまったく変わっていない」と感じていた。一方で警察署長の署員に対する影響力など、ちっぽけなものだと思い知った。小島の発言のいたるところから麻原彰晃の絶大なる影響力の痕跡が滲み出ていたからである。

水元が小島からじっくり話を聴いて得た心証は、「小島実行犯説」ではなく「小島犯行支援説」だった。

「猜疑心の強い麻原が、いくら信者であっても権力の手先である小島に狙撃を命じる

はずがない。過去のオウムの犯罪から見ても、実行行為者は間違いなく在家ではなく出家信者だ。だが小島は現場の記憶が鮮明で、逃走支援のために現場に行ったのは間違いない。事件直後にコートをクリーニング屋に出させたのは、小島に罪をかぶせるための教団のシナリオだろう。井上は目黒公証役場事務長拉致で指紋を残す失敗をしているから、麻原がはずしたに違いない」

参事官が直接、小島から聴取したのは異例だった。公安部幹部の中には「小島実行犯説」を固く信じる者も残っていた。彼らは直属の上司だった水元が一対一で小島と会話することに疑念を持った。

「自分の部下だから小島を実行犯にしたくないんじゃないか……」

しかし水元はこうした「雑音」を歯牙にもかけなかった。

「俺が主張しているのは、オウムの犯罪の本質を分析したうえでの合理的推認だ。そもそも小島が実行犯であろうと、逃走支援で共同正犯になろうと、当時の上司としての俺の責任は変わらない。そんな邪《よこしま》な気持ちはない」

水元は「捜査に個人の感情が入ったら終わりだ」と切って捨てた。周囲からは、被害者と加害者の間に立たされた水元が、胸苦しくなるような重圧を背負っているように見えた。

こうした複雑な人間関係の中で、小島の新供述は固まっていった。

三月二五日、井上嘉浩からの指示で、旧知の女性幹部（供述は本名）に連絡したところ、「オウムを陥れる者を調査しているが、声をかけられたりしてうまくいかないので協力してほしい」と頼まれた。その日、午後一〇時過ぎ、都営地下鉄三田線春日駅近くで待ち合わせ、赤っぽいセダンで迎えに来た二人の男とアクロシティに下見に行った。助手席の男は年齢二七〜二八歳で身長が一七五センチくらい。鼻筋の通った細身で筋肉質。端本悟に似ていた。

途中端本似の男から「何かあったら警察手帳を出してください」と言われ、任務は二人を防衛することと認識した。また「警察庁長官は誰ですか」と聞かれ、分からないと答えた。端本似の男の案内で、アクロシティの敷地内に入り、住居棟の郵便受けやごみ置き場などの調査をした。

三月二九日夜、築地特捜の捜査会議が終わり、午後八時頃に春日駅で降りて公衆電話から井上に電話をかけて捜査会議の内容を報告した。井上の依頼で「建設省の偉い人」に電話したところ、中年の男の声で「アーナンダ師（井上）から話は聞いている。私の頼みを聞いてほしい」と言われたが断った。

三月三〇日朝に起きると、井上との連絡用のポケットベルに着信表示があったので、公衆電話で連絡した。電話の相手が誰かははっきり思い出せないが、「いま、本郷まで来ている。手伝ってくれ。大き目のコートを貸してくれ」と頼まれて、当時は小さくなって着ていなかったグレー色のコートを紙袋に入れて、背広上下に白ワイシャツ、カーキ色のコートという服装にショルダーバッグを持って本郷郵便局前に急いだ。白いセダンに乗って待っていたのは、端本悟に似た男で、付けひげとカツラで変装していた。車内でコートの入った紙袋を男に渡した。「何かあったら警察手帳を見せてください」と言われたので、検問や職務質問を受けたら警察官の身分を利用してオウムの人を守ることと理解し、徳を積むことだと思った。

午前七時頃出発して、途中寝てしまったが、二〇分くらいで起こされると、車がやっとすれ違えるくらいの狭い道に止まった。左側が塀で、奥にクリスマスツリーのような木が植えられていた。男に促されて降車すると、前に止まっていたワンボックス車の右横に、早川紀代秀のような男、ひげ面の木場徹、背の高い男、かなり若い男の四人が立っていた。四人の間をお辞儀をしながら通り過ぎ、先頭のスポーツタイプの車の中で待つように指示されたので、助手席に乗った。

二〜三分後、若い男の運転で発進し、アクロシティの外周道路を時計回りに走行した。アクロシティの敷地が途切れるT字路を左折する際に、白色のポールにぶつかりそうになった。運転の若い男がヒーターを強くしてくれた。私は車内で完全に熟睡してしまった。三〇分くらい待機していたと思う。突然バタンという音がして目が覚めた。右側後部ドアから男が飛び込んできたのだ。運転席の男に「前を見ていてください」と言われたのではっきり見なかった。

車が路地から日光街道に出て、入谷交差点を過ぎたところで、後部座席の男と入れ替わるためにいったん停車した。そのとき、後部座席にいた男が朝、本郷郵便局に迎えにきた「端本悟に似た男」だと分かった。私が後部座席に移ると貸したグレーのコートが雨に濡れて置いてあったので、裏返しに畳み、ショルダーバッグに入れた。

東大の池之端門から入り、東大病院の裏まで送ってもらった。降車するときに端本悟に似た男から「救済に使った物は洗濯しているので、クリーニングに出してください」と言われた。

東大病院から本富士警察署公安係に電話したら、同僚の巡査部長から「いま、警察庁長官が撃たれて大変だ」と事件を知らされた。すぐ井上に電話して知らせたところ、井上は関心がない様子だった。本富士署まで歩いてゆく途中、教団が長官の住所を調べていたことから、「もしかしてオウムがやったのかもしれない」と思ったが、「オウムがそんなことするわけない」と否定した。

午後一時、聞き込み捜査の任務を終了したので、寮の自室に戻り、貸したグレーのコートは背広上下二点とともに近所の「Nクリーニング店」に持ち込んだ。

以上が小島の「新供述」であった。

一九九六年の「旧供述」と比較すると違いは一目瞭然である。「旧供述」では、アクロシティでの下見、河川敷での射撃練習、狙撃の無線による指示など主導的役割を果たしていたのは井上嘉浩であったが、「新供述」ではほとんど登場せず、ほぼ犯行には関与していない。逆に指揮役に早川紀代秀が浮上している。

さらに現場で「頑張れ」と励ましていたはずの平田信、下見や狙撃当日の運転手役だったという平田悟は完全に姿を消していた。逃走方向を指示する役だった木場徹は「新供述」にも登場するが、役割は不明である。

そして何よりも違うのが狙撃実行犯である。「旧供述」で小島は「狙撃したのは自分だ」としていたが、「新供述」では、これまで登場しなかった端本悟の存在を限りなく匂わせているのである。

コートに開いた「小穴」

警視庁公安部が、新供述を補強する証拠として挙げたのが「コートの溶融穴」である。このグレーのコートに注目したのが公安一課長の永井力だった。

南千特捜は一九九六年一〇月三一日、小島供述が報道機関によって報じられた六日後になって、ようやく小島から衣類の任意提出を受けていた。管理官として小島供述の裏取りチームに加わった永井は、小島のグレーのコートに注目した。このコートにはビニルカバーがかけられており、そこにクリーニング店の伝票の切れ端が貼り付けられたままになっていた。

永井のチームは、文京区本郷のクリーニング店を割り出して、女性経営者から聴取した。すると記録などから、小島は二着の背広とともに灰色のコートをクリーニングに出しており、その依頼日時が事件当日の午後、「三月三〇日午後二時から三時の間」であることが判明したのである。

小島はこれまでの聴取で「洗濯に出したものはない」と供述していた。さらに「三月三〇日午後は築地特捜の捜査で、目黒の東急バス営業所で聞き込み捜査をしていた」と説明していたはずだ。明らかに供述に矛盾が生じたのだ。

「当日、小島から『寮に戻っていいか』と聞かれて、承諾しました」

築地特捜で小島とペアを組んでいた巡査部長はこう供述した。

射撃残渣物を洗い流すために、いったん寮に戻り、コートを洗濯に出したのではないかという疑いが強まった。

さらに小島はこのコートについて、「上京するときに地元の洋品店であつらえたが小さくなったので最近はほとんど着ていなかった」と供述したことから、南千特捜は一九八七年の帰省時や警察学校の研修旅行の際の写真を入手し、小島がこのグレーのコートを着用していたことを裏付けた。

小島がコートをオーダーしたときの体重が六八キロだったのに対して、一九九五年には七八キロと一〇キロも体重が増えていた。大手コートメーカーからも事情聴取したところ、一九九五年当時の小島はこのコートを着るには太りすぎており、そもそも着用不可能であるとの説明を得た。これを根拠に「特異な事情がない限り着用不可能なコートをクリーニングに出すなどあり得ない」という論理を構成した。

当初、コートの左前の裾付近にある数カ所の「小穴」には誰も注目しなかった。証拠の再検分を行っていた捜査員が穴の存在に気付いたのは二〇〇〇年六月のことだった。一見、繊維のほつれか、虫食い、タバコの焦げ穴程度のものであったが、念のため警視庁科学捜査研究所に鑑定を依頼することにしたのである。

科捜研の鑑定結果はすぐに出された。

「穴は何らかの熱源が接触してできたもので、熱源はコートの材質であるポリエステル繊維を溶融、炭化させるほどの高温のものである」

いったんは「タバコの焦げ穴か……」と結論付けられそうになったが、科捜研の補足意見に特捜本部は驚いた。

「実験の結果、タバコは温度が低く、ポリエステル繊維を炭化させることはない。考えられるものは自然性の火薬類のようなものである」

南千特捜では「拳銃発砲の際に生じる火花がコートに落ちた」という見立てが支配的になった。

溶融穴の鑑定の依頼先として名前が挙がったのが、「和歌山毒物カレー事件」の砒素の鑑定で実績がある東京理科大学の中井泉教授だった。

分析化学を専門とする中井教授は二〇〇二年一〇月一九日、茨城県つくば市にある放射光科学研究施設で最初の鑑定を行った。すると、コート溶融穴の炭化部分からナイクラッド弾の弾頭部分の主要成分である「鉛」が検出されたのだ。

さらに中井教授は兵庫県三日月町（現・佐用町）にある「スプリング8《エイト》」を使っ

た鑑定を行うことにした。スプリング8とは、公益財団法人高輝度光科学研究センターが運営する世界最高レベルの放射光実験施設である。一周一・四キロの巨大なドーナツ型で、電子を光速近いスピードで周回させることによって、物質の種類や構造を知ることができる。中井教授は和歌山毒物カレー事件の砒素の分析をスプリング8で行い、この鑑定結果が有罪判決の決め手になった。

二〇〇二年一二月九日からスプリング8で行われた実験では、コートの溶融穴から鉛、アンチモン、バリウム、錫《すず》が検出された。中井教授は「鉛、錫、バリウムの三つの物質は、タバコの火による溶融穴には付着しない」と指摘した。

弾頭の主要な成分は鉛で、錫、アンチモンを微量に含む。このためコートの穴には弾頭の成分が付着したのではないかと捜査員たちは推測した。しかし中井教授は「コート溶融穴には火薬成分が付着することはあっても、弾丸の金属成分がそのまま付着するわけではない」との見解だった。

このため拳銃の横にコートと同じポリエステルの布地を置いて実際に射撃実験を行うことになった。確かに射撃の際に出る火花によって生地には溶融穴ができた。そしてこの溶融穴を分析した結果、鉛、アンチモン、バリウムが濃集していることが分かったのである。この鑑定結果は小島供述を補強する決定的な証拠になった。

殉職論

二〇〇四年春、南千特捜の大鶴警部補はこの実験結果に基づいて作成された捜査報告書を見て、「こんなものはこじつけに過ぎない」と危機感を抱いた。何よりも狙撃手が警察庁長官を撃ったときの体勢で、火花がコートの左前の裾に落ちるかどうかの検証がなされていない。

狙撃手は右足を高さ六一センチの植え込みの上に置き、左足を地面につけ、左肩を壁に密着させて固定した状態で発砲している。照門と照星を合わせて撃つので両腕は伸ばしていなければならない。

射撃の際の火花は銃身と弾倉の隙間、「シリンダーギャップ」と呼ばれる部分から真横に噴出する。前後に飛ぶことはない。射撃の瞬間に銃の真横に立っていれば火花がかかることはあっても、腕を伸ばして射撃しているときに、コートの左前裾に火花が飛んで穴を開けることは体勢的にあり得ない。

拳銃の横にポリエステルの布を置いて実験したということだったが、真横にぶら下げて発砲すれば火花が飛び、溶融穴ができることはあるだろう。だが体勢を無視した実験方法に果たして意味があるのだろうか。大鶴の疑問は膨らむ一方だった。

末期の膵臓癌と闘う大牟田はもはや特捜本部内では伝説と化していた。やがて大牟田が息を引き取ったとの連絡が入ると、公安一課の同僚たちは悲嘆にくれた。

「大牟田の死は殉職である。残された我々は小島とオウム幹部の立件に向けて努力することが、最大の供養だ」

こんな声が大きくなった。

大牟田との接点がほとんどなかった大鶴は周囲に訴えた。

「この難事件を感情論で捜査するのは危険だ。狙撃手と同じ体勢で射撃してコートの左前に溶融穴ができるかどうか実験をすべきだ」

しかし、その声は「殉職」という言葉にかき消された。

「小島からこのコートを借りた端本悟らしき男が、コートを着用して犯行に及んだ可能性がきわめて高い。犯行当日、小島が勤務時間中にコートをクリーニングに出すという行為自体が不自然で、この事実を隠し続けていたことはコートが事件に使われたことを小島が知っていた証拠でもある」

南千特捜の結論は揺るがなかった。

「縁なし眼鏡」の実行犯

「そもそもなぜ、狙撃実行犯に端本悟の名前が急浮上したんだよ？」

大鶴警部補はこの疑問に対する同僚の答えにあっけにとられた。

「体格だよ。まず小島のコートに穴が見つかった。これは拳銃の火花による穴ということになっただろ。でも小島は七八キロにまで太っちまっていたから着ることはできない。じゃあ誰なんだということになった。身長一七四センチ、体重六八キロの端本なら着ることができるとなったわけだ」

彼の説明では論理が逆だ。コートを着ることができる人間として、オウム幹部から端本が選ばれたとでも言うのか。大鶴は憤りすら覚えた。

同僚はこう答えた。

「コートを貸したという端本似の男について、小島がホーリーネームを思い出せないと言っているらしい。でも辛うじて覚えていたホーリーネームの頭の部分が一致するというのも根拠になっているらしいよ」

小島は「端本似の男」についてこう話していた。

「ホーリーネームを井上から聞いたのですが覚えていません。頭の部分に『ガァ』とか『ヴァ』という発音があったような気がします」

確かに端本悟のホーリーネームは「ガフヴァ・ラティーリヤ」で、小島が記憶していたという「ガァ」「ヴァ」という発音は頭の部分に含まれている。

そしてもう一つ、端本実行犯説を補強したのが、端本本人による供述だ。そもそも端本は捜査一課の調べに対して、平田信犯行説を匂わせ、捜査を迷走させていた。「平田が『教団はとんでもないことをしようとしている』と事件二日前に言っていた」「事件後、平田が『大島に行ってバッグをポチャンしてきた』と言っていた」

しかしこの端本供述は裏付けが取れず、日付も違っていたことが判明した。「自身への追及を回避するための意図的な虚偽供述」との見方が強まっていた。

このほかにも南千特捜は補強証拠を収集した。特に有力視されたのは、ロシアでの射撃ツアーへの参加だった。

オウム真理教は一九九四年四月初旬、五月初旬、九月末と三回の射撃ツアーを行っていた。端本はこのうち五月二日から七日まで行われたツアーにほかの信者二十数人とともに参加し、ロシア陸軍の基地で拳銃、ライフル、機関銃、ロケット砲などの射撃訓練を受けたという。

ツアー参加者のうち教団自治省幹部の元自衛官を調べたが、端本の様子についてはほとんど記憶していなかった。辛うじて、

「端本の腕前の印象はないが、それなりに命中していたと思う」

という供述を引き出して、「射撃の腕前あり」という強引な解釈をした。

さらに事件直前の一九九五年二月一二日から端本は諜報省メンバーとともにユーゴスラビアに行っている。これは麻原からの指示で、世界的な科学者、ニコラ・テスラの博物館を訪問するのが目的だった。ニコラ・テスラは人工地震の起爆装置を研究したとされ、端本らはベオグラードにある博物館で資料収集を行って、地震兵器の研究を進めようとしていたのである。

しかしこのベオグラード滞在の途中の三月九日から一五日まで、端本が単身モスクワに滞在したことが判明した。マイクロフィルム複製機の蛍光灯を受け取るという名目だったが、南千特捜はモスクワ滞在中に「射撃訓練を受ける状態にあった」と解釈した。

さらに事件八日前の三月二二日に端本はほかの諜報省のメンバーを置いて、ベオグラードから帰国する。この際、モスクワのシェレメチェボ空港で早川と合流、同じ飛行機で帰国していたのだ。機内で端本の座席はエコノミークラスであったが、ビジネスクラスの早川の隣で長時間会話していたという証言も得た。

「一週間のモスクワ滞在」「ベオグラードからの緊急帰国」「機内での早川との密談」という三つの事実が端本実行犯説を補強した。

南千特捜はさらに事件前後の現場付近での目撃情報を集めた。このうちアクロシティに住む当時五五歳の男性はこう供述した。

「事件発生直前、アクロシティFポート南東の角で、犯人らしき男を間近で目撃した。身長一七〇センチから一八〇センチで眼鏡をかけていた」

端本が一九九五年七月に逮捕された時点では、身長一七四センチ、体重六八キロで、眼鏡をかけていた。この目撃者は貴金属会社の役員で、眼鏡には詳しく、その形状を記憶する習慣があった。

「黒縁ではなく、縁が光っておらず、金属製フレームではなかったと思う」

眼鏡について捜査を進めると、一九九〇年に富士宮市内の眼鏡屋に、端本が「ツーポイント」と呼ばれる眼鏡を持ち込んで、レンズを装着するよう依頼していたことが判明した。「ツーポイント」とはレンズに直接穴を開け、ネジだけでフレームを止めるというシンプルなデザインが特徴の、いわゆる「縁なし眼鏡」である。

南千特捜は、「貴金属会社役員が目撃した眼鏡の特徴と似ている」と判断した。

徹底的に状況証拠を集めようという南千特捜の執念は、真相解明のための刑事事件捜査というより、大牟田の「弔い合戦」と化していた。

危険な賭け

検察と警察の協議では、明確な序列に基づいたカウンターパートが互いに存在する。事件捜査を進める際は、地検部長と警視庁部長、地検副部長と参事官もしくは警視庁課長、主任検事と管理官が連絡を取り合い、捜査計画を練る。

この序列を勘違いしたキャリアの捜査二課長が、東京地検特捜部長と警視庁刑事部長の協議に同席しようとして、

「あんたは俺のカウンターパートじゃない」

と怒鳴りつけられて追い返されたという逸話もある。

馴れ合いは許されないのが、検察と警察の関係である。警視庁では若くして課長、参事官、部長と、特別待遇で出世の階段を駆け上がるキャリアであっても、検察庁舎内に足を踏み入れれば、単なる非法律家の警察官であって、法律知識の欠如をまざまざと突きつけられることになる。

検事によっては現場経験豊富なノンキャリアの警察幹部との協議のほうを好む者もいる。検事は任官直後から連日、被疑者の取り調べを担当し、被疑者を「割ら（自供を引き出さ）なければならない」というプレッシャーにさらされる。二〇代で県警の課長になり、取り調べや調書作成すら経験せぬままトップを目指す警察のキャリアよ

り、取調室での修羅場を経験している者同士のほうが意思疎通しやすいということなのだろう。

通常は主任検事と管理官レベルで事件の着手に向けた具体的な協議が進み、地検副部長と警視庁参事官、課長の協議でほぼ固まる。検察側に異論がなければ双方の部長同士の協議は、セレモニーに等しい。

しかし国松長官狙撃事件の捜査においては、東京地検と警視庁の関係は異常なものとなっていた。一九九七年に東京地検が小島の不起訴を決定して以来、検察と公安警察の関係は不信が渦巻く状況になっていたからである。

二〇〇四年二月の東京地検と警視庁との間の強制捜査に向けた折衝では、刺々しいやり取りが交わされていた。警視庁公安部は七人の逮捕を急いでいたが、東京地検公安部の主任検事はこれに強く反対し続けていた。

「全警察力を挙げて逃亡中の平田信をまず逮捕してください。私はオウムによる外部発注との見方をしています」

過去の捜査経緯をすべて把握した主任検事はこう切り捨てた。

警視庁公安部がまったく新しく構図を書き換える形で「麻原首謀者、端本実行犯、早川指揮、小島補助役」という絵を描いたことに拒否反応を示し、事件の筋書きそのものを覆す発言をしたのである。これは刑事事件捜査の常識からすれば当然の反応だった。事件の構図をたった一人の供述、しかも過去に信用性を否定された小島供述に頼って再構築しているからだ。公判維持どころか、世間の納得すら得られないだろう。

しかし、この主任検事の発言を聞いた伊藤公安部長は嚙み付いた。

「我々の現場では主任検事に対する不信感が芽生えはじめています」

こう言われた地検公安部長の内尾は「主任検事の発言は気にしなくていい」と答えたが、協議が進むに連れて、「このまま強制捜査に突入してはならない」という検察の意向を吐露し始めた。

「検事正や次席検事は強制捜査を許して検察が不起訴にした場合、警察との関係が悪化すること、さらには両者の連携不足を批判されることを危惧しているんです。つまり起訴が見込めない段階で強制捜査の了解はできないとの考えなんですよ」

内尾の上司、次席検事の笠間治雄は、小島供述の裏付けにこだわっていた。

「報告を受けた内容だけでは強制捜査の適否は判断できない。小島本人や早川、端本、井上の取り調べを行ってから判断すべきだ」

笠間は特捜副部長、特捜部長と一貫して特捜畑を歩んだ筋金入りの特捜検事だが、千葉地検の公安係検事として成田闘争などの公安事件捜査も経験しており、汚職や経済事件との相違は熟知している。

押収された証拠を端緒に、被疑者や参考人への取り調べから「犯意」を立証してゆくのが特捜部の捜査手法だ。政治家や企業のトップから供述を引き出す究極の手法は「相手との信頼関係の確立」である。

しかし公安事件の相手は国家権力に反発する活動家だ。権力の代表である検事が信頼関係を築き上げるのは容易ではない。「ブツ（物的証拠）」が見つかっても、ブツ自体は何も語らない。ストーリーを合理的に説明するには、周辺関係者の供述などの客観証拠を積み重ねていくしかないのだ。

だが、警視庁の伊藤公安部長は強制捜査前に検事が共犯者の任意調べに乗り出すことに難色を示した。

「早川たち在監者に対する検事調べは保秘の観点から、ぎりぎりまで避けるべきだと思います。小島も、実際の検事調べになると、これまでの供述を覆すことや、曖昧な供述をする可能性も考えられます。彼は元警察官ですから任意捜査の限界を知っています。だからこそ強制捜査によって引導を渡す必要があるんです」

取り調べ対象者の弁護士から情報が漏れる恐れがあるというのが表向きの理由であ

った。しかしその裏には、検事が小島や早川、端本といった共犯者を取り調べる前に、強制捜査のゴーサインをもらいたいという、警視庁の策略がぷんぷんと臭っていたのである。

「警視庁は組織のメンツのために、何かを隠して無理筋な事件を作ろうとしている。検察が危険な賭けに付き合う必要はない」

検察幹部にはこんな強い疑念を抱く者も少なくなかった。

強制捜査へ向けた警察と検察との協議は、虚々実々の駆け引きとなる。警察にとって被疑者を逮捕できないことは敗北であるが、検察にとってはその先にある裁判で無罪判決を下されることが最悪のシナリオである。無罪判決や冤罪の誹《そし》りを免れるために、検事には「警察の嘘」を見抜く眼力と周到な準備が必要となる。

「警視庁公安部との折衝が最も難しい」と検事の多くが語る。公安警察には有罪獲得への執着心は薄い。常に国家転覆を狙う反体制勢力や諸外国の工作活動、さらにはテロリストを捜査対象としてきた彼らは、家宅捜索することによって実態を把握し、氏名公表によって敵対組織に打撃を与えれば、その目的は達成される。

このため警視庁公安部は検察側に提示する表面的な証拠の裏に、膨大な否定材料を隠し持っていることが多い。法執行機関である前に、彼らは情報機関としての存在意義を優先させているのである。

しかし国松長官狙撃事件の捜査は「刑事事件」の視点を持たねばならない。

「被疑者を起訴するかどうかは検察のご判断ですから警察としては口をさしはさむことはありません。とにかく逮捕を了承いただきたい」

こんな公安警察的思考を受け入れようという検察官は皆無であった。

一九九七年春に小島を十数回にわたって取り調べ、「小島供述に信頼性なし」という結論を下した岩村修二検事は、特別公判部長や特捜部長を務めたのち、前年一二月に松山地検検事正に就任していた。内尾は主任検事を松山市に出張させて、岩村から小島の取り調べのポイントや警視庁側の捜査手法についてレクチャーを受けさせた。検察は準備を着々と進めながら、警視庁公安部の今後の出方を計っていたのである。


汚い! 汚い! 警察は汚い!

坂口順造検事は四月一日付の人事異動で広島地検刑事部長から東京地検公安部に着任すると、主任検事としてただちに国松長官狙撃事件の着手検討に入った。公安捜査経験が豊富な坂口は、二〇〇〇年九月に警視庁公安部外事一課が摘発したロシア情報機関員による海上自衛隊三佐スパイ事件で主任検事を務めた経験もあり、公安捜査員の信頼が厚かった。

しかしその坂口ですら逮捕者七人という警視庁側の希望に否定的な見解を示した。「検察としてはまず、麻原、早川、端本の逮捕については不可能と判断しています」

麻原彰晃こと松本智津夫の裁判は、審理の迅速化のために、起訴状に記載された松本・地下鉄の両サリン事件の負傷者数を三九三八人から一八人に絞り込む「訴因変更手続き」を行った。刑事裁判史上、きわめて異例の決断の末、検察はようやく一審で麻原の死刑判決を勝ち取ったばかりだった（控訴、特別抗告とも棄却。二〇〇六年九月死刑確定）。

サリン事件の重大性に比べれば、長官狙撃事件など身内が被害者の殺人未遂事件に過ぎない。もし麻原を長官狙撃事件で逮捕、起訴して公判が始まれば、死刑確定、執行は先送りとなり、大量殺人の首謀者に「延命の機会」を与えることになる。だからこそ検察は強制捜査の対象とすることに激しく反対していたのだ。

端本悟は坂本弁護士一家殺害事件や松本サリン事件で一、二審ともに死刑判決を受けて上告中（二〇〇七年一〇月上告棄却。死刑確定）。早川紀代秀も坂本一家事件など七つの事件で殺人などの罪に問われて一審で死刑判決を受け、五月に控訴審判決を控えていた（控訴、上告とも棄却。二〇〇九年七月死刑確定）。こちらも裁判となれば、命を長らえることになる。

「三人を強制捜査の対象から除外する」という坂口検事の発言は、検察の総意を代弁したものだった。さらに坂口は逮捕予定者のうち、残りの四人の立件逮捕の可否を検討した。

まずダミー役とされた「木場徹」は事件当日のアリバイがなかった。当日午前七時に早川紀代秀と麹町で別れた後の足取りが不明だったのだ。

木場は一九九六年七月に刑務所を出所し、姓を変え、高知県高知市で新たな人生をスタートさせていた。

南千特捜の捜査員はこう迫った。

「君はアクロシティ周辺で目撃情報がたくさんある。すべて話して人生を再出発したらどうだ」

すると木場は憤然と立ち上がった。

「逮捕状があるなら持ってきてください！」

自宅に戻る捜査車両の中でも木場は怒りが収まらない様子だった。

「汚い、汚い。警察は本当に汚い。早川が何も話していないから、やりやすい私と小島を逮捕するんですか！　まったく汚いやり方だ！　早川と俺と小島は繋がらないで

1995年３月20日、東京で地下鉄サリン事件発生。防毒マスクを着用し、日比谷線築地駅に出動する自衛隊員。（写真提供：共同通信社）

しょう！」

こう言って捜査員に食ってかかった。

南千特捜は木場のこの言葉を強制捜査の材料にした。「早川、小島、木場の関係は、自分がしゃべらなければ誰にも分からないと高をくくっている。事件の構図を知っている者にしか言えない言葉だ」として、「馬脚をあらわした瞬間だ」と位置付けたのである。

しかし坂口検事の判断は「木場の逮捕は了承できない」という、取り付くシマもないものだった。

「事件発生時間帯にアリバイがないが本人は関与を否定しており、逮捕しても追及するための有効な証拠はない」

犯行関与に直接結び付く証拠がないのだ

から、検事としては当然の判断であった。

　続いて「砂沢光彦」は、長官狙撃事件の一時間一〇分後にテレビ朝日にかかってきた脅迫電話の主として、一九九五年九月に職務強要容疑で逮捕された人物である。

「オウムから手を引け。オウムに対する捜査をやめろということ。そうしないとクニマツタカツグ《ママ》に続いて、イノウエ、オオモリが怪我をしますからね」

「イノウエ」はもちろん井上幸彦警視総監、「オオモリ」とは大森義夫内閣情報調査室長を指していた。まさしく第二、第三の犯行を予告するものだった。

　一九九五年の捜査では「日本音響研究所」がテレビ朝日から任意提出を受けたテープの声と砂沢本人の声の声紋鑑定を行った。その鑑定結果は「きわめて高い確度で類似が認められるが断定はできない」というものだったが、警視庁公安部はこの鑑定報告書を疎明《そめい》資料として逮捕状を取得した。逮捕後の砂沢は容疑を頑強に否認。検察は嫌疑不十分で不起訴処分として砂沢を釈放した。

　しかし南千特捜は諦めていなかった。警視庁科学捜査研究所と日本音響研究所に加え、最新の音響研究部門を持つ「オムロン」や「セコム」「名古屋大学」に同じ音声の対比鑑定を依頼したのである。結果はいずれも「同一人物である可能性が高い」もしくは「同一人物と推定される」というものだった。

しかし坂口検事は砂沢が教団に戻っていて、任意聴取にも応じていないことから逮捕しても追及材料がなければ、自供を引き出すことは不可能と判断した。

「職務強要事件自体はすでに時効になっているし、殺人未遂に罪名を変えての再逮捕を正当化する理由がない。砂沢は所詮、電話をかけるよう指示された末端の人物である。不起訴になったものと同一の事実を、罪名のみを変えて殺人未遂で再逮捕する理由、必要性に乏しいと思われる」

坂口は砂沢についても逮捕の許可はできないと結論づけた。

「香川貴一」は一連のオウム事件後、教団から距離を置き、司法試験合格者を多数輩出している中央大学法学部に入学した。卒業後の二〇〇二年には医学への思いを絶ち難かったのか、九州大学医学部を受験し、合格した。しかし九州大学は香川の教団元幹部という経歴と教団による事件の重大性を重く見て、入学を取り消した。

警視庁公安部はこの香川について、宗教学者宅爆破事件の爆発物取締罰則違反で逮捕し、長官狙撃事件への麻原ら教団首脳部の関与を探ることを切望していた。宗教学者宅爆破事件は井上嘉浩によって指揮されたものだったが、教団は「オウムに敵対する団体の犯行」とのビラを作成、教団に対する警察の捜査を攪乱する目的の自作自演事件であったことが分かっている。この攪乱ビラの作成を指示したのが香川であることが判明したというのである。

警視庁が注目したのは押収された「香川ノート」（129ページ参照）だった。ノートには「弾が何かおかしい」「国松の自宅をしらべられる」などと長官狙撃を匂わせる内容が書かれており、事件翌日三一日午後に八王子市内で配布された「警察庁長官撃たれる」という教団のビラの原案となったものであることが分かっていた。

香川は取り調べにこう説明した。

「ノートに書かれているのは事件後、上九一色村の麻原の部屋で、麻原が長官狙撃事件について話したものをメモしたものです」

上九一色村の検問所の通過記録を調べると、香川は三月三一日午前〇時三三分から午前二時二八分までの約二時間、教団施設にいたことが分かった。つまり香川が麻原の話をメモしたのはこの二時間だったのだ。

注目すべきは「弾が何かおかしい」という記述である。この時点ではまだ、ホローポイントという特殊な弾丸が犯行に使われたことは世間に知られていなかった。最初に触れたのは三一日のある新聞の朝刊で、「先端部が割れている特殊な弾丸」という記事だった。つまり麻原は新聞やテレビの報道前に「特殊な弾丸」が使用されていたことを知っていたことになる。

にもかかわらず事件に教団が無関係で「警察の自作自演の組織的犯行」であるかのようなビラを作成した香川の行動はまさしく「攪乱役」と位置付けられる。警視庁公安部は、宗教学者宅爆破と長官狙撃事件、オウムによる二つの「攪乱作戦」を香川が取り仕切ったという論理を構築していたのである。

香川に関しても坂口検事の捜査方針は冷淡であった。

「現場付近の目撃情報もなく、捜査攪乱役程度の役割で、関与を供述したとしても、首謀者や実行犯の供述がなければ裏付けは不可能」

香川逮捕は不可能との判断だったのである。

三人について強制捜査を行っても真相解明は困難と判断した坂口検事だったが、唯一、逮捕を了承したのは「小島俊政」であった。

「逮捕してコートの溶融穴などの事実を突きつけて徹底的に追及すれば、これまで意図的に嘘をちりばめて供述していた小島が真相を供述する可能性があるのではないか」

こう見込んだのである。

坂口検事は五月下旬、内尾部長にこう報告した。

「九年経過してようやく拳銃発射の痕跡という決定的証拠も入手したのですから、警察の事件捜査に決着をつける時期と思われます。新証拠が出てきたことから、小島を逮捕しても事件の不当な蒸し返しという批判も回避できます。しかし拳銃などの有力な物証が見つかるなどの裏付けがなければ、小島の起訴すら困難であるとの見通しは警察側に伝えておく必要があると思われます」

一転

警視庁の伊藤茂男公安部長は、南千特捜の管理官からの報告に歯軋りした。

「主任検事は七人中、小島の逮捕だけしか了承しません。着手時期も判然としません」

地検の内尾公安部長との一対一の協議は七回を数えていたが、一向に進展はなかった。検察が組織防衛に走っていることは明らかだった。

検察は多くの市民が犠牲になった大量殺人事件の法廷で闘っている。危機管理のミスで警察官一人が狙撃されて重傷を負ったといっても、死刑判決を受けているオウム幹部にとっては「余罪」に過ぎない。それに状況証拠だけで逮捕して、起訴できなければ検察も世間の集中砲火を浴びることになる。警察組織のメンツのために検察がリスクをとることはない。これが検察庁の本音であった。

検察は六月末に幹部の人事異動を控えていた。東京地検検事正は上田廣一から鶴田六郎（法務総合研究所所長）に、東京高検検事長は松尾邦弘から但木《ただき》敬一（法務事務次官）に、検事総長は原田明夫から松尾邦弘に交代することが内定していた。警視庁は事態を動かすチャンスと判断した。

五月末、高松高検検事長に転出する上田廣一検事正のもとに、奥村萬壽雄《ますお》警視総監（昭和四六年警察庁入庁）が出向いた。

「長官事件の強制捜査に早く着手したい。地検公安部から詳細をお聞きいただいて、異動前にご判断いただきたい」

事件発生から九年以上が経過しており、今後は有力証拠の発見は困難であること、さらにオウム幹部らに死刑判決が次々と下されていて首謀者の検挙のためには早急な着手が必要であることなど、これまでの警視庁側の主張をあらためて伝えた。

上田検事正からは「検討する」との返答を得た。

検察側の態度に変化が出たのは六月一〇日午前のことだった。

「伊藤君、地検の上田検事正がこちらに来ると連絡してきた」

奥村は公安部長室に電話をかけてきて、やや興奮した様子で言った。東京地検のトップが自ら警視庁を訪問するのは異例中の異例である。

上田検事正は部長時代も含めると約一〇年特捜部に在籍した脱税事件捜査のプロだ。率先して泥をかぶるような判断を下すタイプではないが、摩擦を起こすタイプでもない。期待が高まった。

この日の午後四時、奥村総監とトップ会談を行った上田検事正はこう言った。

「警察の意向は受け止めました。双方の公安部で最終的な詰めをさせましょう」

事実上のゴーサインだった。

急転直下の最終決断は、上田検事正が下したわけではなかった。

ある検察幹部は最高検検事から背景をこう聞かされた。

「前年七月に佐藤警察庁長官が、当時最高検次長検事だった松尾さんに頭を下げにきた。いつまでもずるずると南千特捜を解散できない状況が続くと、ほかの事件捜査に影響が出る。自分の責任で捜査を終わらせたいから、ぜひ検討していただきたい、という趣旨だった。上田検事正がいつまでもはっきりした姿勢を示さないままだったから、最後は松尾さんのトップダウンで決まったんだ」

警察庁の佐藤英彦長官（昭和四三年入庁）は、次期検事総長の松尾と昵懇《じっこん》の間柄だ。東京大学法学部の学生時代から佐藤は三つ年上の松尾の自宅に遊びに来て食事をするような家族ぐるみの付き合いだったという。

検察と警察は相即不離の関係だ。国家の治安維持を担う捜査機関としての奇妙な一体感と同族意識が、温情主義を生み出し、組織の危機にある警察に検察が救いの手を差し伸べたと言ってよいだろう。検察は警察から発せられた「最後のケジメを付けさせてほしい」という悲痛な叫びを受け止めたのである。

しかしあるベテランの捜査検事はこうした検察の最終判断に呆れ返っていた。

「いかにも世間の目を欺く判断で、国民の捜査機関への信頼を落とすものだ。捜査本部の解散のためのセレモニーのような逮捕、送致に検察が乗るべきでない。証拠を無視して警察へ配慮した結論を下すとは行政官的発想に過ぎないではないか。捜査検事としての視点でリスクの高い事件にストップをかけるのも警察への思いやりだ」

この検事の読み通り、検察は世論の猛反発を受け、最終的には警察側が目的として挙げた「捜査本部の解散」も反故にされることになる。

タレ込み電話

警視庁本部の中でも特に一四階は部外者の立ち入りを厳しく拒絶する雰囲気に包まれている。公安部長をはじめとする幹部と公安総務課、公安一課が拠点を構えるこのフロアには隠しカメラと盗聴器が仕掛けられていると真顔で語る職員もいるほどだ。とにかくほかの階より気温が低いのではないかと思わせるほどのひんやりと冷たい空気が流れているのである。

七月七日午前二時三〇分、一四階の廊下に革靴のこつこつという音が響いた。恰幅のいい男は急ぎ足で、薄暗い公安総務課のドアを開けて、ごそごそと庶務担当管理官のデスク周辺を漁りはじめた。

警視庁公安部の泊まり勤務態勢には、各課から公安総務課に交替で派遣される「総合当直」と、公安三課と公安四課独自の「課当直」がある。ゲリラなどの突発事案が起きなければ、当直員は無線を聞きながら、昇任試験の勉強をしたり、報告書をまとめたりして、思い思いの夜を過ごす。

椅子を並べて横になっていた総合当直員は、物音に気付き慌てて飛び起きた。

「誰だ！　何をやっているんだ！」

暗闇で動く男に向かって、怒鳴りつけた。男はびくっとしたように動きを止めた。

「公安部長だ」

眼鏡の奥の細い目が当直員を睨みつけた。

「はっ！　失礼しました。いったいこんな時間にどうされましたか？」

まさしく公安部長の伊藤茂男だった。公安部長が単独行動することは通常あり得ない。庶務担当の管理官が部長室の鍵も警察手帳も保管している。警視庁のビルから外に出るときには、運転担当の巡査部長が付き添い、車で目的地に送り届けるはずだ。しかし伊藤は一人だった。頰に赤みが差し、ネクタイが緩んでいる。やや酔っているようだった。

「いや、報道対応が必要になってね。しばらく公安部長室に籠もるよ。気にしないで寝ていてくれ」

伊藤は鍵を探し当てると、公安部長室に入っていった。

公安部長室は蒸し暑かった。

前夜、伊藤はあえていつもより早い午後六時半に退庁した。何も知らない公安部員や記者クラブに着手を察知されぬよう、弛緩した空気を漂わせながら公安部長専用車に乗り込み、赤坂に向かった。一ツ木通り沿いの居酒屋で警察庁キャリアの後輩たちと酒を酌み交わした。

南千特捜は七月七日の午前中に小島、木場、砂沢、香川を逮捕することになっていた。午前一〇時には南千特捜の捜査員が東京地裁で逮捕状を取得して、四人の自宅に急行するはずだ。

実は当初の逮捕予定日は八日だった。しかし着手日を急遽早めなければならない事情があった。前日から一部の警視庁詰めの記者の間で、奇妙な動きがあったからである。

ある新聞記者は七月五日夕方、公安部長室にふらりとやってきてこう言った。

「会社に妙な電話がかかってきて、『警視庁公安部が八日に長官事件で四人を逮捕する』と言うんです。本当ですか？　『分散留置する』とも言っていて、具体的な内容なんですよ」

警視庁公安部は記者が特ダネを掴むと漏洩源を徹底的に探す。記者を秘匿追尾して接触相手を特定するなど日常茶飯事である。記者の中には情報源探しをされることを恐れて、「タレ込み電話があった」ととぼける者もいるが、この記者の話は具体的だった。

もしここで認めてしまえば、この記者は翌日の朝刊に大々的にスクープ記事を掲載することになる。身柄確保前に記事が出ると、被疑者が逃亡したり、自殺したりする恐れもある。伊藤は知らぬ存ぜぬを貫くしかなかった。

「何ですかそれは？　知らんなぁ……八日というのは」

「八日というのは」と言い足すかどうかで、伊藤の立場はのちのち大きく変わってくる。実際に予定している捜査について当てられて嘘をついたということになると、記者の猛反撃を食らい、恨み辛みや不評が広がることになる。報道機関への対応も満足にできないキャリアは、警察庁内部でも大きく評価を下げることになる。

「知らんなぁ……八日というのは」と言っておけば、「八日に逮捕するのは知らない。七日だったら知っていたけど」という屁理屈が成立する。その代わり、着手日を七月八日から七日に前倒しすることが必要となる。

「やはりやるわけないですよね」

記者は納得したように引き下がった。

しかし新聞社への「タレ込み」と聞いて、伊藤は八年前のあの悪夢を回想せざるを得なかった。小島が長官狙撃を自供していることを報道機関各社に知らせることになった、あの匿名の「投書」である。

小島の特命取調班周辺の人物による「内部犯行」と見られた投書は、小島供述の裏取りをさせないまま、隠蔽し続けたことへのやり場のない怒りが表現されたものに違いなかった。現場の「怒り」によって、警視庁は多くの血を流すことになった。当時の井上幸彦警視総監、桜井公安部長は投書によって事実上、警察キャリアとしての人生を終えてしまった。

小島供述直前に警察庁公安三課長に異動した伊藤は、運よく火の粉をかぶらずに警視庁公安部長に就任した。にもかかわらず八年の月日を経て再び同様の情報提供を行う者が現れたのである。

匿名のタレ込み電話の主が新聞社に伝えた「分散留置」はこの日の朝、決めたばかりのことだった。逮捕した被疑者を四人とも南千住警察署に引致し、弁解録取書をとってから各警察署に分散して留置することになっていたのだ。

伊藤は永井公安一課長らを呼び、計画変更を指示した。

「捜査情報が漏れている。逮捕を明後日七日にしたい。逮捕状発布の予定はいつになっているんだ？」

永井課長は即答した。

「大丈夫です。事前に疎明資料は地裁に提出してありますから、七日午前一〇時に発布予定になっています」

高知市内に住む木場に逮捕状を執行するために、前日の発布を東京地裁に求めていたのである。

だが、六日夕方に同じ記者が再び部屋に来た。

「また電話がかかってきました。電話の主は『なぜ今朝の紙面に出ていないんですか。書かないのなら他社に情報提供する』と言っています」

記者はいまにも記事を書きはじめそうな勢いだった。

「俺はこれから酒を飲みに行くんだ。そんな話を書いてもらっては困る」

伊藤はやんわりと諭し、後輩たちとの宴に向かったのだった。

しかし、不穏な動きは続いた。午後九時過ぎ、赤坂の居酒屋を出ると携帯電話に警視庁詰めの別の新聞記者から連絡が入った。

「長官狙撃事件でマル暴（暴力団）三〜四人を逮捕するらしいですね。もう少したら、正確な情報を当てますからね。また電話しますよ」

着手情報がほかの社にも漏れはじめていた。

その後も立て続けに携帯電話が鳴った。報道機関各社からの「当たり」の電話だった。長官狙撃事件で強制捜査が行われるという情報は凄まじいスピードで広まっていた。

電話が鳴り止むことはない。放置しておけば朝刊に書かれるか、夜のニュースで放送される危険がある。

伊藤は馴染みのバーに電話を入れ、客が誰もいないことを確認すると、個室に陣取った。

「テレビが速報テロップを打ちそうです」「明日の新聞朝刊には掲載されると思います」

記者からの脅しめいた電話は続いたが、伊藤は徹底的に惚けて裏を取らせなかった。

しかしあまりの攻勢に観念した伊藤は、奥村警視総監と瀬川勝久警備局長（昭和四六年警察庁入庁）に電話で事態を報告したうえで、タクシーで警視庁本部に向かったのだった。

「何者がタレ込み電話をかけたのだろうか？『分散留置』という当日決まったキーワードまで漏らすというのは警視庁幹部への何らかのメッセージに違いない。小島立件に不満を持つ捜査員が現場に存在するということなのか？何が目的で事件を潰そうとしているのだろうか？」

警視庁一四階の公安部長室で報道機関への電話対応に追われながら、伊藤は猛烈な不安に襲われた。

早朝の一斉逮捕

伊藤は永井公安一課長に電話をかけた。

「本日七日の逮捕状発布の時間を早めるよう、裁判官に交渉してくれないか。朝刊にも『逮捕へ』という記事が出るし、朝からニュースも大騒ぎになる」

南千特捜はすでに、令状発布を担当する東京地裁刑事第一四部に膨大な疎明資料を渡してあり、午前一〇時に逮捕状を発布してもらうことになっていた。被疑者の行確(行動確認)をしているとはいえ、午前一〇時から動き出すのでは遅すぎる。捜査側が常に怖れるのは新聞やテレビの報道で自分が逮捕されることを知った被疑者が、逃亡したり、自殺したりすることである。

「裁判官の連絡先が不明です。緊急時を想定していませんでしたので……」

慌てて出勤してきた永井はすぐに東京地裁に向かった。

「緊急事態なので担当裁判官の住所を教えてほしい」

嫌がる裁判所の当直員を根気よく説得した。

ようやく連絡が取れた担当裁判官に「パトカーで迎えを出します」と言うと、裁判官は「自分で行くから大丈夫です」と言って早朝出勤して、四人の被疑者の逮捕状と二〇ヵ所分の捜索・差押許可状を発布した。

この直後、午前七時前に逮捕予定者の四人は南千特捜の捜査員による突然の訪問を受けた。一部のテレビは午前四時から強制捜査に関するニュースを流していた。

木場徹が妻と娘、義母とともに住んでいる高知県内の自宅には午前六時四五分頃、公安捜査員四人が二台の車に分乗して到着した。捜査員に挟まれて連れ出された木場は高知龍馬空港から全日空機で東京へ向かった。

埼玉県八潮市の教団八潮道場に住んでいた砂沢光彦は午前七時に、銀色のワンボックスカーで現れた公安捜査員に急襲された。Tシャツ姿の砂沢が現れると詰め掛けたカメラマンが一斉にフラッシュを焚いた。

渋谷区元代々木町の閑静な住宅街では午前六時五〇分頃、数人の男の革靴の音が響いた。男たちはある住宅を取り囲むと、一人がインターホンを押した。

「香川貴一さん、出てきてもらえませんか?」

小ざっぱりとしたワイシャツにチノパン姿で現れた香川は、三人の捜査員を建物内に招き入れた。数分後、香川はバッグを持って玄関前に止められたワゴン車に乗り込んだ。

六年前から静岡県大井川町(現・焼津市)の電子部品製造工場で働いていた小島俊政は夜勤明けで自宅に帰ろうとしたところに、南千特捜の捜査員の訪問を受けた。捜

査員が同行を求めると、

「はい、分かりました」

と、まるで想定していたかのように素直に応じた。

「全員、無事逮捕状を執行」という報告を受けても、伊藤の重苦しい気分が晴れることはなかった。公安部長席に深く腰かけ、睡魔と闘いながら、一週間前に豊島区目白の秋田料理店で開かれた「激励会」でのやり取りを思い出していた。

四人の取り調べを担当する捜査員を招いたこの宴会で、小島の取調官は伊藤にこう胸を張った。

「部長、大丈夫ですよ。小島は『検察官の前でも、裁判官の前でも同じことを言います』とはっきりと言っていますから。途中でブレることはないですよ」

この言葉を聞いて伊藤は「今度ばかりは大丈夫だろう」と自信を深めた。しかし今後、身柄を送検すれば、東京地検公安部の主任検事が緻密な取り調べで、小島供述の矛盾点を突いてくるだろう。検察は組織の威信を懸けて、供述の信用性の見極めを行うはずである。そして木場や香川、砂沢から小島供述を裏付ける証言が出なければ、検察は全員を不起訴処分にして釈放するに違いない。

「小島が突き崩されれば、公安警察、いや警察組織の信頼は地に堕ちることになる」

伊藤は崖っぷちに足を踏み出すような空恐ろしさを覚えた。

第二次狙撃供述

検察事務官がパソコンを叩く不規則な音が取調室に響いていた。机を挟んだ反対側では小島俊政がまったく表情を変えることなく座っていた。

「やはり撃ったのは私です」

東京地検公安部の坂口順造の取り調べに、小島俊政が供述を翻したのは勾留一六日目、七月二三日の午前中のことだった。

この日まで坂口検事はじっくり話を聴いてきたが、小島は狙撃事件当日にアクロシティの現場に行ったことや、端本似の男が実行犯であることを匂わせる供述を維持していた。しかし記憶は断片的で、具体性を伴う箇所と曖昧な部分が混在していた。

小島とともに殺人未遂容疑で逮捕された木場徹、砂沢光彦は取り調べに対して関与を完全に否定していた。

木場は検事から「小島が現場で君と会ったと供述している」「犯行前後の目撃情報がある」と何度も問われたが、

「私は銃撃事件の共謀もしていないし、当日犯行現場に行ったことはない。まったく関与していません」

と否認の姿勢を崩そうとしなかった。

砂沢もテレビ朝日に脅迫電話をかけたことを追及されたが、アリバイを主張した。

「当日、私は都内で街頭宣伝活動をしていましたので、テレビ朝日に電話をかけたことはありません。長官狙撃についても何も知らないし、共謀も関与もありません」

小島のストーリーに登場する井上嘉浩、早川紀代秀も東京地検公安部の調べに対して「荒唐無稽だ」と怒り出す有様だった。

坂口は勾留一六日目に一気に勝負に出た。小島が名前を挙げた人物の供述など数多くの矛盾点を突きつけたのである。すると小島は二〇〇二年三月の聴取再開から二年以上にわたって維持してきた供述を翻した。「端本実行犯」から「小島実行犯」へと供述を転換、ものの見事に馬脚を現したのだ。

東京地検公安部はこれを一九九六年に続く「第二次狙撃供述」と位置づけた。小島はその後、三日ほどかけて坂口にこう説明した。

井上嘉浩に依頼されて下見に同行しました。運転手は二〇代くらいの男でしたが、ホーリーネームで紹介されたので覚えていません。

事件当日の朝は、男性信者から電話で呼び出され、端本似の男が迎えにきました。現場には早川と木場に似た男のほかに二人、あわせて四人くらいがいました。私の『灰色のコート』を着た男から、拳銃の入った鞄を渡されて、『灰色のコート』に着替えて撃つように指示され、長官を狙撃しました。現場から自転車で逃走し、乗用車に乗り込みました。その後、後部座席にカーキ色のコートを着た端本似の男が乗り込んできました。

内容は一九九六年の「第一次狙撃供述」に近いものと言ってよかった。しかし坂口が「神田川への拳銃の投棄、看板への試射などの裏付けが取れないではないか」と指摘すると、小島はこう釈明した。

「すべて事実ではないのに、警察の誘導に応じてそれが事実であるかのような供述をしてしまいました」

こうして矛盾点を追及するうちに小島の供述は「第一次供述」よりも断片的で、犯行の前後の具体的な状況が曖昧なものとなっていった。

「一生懸命思い出そうとしているんですが、記憶が虚実混同しています」

小島はその理由を説明したが、逮捕に踏み切った最大の根拠となった供述の信用性は、再び根底から否定されることになった。

東京地検公安部は、小島供述を補強していた「新証拠」の検討も行った。「コート左裾の溶融穴」の金属成分と、遺留弾頭や狙撃現場の壁面に付着していた物質の金属成分が同一かどうか、確認することにしたのだ。これが一致しなければ、コートの穴が射撃によってできたものという証明にならないからである。

スプリング8による鑑定で、コートの溶融穴から検出された成分は、「鉛、アンチモン、バリウム、錫」の四つの物質だった。狙撃現場であるアクロシティFポートの壁面からは、事件直後「火薬残渣テープ」を使った付着物の採取が行われ、科捜研が鑑定したところ、「鉛、バリウム、アンチモン」のX線スペクトルが得られていた。

「壁面で採取された成分と一致するのだからコートの溶融穴の金属成分は射撃残渣だ」というのが警視庁側の主張だった。

しかし実際にスプリング8を使ってコートの溶融穴の鑑定を行った東京理科大学の中井泉教授から詳しく意見を聞くと、次のような回答が返ってきた。

「コートの溶融穴が拳銃発砲によるものかどうかは、別の拳銃による発砲実験で付着した溶融穴の成分比較によって、射撃残渣物と考えて矛盾がないと判断したものです。遺留弾頭や壁面に付着する残渣物との同一性があるかという問題ですが、壁面の残渣物は事件後の科捜研の鑑定によって費消されていました。ですから今回は同じ場所から採取された糸くずを使うしかありませんでした。このため、成分構成比が同じであるとは言い難いです」

コートの溶融穴が射撃によるものと言っても矛盾はないが、その成分構成比が遺留弾頭や壁面に付着していた物質と同じであることは立証できない、というのである。

東京地検公安部は厳しい証拠評価を下した。

「コートの穴が発砲の痕跡である証拠として、鑑定結果を過大評価することはできない」

小島供述を支える科学鑑定結果も高く評価されることはなかったのである。

東京地検公安部は勾留期限の二〇〇四年七月二八日、逮捕した四人を「処分保留」のまま釈放した。

小島俊政の供述を最大の根拠にして四人も逮捕するという警察史上最悪の賭けは失敗に終わった。

伊藤公安部長は四人が釈放された七月二八日、記者会見で集中砲火にさらされた。

つい三週間前、「執念の捜査」などと称賛記事を書いた記者たちは掌を返したように厳しい質問を浴びせた。

「見通しが甘かったのではないか？」

「公安部長としての責任をどうお考えか？」

屈辱的な問いに伊藤は顔色を変え、怒りを隠そうとしなかった。

「捜査には全力で取り組んできました。責任を問われるようなことはしていない！」

伊藤の迸る憤激は隣の警察庁にも向けられていた。勾留延長されたあたりから警察庁幹部は新証拠が出てこないことに焦りはじめた。小島が検事調べで供述を翻したことが分かると、一九九六年秋と同様に警視庁公安部を切り離すような言動も耳に入った。

「地検に起訴してもらうよう頼め」「また警視庁公安部が暴走した」

記者会見の最中、警察庁幹部の言葉の一つ一つを反芻しながら、伊藤は吐き捨てるように言った。

「我々は九年間の捜査で四人を逮捕するだけの証拠を集めました。これ以上は法令で認められた手続きに則《のっと》っての強制捜査しかなかったと考えています。これだけの供述や物証があるのに何もしなければ、また隠蔽と言われるじゃないですか」

伊藤の開き直った態度に記者たちは呆気にとられた。この会見から九日後、伊藤は公安部長就任からわずか一年で神奈川県警本部長への異動を内示された。

北朝鮮ルート

拳銃捜査班の解体

患者が去った院内は静かだった。ワイシャツとジーパンの上から白衣を羽織った男は、事務室に戻り、半ば習慣化された動作で、ニコン社製の小型双眼顕微鏡を覗き込んだ。これで弾丸をどれだけ分析しただろうか。休診日には無我夢中で一日八時間も弾底部の火薬痕を覗き続けたこともあった。

その結果、視力は大幅に低下し、歯科医の職業病とも言える腰痛も悪化した。緊急呼び出しに対応するため、歯科医院の診療形態も、完全予約制に切り替えざるを得なかった。文字通り生業を犠牲にしながら鑑識課嘱託員として国松長官狙撃事件の捜査に身を捧げた。

武田純一は机上の書類の山を掻き分け、一冊のファイルを引っ張り出した。丁寧に貼り付けられた新聞記事は信じられないことを伝えている。

「空振りでも成果強調」「実行犯特定できず」「揺れた供述、真相遠く」

長官狙撃事件の逮捕者が処分保留のまま釈放されたことを伝える新聞紙面は、ことごとく批判的で捜査が限りなく迷宮入りに近づいたかのように報じていた。

「あの射撃実験はいったい、何のために行われたのか？　我々が暴いた真実は捜査にどう生かされているのだろうか」

日本警察史上初の射撃実験の末、思いがけない結論に到達してから四年以上が経過していた。武田は次の予約客を待つ間、行方知れずとなってしまった「ひとつの真実」を反芻せずにはいられなかった。

南千特捜拳銃捜査班は事実上解体し、刑事部捜査四課の瀬島隆一警部補、石田昭彦巡査部長は、一九九八年九月に南千特捜派遣の任を解かれ古巣に戻った。

「国松長官の聴取を何十回でも行うべきだ。事件の被害者の背景を探るのは捜査の基本ではないか」

瀬島はこう主張し続けたが、公安部主導の特捜本部内では掻き消された。しかし最後まで信念を曲げず、公安部幹部とぶつかり続けた挙げ句、石田らとともに追われるように姿を消した。

拳銃捜査班を率いた中西研介警部も二〇〇〇年に、北朝鮮を担当する外事二課第六係長に復帰した。今頃は地下に潜り、北朝鮮工作員を追っているはずだ。

拳銃捜査班が解体されてからは、武田にも南千特捜からの連絡は途絶えた。

「我々が突き止めた真実と、報じられている事件の構図は違うではないか。鑑定結果は否定されたのだろうか」

武田は犯人像に限りなく迫った実験結果を思い出しながら唇を噛んだ。

特定作業

合計四回の射撃実験は極秘で行われた。拳銃捜査班の目的は国松長官に命中した遺留弾頭から実包の種類を特定することだ。実包の種類が分かれば、遺留弾頭の特徴から拳銃の種類の特定が可能だ。特定された拳銃の流通ルートを解明して、購入者を割り出すのが、究極の目的だった。

遺留弾頭が発見されたにもかかわらず実包の種類の特定に手間取った原因は、日本警察に実包のデータが乏しかったためだ。日本警察が捜査する殺人事件の凶器は多くが日本刀や出刃包丁だった。このため刃物の捜査のノウハウは蓄積されている。しかし拳銃に関するデータの蓄積はまだ発展途上にあった。

一方で、銃犯罪が頻発し、国内の銃器・弾薬メーカーから情報提供を受けることができるアメリカの法執行機関は、貪欲にデータを蓄積している。

拳銃捜査班は実包の種類特定のために、アメリカに出張して、独自にデータを収集したうえで、射撃実験を重ねるという実に手間のかかる捜査をしなければならなかった。

繰り返すが、狙撃に使用された実包の候補は二種類に絞られていた。「フェデラル・カートリッジ社」が製造する「38スペシャルプラスP」もしくは「357マグナム」。いずれも表面を「ナイクラッド加工」と呼ばれるナイロンコーティングされた独特の製品で、弾頭は大きさも重量もまったく同じホローポイントである。

二つの実包の決定的な違いは、銃口から飛び出す弾頭のスピード、つまり「初速」である。

「357マグナム」は威力を強めるために火薬量が多い。このため射撃した瞬間の「マズルジャンプ」と呼ばれる銃身の跳ね上がりは大きくなる。マズルジャンプが大きくなればなるほど、照準を合わせるのに時間がかかり、連射は困難となる。これを防ぐには重い銃身の拳銃を選ぶ必要がある。その代わり、五〇メートル程度の遠距離の狙撃でも、弾道が安定するため命中精度は高い。

これに対して「38スペシャルプラスP」はマグナムより火薬量が少ない。このためマズルジャンプは小さくなり、連射も可能だ。三〇メートル以下の近距離であれば命中精度は高い。発射音もマグナムと比べれば小さいので狙撃手の精神的負担も少ないという。その反面、弾頭エネルギーが低いため、破壊力や殺傷能力はマグナムより低くなる。

初速によってもたらされる破壊力の違いで、ホローポイント弾頭のマッシュルーミングの形状変化に差が出る。威力の強い357マグナムのほうが、弾頭の形状変化は大きくなる。

このため拳銃捜査班が最初に行ったのは、遺留弾頭のマッシュルーミングの「笠」の形状から初速値を割り出す作業だった。

重要なのは、国松の体内と現場から発見された三つの遺留弾頭のうち、どれを初速値算出の基準にするかである。

一発目は左背部から胸に貫通した弾頭で、武田の弾道計算によって、事件から半年後に発見されたものである。この弾頭は長さ一二・〇〇ミリメートルで、「笠」が半分欠けていた。体内に入った瞬間、先端が潰れるマッシュルーミングという現象を起こすホローポイント弾は、固い筋肉や骨に当たると「笠」が飛ぶことがあるのだ。

二発目は大腿部に命中したもので、弾頭の長さは一二・〇〇ミリメートル。「笠」は完全に吹き飛んでいた。

三発目は陰嚢外側から腹腔内に入った弾頭で、手術で摘出されたものだ。体の最も柔らかい部分に命中したため、マッシュルームの「笠」が完璧な状態で残されていた。弾頭は長さ一二・三二ミリメートル、弾径は九・〇九ミリメートル、広がった笠の直径は一四・五九ミリメートル、重さは一〇・二三グラムだった（303ページ写真参照）。

鑑定はこの最も綺麗な形で残っていた三発目の弾頭を基準に行われた。人体の軟組織に命中して、こうした形状になるのは、「38スペシャルプラスP」「357マグナム」のどちらなのかということを突き止めなければならない。

両者の弾頭は共通だが、火薬量だけでなく種類も違う。火薬が異なれば、爆発燃焼のスピードも異なるので、初速にも差が出る。

拳銃の弾の初速値は、銃社会アメリカの単位である「フィート（一フィート＝三〇・四八センチ）」で表示される。比較対象にはならないが、ドライバーショットのゴルフボールの初速は通常「328ft／s（フィート／秒）」、野球の打球の初速は「164ft／s」とされる。拳銃の弾丸の場合、種類にもよるがドライバーショットの約三倍のスピード「1000ft／s前後」だという。

ちなみに平均到達距離を比較すると、野球のボールが一二五メートル、ゴルフボールが二三〇メートル、これに対して拳銃の弾は一五〇〇メートルにも達する。

ハンドロード

射撃実験では、まず最初に、コルト・パイソンを使って、ホローポイントの「笠が飛ぶ弾頭の速度」の割り出しが進められた。弾頭のスピードが速ければ、「笠」は人体内の軟組織を通過しても、弾頭エネルギーの強さによって欠損してしまう。

遺留弾頭のうち基準となる三発目は、体内の軟組織を通過しても笠が欠けていない。このため長官狙撃に使われた弾頭の初速は「笠が飛ばない速度」と考えることができる。

まず「357マグナム」をパイソンに装塡して、人体の軟組織とよく似た特徴を持つ「弾道ゼラチン」に撃ち込んだ。その結果、六インチの銃身で撃つと初速は1059ft／sで、笠は一部が飛んでしまった。八インチで撃つと初速は1075ft／sで、こちらも笠が飛ぶことが分かった。

続いて「38スペシャルプラスP」は弾頭速度が遅いため、どちらの銃で撃っても笠が飛散することはなかった。

弾頭速度計測器で測りながらの射撃実験の結果、「初速が1050ft／s」以上であれば笠が飛び、それ以下のスピードであれば笠が飛ばないことが分かった。

さらに「遺留弾頭の長さ」から速度を割り出す作業を行った。遺留弾頭の長さは一二・三二ミリメートルだが、ホローポイントの弾頭は速度が速いと当然潰れ方は大きくなる。実験によって初速が１０４０ft／sで一一・五ミリメートルの長さにまで潰れることが分かった。

このほか、遺留弾頭の先端部には、ホローポイントの凹穴がまだ残っていた。穴の深さは〇・九五ミリメートル。これだけの深さの穴が残るのは、初速が１０００ft／s程度のときであった。

まだ考慮しなければならない条件はある。気温である。長官狙撃事件が発生した一九九五年三月三〇日午前八時三〇分頃の南千住の気温は摂氏八度だった。気温が下がると弾頭の初速は下がる。

３５７マグナムの場合は爆発時のガス圧に余力があるので気温の影響は少ないが、38スペシャルプラスPの場合、気温二九度から一〇度下がるだけで初速が50ft／sも下がることが分かった。このため銃身を冷却して、様々な温度で初速を計測し、気温が初速に与える影響を検討した。

こうして武田や科警研の内山らが導き出した結論は、「犯行に使われた弾頭の初速は１０３５ft／sに限りなく近い」というものだったのだ。この「１０３５ft／s」

という数値をフェデラル社の工場製弾のデータと比較したとき、全員が頭を抱えた。38スペシャルプラスP、357マグナムのどちらにも合致しなかったのである。「38スペシャルプラスP」の工場製弾の初速は「800〜900ft／s」、「357マグナム」は「1350〜1400ft／s」。気温が一〇度下がるごとに初速は40〜50ft／s下がることを考慮に入れても、「1035ft／s」というのは両者の中間値である。つまりフェデラル社の既製品では存在しない弾丸だったのだ。

「これはハンドロードの可能性が高いですね……」

武田の呟きを聞いた全員が「ハンドロード？」と口をそろえた。

「ハンドロードというのは自分でカートリッジ内の火薬量を計量して最適値にすることです。プロのスナイパーや精密射撃の選手がやる手法ですよ」

工場製弾（ファクトリーロード）は火薬量に微妙なバラツキがある。このためプロのスナイパーやライフル射撃の選手などは、新品の薬莢に量を微調整した火薬を詰め、「手作業」でオリジナルの実包を作るのである。アメリカではハンドロードのために弾薬を装填する装置が販売されている。装填方法を解説したマニュアルやハンドブックも簡単に入手可能だという。

上級者になると弾頭初速が「亜音速」になるよう火薬量を微調整する。弾頭の初速が「音速」を超えた瞬間、衝撃波によって銃身にブレが生じて命中率が下がる。音速とは1080〜1100ft/s以上のスピードだ。この音速を超えない「亜音速」と呼ばれる数値が、最も命中精度が高いのだという。

「1035ft/sというとまさに亜音速です。音速以下ぎりぎりのスピードのホローポイント弾を放ち、弾道エネルギーを体内で使い果たして留弾させる。実包理論ではまさにパーフェクト、百点満点ですよ」

武田の言葉に、全員が衝撃を受けた。

小島がいくら現職警察官だったとはいえ、普段訓練で使うニューナンブと38スペシャル弾は、初速は700ft/s程度である。「ハンドロード」によって「亜音速」を作り出す知識などあるわけもない。

逃亡中の平田信が高校時代射撃部に所属し、全国高校ライフル射撃選手権で一一位になった経験があるとはいっても、彼が経験したのはあくまでも圧縮空気やCO²ガスで鉛玉を発射する競技である。精密射撃の訓練はされているが、火薬量を調整する技術を研究した形跡はなかった。

火薬痕

国松長官狙撃に使われた実包が「ハンドロード」である可能性を示す証拠はほかにも見つかった。遺留弾頭の「弾底部の火薬痕」と「溶解痕の矛盾」である。

銃を発射するときには薬莢内の火薬が燃焼するため、弾頭の底には火薬の痕跡が残る。場合によっては燃焼し尽くさなかった火薬の粒が残ることもある。

国松長官狙撃事件に使われた遺留弾頭の底部を鑑定すると、「黄色っぽい円形状」の付着物が検出された。顕微鏡で見るとようやく分かる程度の大きさの、球形を潰したような「おはじき」様のものだ。

拳銃捜査班がフェデラル社に、弾底部の付着物のデータを照会したところ、

「確認できないが、花粉じゃないですか」

という素っ気ない回答だった。

しかし科警研が独自に付着物を分析すると、無煙火薬の成分であるニトロセルロースであることが判明したのである。

38スペシャルプラスPと357マグナムは、弾頭部分は共通だが、使用される火薬は専用のもので種類が異なる。マグナムの火薬のほうが、燃焼スピードが遅い「遅燃性」のものだ。長い銃身の銃口まで効率よく弾頭を押し出すためである。

遺留弾頭の底部に付着していた未燃焼火薬がどちらのものなのか、コルト社製の八

インチ銃身の拳銃を使って射撃実験が行われた。弾底部に付着していた未燃焼火薬との形状比較鑑定を行ったのである。

357マグナムの弾頭からは二五発中一二発、ほぼ半分から「おはじき状」の黄色い付着物が検出された。大きさも小粒で、遺留弾頭から検出されたものとまったく同じであった。

これに対して38スペシャルプラスPの未燃焼火薬は角張った「フレーク状」の大粒のもので、遺留弾頭の付着物とはまったく異なっていた。つまり長官狙撃にはマグナム用の火薬が使用されていたことが判明したのである。

しかし使用弾丸が357マグナムであるという簡単な結論にはならなかった。問題となったのが「弾底部が溶けた痕跡（ケロイド）」である。

357マグナムでは、弾底部全面に熱による激しい溶解痕が残る。マグナム用火薬は遅燃性なので銃口から弾頭が飛び出すぎりぎりまで火薬が燃え続けるうえ、火薬量が多いからである。これに対して遺留弾頭底部は、周囲にわずかな溶解痕が残っているだけで、どちらかといえば38スペシャルプラスPと似たレベルの微弱な溶解痕だったのである。

以上の鑑定結果から国松長官狙撃に使われた実包は、「マグナム用火薬」を使用しているものの、命中精度を高めるために火薬量を減らすことによって初速を亜音速に近づけた「ハンドロード実包」という結論が出されたのである。

狙撃手は二〇・九二メートル離れた場所から歩いている国松長官に向けて四発撃って、うち三発を体のほぼ正中線上に命中させた。外した四発目もわずか二ミリの誤差で植え込みを掠っただけである。一発撃つごとにマズルジャンプを押さえ、落ち着いて照準を合わせ直して引き金を引いている。しかも傘をさして寄り添って歩く田盛秘書官をいっさい傷つけていない。さらに、命中精度の高い八インチのコルト社製拳銃と殺傷能力がきわめて高いホローポイント弾を選択している。

これらの事実に加え、新たに「ハンドロード」された実包を使用していたことが判明したのだ。拳銃捜査班は、長官狙撃事件はまさしく「プロのスナイパーによって敢行された完成度の高い仕事」という見方を強めていった。

ナイロンコーティング

武田は新たな結果で満足しなかった。ひとつのことに夢中になると、寝食を忘れるほど没頭してしまう性癖がある。こうなるとバランスよく均等に物事を進める器用さなど皆無だ。目標設定を一度すると納得できる結論を得るまで、意固地になって追求してゆくのだ。この性格によって、街の歯科医でありながら、科警研の拳銃専門家を唸らせる知識とデータの蓄積をなし遂げたといっていいだろう。

その武田が異常なまでに執着した部分があった。弾頭の表面を覆う「ナイロン皮膜」とその下の弾頭表面に刻まれた「模様」である。誰も注目しなかったこの二つの点を解明しなくては、真実に到達しないのではないかと主張したのである。

「ナイクラッド（ナイロンコーティング加工）」は、フェデラル社がS&W社から製造特許を買い取ったものだ。日本警察と比較にならないほどの射撃訓練を積み重ねるアメリカの法執行機関では、射撃で発生する鉛の飛沫による健康被害が問題となる。これを防止するために弾頭をナイロンコーティングするのである。

フェデラルの工場でのナイロンコーティングの工程は二つのラインがある。まず成型された鉛弾頭が金属の網目でできたベルトコンベアに並べられる。これが弾頭を載せたまま移動し、ステンレスの箱状の加熱ヒーターの中を通過するのである。ヒーターの設定温度は摂氏四〇〇度近くあり、熱せられた弾頭は振動装置内でナイロンの粉末をまぶされる。

次のラインではナイロン粉をまとった弾頭が、再びベルトコンベア上に整列し、四つの加熱装置の中を通過する。加熱温度は摂氏三〇〇度で、これによりナイロン粉末が溶けて弾頭表面に吸着するのだ。最後に銃身内での摩擦低減のために潤滑剤を弾頭表面に塗布してナイクラッド弾は完成する。

中西と内山のフェデラル社での現地調査によると、工場では一九九三年三月で新型ナイロンに切り替える予定だったが、旧型の在庫が余ったことから、一九九四年七月になってようやく新型ナイロンに切り替わったという。旧型と新型の見た目の違いは色である。旧型は青みを帯びた黒色であるのに対して、新型は明るい色調のブルーである。

遺留弾頭の表面は黒に近い濃青色で、これを成分分析にかけると、主に炭酸カルシウム、コバルトブルーを含む「ナイロン11」であった。色と成分から判断すれば、一九九四年以前の旧型弾頭の特徴だった。

皮膜下模様の謎

問題は弾頭のナイロン皮膜下の模様である。ナイロンを固着させるため、フェデラルの工場では、弾頭表面に金型でダイヤ形の模様を刻み込んでいる。顕微鏡で見なければ、ダイヤ形とは判別できず、肉眼では小さな窪みが無数に開いているようにしか見えない。この模様の凹凸に溶けたナイロンが入り込むことによって、皮膜の剝離を防ぐという機能を持つ。

武田は科警研の内山に対し、無理難題を突きつけた。

「笠が飛んだ遺留弾頭で構わないから、三つのうち一つのコーティングを剝がしてみませんか? 皮膜下がどうなっているか確認したいんだ。一つは私の弾道計算で発見したんだから、こっちに権利があるでしょう」

国松長官の背中から腹を貫通して行方知れずとなっていた弾頭は、武田の弾道エネルギー計算によって事件から五ヵ月後に発見された。確かに武田の功績は評価すべきだが、数少ない遺留品である弾頭の表面を剝離するなど、科学捜査の観点からすれば、突拍子もない試みであった。

「証拠品を分解するなんて常識はずれだ。過去に例がない」

南千特捜に派遣されている捜査一課管理官は大反対した。

しかし武田は例によって頑なに意見を曲げず、お構いなしに押し通そうとする。

「やってみなければ分からないじゃないですか。もともとなかった弾頭だから構わないだろう」

結局、内山が折れる形で、皮膜を剝離することが決まった。

フェデラルでは弾頭表面に模様を刻むために、三本の小さなローラーに弾頭を挟み込んで回転させる。ローラーのうち一本は金型になっており、このローラーが一回転する間に模様が弾頭に刻み込まれるのだ。

模様を刻み込む金型ローラーは直径二センチという小さなものだが、この金型も製造年代によって違うことが分かった。一九八七年三月までは、ナイクラッドの製造特許を持っていたS＆W社のものをそのまま使っていたため、「網目模様」であったが、その後は「右上がりのダイヤ形」に変更されたのである。

フェデラル社は「一九八七年に網目形からダイヤ形に変更して以降、金型のパターンを変えたことはない」と回答している。

遺留弾頭の皮膜を剝がした結果は、武田の直感通りだった。中西たちがフェデラルから持ち帰った各年代の弾頭の皮膜下模様はいずれも、遺留弾頭のそれと比較するとまったく違うことが分かったのである。

遺留弾頭の皮膜下には、網目やダイヤ形の模様ではなく、弾頭頂部から左斜め下に向けた「横長の平行四辺形」の模様が刻まれていたのだ。

再びフェデラル社に照会すると、

「過去にダイヤを二重に刻印したことがあり、それが平行四辺形に見えるのではないか」

という回答であった。

弾頭表面にこの模様を刻むのは、ローラー型の金型で、これと弾頭が同時に回転することによって、無数のダイヤ形が刻印されるのは先程説明した通りだ。しかしこの際、弾頭が一回転余計に回ってしまうことによって、二重に刻印されてしまうケースがあったというのだ。ダイヤが微妙にずれると、「横長の平行四辺形」になるというのである。

確かに、この二重刻印は一九九二年に集中して発生していた。しかし遺留弾頭の表面を顕微鏡で分析すると、「横長の平行四辺形」の中心部は盛り上がり、漢字の「回」を潰したような形状になっているうえ、平行四辺形を繋ぐように三角形模様も刻まれていた。つまり二重刻印のものとはまったく違うのである。

「この模様は存在し得ない。弾頭の成分分析も必要ではないか……。新たな矛盾が出てくるかもしれないぞ」

武田が新たなリクエストを突きつけてきた。内山らは遺留弾頭を頂部から底部にかけて縦に切断したうえ、成分分析も行うことになった。

弾頭の材質

弾頭の金属部分の材質は、鉛とアンチモンの合金だった。アンチモンは銀白色の硬くてもろい金属だ。摂氏六三〇度で熔《と》けるが、再び固まるとき体積が増える性質を持つ。固体になる際に体積が減る鉛にアンチモンを混ぜると強度が増すため、鉛の硬化剤として使われる。したがってアンチモンの含有率が高いほど弾頭は硬くなる。逆にホローポイント弾頭のアンチモン濃度は低いほど、マッシュルーミングの形成は大きくなっていく。

遺留弾頭は潰れて弾芯が露出、丸みを帯びた見事なマッシュルーミングを形成しており、アンチモン濃度が低いことは明らかであった。

成分分析の結果、遺留弾頭のアンチモン含有率は一・〇～一・四パーセントであることが分かった。しかしここでも奇妙な矛盾が判明した。フェデラル社では一九八七年三月までアンチモン濃度を約一・五パーセントにしていたが、その後、弾頭の模様を変更したのに合わせて、命中精度と皮膜の接着性を向上させるため、アンチモン濃度を三パーセントに変更したというのである。

つまり遺留弾頭のアンチモン濃度の数値は、一九八七年以前の製品に近かったのである。

ナイクラッドの模造品か

射撃実験と弾頭の科学鑑定の結果は矛盾に満ちた、奇妙なものであった。

①弾頭スピード（初速）は38スペシャルプラスPと357マグナムの工場製弾の中間の数値

②弾底部の火薬痕はマグナム火薬と同じだが、溶解痕は38スペシャルプラスPと酷似

③ナイロン皮膜は一九九四年以前に製造された製品の特徴

④皮膜下の模様は一九九二年製の二重刻印に似ているが、どの年代の製品とも一致せず

⑤弾頭のアンチモン濃度は一九八七年以前の製品とほぼ同じ

この結論は何を意味するのかという疑問が渦巻き、拳銃捜査班からこんな声が上がった。

「ハンドロードであることが間違いない状況で、鑑定結果にこれだけの食い違いがあるということは、遺留弾頭はナイクラッドの偽物、模造品じゃないのか？　皮膜下模様の不一致はどうやっても説明できない」

ごく自然な推論であった。

ナイクラッドは、鉛による健康被害が少ない画期的な商品だが、フェデラルが特許を持っているため、他社が製造販売することは事実上不可能だ。法執行機関がメインの顧客であるし、パテント侵害には神経質なアメリカ国内で模造品を作って密売するのはリスクが高いうえに、メリットは少ないだろう。

ヒットマンの特徴

警察トップが狙われたとなれば、当然、暴力団による報復という仮説が浮上してくる。池袋署に暴力団ルートを洗い出す捜査四課の別働隊が設置されたこともあった。

実際、タレ込みなどで長官狙撃事件の実行犯と名指しされた暴力団関係者が何人か存在した。南千特捜は、長官狙撃事件の捜査と察知されぬよう所轄の刑事課などの名義で捜索差押許可状を取得して、神奈川県内の暴力団の組事務所など数ヵ所を極秘で捜索している。

暴力団が国松を狙う動機は確かにあった。警察庁刑事局長時代には、暴力団対策法が施行されている。「伊丹十三監督襲撃事件」で山口組系後藤組を最重要取り締まり団体に指定したこともあった。さらに次長時代には警察庁の企業対象暴力特別対策本部の本部長に就任、住友銀行名古屋支店長射殺事件の現場を視察するなど、全国の警察に対して暴力団や総会屋、右翼の取り締まりの徹底を指示していた。

しかし捜査四課で広域暴力団捜査を担当していた石田巡査部長は、過去の経験から暴力団ルートを完全に否定していた。

石田は一九九二年五月に起きた「伊丹十三監督襲撃事件」の捜査を担当した経験があった。この事件で石田らが逮捕した後藤組のヒットマンは、民事介入暴力を題材にした映画『ミンボーの女』を制作した伊丹監督を襲撃するため、三ヵ月にわたって下見や尾行を重ね、行動パターンを把握していた。そのうえで帰宅した瞬間を襲撃のタイミングと判断、伊丹監督が車から降りて、後部座席に置いた荷物を取ろうとした瞬間に、背後から左頰や手首などに刃物で切りつけている。

暴力団捜査のベテランである石田は、武田にこう解説した。

「長官狙撃は暴力団の手口とは思えないんですよ。暴力団のヒットマンなら相手が一番無防備になる車の乗り降りの瞬間を狙うのが常道です。しかも至近距離から連射するから、抵抗の恐れがある秘書官も蜂の巣になります。警告であれば顔を切るか、腹を刺すかでしょう。それに連中の犯罪は、個人的怨恨や金銭目当てでないかぎり、相手組織にメッセージを明確に伝えることが目的です。ですから関係のない北朝鮮バッジを残すような無用な工作はしませんよ」

確かに武田が過去に鑑定を依頼された暴力団のヒットマンによる狙撃には特色があった。暴力団のヒットマンは至近距離から連射するのだが、最後の弾丸だけは狙撃対象の中心部から逸れているケースが多かった。逃走準備に入り、視線と体勢が変化するため弾道がずれるのである。

被害者である国松自身、一九九九年八月に行われた南千特捜の事情聴取に対して暴力団犯行説を否定している。

「撃たれたときには暴力団かと思った。兵庫県警本部長時代には山口組取り締まりの強化を指示しているし、警察庁刑事局長時代には暴力団対策法を施行している。しかし暴力団ならあんな撃ち方はしないで、もっと間近に来て撃つだろう。撃ち方がしつこかった。最初に背中を撃たれて、地面に背中から叩きつけられて、仰向けになったら『これでもか』と撃ち込んできた」

警察トップの言う通り、暴力団捜査を知るものなら手口が明らかに違うと直感するはずだ。それに加え、暴力団が過去にフェデラル社のナイクラッド弾を使用したことはない。もちろんハンドロード実包が使われたこともなかった。

警視庁公安部が捜査対象にしているオウム真理教はどうだろうか？　過去の捜査で

はオウムがナイクラッドの模造品を入手した証拠は発見されていない。ナイロンコーティングの原材料も模様を刻み込むローラーも押収品の中には存在しなかった。さらにハンドロードを研究した文書などの痕跡すらない。

射撃実験の末に辿り着いた鑑定結果は、南千特捜が執着するオウム真理教、さらに在家信者の元警察官・小島俊政とはまったく接点のないものだったのである。

拳銃捜査班の喜多村信吾警部補が武田に耳打ちした。

「こうした偽造品を製造するのは北朝鮮である可能性があります。このルートも調べてみなければなりません。オウム真理教が北朝鮮工作員に外注した可能性もある。北朝鮮自体に動機があるかもしれない。事件発生時の時代背景と当時の日本警察の動きを調べ直してみます」

喜多村は公安総務課から南千特捜に事件発生当初から派遣されていた。刑事たちと捜査方針をめぐって真っ向から衝突した公安部にあって、最も物的証拠からの捜査を重要視し、どちらかといえば刑事捜査的な視点から上層部に意見する熱血漢だった。

バッジの流通ルート

喜多村警部補が「北朝鮮ルート」を調べ始めた最大の根拠は、当然、狙撃現場の植え込み付近で発見された「北朝鮮人民軍バッジ」だった。この丹銅製のバッジは縦三・〇センチ、横二・五センチ、重さは五・八グラムという小さなものだ。「盛り七宝」と呼ばれる基本的な技法で作られており、上部に赤い旗、中心部は水色のベースに社会主義を表す赤い大きな星があしらわれ、下部には赤ベースに金色のハングルで「朝鮮人民軍」と刻まれていた。

このバッジをめぐる捜査は難航を極めていた。南千特捜は事件発生直後から、東京都内および関東近県のアーミーショップ二三二軒を虱潰《しらみつぶ》しに調べている。さらに古物市場一一ヵ所、勲章やコインの専門店一四ヵ所で過去の取り扱い事実の有無を調べたが、手がかりはまるで見つからないまま、事件翌年の一月には「捜査保留」という決定が下された。

捜査は行き詰まっていたが、バッジの名称は特定された。現場で発見されたバッジは当初、北朝鮮で精励に努めたものが授与される「赤旗前衛中隊バッジ」とされていた。これは在日韓国大使館に勤務する国家安全企画部（現・国家情報院）の機関員が、警視庁の照会に対して回答したものだった。しかしその後、安企部側から訂正があり、一九五八年から一九八一年まで北朝鮮が製造し、軍隊で使用された「人民軍記章」と呼ばれるものであることが判明したのである。

行き詰まったバッジ捜査に転機が訪れたのは二〇〇〇年三月のことだ。テレビ局がバッジの写真を入手してニュース番組で放映したのである。南千特捜はこのタイミングを利用して、アメリカの「全米勲章メダル協会」の機関紙に遺留バッジの写真を掲載し、世界中に情報提供を呼びかけた。

「同じバッジを所有している」と連絡してきたのはドイツ人のコレクターだった。二〇〇一年五月に、ドイツ人コレクターからバッジの提供を受けたうえで、流通経路を聴取したところ、やはりロシア、東欧圏内であることが判明した。このほか複数のコレクターからの情報提供で、中朝国境地帯での脱北者による流通も確認された。

その後、新たに設置された南千特捜の「新宿分室」が全国のアーミーショップや軍事マニアなどにも手を広げたが「人民軍記章」は存在自体知られていなかった。唯一、日本人のバッジコレクターが北朝鮮海軍バッジである「万能海兵」を入手し、日本国内のミリタリーグッズのイベント会場で販売していたことが確認された。

コレクターの男はこう言った。

「ロシアのモスクワ駅から歩いて五分くらいのフリーマーケットで買いました。二〇〇〇年一二月には、新型のアルミ製の人民軍記章をモスクワのフリーマーケットで買ったこともありますよ」

「モスクワ」というキーワードで浮上したのが、教団のロシア進出を主導し、モスクワへの渡航歴が豊富な早川紀代秀だった。二〇〇一年一月には教団ロシア支部の信者からの聴取も行われた。早川のモスクワ滞在時に専属通訳を務めたロシア人信者はこう供述した。

「一九九四年四月以前のことですが、早川さんが来たとき『軍隊のバッジや勲章が欲しい』と言われました。私はもともと軍人でしたし、どんなところで購入できるか知っていました。『アルバート街に行けば手に入りますよ』とアドバイスしたと記憶しています」

アルバート街とはモスクワ中心部にある古い町並みの観光名所だ。後日この信者が早川にアルバート街に案内しようかと声をかけたとき、早川はこう答えたという。

「もう持っているから十分だ」

南千特捜はこの情報だけで「早川がモスクワ滞在時に北朝鮮の人民軍記章を入手して、捜査攪乱のために狙撃現場に残した」という乱暴な筋書きを描いた。北朝鮮バッジの存在すら、南千特捜を「オウム犯行説」の自縄自縛に陥らせる材料になっていった。

ロシアコネクション

早川のロシアルートを洗い直した極秘チームが結成されたこともある。「本部総合デスク特命班」である。一班から四班まである特命班を率いたのは公安総務課管理官・見城豊(仮名)だった。

見城が管理官を務めた「本部総合デスク」は公安部長直轄部隊として結成され、南千特捜と新宿分室、捜査四課による池袋分室の情報を吸い上げる司令塔だった。この傘下にある特命班は、オウム以外の筋の良さそうな情報を片っ端から「潰す」作業を担当する実働部隊だった。

そもそもオウム真理教とロシアの関係は深い。その接点を作ったのが「露日大学」だ。大学と名前が付いているが、実際は安全保障会議書記のオレグ・ロボフが一九九一年一一月に設立した「基金」である。この組織はロシア側が作った対日利権の拠点で、日本の企業から五〇〇〇万ドルの出資を集めようとしたが、うまくいかなかった。

そこに登場するのが、ロシア進出を模索していたオウム真理教である。教団のロシア担当の信者が、アエロフロート航空の東京事務所副所長と接触し、在日ロシア連邦大使館経済担当公使を紹介された。実は、この二人の「東京事務所副所長」「経済担当公使」という肩書はカバー（偽装）で、実際は日本警察から「KGB（現在のSVR＝ロシア対外諜報庁）機関員」と認定されている人物だったのだ。公使はロボフから出資者探しを下命されたが、資金集めは難航していた。資金が欲しいロシア側と資金力が豊富でロシアへの進出を目論むオウム真理教の利害が一致したのだった。

麻原彰晃は一九九二年二月に来日したロボフと、ホテルオークラで面会した。これをきっかけに、オウム真理教は露日大学のスポンサーとなり、ロシアコネクションが確立したのである。

長官狙撃事件現場の植え込み付近で発見されたバッジ。下の部分にハングルで「朝鮮人民軍」と刻まれている。

オウム真理教のロシア人脈と長官狙撃事件をめぐっては、奇妙な偶然があった。このKGB機関員と認定されていた公使が、国松が住んでいたアクロシティのDポート二階に住んでいたのだ。部屋の所有者は、東京・銀座に本社を置く消費者金融で、賃貸契約を結んでいたのは、公使と古くから交流がある社団法人日本原子力産業会議の幹部だった。南千特捜は、事件直前の三月一一日までCポートに住んでいた暴力団関係者とあわせて、この、すでに民間人となっていた公使の周辺を捜査した。しかし事件につながる材料は出てこなかった。

ロシアコネクションを再び捜査するにあたって見城が注目したのは、教団ロシア支部の小山内利康（仮名）の供述だった。小山内は長官狙撃事件の実行犯に心当たりはないかと問われ、こう話したという。

「ロシア支部のオウム信者にスペッツナズ出身者がいたはずです」

小山内はオウム真理教の最古参の幹部の一人だ。ロシア支部の立ち上げメンバーで、地下鉄サリン事件のあとロシアから国外退去処分を受け、一九九八年四月にキプロスで現地当局によって身柄を拘束された。その後、男性信者リンチ殺害などで殺人や死体損壊の罪に問われ、二〇〇〇年一一月には東京地裁で懲役八年の判決が下されていた（二〇〇三年二月、東京高裁で控訴棄却）。

彼が名前を挙げた「スペッツナズ」とは、ロシア連邦軍の特殊部隊で、暗殺などが得意とされている。オウム真理教はこのスペッツナズ出身者を教官にして射撃ツアーなどの教団幹部の軍事訓練を行っていた。

本部特命班は、教団ロシア支部の名簿を入手、小山内の全面協力のもとスペツナズ出身の信者を探した。ロシア人信者に「射撃童子」というホーリーネームの男がいた。特命班の捜査員から「こいつが怪しい」という声が上がったが、小山内は「彼は旧ソ連軍の退役軍人だがスペツナズじゃない、そんな技術もない」と否定した。

ロシア人信者と元赤軍ハンター

見城はかつて、警察庁警備局公安三課と外事課の傘下にある極秘部隊「調査官室」に在籍したことがある。調査官室とは、海外でテロ活動を繰り返し、国際テロリストとして恐れられていた日本赤軍を追跡する「赤軍ハンター（赤軍調査官）」の極秘部隊だ。見城は国外のインテリジェンス機関にネットワークを広げ、各拠点に情報協力者を養成しながら、一年の三分の一は海外で隠密行動する苛酷な生活を送り続けた。赤軍ハンターとしての彼の最大の功績は、日本赤軍のコマンド・泉水《せんすい》博の身柄確保である。

一九七七年九月末、佐々木規夫ら日本赤軍のコマンドがインド上空で日航機をハイジャックした事件で、強盗殺人で服役中だった泉水は超法規的措置によって釈放され、日本赤軍に合流した。その泉水がフィリピン・マニラに潜伏しているという情報を見城らがキャッチしたのである。

「泉水が頭髪の植毛手術後の治療のために病院に来る」

一九八八年六月七日、フィリピン最強のインテリジェンス機関「フィリピン国軍情報部」の特殊要員一〇〇人と、見城ら日本警察の赤軍ハンター四人がマニラ中心部にある総合病院マカティ・メディカルセンターの正面玄関周辺に、患者やスタッフを装って張り込んだ。「由木里志（SATOSHI YUGI）」を名乗る泉水らしき男は、この病院で頭髪の植毛、目や鼻、上唇の整形手術を受けていた。この日は側頭部の毛を禿げた前頭部に移植した手術後の抜糸が行われる予定だという。

事前の情報通り泉水は病院にやってきた。フィリピン人女性が付き添っていた。やがて周囲を包む異様な空気に気付いた泉水は地下に逃げ込み、手術室内に立てこもってしまった。国軍情報部の武装部隊との間で銃撃戦寸前の状態となってしまったのだ。英語もタガログ語も話せない泉水に対して、見城ら赤軍ハンターが投降するようドアの外から日本語で説得し、身柄を確保した。

見城は調査官室に四年間在籍したあと、警視庁公安部外事一課第五係や警察庁国際テロ対策室など一貫して国際テロ対策部門を歩み続けた。

国松長官狙撃事件の捜査に投入された見城は、赤軍ハンティングで培った独特な捜査手法で、ロシアルートの解明を目指したのである。その手法はまさにダイナミズムにあふれたものだった。

一連のオウム事件捜査では一九九五年四月に警察庁が公式ルートで係官をモスクワに派遣したことはあった。だが警視庁の公安捜査員が正規ルートを通さずに、ロシア国内で情報収集活動を行えば、かつてのKGBの国内防諜部門である「FSB（連邦保安庁）」に身柄を拘束されるおそれがあった。

見城はオウムのロシア国内での動向を洗うため、小山内の腹心だったロシア人信者・ボリス（仮名）をモスクワから呼ぶことにした。「破苦童子」というホーリーネームを持ち、ロシア人信者の取りまとめ役だったというこの男を情報協力者にして、長官狙撃に結びつく手がかりを摑もうとしたのである。

まずはボリスをロシア当局や日本の外務省に察知されぬよう、極秘で来日させなければならない。見城は協力者が経営する企業にボリスを招請させ、商用ビザを取得させた。ボリスが来日すると上野の目立たないビジネスホテルに宿泊させ、協力者獲得作業を得意とする公安捜査員数人を担当にして、信頼関係を構築した。

だが、ボリスはとんでもない大酒飲みで、毎晩のように飲みたがった。見城は「公安一課随一の女スパイ」との異名を持つ久本幸恵巡査部長（仮名）とともに、ボリスを銀座で接待した。ボリスは酒に酔って銀座の繁華街で走り出すという奇行を見せ、久本らが銀座中走り回って探すはめになった。結局、酒癖の悪い人間は協力者には不向きであるという判断になった。

次はロシア人の女性信者を来日させることになった。モスクワ大学日本学科に在籍するこの金髪女性ユリア（仮名）は小山内の恋人だった。見城は捜査協力の見返りに拘置所にいる小山内とユリアを特別に接見させた。

ユリアは若手の白鳥弘道巡査部長（仮名）が担当した。白鳥はユリアを国内旅行に連れて行き、ロシアに帰国した後も、指示に従って動くことを誓約させた。

しかし、極秘オペレーションは成功しなかった。見城はユリアを遠隔操作してオウムや早川のロシア国内の銀行口座を洗い出そうとしたが、ユリアの行動はロシア当局に怪しまれた。

結局ロシアルートは新たな情報がないまま、立ち消えとなった。

狙撃事件直前の北朝鮮の動向

喜多村警部補は公安部内の人脈を頼って、国松長官狙撃事件発生直前の日本国内での北朝鮮関連の動向を徹底的に洗っている。

北朝鮮を担当する公安部外事二課は北朝鮮から国営企業の代表団などが来日すると、諜報機関の工作員が紛れ込んでいないか、完全秘匿で行確し、不審動向をつぶさに記録している。

ある外事二課員が、長官狙撃事件発生直後に作成したというB４判八枚の書類を探し出し、喜多村に「コピー不可」という約束で見せてくれた。「北朝鮮動向と国松長官をめぐるクロノロジー」と題する文書には、一九六一年四月に東京大学法学部を卒業して警察庁入りした国松が一九九五年三月三〇日に狙撃されるまでの経歴や動向、公式発言が並んでいた。そして右側には北朝鮮関連事件や外交の動き、各種代表団の入国状況が記され、一目で対照可能な年表が完成していたのである。喜多村は一九九五年三月の部分だけ手帳にメモを取り、その場で文書を返却した。

一九九五年三月八日、平壌食料品工場実務代表団一行三名が来日、四月五日まで

一九九五年三月一五日、北朝鮮大興船舶会社代表団三名が来日、四月七日まで

一九九五年三月一六日、万景峰《マンギョンボン》92号が新潟港に入港、帰北中の在日朝鮮人五名が入国。船はドック入りし三月一八日に出港

一九九五年三月一九日、北朝鮮金型技術実務代表団五名が来日、四月一六日まで
一九九五年三月二六日、朝鮮基督教徒連盟代表団五名が来日、四月四日まで
一九九五年三月二七日、朝鮮国際旅行社代表団二名が来日、四月二四日まで
一九九五年三月二八日、連立与党代表団が日朝国交正常化交渉再開の道筋をつける
べく訪朝
一九九五年三月二八日、大進商社実務代表団三名が来日、四月一二日まで

喜多村は南千住駅前の喫茶店に、同僚の大鶴警部補を呼び出した。

「狙撃に使われた実包は、ハンドロードによって火薬量の微調整がされているし、弾頭はナイクラッドのコピー商品の可能性がある。ロシアだけでなく、北朝鮮が何らかの形で絡んでいる可能性は捨てるべきじゃないと思う。朝鮮人民軍のバッジが現場に残されていたという原点に、もう一度立ち返るしかないと思うんだ」

弾頭の鑑定結果やメモしてきたばかりの北朝鮮関係者の動向を示しながら、北朝鮮ルートを捜査する必要性を力説した。

このとき大鶴がメモを見ながら呟いた。

「これ、知ってるよ。俺も調べたことがある……」

大鶴の指先は、「万景峰92号」の文字を指していた。

万景峰92号

それは事件の翌年、一九九六年末のことだった。

大鶴は夕刻の六本木交差点付近を足早に歩いていた。俳優座劇場脇から裏通りに入り、一角の路地を二周ほどしたあと、六本木通りに並行する路地を溜池方面に下った。途中、タバコに火をつけながら、背後をぐるりと確認する。誰もいない。大鶴は尾行点検しながら、情報源との待ち合わせ場所に向かっていた。

たっぷり一時間かけて、溜池の高層ホテルに入った。三階のオープンスペースのバーコーナーには、他の客はいなかった。

しばらくすると、待ち合わせの男が浅黒い肌に白い歯を輝かせながら現れた。

「こんにちは。お元気でしたか?」

男は流暢な日本語で挨拶すると、右手を差し出した。某国の情報機関に在籍するインテリジェンスオフィサーだった。

この男は大鶴と会うときには必ず、このホテルのラウンジを指定する。男はホテルの建物に入ると、まずエレベーターに乗り、一気に最上階に上る。そこで別のエレベーターに乗り換えると、今度はエレベーターと非常階段を交互に使いながら三階まで降りてくる。待ち合わせのラウンジ周辺には、彼の防衛要員が周囲の不審動向に目を光らせているはずだ。

追尾されていることを想定し、徹底的に「掃除」してから目的地に到着するのは、世界のインテリジェンスのプロたちが会う時の、いわば共通のマナーだった。

大鶴は相談があって、男を呼び出していた。

「今日はひとつお願いがあります。我が国の警察のトップが狙撃された事件なんですが……」

男は顎を上げて、先を促した。

「……一九九五年三月三〇日の事件当日、貴国の偵察衛星の軌道に、南千住周辺がなかったかどうかご確認頂きたいのです。以前、お見せいただいた衛星画像では地上の通行人の判別が可能だったので、狙撃犯が映っている可能性もゼロではないと思いまして……」

オフィサーは手を広げ、目を剝いて笑って見せた。

「ずいぶん、難しいリクエストですね。でも、ミスター・オオツルの願いですから、関係機関と連絡を取ってみます。あの日、あの場所の画像が保存されているとは思えませんけどね」

やはり無茶な要求だったか。落胆する大鶴の前に、茶封筒が差し出された。

「私はこのほうが重要だと思いますよ」

大鶴は軽く周囲を見回した後に、渡された封筒に手を入れた。

二枚の写真だった。

「船の写真ですね……」

大鶴は努めて平静を装った。ここで驚きの表情を見せると、何も把握していないことをさらけ出すことになる。この世界での一方的な情報提供は、過大な見返りを要求されるからだ。

インテリジェンスオフィサーはにやりと笑ってこう答えた。

「君たちの国に出入りしているDPRK（朝鮮民主主義人民共和国）の船です。政府が医薬品や食料品などの支援物資を送るときに使っているでしょう。この写真に映っている物体が何かを調べるのは君たちの役割ですよ」

北朝鮮情報ならCIAに負けないと豪語するこの男が持ってきたのは、「万景峰92号」の船底部分の写真だった。万景峰92号とは、一九九二年に就航し、北朝鮮の元《ウォン》山《サン》と新潟を不定期で往復する貨客船だ。

それにしても奇妙な写真だ。万景峰の船底に開いた楕円の穴から、巨大な筒のような物体が下りてきている。一枚は船底の下から見上げる位置からのクローズアップ、もう一枚は陸揚げされた船体を離れて撮影したものだ。

船底から伸びる奇妙な物体は水中昇降機にも見える。これが直径三センチほどの細長い棒なら「ログ」と呼ばれる速力計測器であるはずだが、これは直径二メートル以上、大人が二、三人入れるほどの大きさがある。

「これは日本の造船工場で撮影されたものです……」

オフィサーはこう説明した。

万景峰92号は長官狙撃事件の直前、一九九五年三月一六日に新潟港に入港、この際、「船底を擦った」と言って、ドックで臨時点検を受けていた。翌年三月にも広島県内の造船工場にドック入りしてメンテナンスを受けた。写真はこれらの機会に極秘裏に撮影されたものだった。

「この機器はいったい何ですか?」

「私たちも調べているところです。工作員が水中に下りるための昇降機にも見えますがね……」

オフィサーは首を傾げて見せた。

大鶴は南千特捜にこれを持ち帰り、情報メモとともに上司に報告した。写真は警察庁警備局にまで上がったが、大鶴は翌日から何事もなかったように、オウムを対象とした捜査に戻された。

その後、日本の警察当局は万景峰92号が定期点検のために広島県内の造船工場にドック入りするたびに、極秘の調査を行った。その結果、「昇降機」と見られた物体は、潜水艦や護衛艦などに装備される「ソナー（音響探知機）」であることが判明した。

ソナーとは音波を使って、水中の物体を探知するためのもので、軍事用のものは敵国の潜水艦の動きを把握するためなどに使われる。万景峰92号に装備されていたものは、軍事用に使用可能な格納式の吊り下げ型ソナーで、貨客船には必要ないものであることは明らかだった。

「工作員や工作船の潜入を支援するためのソナーである可能性が高い」

警察庁が下したこの結論を耳にした大鶴は、居てもたってもいられなかった。

一九九五年三月、万景峰92号が海底で擦ってしまったのは、このソナーだったのではないのか。工作員を支援するために下ろしたソナーを海底に接触させてしまい、格納できなくなったのではないのか。

長官狙撃のわずか二週間前に一体何を——。

だが、南千特捜は動かなかった。大鶴は何度か上司に「北朝鮮ルート」の捜査の必要性を掛け合ったが、「余計な意志を持つ者は捜査から外す」と脅された。

大鶴は確信していた。

喜多村がいくら北朝鮮ルートを力説しても何も動かない。その声は再びかき消されるだけだ。組織は真相解明ではなく、まったく別の意思で動いているのだ。

「……喜多村、もうやめておけ。南千特捜が過去を否定して、いまさら北朝鮮ルートなんか捜査するわけがない。日本はあれだけ多くの自国民が拉致されたのに、その生死すら確認できない国なんだぞ。北朝鮮ルートはインテリジェンスの世界だ。日本警察にそんな能力はないのが現実なんだ。俺たちはもうオウムと小島の呪縛から抜け出すことは不可能なんだよ」

大鶴は自身の体験を話して聞かせたが、喜多村は意見を曲げようとしなかった。

「俺たちはもうオウムから離れるべきだ。北朝鮮にも国松さんを狙う動機があったはずだ。国内捜査だけでもやるべきだ」

その後も喜多村は「北朝鮮ルート」を上層部に訴え続け、北朝鮮とパチンコ業界の関係や、警察とパチンコ業界の癒着の構図まで調べ始めた。この単独行動は公安部上層部を大いに刺激した。拳銃捜査班に在籍していた筋金入りの闘士たちは、既に南千特捜を去っており、喜多村を守る者は皆無だった。南千特捜で四面楚歌となった喜多村は、捜査から外され、心に深い傷を負った。やがて喜多村には、所轄への人事異動が発令された。

終章

警察官人生最後の勝負

東京駅から東海道新幹線「こだま」に一時間五〇分乗ると、静岡県の掛川駅に到着する。ここから車で四〇分走れば茶の産地として知られる牧ノ原台地に入り、その南側に徳川幕府の老中、田沼意次《たぬまおきつぐ》の城下町が広がる。

牧ノ原台地は約九割が茶畑だ。日の当たる斜面のいたるところに美しいお茶の段々畑が広がっており、見る者の気持ちを和ませる。

二〇〇九年一〇月、警視庁公安部公安一課長の栢木國廣は、茶畑を縫うように走る車の助手席に乗っていた。栢木を乗せたセダンは、ある警察署に入った。

署の一室で待っていると、四〇代半ばの男が入ってきた。

「栢木課長、ご苦労様です」

男は以前と変わらぬ様子で挨拶した。

栖木にとって、脳裏から片時も離れたことがない顔だった。向かい合って座ると、一五年間のすべてを凝縮したものが暴発しそうになるが、懸命に堪えた。時計の針の音が聞こえるくらい、胸苦しい沈黙が過ぎる。

目が合うと小島俊政は薄笑いを浮かべて見せた。この表情に小島という人間が表れている。息苦しい状況を回避するために、相手に迎合しようとするのだ。

その瞬間、栖木は抑え込んでいたものが弾けた。

「小島くん、君は自分がやったことのすべてを家族や友人に説明したのか？」

アメリカ、ロサンゼルス市警本部の留置場で首吊り自殺したロス疑惑の三浦和義の一件を切り出した。

「人間はいつかどこかで、抱え込んでいた真実を説明したいという衝動に駆られるものなんじゃないのかね。君はどうなんだ？　長官狙撃事件はもうすぐ時効を迎える。本当のことを喋って、責任を全うする時期なんじゃないのかね。ご家族だって大きな影響を受けて人生が変わってしまったんだろう」

一九九六年に小島が長官狙撃を供述して以来、国家公務員の実兄は苗字を変えることになった。警視庁の警察官だった実姉の夫は退職を余儀なくされ、姉夫婦は沖縄に仕事を見つけて移住した。栖木からすると、小島だけが実家に舞い戻ってのうのうと暮らしているように見えたのだ。

「うーん。そう言われましても……」

小島は目を閉じて首をひねるだけだった。

これは「戦略」なのか、それとも「素の反応」なのか、栢木には前者にしか見えなかった。栢木が取り調べてきた極左活動家は、ほとんどが勾留期間中、完全黙秘を貫いた。

「お前には情があるのか！」「死というのは君が考えているようなものではない！」

ありとあらゆる挑発的な文句を並べ立て、空しく机を叩き続けたものだ。

目の前の中年男は黙秘しているわけではない。懸命に考えながら喋っているようにも見える。だが、系統立てた説明は皆無である。

「これがもし戦略的に逃げ切ろうとしているのであれば一級品だ」

歴戦の公安捜査員は唸るしかなかった。

栢木は柔和な表情と人当たりの良さから、機微に通じた人情派の公安捜査員と評される。一方で公安警察の「ウラ」に位置づけられるきわめて秘匿性の高い部門を歩んできた経歴は、公安部内でもあまり知られていない。

一九六七年に警視庁巡査となり、「極本」に引き上げられて連続企業爆破事件の捜査に携わった。古沢和彦とともに東アジア反日武装戦線の佐々木規夫の住所を突き止め、連日、秘匿追尾を行って、「狼」グループのネットワークの割り出しを担った。その後は中核派革命軍への捜査や、日本赤軍の国内支援者の割り出しなどで活躍し、その二枚腰の捜査ぶりが評価された。

警部時代には警察庁警備局に出向となった。「チヨダ」の外事担当係長を務め、さらに外事課の「八係」の傘下にある東京・日野市の「警察庁第三無線通信所」に派遣された。これは「ナミ」というコードネームで呼ばれる秘匿性の高い組織で、北朝鮮とロシアの暗号通信を傍受するのが任務だ。栢木は唯一の警察官として、外事課が独自に採用した通信技官の取りまとめ役となった。

警察庁から三年半ぶりに警視庁公安部に復帰したのは、長官狙撃事件の翌日のことだった。そのまま係長として南千特捜に派遣され、まさしく骨を埋めることになった。

ここでの栢木の活躍は南千特捜の暗黒の歴史と重なる。一九九六年四月に人事一課と合同で小島を三回取り調べた際には、「長官事件発生を東大病院の待合室のテレビで知った」という小島供述に目をつけた。そして、待合室にテレビが存在しないことを突き止めてその矛盾を衝いた。

シリンダーギャップの火花

その後も特命取調班という隠密部隊を率いて、軟禁状態での小島の取り調べを統括した。初期段階の宿泊場所となったホテルは栢木の人脈で探してきたものだった。いわば栢木は長官狙撃事件捜査の「恥部」を知り尽くす、最後の捜査指揮官である。

小島とオウムの幹部の供述、彼らの事件前後の行動、数々の証拠品、南千特捜の隅々までが頭に叩き込まれ、その引き出しは瞬時に開くようになっている。栢木は一五年間の森羅万象が刻み込まれた、まさに南千特捜の生き字引であった。

その事件の公訴時効が二〇一〇年三月三〇日午前〇時をもって成立する。まさに幕引きをするために、栢木は満を持して公安一課長に就任したといってよいだろう。

実はこれは栢木個人にとっても警察官人生最後の勝負だった。二〇一〇年七月には六〇歳の誕生日を迎えるのだ。通常ならば二〇一〇年二月中旬の人事異動にあわせて定年退職するはずだったが、警視庁は長官狙撃事件の決着をつけさせるために、栢木の退職日を四月七日まで延長するという例外措置を講じていた。

時効と定年という二つのタイムリミットに衝き動かされるように、栢木は公安一課長でありながら自ら小島を取り調べるという異例の行動に乗り出したのである。

南千特捜が、最後の勝負に向けて始動したのは、公訴時効を三年後に控えた二〇〇七年春のことだ。二〇〇四年七月の取り調べで小島自身の口から飛び出した「小島実行犯説」の立証に向けて極秘捜査を開始したのである。

実は「残り火」を置き去りにしたのは、検察だった。東京地検公安部は二〇〇四年八月、釈放した小島から八回にわたって「任意」で聴取したが、この任意聴取でも小島は「自分が国松長官を狙撃した」という供述を維持していた。

坂口順造検事は小島を「嫌疑不十分で不起訴」とする前に、ひとつ解明したい点があった。

小島本人の供述によると、彼は右足を高さ六一センチの植え込みに乗せて、両腕を伸ばした状態で狙撃したという。しかし拳銃の銃身と弾倉の隙間「シリンダーギャップ」から飛んだ火花は、コートの右裾に付くことはあり得るが、左裾に付着することは考えられないのだ。

これは南千特捜の一部の捜査員が指摘していた矛盾だった。確かに発砲する際、シリンダーギャップから火花が出ることがある。これは熱を持った火薬の粒だ。この火花はシリンダーギャップから横方向に飛ぶ。後方に飛ぶことはない。したがってコートの左裾に火花は届かない。

小島の主張する狙撃体勢とコートの左裾の溶融穴には矛盾がある。坂口検事は不起訴処分を下す前にその事実を確認することにした。坂口は静岡県警の武道場に、アクロシティの現場と同じ位置関係の大掛かりなセットを組んで、コートを着た小島に狙撃を再現させることにした。

「君がどういう体勢で国松長官を狙撃したのかやってみてください」

検事に促されて、セットの植え込みの位置に進んだ小島はちょっと迷う素振りを見せて、こう言った。

「右足ではなく、左足を花壇に乗せた姿勢だったような気がするんです」

小島は拳銃を構える姿勢で両腕を伸ばし、左足をボックスの上に置いてみせた。すると拳銃の真下に左膝、つまりコートの左裾が位置した。小島が植え込みに置いた足を、「右足」から「左足」に修正したことで、溶融穴の位置が俄然合理的なものとなってしまったのだ。

ある検事は南千特捜の幹部らにこう耳打ちした。

「結果的には無理だったけど、小島を実行犯で起訴することを検討すべきだという声もあったんです」

この言葉は警視庁公安部の「小島への呪縛」を強固にする要因にもなった。

南千特捜は二〇〇七年春から「最後の勝負」と位置付け、再び「小島実行犯説」を補強する証拠を集めはじめた。公安警察の執念としか表現のしようのない、凄まじい捜査だった。

二〇〇七年四月二七日から七月一八日にかけて、四回の射撃実験が行われた。射撃時の火花によってコートに溶融穴ができるかどうかを再確認するためである。実験に備えて、コルト・トルーパーMKⅢと357マグナム、38スペシャルプラスPの実包五〇〇〇発ずつが輸入された。コルト・トルーパーMKⅢを実験に加えた理由は、シリンダーギャップが広く、火花が飛び出しやすい構造になっているためだ。

実験の結果、小島のコートと同じ材質であるポリエステル一〇〇パーセントの布地の表面には、どちらの実包で射撃しても黒く焦げた射撃残渣物が確認された。357マグナムを使用した場合には、火花が布地の繊維を溶かすことも判明した。

さらに小島が狙撃の際に身につけていたという所持品の鑑定が行われた。付着物を「スプリング8」や「X線マイクロアナライザー」にかけて、射撃残渣物を検出するという科学捜査である。その結果は警視庁公安部にとって理想通りのものだった。

「黒革手袋」と「マスク」「縁なし眼鏡」の付着物を採取した粘着テープをスプリング8で蛍光X線分析した結果、鉛・バリウム・アンチモンという射撃残渣に含まれる

「元素」が検出された。

眼鏡は長官狙撃事件の八日前に小島が購入した新しいもので、射撃訓練で使用したことはなかった。黒革手袋については、小島は以前、「長官を撃つとき、引き金に右手人差し指を入れようとして邪魔になったので歯で噛んで外した。左手は手袋をしたまま手を添えた」と供述していた。白いマスクも「犯行当日の朝、車の中で帽子と一緒に受け取った」と説明していたものだった。

南千特捜は二〇〇八年一月、黒革手袋、マスク、眼鏡を着用した状態での射撃実験を行い、これらに射撃残渣が付着することを確認した。

また小島が捜査書類などを持ち運ぶために使用していた「ソフトアタッシェケース」、小島が寮で使用していた「机の引き出し」の付着物を、X線マイクロアナライザーで検索、分析した。すると鉛・バリウム・アンチモンを含む「粒子」が検出されたのである。

ソフトアタッシェケースは、小島が狙撃現場から逃げる際に拳銃を収納したショルダーバッグと同じものと判断された。机の引き出しは、小島が「犯行前日に井上嘉浩から預った拳銃を隠した」と説明していた場所だった。

二〇〇四年七月の捜査の過程で、遺留品である「韓国コイン」から、教団建設省所属の信者・滝川真一（仮名）と一致するミトコンドリアＤＮＡを検出していた。これに加えて小島の黒革手袋の右手部分内側とライターからは、教団建設省所属の信者・藤井進（仮名）のミトコンドリアＤＮＡを検出。これらは事件捜査の焦点をオウム真理教に再び絞るための材料になった。

「小島供述」といういまにも折れそうな細い柱を、緻密な科学捜査によって補強し、一本の太く安定した柱にしようという作戦だった。

二〇〇八年八月に警視総監に就任した米村敏朗は、こうした鑑定結果を高く評価した。そして自ら捜査指揮をとる形で「小島実行犯説」に突き進んだのである。

こうして事件の構図がふたたびできあがった。首謀者・麻原彰晃こと松本智津夫、現場指揮者・早川紀代秀、逃走支援に端本悟と木場徹、調査下見が藤井進と滝川真一、このほか三人のオウム幹部に捜査撹乱という役割が与えられ、新たなシナリオが描かれたのである。

「革命家」の自供

事態をますます複雑にする要素があった。刑事部捜査一課の取り調べに対して、国松長官狙撃を自供する男が現れたのである。

供述の主は中村泰《ひろし》。一九三〇年生まれ、事件当時でも六四歳という高齢の男であった。った。その人生は数奇であり、空恐ろしくなるような犯罪の歴史でもあった。

東京大学教養学部理科Ⅱ類に在学中に左翼運動に傾倒、労働者革命を目指して資金稼ぎのために窃盗事件を起こし、一九五一年に東大を中退している。翌年には自動車窃盗で実刑判決を受けて服役した。さらに一九五六年には職務質問中の警察官を拳銃で射殺する事件を引き起こし無期懲役の判決を受けて服役。一九七六年に仮出獄した。

その後、二〇〇一年一〇月に大阪市の三井住友銀行都島支店で現金五〇〇〇万円入りのケースを強奪、二〇〇二年一一月に名古屋市のＵＦＪ銀行押切支店の駐車場で現金輸送車を襲撃して警備員に発砲した。中村の放った弾丸のうち、一発は一人の両足を貫通、もう一人のズボンを掠めた。中村は現金五〇〇〇万円を奪って逃走したが警備員に取り押さえられ、現行犯逮捕されている。

裁判では名古屋の事件で懲役一五年、大阪の事件では無期懲役の判決が下された。名古屋の事件の裁判で中村は、殺意を否認したうえ、「射撃の技量が十分にあるので狙ったところに当たる」と主張した。要は殺害するつもりはなく、最初から足を狙って撃ったことを強調したのだ。

一審の名古屋地裁は殺意を認定した。しかし控訴審の名古屋高裁は、中村の射撃能力を認めて、殺意のない強盗致傷罪にとどまると判断したのである。

二〇〇三年七月、警視庁や愛知県警、大阪府警は中村のアジトだった三重県名張市内の知人宅の捜索を行った。警視庁からは捜査一課に加え、南千特捜の公安捜査員二人も密かに捜索に加わっていた。

すると知人宅から、長官狙撃事件に触れた自作の詩が複数発見されたのである。まさしく狙撃犯の心情を歌ったものだった。さらに中村が使っていた東京・新宿区の安田生命の貸金庫から、コルト社の回転式拳銃など一一丁、実包一〇〇〇発が発見された。

警視庁刑事部捜査一課は二〇〇四年三月から事情聴取を開始、中村は長官狙撃事件について曖昧な供述に終始したが、その一方で月刊誌などに犯行をほのめかす手記を寄稿しはじめた。

中村が長官狙撃を自白する調書作成に応じるようになったのは、二〇〇八年に入ってからだった。捜査一課の管理官に供述した内容は必ずしも荒唐無稽なものではなかった。

一九八〇年代後半から私は武器を集めだし、特別義勇隊と称する武装組織を結成しました。右翼思想家に協力を求めて、拉致問題解決のため朝鮮総連幹部の拉致などを計画していましたが、人員が集まらず頓挫しました。

一九九五年一月頃、オウム真理教がサリンを製造していることを報道などで知り、上九一色村第七サティアンの爆破計画を進めましたが、三月二〇日に地下鉄サリン事件が発生してしまいました。爆破計画が遅れてサリン事件が起きたことを後悔し、長官暗殺をオウムに見せかけて警察捜査をオウムに集中させるために、犯行を実行することにしました。

同志「ハヤシ」が犯行計画を練り、彼が逃走用自転車の手配などの準備を進めました。一九九五年一月から二月頃、深夜に警察庁警備局長室に侵入し、国松長官の住所や警備情報を入手しました。

三月二三日から二八日にかけて、現場の下見を複数回行いました。長官車の待機地点を把握し、二八日の朝、複数の警察関係者が長官宅を訪れたこと、さらにこの日、長官車両のナンバーが変更されたことを知りました。

犯行に使用した拳銃は、米国で購入、自動車部品と偽って密輸したコルト・パイソンでした。また韓国硬貨を米国のコイン商から購入、北朝鮮人民軍のバッジは、知人の紹介で数回会ったKCIA（大韓民国中央情報部）職員から、拳銃と交換で入手しました。

三月二三日の朝の下見後、新宿・安田生命の貸金庫から長官狙撃に使うためにコルト・パイソンを取り出しました。

事件当日三月三〇日午前八時頃、西日暮里駅で「ハヤシ」と合流し、彼が運転する車に乗って、午前八時一〇分頃に現場に到着しました。

狙撃地点に一人で待機し、北朝鮮との関係をほのめかしてオウムの犯行と見せかけるため、北朝鮮のバッジと韓国硬貨を置きました。

午前八時三〇分頃、長官と秘書官が出てきたため狙撃し、長官に三発撃ち込みました。四発目は、警戒車両から飛び出してきた警察官への威嚇のために発砲、弾丸は警察官の後方をわずかにずれて通過しました。

「ハヤシ」が用意していた自転車で現場を離れ、五〇〇メートル離れた街道沿いの喫茶店の前に自転車を放置しました。近くで「ハヤシ」と合流して、車で西日暮里駅まで送ってもらうと、新宿の貸金庫に銃を保管、立川市内の自宅に戻りました。

四月一一日に新宿の貸金庫からコルト・パイソンを取り出し、一三日に伊豆大島行きのフェリーから海に投げ捨てました。

捜査一課はアメリカ・カリフォルニア州に捜査員を派遣し、中村が銃器店で偽名を使ってパイソンを購入していたことを確認した。また中村が自動車部品を輸入していたこと、新宿・安田生命の貸金庫が中村の言う通りの日付に開閉されていたことを突き止めた。さらに名張のアジトから四月一三日付の大島行きの乗船券が発見されていたことも判明した。

これ以外にも捜査一課が「秘密の暴露」と判断した点が二つあった。「(事件二日前の)三月二八日に複数の警察関係者が長官宅を訪れていた」と中村が言う通り、この日の朝、南千住警察署長と警備課長、方面本部管理官の三人が国松長官宅を訪問していた。さらに中村の供述通り、この日から長官車両は、型式もナンバーも変更になっていたのである。いずれも一度も報道されたことのない事実だった。

捜査一課の「中村取調班」は、二〇〇八年五月から南千特捜の傘下に入ることになった。警視庁多摩総合庁舎に拠点を置いたこのチームは、捜査一課の管理官以下四人に公安一課二人を加えた六人のチームとなった。

公訴時効が刻々と迫るなか、中村は刑務所から警察庁長官・安藤隆春(昭和四七年警察庁入庁)宛に「要望書」と題する書面を送付してきた。二〇〇九年一一月二四日付の書面は、達筆で綴られたもので、自身への捜査を促すものであった。

〈真相が十分な手がかりを得ていながら、刑事部と公安部の不毛な確執や一部幹部の失態を隠蔽するための保身策によってもたらされた結果であるとなれば、まったく言語道断とするほかありません。そもそも本件捜査におけるこれまでの失敗は、捜査指揮にあたった者がオウム犯行説に固執しすぎたことに起因します〉

要望書で中村は、二〇〇四年七月の小島ら四人の逮捕についても触れている。刑事部が中村への捜査を進めるなかで、体面にこだわった公安部が無実のオウム関係者を逮捕した、とこき下ろしたのだ。

〈北朝鮮やミャンマーあたりならばともかく、現在の日本でこのような無謀な手法が通用するはずもなく、最後には逮捕者全員の釈放となって、さらに面目を失うという結果を招くに至りました〉

要望書の文面の大半は、刑事部の刑事たちの積年の恨みが乗り移ったかのような、痛烈なる公安部批判であった。

だが米村警視総監が直接指揮する南千特捜は、圧倒的に小島実行犯説に傾倒していた。当然、南千特捜の捜査員たちは怨嗟《えんさ》の声をあげた。

「捜一の連中が中村に入れ知恵しているに過ぎない。この要望書は中村の手紙ではない。刑事部が警察庁長官に宛てた手紙だ」

南千特捜の裏取り班は「警備局長室に侵入して長官の住所を入手した」という中村供述の矛盾を見つけ出した。そもそも当時、警備局長室に保管されていた住所録には、局長以下の住所しか掲載されていなかったことを突き止めたのだ。公訴時効が差し迫る中で、特捜本部内の刑事と公安の溝は再び深まったのである。

最後のケジメ

警察の内部抗争に対する検察の反応は冷淡だった。東京地検公安部はまず、警視庁サイドにこう言い渡した。

「小島実行犯説か中村実行犯説のどちらなのか、まず警視庁としての意思統一を図るべきである。刑事部と公安部がばらばらに交渉しにくるのは御免蒙りたい。事件を本気でやる気があるなら、検察への報告や相談は、南千特捜のモトダチである警視庁公安部に一本化して欲しい」

検察側は警察への不信感を隠さなかった。

そもそも二〇〇四年に警察が最後のケジメをつけたいと頭を下げたからこそ、検察は組織に火の粉が降りかかるのを覚悟のうえで小島らの逮捕を了承したのだ。当時のトップ同士での話し合いの末、一つの決着をつけたというのが検察側の認識だ。もう一度、登場人物の役割を変えて立件しようというのは、あまりに虫が良すぎるのではないか。そんな考えが、検察幹部の根底にあった。

さらに検察側には、警視庁トップ直々の捜査指揮が引っかかっていた。そもそも米村警視総監は二〇〇三年八月まで警視庁公安部長を務め、自ら早川紀代秀を取り調べてまで「端本実行犯説」という事件の構図を描いた責任者だ。その米村が警視総監として再び陣頭指揮を執り、今度は「小島実行犯説」で立件しようとしているのは、大いなる矛盾、変節と映り、態度を硬化させたのである。

もう一つ、警視庁にとって大きな壁があった。一九九七年に小島を一四回にわたって取り調べ、「その供述に信用性なし」との結論を下した岩村修二が、東京地検検事正に就任していたことだ。

岩村は地検公安部にこんな大方針を示していた。

「警察のメンツを潰すのは避けるべきだが、世間から不当な蒸し返しとの指摘を受けるわけにはいかない」

岩村は小島について、「狙撃現場に行った可能性はあるが、実行犯ではない」と分析していた。一二年前に取り調べた際、「自分が撃った」という小島の説明には具体性がなく、岩村の胸に響くものではなかったのだ。

こうした検察側の空気を敏感に感じ取った警視庁公安部は焦りはじめた。刑事部が唱える「中村実行犯説」に分があるように映った。

彼らは実に、公安的手法で動き始める。

まず東京地検公安部長・土持《つちもち》敏裕に目を付けた。オウム事件や長官狙撃事件の捜査に関わったことはないので先入観がないからだ。まず経歴や性格、私生活について調べ上げた。弱点を探し出せとの指示も出て、行確（行動確認）も行われた。

土持は東京地検特捜部、広島地検刑事部長、静岡地検次席検事、いずれの職場でも「事件捜査に積極的で、情の厚さに定評がある捜査検事」と評価されていた。そこで公安部幹部たちは、この「情」で、土持を籠絡できないかと考えた。

南千特捜は土持ら検事を懇親会に招き、捜査員らが日本酒の瓶を持って順番に挨拶に出向いた。

「この事件の捜査では殉職した男もいるんです。検察の理解が必要です。最後のケジメを付けさせてほしい」

彼らは膵臓癌で亡くなった大牟田隆盛の話を聞かせ、土持の同情を求めた。

東京地検は当初、「小島の再聴取は人権上望ましくない」と反対していたが、公訴時効が五ヵ月後に迫った二〇〇九年一〇月一八日、南千特捜はようやく小島の再聴取にこぎつけた。

検察側への工作活動が功を奏したように見えた。

「球状粒子」はあったか

だが、使い古された籠絡作戦で判断を変えるほど、歴戦の検事は甘くなかった。

警視庁に「小島実行犯説」と「中村実行犯説」の二者択一を迫りながらも、その裏で東京地検公安部は、二つの説について独自に検討を進めていた。その証拠評価は実に厳しいものだった。

まず「中村実行犯説」は目撃情報との大きな食い違いがあった。複数の目撃者は、狙撃手の特徴について、年齢三〇歳から四〇歳、身長一七〇センチから一八〇センチと証言していた。しかし中村は事件当時六四歳、身長一六一センチ、体重五五キロしかなかった。

さらに中村は四発目の銃撃について「飛び出してきた警察官への威嚇であり、弾は警察官の後方を通過した」としている。しかし実際には四発目の弾丸は、植え込みの角に命中しているうえ、警戒要員の警察官は狙撃手から見える位置には到達していなかった。

何よりも中村が主張する犯行動機のロジックが成立していない。そもそも北朝鮮バッジや韓国コインを狙撃現場に置いていっても、オウムの犯行と見せかけることにならないからだ。検察は論理不成立と評価した。

また東京地検は秘密の暴露とされる部分についても「捜査官の言動から推測して供述した可能性も否定できない」として、現段階では狙撃犯である可能性は少ないとの結論を下した。

「小島実行犯説」については、東京地検のトップである岩村検事正の心証がこれを否定していた。あまつさえ検察的論理からすれば、一九九七年、二〇〇四年の二回の捜査で信用性を根底から否定された男の供述を事件の柱にしようということ自体、捜査の常識に反するものだった。

科学鑑定の結果についても、東京地検は「新証拠」と判断しなかった。小島の眼鏡、黒革手袋、マスクから射撃残渣を構成する「元素」がばらばらに検出されていたが、三つの元素が一体となった「球状粒子」は検出されていなかった。

拳銃を発砲すると、その熱によって熔けた雷管内の成分が、空気中に飛び散って空気で冷やされて凝固する。それが鉛、バリウム、アンチモンを含む「球状粒子」となるのだ。これが「射撃残渣」である。通常一回の発砲で、数千の球状粒子が飛び散り、引き金を引いた者の手には数百粒付着する。しかしそれは二時間後には数十粒、六時間でゼロと時間経過とともに減っていく。球状粒子が一粒でもあれば「射撃残渣検出」と鑑定するが、微量の場合は射撃以外による汚染の可能性もあるという。まして「元素」がばらばらに検出されただけでは射撃によるものとは到底断定できるものではない。日常生活で付着したとしてもまったく不思議はないのだ。

さらに、「アタッシェケース」から検出されたのはごく微量の球状粒子で、一九九六年の鑑定では検出されないレベルのものだった。このため拳銃以外のもので汚染された可能性は拭えなかった。

一方、寮に設置された机の五つある「引き出し」のうち三つからは射撃残渣がはっきりと検出されていた。しかし小島がかつて「預かった拳銃をしまった」と供述したのは、一つの引き出しであり、ほかの引き出しからも射撃残渣が検出されるのは矛盾する。しかも、この机は入寮した警察官が代々引き継いで使用してきたもので、いつ誰が付着させたか特定できないという評価が下された。

警視庁が有力証拠として固執したのが、小島の黒革手袋と韓国コインから検出されたオウム信者二人の「ミトコンドリアＤＮＡ」である。しかし韓国コインから検出された滝川真一のミトコンドリアDNAの出現頻度は三〇〇人に一人、小島の手袋から検出された藤井進のミトコンドリアDNAは六〇人に一人の確率で出現することが分かった。完全に個人を特定するものではなかったのだ。

滝川真一は二〇〇四年九月以降、南千特捜の事情聴取を二三回も受けたが、

「現場に行ったこともコインに触れたこともない。覚えていることはすべて明らかにしたつもりだ」

と最後まで否認し続けた。

藤井進はポリグラフ（嘘発見器）検査にまでかけられた。

・あなたは狙撃事件の四〜五日前に、車で現場に行っていますか？
・あなたは狙撃事件の時、少し離れたところにいましたか？
・国松長官の狙撃にかかわった実行メンバーは二人いましたか？
・国松長官を狙撃した犯人は、自分が持っていた手袋を使って銃を撃ちましたか？

この四つの質問に関して、認識していることを示す特異反応が出た。しかし「判別性の高い質問項目が少ない」ため、再検査の必要性があったが、藤井は二回目以降の検査に激しく抵抗した。

公安一課長の本音

ある日の朝、栢木公安一課長は目覚めるなり妻にこう言われた。

「あなた、最近うなされているけど、大丈夫ですか？」

聞けば、何かに怯えるような様子で意味不明な言葉を口走っていたという。

栢木はこの一五年間、南千特捜でともに仕事をしてきた捜査員たちの渇望や遺恨を背負っている。業火に焼かれるような日々が、まさしく唐人の寝言を口走らせたのだろう。

栢木の頭をこんな想いがふとよぎる。最初に特命取調班で小島の取り調べを担当した大牟田隆盛はこの迷走ぶりをどう見ているのだろうか。大牟田は最後に栢木と酒を飲んだとき、「酒がまずくなった」と言い出した。その後、見る見るうちに痩せていった。体力が続く限りぎりぎりまで出勤したが、あっという間に亡くなった。

大牟田は最後まで「小島が実行犯だ」と固く信じて疑わなかった。取調官は目の前で相手が犯行を自供すれば、その供述に引っ張り込まれる。それはどんなに冷静な取調官でも同じだ。

だが、大牟田が死んだ二〇〇四年五月、南千特捜は米村公安部長の指揮下で「端本実行犯説」を固め、「小島は後方支援役」という構図で最後の詰めに入っていた。大牟田が強く信じた「小島実行犯説」は封印されたのだ。死の間際に事件の構図を知らされた大牟田は、血涙をしぼる思いだっただろう。

だからこそ、警視総監となった米村が「小島実行犯説を再評価している」と知らされたときは、栢木は頭をぶん殴られたかのようなショックを受けた。大牟田の気持ちを慮るといたたまれなくなったのだ。

その一方で、検察とのやり取りを重ねれば重ねるほど、「小島実行犯説は事実と反するのではないか」という疑問も強くなっていた。小島の眼鏡やマスクをいくら調べても、射撃残渣の「球状粒子」は出てこない。「小島実行犯説」を押し通せば検察との距離がどんどん離れていくのは間違いない。しかし公安一課長がこれを口にすれば、警視総監が主張するものを覆すことになる。

この頃、ある検事は栢木がこう語るのを聞いて驚いた。

「私は小島後方支援説が有力だと個人的には考えています。いまは違う方向に進んでいるような気がします」

検事は栢木の言葉に、警視総監の捜査指揮に翻弄されている現場指揮官の苦悩をまざまざと感じ取った。

栢木は巡査を拝命してから約四〇年、キャリアの上司にはいっさい楯突くことなく、滅私奉公を通してきた。しかし定年間際になって、現場生え抜きの公安捜査官のプライドが抑えきれなくなってきていた。

「自分はこの捜査に最初から携わり、すべてを知る捜査官だ。最後くらいは、キャリア・ノンキャリのヒエラルキーを無視してでも、捜査官としての自分の勘に賭けるべきなのではないだろうか」

情勢は圧倒的に不利だが、暗澹となるのはまだ早いと自らを奮い立たせた。

四つの証言が意味するもの

栢木の頭の片隅に引っかかっている出来事があった。端緒は事件発生から二ヵ月後の新聞配達員（当時三八歳）の供述だった。

「一九九五年三月二三日から二七日までのいずれかの日の午前五時五分から一〇分頃の間、事件現場の向かい側のBポートの一四階から配達のために外階段を下っていたところ、六階か七階の階段の踊り場で、Eポートの方向を双眼鏡で見ている男がいました。『何をしているのですか？』と声をかけたところ、『警察のものだ。仕事中だから向こうへ行ってくれ』と言われました」

新聞配達員は、警察官を名乗る男の特徴について「年齢三八歳から三九歳で、一七

○センチ以上、腰まである黒いコート」と説明した。
その後、小島が「自分が長官を撃った」と供述しはじめた。菊坂寮の小島の部屋を調べると、双眼鏡が見つかった。

係長として特命取調班を統括していた栢木は、

「小島に同じ言葉を言わせて録音して、新聞配達員に聞かせてみよう」

と大牟田に指示した。

テープレコーダーを用意した大牟田が小島にこう質問した。

「事件の数日前にアクロシティで、誰かに『仕事中だから向こうへ行ってくれ』と言ったことはないか」

小島は即座に答えた。

「ああ、職務質問の件ですね？　井上嘉浩らと長官宅を下見に行ったとき、（アクロシティ東側にある）水道局脇の路上に右側駐車していたら、自転車に乗った制服警察官から職務質問を受けました。私は助手席から『築地特捜のものです。張り込み中です』と言って、警察手帳を呈示し、名前だけが手書きの名刺を警官に渡したことがあります」

大牟田は「新聞配達員とのやり取り」について質問したのだが、小島は新たに警察官から職務質問を受けたことを自分から明らかにしたのである。小島は「朝モヤがかかっている時刻だった」と説明した。裏が取れれば「秘密の暴露」になる。

栢木たちは南千住警察署員らに「不審人物に職務質問しなかったか」と聞いて回った。しかし該当する警察官は出てこなかった。当時、この小島供述は「裏取り不可能で、信用性が低い」と判断され、封印された。

しかし事件発生から四年半が経過した一九九九年九月、元南千住署員で地域課天王前交番に勤務していたA巡査部長（事件当時三六歳）が名乗り出てきたのである。

「日時は不明ですが、夜間勤務中に『水道局に毒をまく』という脅迫電話があったということで、出動したところ、身長一七〇センチくらいで背広を着た三〇歳から四〇歳くらいの男が立っていました。『どちら様ですか』と聞いたら、『築地特捜の者です。オウム捜査です』と警察手帳を見せられたので職務質問を打ち切ったことがあります」

場所は小島が職務質問を受けたという水道局北側の路上から、およそ一五〇メートル南南東に離れた地点だった。しかも築地特捜の捜査員を名乗る男は、車には乗っていなかったという食い違いがあった。A巡査部長の勤務表を調べたところ、職務質問が行われたのは「三月二八日未明から早朝、午前四時から五時頃」と見られた。

さらに翌月には別の警察官も特捜本部に情報を提供してきた。元南千住署員で小塚原交番に勤務していたB巡査（事件当時二三歳）も事件前、不審人物に職務質問していたというのである。

「私は現場付近で右側駐車している車に乗っていた男に職務質問しました。車には二人乗っていて運転席には二〇代後半、髪は短くてスポーツ刈り、助手席には四〇歳くらいのおじさん風で、丸顔、体形もぽっちゃりした男がいました。助手席の男に『何をやっているのですか』と声をかけると、男は警察署の名前を名乗って、名刺を差し出してきました。でも私は刑事の張り込みと思い、名刺も受け取らず警察手帳も確認しないで立ち去りました」

このB巡査の勤務状況から、職務質問は「三月二四日午後一〇時頃」に行われていることが分かった。小島の言う「朝モヤがかかった時刻」とはあまりに違う。だが、警察官が身分確認を求められて、名刺を渡すなどあり得ない。警察手帳を呈示するのが決まりである。そういう意味では小島供述を裏付ける証言だが、車に乗っていた二人とも小島とはあまりに違う人相風体である。

さらに三月二七日午前八時三〇分頃には、アクロシティFポートに住む証券アナリスト（当時三八歳）が、Eポートを見上げる不審な男を目撃している。「何をやっているのですか」と聞くと、男は振り向きもせずに立ち去ったという。年齢は三〇歳から四〇歳、身長一七〇センチから一八〇センチで、白いマスクに明るいベージュのコートを着ていたという。

新聞配達員、二人の警官、証券アナリスト、合計四人の証言が複雑に絡み合い、やがて解きほぐされ栢木の頭の中で一本のぴんと張った糸になった。

意を決した栢木は、二〇〇九年一二月、青木五郎公安部長（昭和五四年警察庁入庁）らが出席した南千特捜の幹部会議で懇々と自説を説いた。

「私は、小島は実行犯ではなくて、後方支援だと思います。警察官の身分を利用しての『防衛』に使われていたんです。三月二四日午後一〇時頃にB巡査が職務質問をした車の二人組は、人相からすると早川と端本です。職務質問の時刻から判断すると二人は、国松長官の帰宅を目撃しているはずです。二人は下見に来ていたと見られます。しかし二人は不覚にも警察官から職務質問を受けてしまった。あらかじめ小島から渡されていた名刺を警官に呈示したおかげで、警官は確認もせずに行ってしまった。早川たちからこの話を聞いた小島は、我々に自分の体験であるかのように話したのです。この供述をすること自体、早川たちに指示されていたのかもしれません。実際に小島が職務質問を受けたのはA巡査部長です。三月二八日早朝、このとき小島は自分の警察手帳を見せた。新聞配達員が声をかけたという双眼鏡の男も小島なんです。これは本人も認めています。二七日朝に目撃された男は小島ではありません。小島はこの日、築地特捜の一員として上九一色村の第七サティアンに捜索に行っていましたので、別のオウムの幹部であることは間違いありません。私は端本だったのではないかと思います」

「小島実行犯説」にこだわっていては、東京地検はたとえ書類送致であろうと立件を了承しないだろう。小島は「後方支援役・実行犯不詳」という筋書きでもう一度交渉するしかない。米村総監を神輿に担ぎ上げて最後の勝負をかけなければ、この事件は迷宮入りとなる。

だが、栢木の淡い夢は打ち砕かれた。米村警視総監退任の情報が一気に広まったのである。

「米村総監以下、警視庁サイドの小島への固執ぶりに危機感を募らせた警察庁が最終手段に打って出た。『無理に事件をやって不起訴になれば、警察への打撃は計り知れない』という危機感が米村総監の早期退任に結びついた」

警視庁内をこんな噂が駆けめぐった。

米村敏朗は年が明けた二〇一〇年一月一八日付で退任、警察庁警備局長の池田克彦

（昭和五一年入庁）が第八八代警視総監に就任した。警視総監の立場になっても、自ら早川を取り調べようとするほど執念を燃やしていた米村だが、長官狙撃事件の捜査の結末を待たずに急転直下の退任劇となった。

キャリアが異例の取り調べ

二〇〇九年一〇月一八日から始まった小島への聴取は一五回を数えた。うち六回は公安一課長である栢木自らが真実を話すよう説得に出向いた。すると、供述内容は再び形を変えていた。

端本似の男と滝川真一に似た男と三人でアクロシティの現場に下見に行きました。事件当日の朝に迎えに来たのは端本に似た男です。集合場所には早川、木場、滝川真一に似た男と背の高い男がいました。私は狙撃はしていません。付近に駐車した車の中で滝川真一に似た男と待機していました。待っていると、背の高い男が乗車してきたので逃げました。犯行当日、誰かにコートを貸したかもしれませんが、記憶がはっきりしません。机やアタッシェケースから射撃残渣が出たと言われても、まったく心当たりがありません。

「私が長官を撃った」という供述は無影無踪となり、小島は「後方支援役」となっていたのだ。小島実行犯説は見事に梯子をはずされ、積み重ねてきた科学鑑定は無用の長物となってしまった。

「木場たちの目撃情報もあります。実行犯不詳として小島とオウム幹部を共同正犯で在宅送致させてもらいたい」

栢木たちの東京地検公安部への交渉は、なりふり構わぬもので悲痛ですらあった。

そんな中、業を煮やした公安部のキャリア幹部が乾坤一擲の大勝負に出た。二月下旬、福本茂伸参事官（昭和六一年入庁）が、東京拘置所に乗り込み早川紀代秀の取り調べを行ったのだ。時効まで一ヵ月を切ると、今度は井上嘉浩の取り調べも行った。

前年一〇月末に着任したばかりの警察キャリアが、事件発生時から捜査を続けてきた叩き上げの捜査員を差し置いて、取調室に入るという予想外の事態に、現場の捜査員たちは気勢をそがれた。それどころか、このスタンドプレーは、現場の捜査員との間にわだかまりを残すことになった。

福本は井上を三回取り調べ、こんな供述を引き出した。

「狙撃事件の三日前、私は早川から小島への連絡方法を聞かれました。このとき早川は『敵の仇は敵にやらせる』と発言しました」

「事件前日の夜、小島は興奮した様子で『早川から、警察官にしかできないことがあると言われた。できることと、できないことがある。私はやりたくない』と言いました」

これまで井上は、小島の事件への関与について問われるたびに、「考えられない」と完全否定していたはずだ。それが突然、取り調べに関しては素人といってもよい警察キャリアに対して、早川から小島への「狙撃指示」があったことを匂わせたというのだ。

警視庁公安部は公訴時効の成立直前になって、再び「小島実行犯説」と「小島支援説」の間をふらふらと迷走しはじめた。

空中分解寸前の様子は、検察側の判断をより強固なものとした。役割分担も実行犯も不明のまま小島やオウム幹部を特定して立件し、証明できなければ、警視庁は名誉毀損のリスクさえ負うことになる。そもそも起訴できたとしても、殺人未遂事件は裁判員裁判の対象となる。そのとき小島の供述の変遷は必ず焦点となるだろう。そうなれば一般市民である裁判員から、小島を「軟禁状態」で取り調べた経緯などを追及され、公の法廷の場ですべてを明らかにしなければならなくなる。どちらに転んでも警察にとって恐ろしいシナリオが待ち構えている。東京地検は警視庁を、恫喝をもって制するしかなかった。

「めちゃくちゃな捜査手法が裁判員裁判の法廷で公になるリスクを警視庁は負う覚悟があるのか。強引に押し通そうとしても無駄だ。検察はつき合うつもりはない」

この頃、南千特捜の警部補が会合で東京地検公安部の副部長に食ってかかる一幕があった。

「俺たちは親分を撃たれたんだ。敵を逮捕したいと思うのは当たり前だろう。あんたたちは検事総長のタマ(命)取られたらどうするんだ！」

検事たちはこの捜査の本義を知ったが、意を翻すことはなかった。

二〇一〇年二月二一日、栢木は再びあの男と向き合った。いつの間にか相手が大きな存在に急成長し、心まで見透かされているような恐怖を感じるようになっていた。

「君のやっていることは天に唾《つば》するようなものだ。いつか自分に降りかかってくる。ここで清算するんだ。天知る、地知る、我知る、人知る、だ。誰も知らないと思っていたら大間違いだぞ」

小島俊政は普段と同じ表情で、栢木を見つめている。ときおり、にやにや笑う様子は、まるで眼前で進行している芝居を見物しているかのようにも見えた。

「いつ誰からどういう電話がかかってきて、どう説得されて犯行に加わったのか、きちんと話してくれないか。撃ったとか、撃たないとかどうでもいい。もはや君が実行犯であるかどうかじゃないんだ。場面、場面じゃなくて時系列に沿った説明をしてほしいんだよ」

小島は再び「うーん」と唸って、腕を組んで首をかしげる。

「いやー、私も思い出しながら喋っているつもりなんですけどね」

「君は自分で、自分が何をやったのか分かっているはずだ。さあ、清水の舞台から飛び降りるつもりで判断してごらん。さあ、小島くん、どうなんだい？」

定年退職まで二ヵ月を切った男は、懸命に言葉を並べた。だが俯瞰してみれば、所轄の巡査長で警察を追われた男が、定年直前の警視正を掌で弄《もてあそ》んでいるのは明らかだった。

栢木には、目の前の中年男が「逃げ切ったぞ！」と快哉を叫んでいるように思えた。

一五年間の捜査のすべてが、この空間、この瞬間に凝縮されている。それを悟った刹那《せつな》、栢木國廣は「呪縛」から解き放たれていた。

もう毒リンゴは食えない

旧式の携帯電話が振動するのは久しぶりのことだった。サイドボードの充電器の上でくぐもった唸り声をあげている。画面には見慣れない携帯番号が表示されていた。放っておくと、再びかかってきた。隣のベッドの男が迷惑そうに咳払いしている。白髪を短く刈り上げた初老の男は、携帯を握って病室を出た。受話ボタンを押して耳に当てると、やはり聞き慣れない男の声だった。電話の向こうで男は「記者だ」と名乗った。

「回りくどいことは好きではないので、単刀直入に申し上げます。一五年前の長官狙撃事件の捜査について調べています。まもなく時効を迎えるのを前に、いくつかお聞きしたいことがありますので、病院にお伺いしてもよろしいですか」

昼食後を見計らったように電話をかけてきた記者はいきなりストレートに求めてきた。強い意志を感じさせるが、あまりに礼儀を欠く物言いだった。

「俺の電話番号を誰から聞いた？」

かつて長官狙撃事件捜査に警察官人生の多くの時を割いた男の声色が低くなった。警視庁に在職中、仕事専用に使っていた電話番号だから、同僚の誰かが教えたに違いない。未練がましく解約しないまま電源を入れていたことを後悔した。

記者は想定していた質問であるかのように、あっさりとはぐらかした。

「蛇の道は蛇というヤツですよ。病室も知ってますから、いまからでもご挨拶に伺います」

警視庁を退官した男の顔には、深い皺が刻まれていた。捜査官人生を賭けて闘った事件とはいえ、一五年前の記憶を鮮明に呼び起こすのは困難になりはじめていた。

「病院はやめてくれ。もうすぐ帰宅が許されることになりそうだから、俺の家の近くの喫茶店にでも来てくれないか。でも会っても君に話せることは少ないことはあらかじめ了承しておいてほしい」

逃げ道を塞がれた男は、記者を名乗る男と会うことを承諾してしまった。

現職の公安捜査員時代、報道機関と接触することは固く禁じられていた。公安警察に深く潜入を試みるスパイのような敵視すべき集団だと教育されていたのだ。逆に記者をうまく飼い慣らせば、素晴らしい働きをする協力者になる。だが、それは諸刃の剣だった。オウム真理教との闘いの最中にも記者との接触が発覚して、公安部を追放された同僚が何人かいた。ミイラ取りがミイラになったのである。

情報漏洩を疑われると、ある日突然、自宅に直属の上司が見たこともない公安捜査員を伴って訪れ、「家の中を見せろ」と迫られる。妻子が見守る前で、「任意の家宅捜索」が実施される。机も箪笥も本棚も漁られ、職務に関連する書類を押収される。さらに退庁後の飲み屋での秘撮写真を突きつけられ、「記者と会っていたんだろう」と自供を迫られるのである。

「容疑者」となった捜査員は、そこではじめて公安警察という組織の恐ろしさを認識する。「対象」を二四時間追尾し、秘撮する。家庭内のトラブルから、交友関係、健康問題から家族への秘密まで、プライバシーを丸裸にする。実際には情報を漏らしていなくても、あたかも複数のメディアに捜査情報を漏洩したかのようなストーリーができあがる。これを補強する証拠は、自宅で仕事をするために持ち帰っていた捜査資料だ。資料を自宅に保管していたのは、記者に漏らすためだったという筋書きができ上がり、状況証拠とともに上層部へと報告されるのである。

一度狙われたものは、逃れることは不可能だ。逃れようともがけばもがくほど背後につく人影は増殖していく。そして周囲の通行人すべてが公安捜査員に見えてくる。

尾行する側の公安捜査員に「真偽」を判断する権限は与えられていない。一つの無機的な存在となり、上層部が下す判断が真実であると妄信するのだ。対象が同僚であろうと、真相がどこにあろうと、組織の命令に従って、じわじわと「敵」を追い詰めるのである。

　電話を切った後、初老の男は身震いを覚えた。電話の主が言う通り、長官狙撃事件はまもなく公訴時効を迎える。後輩たちが最後の勝負に挑んでいるという噂は耳に入っていた。自分が四〇年過ごした警視庁が、もはや民主主義国家の捜査機関とは思えない、そら恐ろしい結末に向かって突き進んでいるように感じた。記者と接触するリスクより、捜査の着地点を見極めたいという好奇心が上回った。

　記者との面会は、退院が延びて結局一ヵ月後になった。待ち合わせ場所の駅前喫茶店を見下ろせる歩道橋の上で、ゆっくりと歩きながら「流し張り」をした。約束時間の一〇分前、目印の週刊誌を握り締めた男が、駅とは逆の住宅街から姿を現した。男は喫茶店を素通りすると、駅のエスカレーターを昇り、Uターンして階段を降りてきた。そして喫茶店のドアを開け中に入っていった。

「一応点検しているつもりなのかね。気を遣っているつもりなんだな」

　店に入ると、ひと癖ありそうな女主人に奥の席へと案内された。記者はノートを広げながら待ち構えていた。コーヒーカップを挟んで向き合うと、自己紹介もそこそこに、いきなり切り込んできた。

「南千特捜の捜査員たちは、公訴時効が成立する最後の一秒まで、小島元巡査長と数人のオウム幹部を送致することを希望しています。彼らが立てている事件の構図には、あなたがかつて取り調べたオウムの幹部も含まれています。当時の感触が知りたいんです。連中と机を挟んで向かい合って、長官狙撃について聴いたあなたが、シロかクロか、どう判断したのか、本当のところを教えてください」

「感触」など分かるわけがない。いくら被疑者が目の前で涙を流して犯行を自供しても、すべて真実を喋ることなどあり得ない。言葉のどこかにわずかな自己弁護や詭弁、自尊心など人間の複雑な情念が塗《まぶ》されているものだ。

対峙する取調官も同じである。上官への報告には、取調官の心情も織り込まれる。ごくわずかな作為や装飾が施される。完全無欠な真実など存在しないのだ。

被疑者も取調官も煩悩を内包したひとつの人格である。だからこそ警察組織の上位に立つ者は、被疑者と取調官の生のやり取りを掌握するシステムを構築しておかないと、人間の業が織り成すフィクションを刷り込まれることになる。この連鎖が螺旋のように連なり、蹉跌《さてつ》を生み出したからこそ、長官狙撃事件は未解決のまま公訴時効に突入しようとしているのだ。

沈黙していると、記者は拙速に結論を求めてきた。

「警視庁公安部は一五年捜査した末に、長官狙撃の犯人はオウム真理教という結論を下したわけです。検察が食う（立件に同意する）ことはなさそうですが、これは警察組織としての結論です。一方で、組織人としてではなく、あなた個人としてはいま、この瞬間どうお考えなんでしょう」

元捜査員は一瞬迷った。かつて捜査の方向性に異議を唱えたことが原因で、南千特捜を追われ、公安捜査員としての経歴に終止符を打つことになった。屈辱を味わいながら、所轄に身を置き、そのまま定年を迎えた。

「何で俺がお前にそんなことを言わなくちゃいけないんだ……」

男は腰を上げかけたが、逃すまいと迫る記者に気圧されたように椅子に座った。そして大きな溜息をつき、押し殺すような声で語った。

「……俺たちは強欲すぎた。美味しそうなリンゴが見つかると、それまで齧《かじ》っていたリンゴを放り出して、新しいリンゴに飛びつく。もっと旨そうなリンゴが転がってくると、またそっちに齧り付く。気が付いたら食べかけのリンゴの山ができている。ひとつひとつ最後の果汁まで搾り出すような、潰しの捜査ができないまま一五年間の時が過ぎようとしている。いつも最後に齧り付くのはオウム、小島という食えない毒リンゴなんだ」

「もはや宗教への信奉に近いものがありますね。追い込まれて視野狭窄に陥ったということですか」

「いや、これはもう逃れられない呪縛になっていたんだ」

元捜査員はそう言って、持っていた茶封筒を記者の目の前に置いた。中から出てきたのは写真だった。

「俺はこれだと思っている。やはり遺留品が発するメッセージを解読するという原点に立ち戻るしかないんだ。被害者である国松長官と警察組織にだけ伝わる何かが、この遺留品に込められているはずだ。狙撃犯が海外に出ていれば時効は停止する。二〇一〇年三月三〇日で捜査が終わるわけじゃない」

二〇一五年の月日を経た古ぼけた写真の中で、色鮮やかな「朝鮮人民軍記章」と「一〇ウォン硬貨」が輝いていた。土気色だった男の顔には赤みが差し、極左やオウムと闘っていた頃の険しい表情が戻っていた。

時効が成立した2010年３月30日、取材に応じる国松孝次元警察庁長官（写真提供：時事通信）

あとがき

国松孝次警察庁長官狙撃事件は、二〇一〇年三月三〇日午前〇時に公訴時効が成立した。警視庁公安部は同日付で、被疑者不詳のまま関係書類、証拠を東京地検に送致した。「時効送致」の手続きである。時効成立前の送致も選択肢の一つであったが、最後まで諦めずに捜査したという体裁を優先したのだろう。

警視庁公安部は時効の当日、またしても捜査機関としては前代未聞の行動に出た。「警察庁長官狙撃事件の捜査結果概要」なる文書を警視庁のウェブサイト上に掲載したのである。

その内容は、元警視庁巡査長らオウム真理教の信者たちが限りなく犯人である疑いが強いと状況証拠を並べて主張するもので、登場人物は麻原彰晃含めて九名。麻原以外はアルファベットに置き換えられてはいるものの、過去の新聞記事を検索すれば、誰でも個人名を特定できる。

デュープロセス（法手続き）に乗せることができなかった「疑惑レベル」のもの

を、法治国家の捜査機関がウェブサイトで公表したことに、私は背筋が寒くなった。訴追するための証拠を収集できなかった結果、被疑者を特定した書類送検を検察に拒否された。このままでは法の裁きを受けさせることができない。ならば公安部が信じるストーリーを公表してしまおうという思考回路である。

その末尾では「結論」と称してこう断言している。

「本事件は、教祖たる松本（筆者注：智津夫＝麻原彰晃）の意思の下、教団信者のグループにより敢行された計画的、組織的なテロであったと認めた」

将来、オウム信者以外の狙撃犯が名乗り出て、その人物が時効停止の要件を満たしていても、今回の発表に邪魔されて捜査は不可能になる。つまり警視庁は、自ら退路を断ったのである。

青木五郎公安部長は記者会見で、「公益性が勝ると判断した」と弁明した。

日本警察の威信、公安部幹部の重圧、捜査員たちの執念は痛いほど理解できる。しかし刑事司法の手続きをまったく無視したこの行為は、警察の権限を逸脱した暴挙に他ならない。一九九六年に発覚した「軟禁状態での巡査長の取り調べ」と同様、いや、それ以上の過ちを警視庁公安部は犯してしまったのだ。

この捜査結果掲載について、東京地検には警視庁から事前通告があった。地検側は強硬に止めたが、警視庁公安部は最後に言い放ったという。

「これは警察としての判断だ。警察として責任を取ることです」

ある検察幹部はこう肩を落とした。

「捜査結果という割には、証拠が粗過ぎる。こんな粗雑な文面で国民の理解を得られると思ったのか。麻原たちから民事訴訟を起こされたら、死刑執行も先延ばしにせざるを得ない」

警視庁公安部幹部は、私の指摘に対して真意を覗かせた。

「民事訴訟を起こされても構わない。そうなれば我々としては民事の法廷で真実を明らかにできるじゃないか」

刑事訴訟法上の手続きを諦め、新たな挑発をしているというのである。

私は、はたと気付いた。この「独善」こそが、時効までの一五年間、警視庁公安部を衝き動かしてきたものの正体だったのである。

時効成立直後の不可解な出来事を眺めているうちに、来日した某国のインテリジェンス機関のテロ対策官が発した辛辣な言葉が脳裏に甦ってきた。

「自国の警察トップが狙撃されて、先進国では類を見ないお粗末な捜査ミスを繰り返して、それを隠蔽することにエネルギーを注いでいるように見えます。元警官の証言の範囲しか捜査せず、ほかの可能性は無視する。私には日本警察が本気で長官狙撃事件を解決しようとしているようには思えない。事件の背景自体が日本警察のキャパシティーを超えているからだと思うんです」

世界中のイスラム過激派ネットワークを追跡するこの人物の矛先は、日本のメディアにも向けられた。

「9《セプテンバー》・11《イレブンス》（米同時多発テロ）では、独立調査委員会がＦＢＩやＣＩＡのミスを検証して公表し、それが世界中で教訓として生かされたのをご存知ですよね。ところがこの国には、オウム真理教事件や長官狙撃事件の捜査の本質を掴んでいる人は、警察にも情報機関にもいない。誰に聞いても断片情報と昔話だけ。ジャーナリストも興味すら失っているじゃないですか」

この発言に刺激されて、私は過去の取材ノートと資料を紐解き、再取材を開始したのだった。

思い返せば、国松長官狙撃事件が発生した一九九五年三月三〇日午前八時半すぎ、私は検察担当の記者としてオウム真理教事件のための朝駆け取材中だった。速報テロ

ップが流れた直後に、真っ青な顔で自宅から出てきた検事が、
「警察のヤツらがこんな大事なときにドジ踏みやがって！」
と吐き捨てるように言い、傘もささずに走り出した。私も雨に濡れながら駅まで伴走したのを覚えている。

銃身の長い拳銃から四発の銃弾を放ち、警察トップを血の海に沈めたあと、黒いコートを翻しながら自転車で走り去った長身のスナイパー。「平成のミステリー」とも言うべき異様なまでの存在感を持つ事件を、私を含め多くの記者が取材した。

ところが、当時熱心に取材していた記者たちはいま、ほとんどがデスクなどのマネージメント業務にまわっている。事件の公訴時効に向けての取材は必然的に、発生当時は中高生だった現役の警視庁担当記者が受け持つことになる。

「若い記者に任せるのではなくて、当時を知る記者がもう一度現場を踏むべきだ」記者の意地のようなものが私の心の中に芽生えた。

長官狙撃事件に投入された捜査員は、のべ四八万二〇〇〇人（概要）だという。非現実的な数字の裏側で、謎のスナイパーを追い続けた公安捜査員、刑事、検察官、さらには取り調べ対象者たちの人生が交錯していた。彼らは互いに生き様をさらけ出し、信じる道を突き進んだ。公訴時効を迎えるまでの一五年という月日の間に、人間

の内奥に潜む「業」のようなものがじわじわと滲み出し、得体の知れぬ迷宮となって南千特捜を飲み込んでいった。有能な個人の集合体は、強力な組織とイコールではない。指導者たちの無為無策や保身、力学、さらには構成員の盲信や集団心理に誘導されて、組織は陥穽に嵌っていく。我々の日常の中にも存在するそんな普遍的な問題を、警察組織もまた抱えていたのだ。

本書は真犯人を突き止める類のノンフィクションではない。読者の皆さんの中には「もやもや」した読後感を味わう人もいるかもしれない。だが、それこそが私の狙いだ。本書は警察という巨大組織の「失敗の本質」を暴き出し、その組織に立ち向かった現場の捜査員たちの群像を描いたものなのだから。

執筆にあたっては、捜査側を中心に五十数人の方から話を聴かせていただいた。ベテランぶった若造から、人生観まで問い質されるのは不快だっただろうし、かなりの忍耐を要したに違いない。事実関係だけでなく、リアルな人間像を客観的に描きたいというのが私の勝手な願望だった。一方で、彼らの使命感や組織論、不屈の精神力は、ジャーナリズムとコマーシャリズムのはざまで漂流する私の人生観に、多大な影響を与えたのも事実だ。

単行本『時効捜査』の出版は、講談社第一事業局長・鈴木章一氏と、『現代産業情報』の編集発行人だった故・石原俊介氏との協議が原点だった。度重なる加筆修正に忍耐強く対応してくれたのが、現在、『フライデー』編集部で編集次長を務める浅川継人氏である。

五年あまりが経過して改めて読み直すと、より精度を高めたくなった。このため当時の取材対象に電話しては、加筆修正を行った。

長官狙撃事件発生から今年で二一年、南千特捜にいた捜査員は、ほぼ全員が警視庁を定年退職し、民間企業に再就職している。いまでも私は時折、彼らと会っては、スナイパーの犯人像について議論することがある。彼らは酔って言う。

警察首脳部は犯人を知っていたのではないか、と。

竹内明

警察庁長官狙撃事件関連年表

1989	
2月上旬	出家信者・田口修二さん殺人事件
11/4	坂本堤弁護士一家殺害事件
1990	
2/18	麻原彰晃以下25名の「真理党」が衆議院議員選挙に出馬（全員落選）
1994	
1/30	出家信者・落田耕太郎さんリンチ殺人事件
4/6～	第1回ロシア射撃ツアー
5月～	禁止薬物によるイニシエーションを開始
5/2～	第2回ロシア射撃ツアー
9	滝本太郎弁護士サリン襲撃事件
6/27	松本サリン事件
9/26～	第3回ロシア射撃ツアー
12/2	自営業・水野昇さんVXガス殺人未遂事件
12	会社員・浜口忠仁さんVXガス殺人事件
1995	
1/1	読売新聞が「上九一色村からサリン残留物を検
3/31	オウム信者の本富士署巡査長の築地特捜本部派遣を解除
4/6	教団防衛庁長官ら3名を建造物侵入で逮捕
8	教団法皇官房次官を有印私文書偽造で逮捕（4月29日逮捕監禁で再逮捕～5月20日釈放）
18	人事第一課が、巡査長の聴取開始
20	早川紀代秀を建造物侵入で逮捕
23	村井秀夫刺殺事件
5/5	地下鉄新宿駅青酸ガス殺人未遂事件
15	井上嘉浩を公務執行妨害で逮捕
16	上九一色村教団施設第6サティアンに潜伏中の麻原彰晃を殺人等で逮捕
	東京都庁知事秘書室爆破事件
6/15	国松長官が公務に復帰
7/4～5	地下鉄茅場町、JR新宿駅青酸ガス殺人未遂事件
9	端本悟らを殺人等で逮捕
9/27	教団東京総本部を捜索、検証
1996	
3/12	井上嘉浩が巡査長に関する供述開始
4/5	巡査長の取り調べを実施（人事一課と合同）
21	巡査長の取り調べを南千住特捜において開始

4	未遂事件
2/28	目黒公証役場事務長・假谷清志さん監禁致死事件
3/10	国松長官宅警戒センサー3回発報
	警察施設に対するレーザー照射計画
15	地下鉄霞ケ関駅構内にボツリヌス菌噴霧装置
16	早川紀代秀が、墨田区本所のビルを賃貸契約
17	早川紀代秀がロシアへ出国
18	杉並区教団経営飲食店で「新正悟師を祝う会」開催、帰路リムジン車内でサリン散布等の謀議
19	宗教学者宅爆破事件、
	教団東京総本部火炎瓶投擲事件
20	**地下鉄サリン事件**
21	本富士署巡査長（オウム信者）を築地特捜本部に派遣
22	上九一色村の教団施設等を警視庁が一斉捜索
	早川紀代秀、端本悟がロシアから帰国
26	警視庁等合同捜査本部が、上九一色村の教団施設を殺人予備（サリン製造）容疑で捜索
29	オウム真理教が「アクロシティ」にビラ配布
	早川紀代秀が浅草雷門で駐車違反、レッカー移動
30	**警察庁・国松長官狙撃事件発生**

5/4	巡査長が「長官を撃った」と供述
9/27	特捜本部と科学警察研究所が射撃実験
10/14	1回目の告発文が報道機関に届く
24	2回目の告発文が報道機関などに届く
25	巡査長の取り調べについて一斉報道
27	巡査長供述に基づき、神田川捜索開始（12月20日まで）
29	桜井勝公安部長を更迭
11/28	巡査長を懲戒免職、警視庁幹部ら9人を処分
12/3	石垣島において林泰男を殺人等で逮捕
	井上幸彦警視総監が辞任
1997	
1/10	元巡査長を地方公務員法違反で書類送致
31	公安審査委員会がオウム真理教に対する破防法に基づく解散処分請求棄却
3/18	東京地検が元巡査長の取り調べ開始
31	国松長官が勇退
4/25	特捜本部と科学警察研究所が射撃実験
6/9	東京地検が元巡査長を起訴猶予
1998	
2/3〜4	特捜本部と科学警察研究所が射撃実験

1999	
9/4	元南千住署巡査部長が「築地特捜」を名乗る人物への職務質問を供述
10/13	元南千住署巡査が右側駐車車両への職務質問を供述
2000	
6/6	井上嘉浩　一審判決～無期懲役（検察控訴）
7/25	端本悟　一審判決～死刑（控訴）
28	早川紀代秀　一審判決～死刑（控訴）
12/22	科捜研による元巡査長コートの穴の鑑定結果＝「高温の熱源による溶解穴である」
2001	
5/13	現場遺留品「北朝鮮バッジ」と同種のバッジをドイツ人収集家から領置・聴取
6/9	元本富士署寮員が、元巡査長の居室での空撃ち目撃を供述
7/1	公安第一課OB及び南千住警友会有志の出資により、200万円の懸賞広告
2002	
3/23	元巡査長の再聴取開始
12/9～10	元巡査長のコートのスプリング8実験
2005	
2/18	『新潮45』が中村泰の犯行自認手記を掲載
2006	
1/6	元巡査長の黒革製手袋及びライターのDNA型検査結果＝元巡査長と元オウム信者のものと認められるミトコンドリアDNAを検出
3/27	松本智津夫　控訴棄却（控訴趣意書の提出期限が過ぎたため）
5/18	オウム信者（世界統一通商産業社員）のポリグラフ検査
29	松本智津夫　異議申し立て棄却決定（高裁）
9/15	松本智津夫　特別抗告棄却（最高裁）～一審の死刑確定
2007	
4/27	コルト・トルーパーMKⅢで射撃実験（～7/18）＝マグナム弾使用時に繊維の溶融を確認
8/31	スプリング8による元巡査長の黒革製手袋の鑑定結果＝鉛、バリウム、アンチモンの元素を検出
10/25	X線マイクロアナライザーによる元巡査長のソフトアタッシェケースの鑑定結果＝鉛、バリウム、アンチモンを含む粒子を検出

	元巡査長のコ…溶融穴の鑑定結果
4/30	＝「溶融穴周縁部に鉛、バリウム、錫の濃集、発砲により生じた穴と推定」
9/18	端本悟　控訴審判決～控訴棄却（死刑→上告）
2004	
2/27	松本智津夫　一審判決～死刑（控訴）
5/14	早川紀代秀　控訴審判決～控訴棄却（死刑→上告）
28	井上嘉浩　控訴審判決～一審破棄（死刑→上告）
7/7	殺人未遂被疑者3名（元オウム防衛庁長官、同建設省幹部、元巡査長）、爆取法違反被疑者1名（法皇官房次官）を逮捕、20ヵ所を捜索
28	被疑者4名を処分保留のまま釈放
30	建設省所属信者の爪片のDNAと現場遺留の韓国コインのミトコンドリアDNAが一致との鑑定結果
8/1	東京地検、釈放後の元巡査長に対し、この日から8回の任意取り調べ、静岡県警の武道場に犯行現場を再現
24	コルト・パイソン等で射撃実験を実施、ポリエステル布に溶融穴生じず
9/2	元巡査長取り調べ打ち切り
17	被疑者4名を嫌疑不十分により不起訴

↘

2/15	林泰男の上告棄却～死刑確定
4/2	X線マイクロアナライザーによる元巡査長の机引き出しの鑑定結果＝鉛、バリウム、アンチモンを含む粒子を検出
9/26	スプリング8による元巡査長の「眼鏡」「マスク」の鑑定結果＝鉛、アンチモン、バリウムの元素を検出
11/6	マスク・眼鏡・手袋を着用して射撃実験＝いずれからも射撃残渣を検出
2009	
7/17	早川紀代秀の上告棄却～死刑確定
10/18	元巡査長の聴取再開（10年3月まで15回）
12/10	井上嘉浩の上告棄却～死刑確定
2010	
1/18	米村敏朗警視総監が勇退
19	新實智光被告の上告棄却～死刑確定
3/30 午前0時	**警察庁長官狙撃事件の公訴時効が成立**

●本書は、二〇一〇年四月に小社より単行本『時効捜査　警察庁長官狙撃事件の深層』として刊行されました。文庫化にあたり、一部を加筆・修正のうえ、改題しました。

竹内 明―1969年神奈川県生まれ。慶應義塾大学卒業後、TBSに入社。報道記者として警察・検察を担当。オウム真理教事件、警察庁長官狙撃事件、政界汚職事件などを取材。のちニューヨーク特派員となり、イスラム過激派やストリートギャングなど米国の裏社会を中心に取材。現在、報道番組「Nスタ」のキャスター。著書『秘匿捜査』『時効捜査』（ともに講談社）は日本の公安捜査の実態をありのままに描き、公安警察を震撼させる。小説でも『ソトニ 警視庁公安部外事二課』（講談社＋α文庫）、『マルトク 特別協力者』（講談社）など、「ソトニ」シリーズで活躍中。

講談社＋α文庫 完全秘匿《かんぜんひとく》 警察庁長官狙撃事件《けいさつちょうちょうかんそげきじけん》

竹内《たけうち》 明《めい》

2016年2月18日第1刷発行

発行者――――鈴木 哲
発行所――――株式会社 講談社
東京都文京区音羽2-12-21 〒112-8001
電話 編集(03)5395-3522
販売(03)5395-4415
業務(03)5395-3615

デザイン――――鈴木成一デザイン室
カバー印刷――――凸版印刷株式会社
印刷――――慶昌堂印刷株式会社
製本――――株式会社国宝社

落丁本·乱丁本は購入書店名を明記のうえ、小社業務あてにお送りください。
送料は小社負担にてお取り替えします。
なお、この本の内容についてのお問い合わせは
第一事業局企画部「＋α文庫」あてにお願いいたします。
Printed in Japan ISBN978-4-06-281648-9
定価はカバーに表示してあります。

講談社+α文庫 Ⓖビジネス・ノンフィクション

警視庁捜査二課 萩生田 勝
権力のあるところ利権あり——。その利権に群がるカネを追った男の「勇気の捜査人生」！
700円 G 268-1

角栄の「遺言」 「田中軍団」最後の秘書 朝賀昭 中澤雄大
「お庭番の仕事は墓場まで持っていくべし」と信じてきた男が初めて、その禁を破る
880円 G 269-1

やくざと芸能界 なべ おさみ
「こりゃあすごい本だ！」——ビートたけし驚嘆！ 戦後日本「表裏の主役たち」の真説！
680円 G 270-1

***世界一わかりやすい「インバスケット思考」** 鳥原隆志
累計50万部突破の人気シリーズ初の文庫オリジナル。あなたの究極の判断力が試される！
630円 G 271-1

誘蛾灯 二つの連続不審死事件 青木 理
上田美由紀、35歳。彼女の周りで6人の男が死んだ。木嶋佳苗事件に並ぶ怪事件の真相！
880円 G 272-1

宿澤広朗 運を支配した男 加藤 仁
天才ラガーにして三井住友銀行専務取締役。日本代表の復活は彼の情熱と戦略が成し遂げた！
720円 G 273-1

巨悪を許すな！ **国税記者の事件簿** 田中周紀
東京地検特捜部・新人検事の参考書！ 伝説の国税担当記者が描く実録マルサの世界！
880円 G 274-1

南シナ海が"中国海"になる日 中国海洋覇権の野望 ロバート・D・カプラン 奥山真司 訳
米中衝突は不可避となった！ 中国による新帝国主義の危険な覇権ゲームが始まる
920円 G 275-1

打撃の神髄 榎本喜八伝 松井 浩
イチローよりも早く1000本安打を達成した、神の域を見た伝説の強打者、その魂の記録。
820円 G 276-1

電通マン36人に教わった36通りの「鬼」気くばり ホイチョイ・プロダクションズ
博報堂はなぜ電通を超えられないのか。努力しないで気くばりだけで成功する方法
460円 G 277-1

＊印は書き下ろし・オリジナル作品

表示価格はすべて本体価格（税別）です。本体価格は変更することがあります